rororo

Natascha Manski wurde 1973 in Nordenham in der Wesermarsch geboren. Sie hat Politik, Geschichte und Anglistik in Köln und Cambridge studiert und war mehrere Jahre als Redakteurin tätig. Heute lebt sie in Hannover und arbeitet als Pressesprecherin. Seit 2006 verfasst sie Kurzgeschichten. Im Rowohlt Taschenbuch Verlag erschien bereits *Fanggründe,* der erste Fall für Tomma Petersen und Ulrich Spandorff.

Pressestimmen zu *Fanggründe*:
«Ein spannender Regionalkrimi, der allen Fans von Küsten-, Ostfriesland- und Inselkrimis gefallen dürfte.» (Ostfriesen-Zeitung)

«Natascha Manski liefert das Buch zum entspannten Strandurlaub.» (Hannoversche Allgemeine Zeitung)

Natascha Manski

SEE-BESTATTUNG

Ein Küstenkrimi

Rowohlt Taschenbuch Verlag

Originalausgabe
Veröffentlicht im Rowohlt Taschenbuch Verlag,
Reinbek bei Hamburg, März 2015

Umschlaggestaltung any.way, Barbara Hanke/Cordula Schmidt
Umschlagabbildungen neuebildanstalt/Zickert und Muequin
Satz Arno Pro, InDesign,
bei Dörlemann Satz, Lemförde
Druck und Bindung CPI books GmbH, Leck, Germany
ISBN 978 3 499 26870 0

Für Sven

Der Duft der Dinge
ist die Sehnsucht,
die sie in uns
nach sich erwecken.

Christian Morgenstern
(1871–1914)

MITTWOCH

Vielleicht hatte sie ihn ja vergessen?

Julian stellte sein Fahrrad ab, ließ das Schloss zuschnappen und zog sein Handy aus der Hosentasche. Achtzehn Uhr, am Wattensteg – so hatten sie es verabredet. Nun war es bereits zehn nach. Er blickte sich um. Die Badelandschaft *Nordsee-Lagune* lag verlassen hinter ihm, auf der Uferpromenade war niemand zu sehen, und auch der breite Holzsteg, der vor ihm durchs braune Watt in die dunkle Nordsee ragte, war menschenleer.

Kein Grund, nervös zu werden. Anna-Lena hatte zwar viele coole Eigenschaften, Pünktlichkeit gehörte jedoch nicht dazu. Sie würde ihn schon nicht versetzen.

Julian nahm den Kapuzenpulli vom Gepäckträger und zog ihn über. Der Sommer war vorbei, keine Frage. Und die Schulzeit auch. «Abi 2014», sagte er leise zu sich selbst. Ihm kam es noch immer unwirklich vor, dass das Gymnasium Burhave nun Geschichte war. In ein paar Wochen würden seine Kumpels, mit denen er Chemie geschwänzt, auf dem Schulhof geraucht und für die Prüfungen gepaukt hatte, von der Bildfläche verschwunden sein. Und mit ihnen Anna-Lena.

Vorher musste er ihr jedoch noch etwas Wichtiges sagen.

Ein kurzer Blick nach links und rechts – noch immer keine

Spur von ihr. Mann, wenn sie tatsächlich Medizin studieren wollte, musste sie das echt in den Griff kriegen. Julian stellte sich vor, wie eine Gruppe Ärzte in grünen Kitteln im OP um einen Patienten herumstand, während Frau Dr. Sennholz auf sich warten ließ.

Julian ging ein Stück die Promenade entlang zu einer Skulptur, die erhaben aufs Meer blickte. Er hatte sie sich noch nie genauer angesehen, was wahrscheinlich daran lag, dass er nicht gerade ein Kunstfreak war. Er war eher ein Zahlenmensch. Jemand, der es beruhigend fand, dass am Ende immer alles aufging und kein Raum für Interpretationen blieb. Die Skulptur bestand aus einem hohen Pfahl aus Metall, der sich schräg zum Meer neigte. Auf der Spitze stand eine Frauenfigur, die aussah, als würde sie gleich ins Meer springen. Julian legte den Kopf in den Nacken, um ihren Gesichtsausdruck erkennen zu können, doch es gelang ihm nicht. Seltsamerweise fühlte es sich so an, als hätte er etwas mit ihr gemeinsam. Auch er war auf dem Sprung. Etwas unsicher, aber auch gespannt, was die Zukunft bringen würde.

Eine laute Fahrradklingel riss ihn aus seinen Gedanken.

«Wartest du schon lange?» Anna-Lena hielt quietschend neben ihm. Ihre Locken standen von der Fahrt wild vom Kopf ab, die grünen Augen musterten ihn aus dem sommersprossigen Gesicht. Sie trug einen Rock und eine knallrote Strumpfhose, darüber eine weite hellblaue Jacke.

«Nö», log er. «Bist du im Stress?»

«Till.» Sie verdrehte die Augen. «Der Vollhorst hat mein Handy versteckt. Ich habe das ganze verdammte Haus auf den Kopf gestellt, bis ich das Ding gefunden habe.» Till war Anna-Lenas Bruder, der entweder schwer gestört war oder für alle Katastrophen und Verspätungen in ihrem Leben herhalten musste. Und sein heutiger Scherz war besonders fies, denn

Anna-Lena und ihr Handy existierten nur im Doppelpack. Es hatte einen Namen, eine abgenutzte Hülle mit Monogramm und einen festen Platz auf ihrem Nachttisch.

Sie stellte ihr Fahrrad neben seins, schloss es ab und nickte zum Wattensteg.

«Wollen wir da rüber? Ich hab auch was mitgebracht.» Gut gelaunt zog sie eine Flasche Sekt aus ihrer Jacke.

Julian mochte eigentlich keinen Sekt, aber wenn ein Mädchen wie Anna-Lena auf dem Wattensteg Schampus trinken wollte, dann stellte man keine Fragen. Außerdem würde der Alkohol vielleicht seine Zunge lockern.

Wie selbstverständlich nahm sie seine Hand und zog ihn mit sich. Kurz vor dem Ende des Steges setzten sie sich auf eine Treppe, die links ins Wasser führte. Die unteren Stufen waren schon nicht mehr zu sehen. Es war auflaufend Wasser, in ein paar Stunden würde die Treppe komplett überspült sein. Touristen unterschätzten die Gezeiten oft und hielten auch die Strömung für ungefährlich – das hatte Julian in den Sommern hier am Strand oft mitbekommen. Das dunkle Wasser gluckste unter dem moosbedeckten Holz. Ab und zu knarzte es, als schlüge ein Stück Treibholz an die dicken Pfähle des Steges.

Anna-Lena löste die Plastikhülle, ruckelte an dem Korken und zog ihn mit einem routinierten Griff aus der Flasche.

Julian pfiff anerkennend durch die Zähne. «Falls es mit einer Karriere als Ärztin nicht klappt, kannst du immer noch eine Bar aufmachen.»

«Klar, warum nicht?» Anna-Lena zog zwei Plastikbecher aus ihrer Innentasche und goss beide randvoll. Feierlich überreichte sie ihm einen Becher. «Auf das Ende einer Ära. Und auf den Start in ein neues, spannendes Leben!»

Die Plastikbecher klackten aneinander. Der Sekt war warm

und schmeckte süß. Julian konzentrierte sich darauf, das Gesicht nicht zu verziehen.

«Ja, ein Neuanfang ist es schon, aber es muss sich nicht alles verändern. Ich habe mich in Oldenburg eingeschrieben, für BWL.» Er trank noch einen Schluck. «Das ist nicht so weit weg. Die Wochenenden werde ich hier verbringen. Wir könnten uns weiter sehen.» Er warf ihr einen schnellen Seitenblick zu, um zu sehen, wie sie reagierte.

Sie schaute aufs Wasser, rüber zu den Kränen in Bremerhaven.

«Das können wir doch sowieso, egal, wo es uns hin verschlägt.»

Da musste er wohl noch ein bisschen deutlicher werden. «Ich würde dich aber gerne regelmäßig sehen, nicht nur alle paar Wochen mal. Eigentlich so oft wie möglich.» Er streckte seine Hand aus und legte sie auf ihre. Jetzt war es raus, endlich.

Sie drehte sich zu ihm um.

«Ach ja?», sagte sie lächelnd mit einem leicht amüsierten Unterton, den er nicht recht deuten konnte.

«Ja», sagte er, dieses Mal leiser. Ihm fiel nichts weiter ein, und eigentlich war damit auch alles gesagt.

Einen quälend langen Moment passierte gar nichts, sie saßen nur stumm nebeneinander und sahen sich an. Dann beugte sie sich zu ihm und küsste ihn. Er spürte ihre Locken in seinem Gesicht, ihren warmen Atem. Er roch ihr Parfüm, irgendetwas zwischen Apfel und Vanille, und strich mit seiner rechten Hand langsam über den glatten Stoff ihrer Jacke. Dafür würde er auch eine ganze Flasche von diesem klebrigen Zeugs trinken, wenn es sein musste.

Kurz darauf löste sie sich von ihm, füllte die Plastikbecher auf und trank einen Schluck. Ihr Gesichtsausdruck wurde wieder ernst. «Ich habe gestern eine Zusage bekommen.»

Er wartete darauf, dass sie weitersprach. Dann gab er sich einen Ruck und fragte: «Wo denn?»

«München.»

Nach dem kurzen Höhenflug fühlte er sich, als habe man ihm einen Schlag in die Magengrube versetzt.

«München?» Er sah sie ungläubig an. «Willst du das machen? Ganz nach Bayern gehen?»

Sie lachte kurz. «Du solltest dich mal hören. Als ob ich gerade vorgeschlagen hätte, ein Soziales Jahr in Afghanistan zu absolvieren.»

Eigentlich mochte er ihren Humor, aber jetzt blieb ihm das Lachen im Hals stecken. «Wäre dir auch zuzutrauen.»

«Eben. Deswegen kannst du dich doch freuen, dass es nur Süddeutschland ist.»

Doch das Gegenteil war der Fall, und das wusste sie wohl auch. Julian trank schweigend einen Schluck.

«Ich will mal raus hier, und das Studium ist die perfekte Möglichkeit.» Sie rückte wieder ein Stück näher. «Wir können doch mailen, texten und skypen.»

«Mmh.» Noch ein Schluck. Er sollte damit aufhören, sein Kopf fühlte sich schon etwas schwer an.

«Komm, lass uns ein paar Erinnerungsfotos machen.» Mit einem Ruck war sie aufgestanden und sah sich nun geschäftig um, als suchte sie das optimale Motiv. Offenbar war sie entschlossen, sich die gute Laune nicht verderben zu lassen.

«Keinen Bock.» Ein letzter Schluck, und der Becher war leer. Julian zerknüllte ihn und steckte ihn in die Tasche seines Pullis.

«Ach komm! Die können wir beim nächsten Abi-Treffen herumzeigen und ausgedachte Geschichten erzählen.» Sie zog ihr Handy aus der Tasche. «Please, pretty please?»

Natürlich wusste sie, dass er ihr keine Bitte abschlagen

konnte. Nicht während der Mathe-Klausur, bei der sie von ihm abschrieb, nicht in der Pause, wenn sie eine Zigarette schnorrte, und auch nicht im Kino. Was zur Folge hatte, dass er in den letzten Jahren mehr Liebesschnulzen gesehen hatte, als ihm lieb war.

Julian seufzte. «Okay, meinetwegen. In welche Richtung?»

«Wir müssen uns umdrehen, dann haben wir nicht das blöde Geländer, sondern Wasser im Hintergrund.» Sie stellte die Sektflasche zur Seite. Mit Schwung drehte sie sich um und hätte dabei fast das Gleichgewicht verloren. Prüfend tauchte sie die Hand ins Wasser.

«Oh, das ist gar nicht so kalt.»

«Das Meer speichert die Wärme ja auch.»

«Danke für den Hinweis, Einstein. Bist du sicher, dass du dich nicht doch für Bio einschreiben willst?» Sie kicherte albern, schwankte ein bisschen und stützte sich schnell mit der linken Hand auf der Stufe ab.

Julian sah in die dunkle Brühe unter sich.

Anna-Lena streckte den Arm aus und hielt das Handy auf sich gerichtet. Sie saßen beide in der Hocke, die Nordsee und den Horizont im Rücken.

«Cheese!» Anna-Lena drückte ihr Gesicht an seins, ihre rechte Hand legte sie um seine Taille. Er zwang sich, zu lächeln, wusste aber, dass es misslang.

«Mann, Julian, du siehst aus, als hätte man dir gerade die Bude ausgeräumt!» Sie knuffte ihn in die Seite. «Gib dir mal Mühe!»

Ein weiterer Schnappschuss, dann noch einer. Anna-Lena hielt das Handy immer höher, um den optimalen Ausschnitt einzufangen.

In diesem Moment flog eine Möwe kreischend über den Steg. Anna-Lena riss erschrocken den Arm vors Gesicht, dabei glitt ihr das Handy aus der Hand, schlug auf einer Holzstufe auf und schlitterte über das grüne Moos. Dann fiel es mit einem dumpfen Geräusch ins Wasser.

Ungläubig starrten sie hinterher. Nach einer Schrecksekunde kam Leben in Anna-Lena.

«Verdammt, verdammt. Da ist alles drauf, mein halbes Leben! Adressen, Nummern, Bilder, Videos ... Scheiße!»

«Nun beruhig dich doch, vielleicht ... »

«Du hast Nerven!» Hektisch kniete sie sich auf den Steg und beugte sich nach vorne, als könnte sie ihr Handy irgendwo entdecken.

Julian überlegte. Das Wasser war nicht besonders tief. Vielleicht reichte es ihm bis zu den Hüften, schätzte er. Wenn er sich beeilte, standen die Chancen, das Ding zu retten, gar nicht mal schlecht. Gut möglich, dass er morgen mit einer Erkältung im Bett liegen würde, aber das war ihm jetzt egal.

Ohne weiter nachzudenken, zog er Schuhe, Socken, Pulli und Jeans aus und warf alles auf den Steg. Der kalte Wind strich über seine Haut, und er verfluchte sein Helfersyndrom für einen kurzen Moment. Aber es war sowieso zu spät.

Anna-Lena strahlte. «Mann, das ist so was von nett von dir, weißt du das, Juli?»

In T-Shirt und Boxershorts ging er die Stufen hinunter, während Anna-Lena aufgeregt mit den Armen fuchtelte. Als erst die Füße, dann die Waden und seine Knie vom Wasser umspült wurden, biss er die Zähne zusammen.

«Hier, genau hier ist es reingefallen!»

Seine Füße sackten in dem weichen Watt ein. Das Wasser mochte sich noch nicht kalt angefühlt haben, als Anna-Lena kurz die Hand hineingehalten hatte, aber jetzt, als es bei jedem Schritt an seinen Beinen hochschwappte, war es eisig.

Mit staksigen Schritten ging er in die Richtung, in die Anna-Lena wies, und versuchte, nicht an die Würmer und Krebse zu denken, die im Watt herumkrochen. Vorsichtig suchte er mit dem rechten Fuß den weichen Boden ab. Doch da war nichts.

Die Strömung zog ihn in Richtung des Steges. Langsam ging er weiter und tastete sich auf dem glitschigen Schlick vor. Doch statt etwas Glattem, Rechteckigem spürte er etwas Raues, Scharfkantiges an seiner Fußsohle, über das er lieber nicht weiter nachdenken wollte. Er fror jetzt stärker und drehte sich vom Steg weg, um nicht mehr direkt im Wind zu stehen. Plötzlich spürte er an seinem rechten Zeh etwas Glattes. Das könnte es sein!

«Und – hast du es?» Anna-Lenas Stimme klang aufgeregt. Aus den Augenwinkeln beobachtete er, wie sie eine Rettungsstange vom Haken löste und damit am Geländer hin und her schwang.

«Mach das Ding wieder fest. Das hat bestimmt schon mal jemandem das Leben gerettet!»

Konnte sie nicht einfach ruhig dastehen und warten? Musste sie immer irgendwelchen Blödsinn machen? Mittlerweile zitterte er am ganzen Körper, was bestimmt verdammt uncool aussah.

«Okay, ein Griff, und du kannst hier wieder raus», murmelte er mehr zu sich selbst. Er streckte seine rechte Hand ins Wasser und versuchte, den Boden zu erreichen, doch es klappte nicht. Mist, er würde sich auch noch sein T-Shirt einsauen müssen, das bisher trocken geblieben war.

In dem Moment strich etwas ganz leicht von hinten über seinen rechten Oberschenkel. Es war eine kurze, flüchtige Berührung, so als wollte ihn jemand ärgern und bei seinem Vorhaben stören.

«Das ist jetzt echt nicht der Zeitpunkt für irgendwelche Scherze!», rief er in Richtung des Steges.

Weiteres Tasten im Schlick, dann bekam er das Handy zu fassen und zog es aus dem Wasser.

Wieder streifte etwas sein Bein, dieses Mal mit Nachdruck. Etwas Schweres drückte sich gegen ihn und kratzte in seiner Kniekehle.

Langsam verlor er die Geduld.

«Anna-Lena, jetzt lass das und mach die dämliche Stange wieder fest!»

Keine Reaktion.

«Anna-Lena?»

«Hast du was gesagt?», kam es aus einiger Entfernung zurück.

Überrascht drehte er sich um und sah, wie sie vom Ufer aus zu ihm hinüberblickte. Dann fiel sein Blick aufs Wasser.

Er erkannte sofort, dass es sich nicht um Treibholz handelte. Er brauchte nur Sekunden, um das Bild zu erfassen, das sich in seine Netzhaut einbrennen und ihn in seinen Träumen jagen sollte.

Der Frauenkörper lag wie schwerelos im Wasser, die Arme und ein Bein von sich gestreckt. Das zweite Bein endete über dem Knie, Unterschenkel und Fuß fehlten. Hose und Oberteil waren zu dunklen Lumpen verschmolzen, die sich sanft mit den Wellen bewegten. Die weißen Hände waren zu Krallen erstarrt, als wollten sie nach etwas Unsichtbarem greifen.

Flackernd ging Julians Blick an der Toten entlang. Aus der linken Gesichtshälfte starrte ihn ein totes Auge an, bevor sich ein flechtenartiger Teppich aus Haar, Schilf und Algen davorschob. Die andere Hälfte gab es nicht mehr.

Von der Stelle, wo einmal die Nase in die Wange übergegangen war, bis zum Ansatz der Ohren war nicht mehr zu sehen als eine fleischfarbene, ausgefranste Fläche, die bis zum Haaransatz reichte. Die Augenhöhle war ein dunkles, mit Meerwasser gefülltes Loch. Die Lippen der Frau waren geöffnet, als wollte sie etwas sagen und wäre mitten im Satz erstarrt. Entsetzt beobachtete Julian, dass ein Krebs aus der Öffnung kroch, bevor sich das Tier seitlich über ihre Wange bewegte und in ihrem Haar verschwand.

Es war absolut still, nur seinen eigenen Atem konnte Julian hören. «Scheiße», flüsterte er.

«Was hast du denn?» Wie durch Watte hörte er Anna-Lenas Stimme, dann polternde Schritte auf dem Steg. «Komm raus aus dem Wasser, du holst dir noch den Tod!»

Ihre Stimme kam näher, schließlich stand sie vor ihm auf dem Steg. Ihr Schrei durchschnitt die Stille.

Endlich konnte Julian sich rühren. Er machte einen wackeligen Schritt zurück, ließ dabei den Körper nicht aus den Augen. Meter um Meter bewegte er sich zu der Treppe, griff schließlich nach dem glitschigen Holzgeländer und lief nach oben. Er zitterte am ganzen Körper, legte das Handy auf die Holzplanken und griff hastig nach seinen Klamotten.

«Verfluchte Scheiße. Ich habe dein dämliches Handy neben einer verdammten Leiche aus dem Wasser gefischt!»

Er brüllte die Worte, ohne es zu wollen, es brach einfach aus ihm heraus. Hektisch rieb er die Stellen an seinen Beinen, die der Körper berührt hatte, als ob er es so ungeschehen machen konnte.

Anna-Lena hatte sich nicht vom Fleck bewegt und starrte immer noch ins Wasser, die Augen aufgerissen, die Hände vor dem Mund, als könnte sie einen weiteren Schrei nur mühsam unterdrücken.

Julian riss sich das nasse T-Shirt vom Oberkörper und zog erst den Kapuzenpulli über, dann die Jeans.

«Ruf die Polizei.» Der Satz war kaum zu verstehen, so sehr klapperten seine Zähne. «Die Bullen!», sagte er jetzt lauter. «Ruf sie an! Wir müssen hier so lange warten, bis sie ...»

Entsetzt blickte sie auf das Handy. «Das kann ich nicht», sagte sie, «das ist nicht meins!»

Aber Julian hörte sie nicht. Er spürte die Magensäure im Mund und schaffte es gerade noch, sich von ihr wegzudrehen, bevor er sich erbrach.

«Du bist die Letzte. Mach nicht mehr so lange!»

Erschrocken sah Chiara Lenhardt vom Mikroskop hoch. Wenn die Uhr an der Wand funktionierte, war es tatsächlich schon halb acht. Sie hatte gar nicht gemerkt, wie schnell die Zeit vergangen war.

«Bis morgen, Jack!», schlug sie einen möglichst unbekümmerten Ton an. «Ich wünsch dir einen schönen Abend!»

Ihrer würde wahrscheinlich so werden wie die letzten Abende auch. Er würde sich quälend in die Länge ziehen, und sie würde schließlich nach einem Glas Wein und zwei Tabletten in einen unruhigen Schlaf fallen. Da war es besser, sich im Büro abzulenken.

Chiara prüfte, ob das Mikroskop die Bilder der Blutkörperchen korrekt auf den Rechner übertragen hatte, speicherte die Aufnahmen und schaltete die Geräte aus. Nachdem sie das Formaldehyd zurück ins Regal gestellt hatte, reinigte sie die benutzten Plättchen und Gläser in der Spüle und stellte alles auf das Abtropfgitter. Schließlich zog sie die weißen Gummihandschuhe aus, entsorgte sie im Mülleimer und hängte ihren Kittel an den Haken. Nach einem letzten prüfenden Blick zog sie die Labortür hinter sich zu.

Ihren früheren Job hatte sie geliebt, und sie hatte sich damals nicht vorstellen können, irgendwann einmal in einer anderen Tätigkeit so aufgehen zu können. Mittlerweile schätzte sie jedoch auch ihre Arbeit als Wissenschaftlerin. Sie musste ihr altes Leben hinter sich lassen und einen klaren Schnitt machen, das hatte ihr Arzt immer wieder gesagt. Solange sie Verlorenem hinterhertrauerte, sei kein Platz für neue Erfahrungen. Chiara wusste, dass er damit recht hatte. Trotzdem war es ein langer, beschwerlicher Weg in ihr neues Leben gewesen.

Die Gummisohlen ihrer Mokassins quietschten auf dem Linoleum, bis sie den Teppich im Bürotrakt erreichte. Während sie das Gebäude durchquerte, schaltete sie hinter sich das Licht aus, sodass schließlich nur noch ein Flur und ihr Büro beleuchtet waren. Müde schloss sie die Tür, warf den Schlüsselbund auf den Schreibtisch und setzte sich an den Rechner. Ihr Blick fiel auf den Kalender.

Drei Tage. Ganze zweiundsiebzig Stunden hatte sie sich nicht gemeldet, seitdem sie am Sonntag nicht im *Luzifer* aufgetaucht ist. Kein Rückruf, keine SMS. Was hatte das zu bedeuten?

Solange Chiara im Institut beschäftigt war, mit Studenten sprach oder an der Ausschreibungsbeteiligung für *Aquazensus* arbeitete, konnte sie sich ablenken. Die Bewerbung war nicht nur für ihre Gruppe, sondern für die ganze Abteilung wichtig. Sie durfte sich keinen Fehler erlauben, musste sich konzentrieren. Besonders jetzt, da klar war, dass das aktuelle Projekt Ende des Jahres auslaufen würde.

Am Abend aber, wenn die Flure sich leerten, in den Büros die Lichter ausgingen und keine neuen Mails in ihrem Posteingang eintrafen, breitete sich die Ungewissheit in ihr aus.

Gedankenverloren drehte Chiara an ihrem silbernen Armreif und sah aus dem Fenster über den Parkplatz auf die Weser.

«Wo bist du?», flüsterte sie.

Bis auf das Surren der grellen Neonleuchte an der Decke war es still im Büro. In der Ferne war ein Nebelhorn zu hören.

Ihr Handy piepte.

«Hi there! Time to talk?» stand in leuchtenden Lettern auf dem Display.

Chiara warf einen Blick auf ihre silberne Armbanduhr. Zwanzig Uhr. An der Ostküste war es vierzehn Uhr, Neele war also wahrscheinlich gerade aus der Highschool nach Hause gekommen. Sie drehte sich zu ihrem Rechner, loggte sich bei Skype ein und entdeckte kurz darauf den dunkelbraunen Schopf ihrer Tochter auf dem Bildschirm.

«Hi, Mom!»

Chiara lächelte. «Hallo, Schatz. Geht's dir gut? Wie war's in der Schule?»

«Great!» Mit roten Wangen berichtete Neele vom Basketballtraining, von einem Jungen namens Greg und von einer Party, zu der sie alle am Samstag eingeladen waren.

Wie immer spürte Chiara einen kleinen Stich. Ihre Tochter hatte sich schnell in New York eingelebt, hatte Freunde gefunden und kam in der Highschool gut mit. Trotzdem machte Chiara sich ständig Sorgen.

Wieder einmal fiel ihr die Ähnlichkeit zwischen Neele und ihrem Vater auf.

Chiara maß gerade mal einen Meter sechzig, aber ihre Tochter war groß und kräftig. Wenn sie sprach, machte Neele die gleichen raumgreifenden Bewegungen wie Carsten. Sie hatte auch sein lautes, herzliches Lachen. Immerhin: Die braunen Haare und den dunklen Teint hatte sie von ihrer Mutter – auch wenn Neele ihre Haare lang trug und nicht so kurz wie sie selbst.

Drei Jahre lag die Trennung von Carsten nun schon zurück. Wenn Chiara ehrlich war, hatte sich ihr Leben seitdem nicht sonderlich verändert. Sie verbrachte weiterhin die meisten Abende allein, traf alle Erziehungsentscheidungen und kümmerte sich um Einkauf, Haushalt und die vielen kleinen Dinge, die einen Familienalltag zusammenhielten – so wie immer schon.

Die Entfremdung von ihrem Mann hatte schleichend begonnen und im Laufe der Jahre an Fahrt aufgenommen. Irgendwo zwischen seinen Buchpräsentationen, Vortragsreisen und Lehraufträgen war Carstens Interesse an seiner Frau und ihrem kleinen, überschaubaren Leben erloschen. Zuerst hatte sie gekämpft. Schließlich jedoch hatte sie eingesehen, dass sie es nicht aufnehmen konnte mit den unbekümmerten Studentinnen, die rauchend mit ihm die Nacht durchdiskutierten, und den Frauen, die ihm auf den Partys und Empfängen an den Lippen hingen. Dabei galten sie früher als Traumpaar: er, der erfolgreiche Politikwissenschaftler mit internationalem Renommee. Sie, die Flavoristin, die in die exotische Welt der Düfte und Aromen eintauchte und damit sein nüchternes, wissenschaftliches Leben perfekt ergänzte. Doch wahrscheinlich waren ihre Lebensentwürfe von Anfang an zu verschieden gewesen, und die Scheidung setzte lediglich den logischen Schlusspunkt hinter ihre emotionale Talfahrt. Seitdem gab es keinen Mann mehr in Chiaras Leben.

Sie unterhielt sich noch eine Weile mit ihrer Tochter, bevor Neele das Gespräch beenden wollte, da sie mit einer Klassenkameradin verabredet war.

«Okay, Mom. Dann bis nächste Woche. Und viel Spaß am Wochenende!»

«Wobei?», fragte Chiara zerstreut.

«Wolltest du nicht mit Nicola segeln gehen?» Neele zog eine Augenbraue hoch. Ebenfalls ein Tick, den sie von ihrem Vater hatte.

«Genau, das wollten wir, Schatz. Das hatte ich ganz vergessen.» Sosehr sie die moderne Technik schätzte, Chiara wäre in diesem Moment lieber über die gute alte Telefonleitung mit ihrer Tochter verbunden gewesen.

«Ist alles okay, Mom?»

«Sicher, wieso?» Chiara zwang sich, in die Kamera zu lächeln.

«Das klingt jetzt vielleicht etwas *mean*, aber du siehst nicht gut aus. Irgendwie müde und ernst.»

«Ach, das ist nichts weiter.»

«Hat Nicola sich noch nicht bei dir gemeldet?» hakte sie nach.

«Nein, hat sie nicht.»

«Mohoom …», kam es gedehnt von Neele, und sie seufzte theatralisch. «Es sind nicht alle wie du. Einige Menschen sind auch mal ein paar Tage offline, wollen ihre Schäfchen nicht rund um die Uhr um sich herum haben.»

«Aber in diesem Fall …»

«Weißt du noch, wie viel Sorgen du dir gemacht hast, als ich meinte, dass ich für ein Jahr in die USA möchte? Du hast dir Horrorszenarien ausgemalt! Bist davon ausgegangen, dass meine Gastfamilie die Frankensteins persönlich sind und ich spätestens nach einem Monat drogenabhängig in der Bronx auf dem Straßenstrich lande.»

Zum ersten Mal an diesem Tag musste Chiara lachen. Ihre Tochter hatte einen wunden Punkt getroffen.

«Und was ist davon eingetreten?», fuhr Neele fort. «Nichts! Ich sag dir was: Ihr beide werdet ein nettes Wochenende auf der Nordsee haben. Sie meldet sich bald, wirst schon sehen!»

Nachdem sie das Gespräch beendet hatten, sortierte Chiara die Papiere auf ihrem Schreibtisch und stellte den Ordner mit den Dokumenten für *Aquazensus* ins Regal. Dann fuhr sie den Rechner herunter, schaltete das Licht aus und verließ ihr Büro. Der Pförtner war schon gegangen, deshalb schloss sie die Eingangstür zweimal ab, ließ das leuchtende Schild mit der Aufschrift *Institut für angewandte Ozeanologie Bremerhaven* hinter sich und ging zu ihrem Wagen.

Chiara wünschte sich nichts mehr, als dass ihre Tochter recht hatte.

Aber ihr Gefühl sagte ihr, dass es dieses Mal nicht so war.

Hauptkommissarin Tomma Petersen schlang den dicken Wollschal um den Hals und ließ den Schlüsselbund in ihrer Ledertasche verschwinden. Zügig verließ sie den Parkplatz, nutzte die Steinstufen, um über den Deich zum Strand zu gelangen, ließ die *Nordsee-Lagune* links liegen und ging zum Wattensteg.

Feuchte Kälte kroch durch den dünnen Stoff ihres Trenchcoats, ein kräftiger Windstoß wirbelte ihr die Haare ins Gesicht. In ihrer Manteltasche fischte Tomma nach einem Haargummi und band ihre langen Haare zu einem Zopf.

Für einen kurzen Moment dachte sie sehnsüchtig an die dicke Daunenjacke, die in ihrer warmen Wohnung an der Garderobe hing, die sie aber nicht angezogen hatte, weil die Wetter-App ihres Handys immerhin zwölf Grad vorhergesagt hatte. Dieses Mal lag der mobile Assistent jedoch eindeutig daneben.

Die Nordsee war unruhig. Unregelmäßig schoben sich die dunklen Wellen ans Ufer und überspülten das braune Watt. Es war bereits dunkel, und dicke Wolken zogen am Himmel vorbei. Ein paar letzte Sonnenstrahlen tauchten die menschenleere Promenade zwischen *Nordsee-Lagune* und Wattensteg in ein unwirkliches Licht.

Tomma liebte die Küste, trotz des oft ungemütlichen Wetters. Oder gerade deswegen? Sie schätzte es nicht, wenn das Quecksilber im Sommer die 25-Grad-Marke knackte, und war noch nie auf die Idee gekommen, ihren Urlaub im Süden zu verbringen. Sie mochte den rauen Wind, die Gezeiten, das platte Land, die weite Sicht. Umso ärgerlicher war es, dass sie der blöden Wetter-App gefolgt war, statt die einfachste Grundregel zu beachten: An der Küste ist es immer kälter.

Tomma sog die würzige Luft ein und zog den Schal noch etwas fester. Den ganzen Tag schon hatte sie sich schlapp gefühlt und mit Halsschmerzen zu kämpfen, auch ihr Kopf fühlte sich schwer an. Da eine Erkältung so ziemlich das Letzte war, was sie jetzt gebrauchen konnte, verdrängte sie den Gedanken und konzentrierte sich auf den Fall.

Viel wusste sie bisher nicht. Zwei Jugendliche hatten eine weibliche Leiche in der Nordsee gefunden. Wie lange sie schon im Wasser lag und von wo sie angespült worden war, das würden sie hoffentlich bald herausfinden.

Einen Moment blieb sie stehen und betrachtete das Treiben auf dem Wattensteg. Vier große Strahler tauchten die Holzbohlen in gleißendes Licht. Der Bereich war abgesperrt, die Kollegen der Spurensicherung trugen weiße Anzüge und sortierten ihr Equipment. Am Ende des Steges lag ein Einsatzboot der Wasserschutzpolizei, ein Kollege unterhielt sich leise mit einem Helfer der DLRG, der die Verkabelung eines Strahlers prüfte. Die Szene glich einer Filmkulisse.

Als sie aus den Augenwinkeln bemerkte, wie eine Person auf sie zukam, erwartete sie fast, dass es ein Regisseur sein würde, der gleich «Ruhe bitte, Aufnahme!» rufen würde.

Doch es war nur Spandorff.

«Moin, Chefin.»

«Moin, Spandorff.»

Tomma merkte, dass sie automatisch den Rücken durchdrückte, als könnte sie sich so ein paar Zentimeter größer machen als den einen Meter fünfundsechzig, der in ihrem Personalausweis stand.

Sie konnte nachvollziehen, dass viele Menschen eingeschüchtert waren, wenn sie Ulrich Spandorff das erste Mal begegneten. Der Kriminaloberkommissar war an die zwei Meter groß und ein bulliger Typ. In letzter Zeit hatte er noch einige Kilo zugelegt und trug nun außerdem einen Vollbart. Spandorff sprach wenig, und wenn er etwas sagte, dann nur in kurzen Sätzen, was insgesamt dazu führte, dass sein Umfeld ihm reserviert und mit Respekt begegnete. Seine geliebte blaue Wetterjacke war offenbar auf die Schnelle nicht auffindbar gewesen. Stattdessen trug er einen schwarzen Mantel. Sogar einen dünnen braunen Schal hatte er sich umgebunden, was ihm etwas ungewohnt Seriöses verlieh. Er zog eine Packung Zigaretten aus der Tasche. Dies war bereits der zweite Mord, seit Tomma ins Polizeikommissariat Nordenham gewechselt war. Und nach den Erfahrungen des ersten hielt sich die Vorfreude auf die Zusammenarbeit in Grenzen.

«Bin noch nicht lange da», sagte er und drehte sich aus dem Wind, um die Zigarette besser anzünden zu können. Es klang, als wollte er direkt klarstellen, dass er noch nichts angewiesen und auf sie gewartet hatte.

Tatsächlich hatte Tomma sich im ersten Moment etwas geärgert, weil sie wieder mal als Zweite am Tatort eingetroffen war. Aber von Nordenham aus war Spandorff schneller da als sie aus Oldenburg. Ein klarer Nachteil ihrer Entscheidung, nicht in die Wesermarsch umzuziehen, sondern die Wohnung in der Huntestadt zu behalten.

«Wissen wir schon, wer die Tote ist?»

Spandorff schüttelte den Kopf. «Die Kollegen von der Wasserschutzpolizei haben noch nichts angerührt. Jurek checkt im Büro die Vermisstenanzeigen und meldet sich wieder. Theoretisch kann die Leiche ja von überall herkommen.» Missmutig zog er an seiner Zigarette.

«Sie wurde von Jugendlichen gefunden?»

«Zwei Abiturienten, hier aus dem Ort. Sie stehen wohl noch unter Schock.» Er wies mit dem Kopf zu einem uniformierten Beamten, der gerade ihre Aussagen aufnahm. «Offenbar war der Junge selbst im Wasser, als er sie gefunden hat. Das Mädchen hatte irgendwas verloren, und der arme Tropf wollte es aus der Brühe fischen.» Ungläubig schüttelte er den Kopf, als sei so eine Aktion für ihn früher undenkbar gewesen.

«Berschat müsste auch gleich da sein, dann können wir loslegen.»

In diesem Moment kam der Rechtsmediziner mit federnden Schritten zur Uferpromenade hinunter, in der rechten Hand trug er seinen abgegriffenen Koffer.

«Das ging aber auch schon mal schneller», konnte Spandorff sich nicht verkneifen.

«Manche Menschen haben ein Privatleben. Die sitzen nicht jeden Abend zu Hause und warten auf einen Anruf aus der Dienststelle.»

Berschat lächelte süffisant. Tomma entging nicht, dass er eine leichte Alkoholfahne hatte.

«Sind Sie selbst gefahren?», kam es von Spandorff, der es offenbar ebenfalls gerochen hatte.

«Taxi», sagte der Rechtsmediziner knapp. «Ich war in der Oper. *La Traviata.* Die erste Arie des zweiten Aktes hatte gerade begonnen, als der Pieper losging.» Er schloss die Augen, summte eine Melodie, und sein Gesichtsausdruck verriet, dass er ausgesprochen verärgert über die plötzliche Unterbrechung war.

«Sie sollten dem Täter dankbar sein», legte Spandorff nach, der nicht gerade als Opernfan bekannt war.

Bevor Berschat noch etwas erwidern konnte, übernahm Tomma die Regie und unterbrach das Geplänkel der beiden Männer: «Dann wollen wir mal!»

Sie hob das Flatterband an und ließ den beiden den Vortritt. Tomma begrüßte die Kollegen der Wasserschutzpolizei und die Männer der DLRG, denen man ansah, dass sie nicht besonders scharf auf diesen Einsatz waren. Zwei Wasserschutzpolizisten hoben jetzt auf Tommas Zeichen und mit Berschats Unterstützung vom Boot aus den Körper Zentimeter für Zentimeter aus dem kalten Wasser und legten ihn vorsichtig auf den Steg.

Sie schienen ihre Arbeit gut zu machen, denn der pingelige Rechtsmediziner verzichtete auf sein übliches Lamento über die Vernichtung wichtiger Spuren, streifte sich weiße Gummihandschuhe über und betrachtete den Körper schweigend.

Tomma fing den Blick einer jungen Wasserschutzpolizistin auf, die sie nun schon eine ganze Zeit lang anstarrte. Weiblich, Mitte dreißig, dazu Halbasiatin – so stellen sich die wenigsten die Leiterin einer Mordkommission vor. Schon gar nicht in der Wesermarsch.

«Und?», fragte Tomma und beugte sich über den Leichnam. Als sie das Gesicht der Toten sah, biss sie die Zähne zusammen.

«Fischfraßverletzungen», kommentierte Berschat trocken. «Und zwar nicht zu knapp.»

Zu Beginn ihrer gemeinsamen Arbeit hatte Tomma die flapsigen Bemerkungen des Rechtsmediziners als Respektlosigkeit empfunden, doch mittlerweile wusste sie, dass es Berschats Art war, eine Distanz zwischen sich und dem Tod aufzubauen.

«Außerdem Waschhautbildung an den Handinnenflächen …», fuhr er fort. Sein Blick wanderte über die dunkle Kleidung weiter nach unten. «… und an der Fußsohle.»

«Wie lange liegt sie schon im Wasser?», fragte Tomma, ging in die Hocke und stützte sich auf den rauen Bohlen ab. Von dem Körper ging ein durchdringender Geruch nach Nordseewasser aus.

Berschat wiegte seinen Kopf hin und her. «Vermutlich weniger als eine Woche. Der Körper zeigt noch keine Fäulnisveränderungen.»

«Dann kann man es doch bestimmt noch weiter eingrenzen.» Spandorff hatte sich ebenfalls über den Körper gebeugt und starrte nun wortlos auf die Stelle, an der das linke Bein der Toten abgetrennt war.

«Vermutlich eine postmortale Verletzung», sagte Berschat, der seinen Blick aufgefangen hatte. «Eventuell durch eine Schiffsschraube oder Ähnliches.»

«Wie lange trieb sie etwa in der Nordsee?», hakte Spandorff nach. «Drei, vier Tage?»

Berschat, der es hasste, im Nachhinein Fehler zugeben zu müssen, weil er sich zu früh auf eine Aussage festgelegt hatte, erwiderte knapp: «Das wäre vermutlich vertretbar. Auch wenn es zunächst nur eine ausgesprochen vorsichtige …»

«... Schätzung ist. Mann, an dem Tag, an dem Sie sich mal festlegen, höre ich auf zu rauchen», kam es pampig von Spandorff.

«Gründlichkeit geht vor Schnelligkeit», kam es beleidigt zurück.

«Wenn die Kripo so unentschlossen wäre wie ihr Weißkittel, dann würden sämtliche Täter noch frei herumlaufen!» Spandorffs Stimme wurde lauter.

Entschieden ging Tomma dazwischen. «Wir können uns alle etwas Schöneres vorstellen, als uns an diesem nasskalten Septemberabend über eine Wasserleiche zu beugen, aber mit Ihrer Muffeligkeit machen Sie die Situation auch nicht besser!»

Spandorff sagte nichts und starrte wütend aufs Wasser.

«Wie wär's, wenn Sie noch mal mit den Unglücksraben sprechen, die die Leiche gefunden haben?»

Die beiden Jugendlichen standen noch immer mit zwei Beamten am Ufer, der Junge hatte einen Arm um das Mädchen gelegt und redete beruhigend auf sie ein.

«Die waren einfach zur falschen Zeit am falschen Ort», erwiderte er knapp.

«Das ist zwar korrekt, trotzdem sind noch einige Fragen offen», wies Tomma ihn streng zurecht. «Was hatte der Junge zum Beispiel im Wasser zu suchen? Ich wäre Ihnen dankbar, wenn Sie das Gespräch nicht alleine den Kollegen überließen, sondern sich einen eigenen Eindruck verschafften.»

Spandorff sah zwar wenig begeistert aus, versenkte dann aber die Hände in den Manteltaschen und entfernte sich. Tomma seufzte. Der letzte Mord lag mehr als zwei Jahre zurück, seitdem hatten sie nur kleinere Fälle gemeinsam bearbeitet. Wohnungseinbrüche oder Raubüberfälle etwa, bei denen sie die Zusammenarbeit auf das Nötigste beschränkt hatten. Bei einem Mordfall war der Raum für Reibereien jedoch deutlich größer. Spandorff und sie gaben nicht nur optisch ein ungleiches Team ab, sondern ermittelten auch grundverschieden. Auf der Polizeiakademie hatte man ihr eingetrichtert, sich intensiv mit dem Team abzustimmen, technisches Know-how für die Ermittlungen zu nutzen, die Akten sorgfältig zu führen und – nicht zuletzt – Hierarchien zu akzeptieren.

Spandorff dagegen war ein introvertierter Sturkopf, der seine Befragungen gerne an Kneipentresen verlegte, Anweisungen nicht so genau nahm, Berichte grundsätzlich zu spät ablieferte und bis vor kurzem nicht mal ein Handy besessen hatte. Rückblickend grenzte es fast an ein Wunder, dass sie den Mord damals aufgeklärt hatten.

«Helfen Sie mir mal», kam es plötzlich von Berschat. Gemeinsam drehten sie den schweren Körper auf die Seite.

Eine ganze Weile sagte er nichts, tastete die Taschen des Oberteils und der Hose ab. Nichts, was ihre Identität verraten würde. Vorsichtig entfernte der Rechtsmediziner Muscheln, Algen und Seetang aus den Haaren und betrachtete die Kopfhaut der Toten. Dann hielt er inne.

Wortlos zeigte er auf den Hinterkopf. «Schauen Sie hier.»

Tomma beugte sich ein Stück nach vorne, der Geruch nach Meerwasser wurde intensiver. Sie strich sich eine Strähne aus dem Gesicht, die eine Windböe aus dem Haargummi gelöst hatte.

Berschat zeigte auf ein kreisrundes Loch, um das sich eine gewölbte Kruste gebildet hatte. «Sehen Sie das?»

«Eine Schussverletzung?», fragte Tomma.

«Die Einblutungen sind noch deutlich zu erkennen.»

«Dann ist unser Opfer also durch einen Kopfschuss gestorben?»

Berschat zog die Gummihandschuhe aus und gab zwei jungen Männern ein Zeichen, den Leichnam zur Rechtsmedizin abzutransportieren.

«Es sieht zumindest danach aus.»

Tommas Handy vibrierte, auf dem Display leuchtete eine Nachricht von Jurek. Konzentriert las Tomma die Information und betrachtete das Bild, das er mitgeschickt hatte.

«Es sieht so aus, als hätte unsere Tote einen Namen.»

DONNERSTAG

Sturm hatte mal wieder alle Register gezogen.

In der Frühbesprechung hatte der Polizeidirektor auf die große Herausforderung des Falls hingewiesen, den Teamgeist der Mordkommission beschworen und seiner Hoffnung Ausdruck verliehen, dass es schon bald erste Ergebnisse geben würde.

Danach hatte er seine Armbanduhr wieder umgelegt, den Verschluss zuschnappen lassen – ein alter Tick von ihm –, die noch träge Runde aufgelöst und sich wegen eines «wichtigen Termins bei Gericht» verabschiedet.

Es war wie immer: Er schwang die Reden, die anderen machten die Arbeit. Ulrich Spandorff warf das Notizbuch auf den Schreibtisch und ließ sich in seinen alten Bürostuhl fallen. Dies war der zweite Fall für die Petersen. Er war gespannt, ob sie etwas dazugelernt hatte.

Für einen kurzen Moment dachte er an seine Überraschung, als sie sich zum ersten Mal begegnet waren. Die Chefin besaß zwar einen norddeutschen Nachnamen, war aber mit den pechschwarzen Haaren und den mandelförmigen Augen alles andere als ein typisches Küstengewächs. Er erinnerte sich noch genau an seine Reaktion, als der Polizeidirektor ihm die neue Wunderwaffe vorgestellt hatte: Dieses zarte Persönchen sollte seine Chefin werden und wollte

Verbrecher zur Strecke bringen? Sturm wagte es, ihm einen Frischling von der Polizeiakademie vor die Nase zu setzen, ohne jegliche Führungserfahrung? Er gab es nicht gerne zu, aber es war ihm peinlich, nach ihrer Pfeife tanzen zu müssen.

Gedankenverloren legte Spandorff die Füße auf den Tisch. Der Fall war eine echte Herausforderung gewesen. Nach dem Tod eines jungen Fischers hatten sie zunächst am Fedderwardersieler Hafen ermittelt, bevor klar wurde, dass es um mehr ging: um riesige Windparks in der Nordsee, Investoren in Goldgräberstimmung und um Fischer, die sich dagegen zur Wehr setzten, dass ihre Fanggründe den Windparks weichen sollten.

Zugegeben, die Petersen hatte damals den richtigen Riecher gehabt und nicht lockergelassen. Trotzdem sollte er mit seiner ersten Einschätzung über ihre fehlende Erfahrung recht behalten: Nach einem unverantwortlichen Alleingang wäre sie fast so geendet wie ihr neues Opfer am Burhaver Wattensteg.

«Nicola Sencker, siebenunddreißig Jahre alt, etwa eins siebzig groß, wohnhaft in Nordenham.» Die Petersen betrat mit Jurek Pajak im Schlepptau das Büro. Schnell nahm Spandorff die Füße vom Tisch.

«Sie wurde vor vier Tagen vermisst gemeldet von ...», sie blätterte in ihren Unterlagen, «... einer Freundin, Chiara Lenhardt.»

Mit einem zackigen Handgriff band sie ihre Haare zusammen und teilte Kopien der Anzeige aus.

«Eigenartig, dass ihre Familie sie nicht zuerst vermisst hat», sagte er.

«Freunde kann man sich aussuchen, Familie nicht», kam es von Jurek.

Spandorff ertappte sich dabei, dass er den Praktikanten aus

dem polnischen Swinemünde überrascht anstarrte. Der Kerl war Mitte zwanzig und sah mit seinen tief sitzenden Jeans, den grellen T-Shirts und dem obligatorischen Panamahut so aus, als gehöre er einer Rap-Gruppe an. Aber ab und zu sagte er etwas, bei dem selbst Konfuzius anerkennend genickt hätte. Außerdem konnte er hervorragend mit dem Computer umgehen und war ein Ass in der Online-Recherche. Das war ein Grund gewesen, der die Petersen bewogen hatte, bei Klaus Sturm eine Verlängerung des Praktikums zu erwirken.

«Richtig.» Die Petersen las konzentriert die Anzeige. «Aber Nicola Sencker hat hier vor Ort auch keine Verwandtschaft. Ihre Eltern sind vor einigen Jahren nach Mallorca gezogen, sie wurden bereits benachrichtigt. Ihr Bruder lebt mit seiner Familie in Süddeutschland. Sie ist mit Chiara Lenhardt verabredet gewesen, aber nicht erschienen. Auch auf Lenhardts Anrufe hat sie nicht reagiert.»

«Steht die Identität der Toten eigentlich hundertprozentig fest?», warf Spandorff ein. Er dachte kurz an seine eigene Situation. Seitdem Evelyn bei ihm ausgezogen war und seine Töchter studierten, war er seine eigenen Wege gegangen. Wer würde wohl die Polizei benachrichtigen, wenn ihm etwas zustieße? Womöglich noch die Petersen, die – pflichtbewusst, wie sie ist – bei einem nicht genehmigten Fernbleiben vom Dienst umgehend Meldung erstatten würde. Dieser Gedanke beunruhigte ihn. Vielleicht sollte er sich mal wieder bei Sarah melden. Seine jüngere Tochter hatte sich nach einem missglückten Ausflug in die Welt der Geisteswissenschaften im letzten Jahr für Seeverkehrs- und Hafenwirtschaft in Elsfleth eingeschrieben. Eigentlich eine gute Gelegenheit, häufiger Kontakt zu haben als die vierteljährlichen Telefonate, die zugegebenermaßen nicht mal von ihm, sondern von seiner Tochter ausgingen.

«Laut Berschat steht die Identität fest», erwiderte die Petersen und goss eine grünliche Flüssigkeit aus einer Thermoskanne in einen Becher. «Die Beschreibung und das Foto passen. Außerdem hat sie ein markantes Muttermal an der linken Schläfe. Das DNA-Ergebnis steht zwar noch aus, aber er ist sich sicher. Der Körper war ja nur wenige Tage in der Nordsee, in diesem Zeitraum verändert er sich noch nicht so stark.»

Beziehungsweise das, was vom Körper übrig war, fügte Spandorff in Gedanken hinzu. Für einen kurzen Moment erschienen die Bilder der Fischfraßverletzungen und der abgetrennten Gliedmaßen vor seinem inneren Auge.

«Wir zwei», dabei nickte sie in seine Richtung, «sprechen am besten erst mit Chiara Lenhardt und dann mit Nicola Senckers Arbeitgeber, der ...»

«Nordenhamer Hafengesellschaft», kam es von Jurek.

«Genau, der NHG. Du hältst im Büro die Stellung, Jurek. Bitte versuch, so viel wie möglich über die Tote herauszufinden.»

Der Eifer und der Befehlston der Petersen erinnerten Spandorff an den letzten Mordfall. Sie hatte ihn wie ihren Assistenten behandelt, deshalb waren sie mehrfach aneinandergeraten. Er schob die Erinnerungen beiseite und betrachtete das Foto, das Chiara Lenhardt den Beamten überlassen hatte. Es war schwierig, die Frau auf dem Bild mit dem leblosen Körper am Wattensteg in Einklang zu bringen. Die Aufnahme war auf einem Segelboot entstanden. Nicola Sencker strahlte in die Kamera, ihr Gesicht wurde von blonden Locken umrahmt. Die Fassung ihrer großen Sonnenbrille hatte den gleichen blauen Farbton wie die Tasche, die sie in der rechten Hand hielt. Sie trug weiße Jeans, blaue Segelschuhe und einen roten Marken-Anorak.

«Sie war attraktiv», sagte er.

Die Petersen hob überrascht den Kopf, als irritierte es sie, dass er das überhaupt wahrnahm.

«Stimmt», sagte sie dann nachdenklich. «Wo finden wir Chiara Lenhardt?», fragte sie in Jureks Richtung.

«Im Institut für angewandte Ozeanologie», kam es so prompt, als hätte er bereits auf die Frage gewartet. «Das ist in Bremerhaven, direkt an der Weser», erläuterte er, als er ihren fragenden Blick bemerkte. Ein paar Klicks weiter erschien auf seinem Bildschirm eine Karte, und Jurek zeigte der Chefin die Adresse.

«Dann mal los!» Sie schnappte sich Mantel und Tasche. Spandorff griff sich das Notizbuch und nahm seine Jacke vom Haken. Na gut, Frau Hauptkommissarin, dachte er. Zweiter Fall, zweite Chance.

Wenn sie sich jedoch wieder so unmöglich verhalten sollte, würde er ihr eindeutig die Grenzen aufzeigen.

«Du bist spät dran, der Aufsichtsrat wartet!»

Magnus Steffens beobachtete, wie Clemens Unterlagen sortierte, sorgfältig Dokumente mit NHG-Logo in einem Ordner abheftete und ihm schließlich eine ausgedruckte Powerpoint-Präsentation auf den Schreibtisch legte.

Eigentlich schätzte er es, einen Assistenten zu haben, der sich um sämtliche administrativen Abläufe kümmerte. Manchmal wurde er jedoch das Gefühl nicht los, dass Clemens etwas zu bestimmend auftrat.

«Ohne die Geschäftsführung werden sie wohl kaum mit der Sitzung beginnen.»

Clemens klappte seinen Laptop zu. Sein rundes Gesicht

sah besorgt aus, die grauen Augen zwinkerten nervös. Clemens war ein kompakter, untersetzter Typ, etwa eins achtzig groß, mit schmalen Schultern und kurzen Beinen, dem die Frauen wahrscheinlich nicht gerade reihenweise zu Füßen lagen. Dennoch legte er Wert auf sein Äußeres: Die aschblonden Haare waren stets gut geschnitten, seine Anzüge saßen wie maßgeschneidert, und die Schuhe trug er glänzend poliert. Clemens ließ den Computer in seiner Aktentasche verschwinden. «Natürlich nicht. Aber Mira ist schon da.»

Selbstverständlich war sie das. Seine ältere Schwester war immer schon da, völlig gleich, wie pünktlich er auf der Matte stand. Das war schon früher so gewesen. Egal, ob es um den Sportunterricht, eine Geburtstagsparty oder – wie jetzt – um eine Aufsichtsratssitzung ging, Mira war zur Stelle. Perfekt vorbereitet, damit sie die Schwachpunkte aufdecken und unbequeme Fragen stellen konnte.

Und das würde sie auch gleich tun, da war er sich sicher.

Magnus zog sein dunkelblaues Sakko an und band sich vor dem Spiegel den Schlips. Ihm gefiel, was er sah: dunkle Haare, graue Schläfen, ein wacher Blick aus grünen Augen. Die Narbe über der rechten Schläfe, die er früher so gehasst hatte, störte ihn mittlerweile nicht mehr. Sie verlieh seinem Gesicht etwas Kantiges. Auch mit seiner Statur hatte er seinen Frieden gemacht. Während er früher in der Schule oft wegen seiner schlaksigen Figur gehänselt worden war, kam es ihm heute zugute. Im Gegensatz zu vielen anderen Männern in den Vierzigern musste er nicht mit einem Bauchansatz kämpfen, sondern passte problemlos in seine Maßanzüge.

«Wie geht's nach der Sitzung weiter?» Eigentlich interessierte es ihn gar nicht, er stellte die Frage lediglich, um noch etwas Zeit zu gewinnen. Dabei gönnte er sich einen kurzen Blick aus dem Panoramafenster. Im Hafen setzte ein Kran einen Container mit Frachtgut zentimetergenau auf dem Asphalt ab. Ein Gabelstapler fuhr blinkend vorbei, Männer in blauen Anzügen und signalgelben Helmen wuselten umher.

Clemens wischte über sein iPad. «Baubesprechung für die neue Halle um elf Uhr, um zwölf Uhr beginnt die Strategiesitzung und um dreizehn Uhr Mittagessen mit Dr. Schwager im *Hotel am Markt.* Nachmittags hast du bis fünfzehn Uhr Zeit für Außenbetriebsgespräche, bevor dein Zug nach Hamburg geht. Um siebzehn Uhr dreißig wirst du auf der Konferenz im *Maritim* erwartet.»

Magnus Steffens schloss die Manschettenknöpfe und beobachtete, wie sich das Rolltor einer Halle öffnete und ein Lastwagen mit massiven Baumstämmen das Hafenareal verließ.

«Übernachte ich dort?»

Clemens schüttelte den Kopf. «Die Vorstandssitzung beginnt morgen schon um neun Uhr, das macht also keinen Sinn.»

Schade, er hätte den Abend gerne mit einem Absacker auf der Reeperbahn beendet. Und vielleicht mit etwas mehr, wie in alten Zeiten.

Magnus Steffens blätterte die Präsentation durch, die er gleich vor dem Aufsichtsrat halten würde. Die Zahlen waren, wie erwartet, nicht gerade rosig. In ein paar Minuten würden die Aufsichtsräte mit sorgenvoller Miene die Gewinnentwicklung verfolgen, Mira würde seine Entscheidungen kritisieren und sich mit einem eloquenten Vortrag für die Position der alleinigen Geschäftsführerin empfehlen, und er würde auf die schwierige Konjunktur und die dringend notwendigen Investitionen verweisen.

Als Umschlagunternehmen bot die NHG Hafendienstleistungen von A bis Z an. Um erfolgreich zu sein, mussten jedoch erst mal genügend Güter produziert werden, um sie anschließend quer über den Erdball zum Kunden bringen zu können. Das bedeutete: Knickte die Industrie ein, dann strauchelte auch die NHG. Wenn man sich dann noch mit einigen zusätzlichen Investitionen verhoben hatte, so wie in seinem Fall, konnte das schnell zu ernsten Engpässen führen.

Bisher hatte Clemens es in den Büchern kaschieren können, und zwar ohne dass Mira darüber gestolpert wäre. Aber die Wirtschaft erholte sich seit der Krise nur langsam, die Akquise verlief weiterhin schleppend. Er brauchte frische Aufträge mit ordentlichen Gewinnspannen, und zwar bald. Magnus Steffens ließ den glatten Stoff der Krawatte durch seine Finger gleiten und zog sorgfältig den Knoten fest.

Noch vor kurzem hatte ihm allein der Gedanke an die nächste Aufsichtsratssitzung Schweißperlen auf die Stirn getrieben. Seitdem er wusste, dass sich die Situation in den nächsten Monaten stetig verbessern würde, war das anders. Und bis dahin würde er die Runde mit ein paar Marketingoffensiven hinhalten. Ein paar bunte Organigramme und ein schicker, moderner Stand auf der nächsten Logistikmesse – er würde die Herrenrunde gleich locker um den Finger wickeln.

«Frau Sencker ist übrigens noch nicht da», sagte Clemens.

Mit einem Ruck drehte Magnus Steffens sich zu seinem Assistenten um. «Sie ist heute noch gar nicht ins Büro gekommen?»

«Nein. Die Personalabteilung sagt, dass sie die ganze Woche nicht erschienen ist und sich auch nicht abgemeldet hat.»

«Warum erfahre ich denn davon nichts?», polterte er übertrieben laut.

Eine leichte Röte kroch über das Gesicht seines Assistenten. «Du bist erst gestern aus München zurückgekommen und hattest auch nicht nach ihr gefragt.» Sein Tonfall klang entschuldigend.

Auf Magnus' Stirn bildete sich ein dünner Schweißfilm. Es entstand eine Pause, die beiden Männer sahen sich an.

«Soll ich sie noch mal anrufen?» Clemens' Gesicht war immer noch gerötet. Er war ein fleißiger Kerl und war einen rauen Tonfall nicht gewohnt, da es in der Regel keinen Anlass für Kritik gab.

Magnus Steffens schüttelte den Kopf. «Sie wird schon auftauchen.»

Er schnappte sich seine Unterlagen und nickte Clemens zu, gemeinsam verließen sie das Büro.

Fast im Gleichschritt gingen sie durch den langen Gang zum Konferenzzimmer, aus dem das Geklapper von Kaffeetassen und gedämpftes Stimmengemurmel zu hören waren. Davor hingen Porträts der ehemaligen Geschäftsführer, die den Wohlstand der Nordenhamer Hafengesellschaft in den vergangenen Jahrzehnten begründet hatten. Während des Booms der achtziger und neunziger Jahre war das auch kein großes Kunststück gewesen, dachte Magnus Steffens. Seit der Jahrtausendwende wurde die Konkurrenz jedoch immer stärker und der Kuchen kleiner, da musste man auch schon mal unkonventionelle Wege gehen, um Kurs zu halten.

Ganz am Ende der Galerie war noch Platz, hier würde einmal das Porträt des derzeitigen Firmenchefs hängen. Er hatte nicht vor, sich diesen Platz mit seiner Schwester zu teilen.

Clemens zog die Tür zu, während Magnus Steffens die Runde begrüßte und die Situation mit dem üblichen Small Talk auflockerte.

Lauernd sah Mira ihn an, die dunkelrot geschminkten Lippen fest aufeinandergepresst. «Wo bleibt denn Frau Sencker?», fragte sie so laut, dass es jeder mitbekommen haben musste.

«Ich gehe davon aus, dass sie gleich dazukommen wird.» Magnus Steffens rückte seinen Schlips zurecht und gab Clemens ein Zeichen, die Powerpoint-Präsentation zu starten. «In der Zwischenzeit werde ich einen kurzen Ausblick auf die anstehenden Entwicklungen geben.»

Während seines Vortrags, der so reserviert aufgenommen wurde wie erwartet, war er unkonzentrierter als gewöhnlich. Immer wieder fiel sein Blick auf den Platz, den Nicola in den vergangenen Monaten eingenommen hatte und der nun unbesetzt blieb.

Der leere Stuhl erinnerte ihn an etwas, das er eigentlich lieber vergessen wollte.

Konzentriert befestigte Chiara Lenhardt den Plastikschlauch, der das Glasgefäß blubbernd mit gefiltertem Nordseewasser versorgte, und schloss sorgfältig die Abdeckung. Wie schwerelos schwammen die dunklen Algen in der Flüssigkeit. Filigran und fast schön.

Sie verglich Größe und Struktur der Pflanzen in den verschiedenen Gläsern und notierte die Beobachtungen.

Sie war froh, dass sie den munteren Gesprächen der Kollegen und den E-Mails am Rechner entkommen konnte und nun allein im Kühlraum arbeitete. Mit einer Temperatur von zehn Grad war es zwar nicht so eisig wie in dem auf minus zwei Grad heruntergekühlten Raum am Ende des Ganges, aber trotzdem war es so frisch, dass sie sich eine Strickjacke übergezogen hatte.

Auch gestern Abend hatte Nicola sich nicht gemeldet.

Mittlerweile war Chiara davon überzeugt, dass ihr etwas zugestoßen sein musste.

Sie stützte sich mit den Ellbogen auf der kalten Arbeitsplatte ab und beobachtete, wie sich die Algen im sprudelnden Wasser hin und her bewegten. Vorsichtig schob Chiara das Glas mit den kleinsten Pflanzen unter das helle Neonlicht, das rund um die Uhr brannte.

Sie hatte die Versuchsreihe gut strukturiert und die umfangreichen Beobachtungen gewissenhaft zusammengetragen, sodass bald die Auswertung anstand. Chiara konnte nun direkte Zusammenhänge zwischen den hinzugefügten Nährstoffen in den einzelnen Gefäßen und dem Wachstum der Algen herstellen. Dies wiederum ermöglichte Rückschlüsse auf den Lebensraum der Pflanzen in der Nordsee. Chiara würde die Versuche zügig abschließen und sich dann ganz auf die Ausschreibung für das nächste Projekt konzentrieren.

«Good morning, honey!»

Erschrocken fuhr sie herum.

«Sorry, ich wollte dich nicht erschrecken.» Jack stand im Türrahmen, die Hände abwehrend in die Höhe gehoben. Mit seiner Cordhose, den hellen Turnschuhen und dem bedruckten Shirt sah er eher aus wie ein Student als wie ein Professor für Meeresbiologie, der schon seit vielen Jahren unterrichtete.

«Hast du aber, ich habe dich nicht kommen hören.» Jack war ein netter Kerl, der gerne flirtete, aber manchmal fühlte sie sich fast verfolgt von ihm.

«Kannst du mir noch einmal verzeihen?» Er zwinkerte ihr zu und fuhr, ohne eine Antwort abzuwarten, fort: «Hast du eigentlich meinen Artikel in der neuen *Sea Technology* gelesen?»

«Den über den Abbau von Massivsulfiden in der Tiefsee?»

Er nickte, wobei ihm eine dunkle Haarsträhne über die schwarze Brille fiel. An mangelndem Selbstbewusstsein litt ihr Kollege nicht, schließlich hatte er den Artikel letzte Woche an die ganze Abteilung gemailt.

«Ja, es waren interessante Ansätze dabei», erwiderte sie. «Bist du den ganzen Weg in den Kühlraum gekommen, um mich das zu fragen?» Ihre Stimme hallte von den glatten Fliesen wider.

«Nein, eigentlich nicht.» Sein Gesicht wurde ernst. «Du hast Besuch in deinem Büro.»

«Wer ist es denn?» Chiara sammelte ihre Notizen zusammen und legte sie aufs Klemmbrett.

«Die Polizei.»

Chiara zuckte zusammen. Nicola.

«Hast du eine Ahnung, was sie von dir wollen?»

Sie zögerte. «Vor einigen Tagen habe ich eine Vermisstenanzeige aufgegeben. Eine Freundin von mir hat sich ... Wir waren verabredet und sie ist nicht erschienen ... Ich habe die ganze Zeit probiert, sie zu erreichen, aber ...» Chiara merkte, dass ihre Stimme brach.

Gemeinsam verließen sie den Kühlraum und gingen zurück in den Bürotrakt. Sie musste sich zwingen, nicht wegzulaufen. Sie wollte das, was die Polizei ihr vielleicht zu sagen hatte, nicht hören. Sanft schob Jack sie Richtung Tür.

«Soll ich bei dem Gespräch dabei sein?»

Sie schüttelte den Kopf.

«Wenn du meine Hilfe brauchst, melde dich. Ich bin in meinem Büro.»

Zögernd drückte sie die Klinke hinunter und trat ein. Vor ihrem Schreibtisch standen ein großer Mann in einem dunklen Mantel und eine zierliche Asiatin. Der Mann sah sie abwartend, fast grimmig an, während die Frau ihr entgegenkam und freundlich lächelte.

«Chiara Lenhardt?»

Sie nickte.

«Hauptkommissarin Tomma Petersen. Das ist mein Kollege Ulrich Spandorff.» Sie wies zu dem Riesen, der ein Notizbuch aus seiner Jackentasche zog. «Können wir uns setzen?»

Mechanisch rückte Chiara die beiden Besucherstühle zurecht, ging hinter den Schreibtisch und setzte sich. Sorgfältig ordnete sie die verstreuten Papiere, heftete sie mit einer Büroklammer zusammen und legte sie in eine Ablage.

«Sie haben vor vier Tagen eine Anzeige aufgegeben, nachdem Ihre Freundin Nicola Sencker nicht zu Ihrer Verabredung erschienen ist», begann die Kommissarin.

Wieder ein Nicken. Sie nahm einen Stapel *Bild der Wissenschaft*-Ausgaben und legte sie in eine Schublade. Nicht weitersprechen, dachte Chiara. Sie wollte das nicht hören. Die Beamten wechselten einen kurzen Blick, bevor die Kommissarin fortfuhr: «Wir müssen Ihnen leider mitteilen, dass Ihre Freundin nicht mehr lebt. Es tut uns sehr leid.»

Nein, das durfte nicht sein. Das war sicher ein Missverständnis, und es gab eine ganz einfache Erklärung.

«Frau Lenhardt?»

Nicola war stark und unabhängig, hatte sich von keinem etwas sagen lassen, da ist es doch ausgeschlossen, dass sie …

«Frau Lenhardt, haben Sie verstanden, was ich gerade gesagt habe?»

Erst jetzt bemerkte Chiara, dass sie noch immer mit dem Kopf nickte, rhythmisch, als würde sie so Struktur in das Chaos in ihrem Inneren bringen können.

«Wo?», hörte sie sich sagen. Der Kloß in ihrem Hals wurde größer.

Wieder wechselten die Kommissare einen kurzen Blick.

«Nicola Sencker wurde im Wasser in der Nähe des Wattenstegs in Burhave gefunden», sagte der Kommissar mit fester, tiefer Stimme. «Ihre Verletzungen lassen darauf schließen, dass es kein Unfall war. Auch kein Freitod.»

«Es tut uns sehr leid», wiederholte die Asiatin, und ihre mandelförmigen Augen beobachteten sie genau.

«In der Nordsee? Man hat sie im Meer gefunden?»

Die Kommissare nickten.

Chiara sah Nicola vor sich, im Wasser treibend nach einem verlorenen Kampf. Nico hasste es, zu verlieren.

«Möchten Sie, dass wir jemanden für Sie anrufen? Ihren Mann oder eine Freundin?» Die Stimme der Kommissarin klang weit weg.

Nicola, dachte Chiara. Es ist ihr Job, mich aufzurichten und mir durch schwere Zeiten zu helfen. Sie ist die Einzige, die immer die richtigen Worte findet. Doch Nicola würde nicht mehr mit ihr sprechen. Nie wieder!

Die Endgültigkeit dieser Erkenntnis traf Chiara mit Wucht. Sie vergrub das Gesicht in ihren Händen und weinte. Erst leise, dann immer heftiger, bis schließlich ihr ganzer Körper zitterte.

«Wann haben Sie Nicola Sencker zum letzten Mal gesehen?», fragte die Kommissarin nach einer Weile. Als Chiara aufblickte, sah sie, dass sie eine Packung Taschentücher über den Schreibtisch geschoben hatte.

«Am Freitag letzter Woche, im Butjadinger Yachtclub. Wir hatten uns für Sonntagmittag im *Luzifer* verabredet, in Tossens.» Sie nahm ein Taschentuch aus der Verpackung.

«Aber sie ist nicht erschienen.» Der Riese hatte sein Notizbuch zugeklappt und beiseite gelegt, was ihm einen missbilligenden Blick seiner Kollegin einbrachte.

«Nein.» Chiara wischte sich mit dem Handrücken über die Augen und bemerkte, dass die Wimperntusche Flecken auf ihrer hellen Strickjacke hinterließ. «Etwa eine halbe Stunde habe ich gewartet, vielleicht bis vierzehn Uhr. Ich habe mehrmals probiert, sie anzurufen, aber es meldete sich jedes Mal die Mailbox. Irgendwann bin ich dann gegangen. Als sie sich abends immer noch nicht gemeldet hatte, bin ich nach Nordenham gefahren und habe die Polizei informiert.»

«Was hat Sie denn dazu bewogen, anzunehmen, dass etwas passiert sein könnte?», hakte der Kommissar nach und lehnte sich in seinem Stuhl zurück, der laut knarzte. «Gab es irgendeinen konkreten Grund, davon auszugehen, dass Ihrer Freundin etwas zugestoßen ist?»

Der Kerl hat Nerven, dachte Chiara. Offenbar erschien es ihm abwegig, dass man sich um Freunde und Familie sorgte. Sie nahm sich ein zweites Taschentuch und erwiderte betont ruhig: «Nicola ist absolut zuverlässig. Wenn sie sich verspätet oder ihr etwas dazwischenkommt, dann sagt sie immer Bescheid!» Sie merkte, dass sie über ihre Freundin weiterhin in der Gegenwart sprach. Gedankenverloren knetete sie ihre Hände und fing den fragenden Blick des Kommissars auf. «Rheuma», erläuterte sie knapp. «Die meiste Zeit habe ich es gut im Griff, aber an manchen Tagen ist es schlimm.»

«Nicola Sencker war nicht verheiratet», meldete sich die Kommissarin zu Wort, die in der Zwischenzeit auf ihrem Handy herumgetippt hatte. «Hatte sie einen Partner?»

Chiara zögerte mit der Antwort. «Nein», sagte sie schließlich, «in letzter Zeit nicht. Sie lebt ...», Chiara biss sich auf die Unterlippe, «... lebte ... allein. Ihre letzte feste Beziehung liegt, soweit ich weiß, über ein Jahr zurück.»

«Zu wem außer Ihnen hatte Nicola Sencker denn noch regelmäßig Kontakt?» Die Kommissarin war aufgestanden und sah sich die gerahmten Unterwasser-Fotografien an, die Jack ihr geschenkt hatte. Nervös beobachtete Chiara, dass sie am Regal entlangschlenderte und dabei die Ordner und Fachbücher studierte. «*Fisheries & Aquaculture: Landings and Farmed Production by Chiara Mareen Lenhardt*. Ihr Fachgebiet?»

«Eine Sammlung von Aufsätzen über mein letztes Projekt. Mittlerweile konzentriere ich mich auf andere Fragestellungen.»

«Auf welche denn?»

«Zurzeit untersuche ich das Zusammenwirken von Nährstoffen und Algen. Ich gehe der Frage nach, welche Zusätze sich besonders gut auf das Wachstum auswirken.»

Die Kommissarin stellte sich ans Fenster, die Hände in den Taschen ihrer Jeans vergraben, und sah auf die Weser, auf der gerade die Fähre nach Nordenham ablegte. Chiara entspannte sich etwas.

«Nicola hat in letzter Zeit viel gearbeitet. Sie hatte ihren Job als Marketingleiterin der NHG noch nicht lange, vielleicht eineinhalb Jahre. Sie war voller ehrgeiziger Ideen und Konzepte, hat dabei aber oft auf Granit gebissen. Meistens war sie bis spätabends im Büro, nicht selten bis einundzwanzig Uhr oder länger.»

«Aber sie muss sich doch in ihrer Freizeit mit Leuten getroffen haben. Sie sieht nicht aus wie jemand, der sich alleine in seiner Wohnung verkriecht», meldete sich der Kommissar zu Wort.

«Nein, das stimmt.» Chiara nahm einen Bleistift und legte ihn so auf ihren Schreibtisch, dass er parallel zu ihrem gravierten Kugelschreiber und dem Lineal mit ihren Initialen lag. Aus den Augenwinkeln bemerkte sie, dass der Kommissar sie aufmerksam beobachtete.

«Sie ist auch ausgegangen, war gerne unter Leuten. Das waren aber keine richtigen Freundschaften.»

«Sondern?», kam es von der Kommissarin. Sie nieste und zog nach einigem Suchen ein Taschentuch aus der Jackentasche ihres Trenchcoats.

«Eher …», Chiara suchte nach dem richtigen Begriff, «… Bekanntschaften. In den letzten Monaten hat sie viel Zeit im Yachtclub verbracht. Sie mochte das.»

«Was genau mochte sie daran?», kam es vom Fenster.

«Das Spontane, Unverbindliche. Sie konnte jederzeit zu ihrem Boot, mit den anderen Seglern klönen oder abends mit ihnen feiern, wenn sie Lust darauf hatte. Aber sie hat nie gerne über private Dinge gesprochen. Es blieb immer eine gewisse … Distanz.» Gedankenverloren drehte Chiara an dem Silberring an ihrer rechten Hand.

«Wie haben Sie sich denn eigentlich kennengelernt? Wie Sie es darstellen, sind Sie die Einzige, zu der Nicola Sencker so etwas wie eine Freundschaft entwickelt hat.»

Chiara stiegen erneut Tränen in die Augen. «Im Yachtclub», sagte sie schließlich. «Wir haben beide an einer Regatta teilgenommen und sind in demselben Team gelandet. Das war im Sommer vor drei Jahren. Nicola hatte sich bei dem Törn die Hand verletzt und blutete stark, aber anstatt aufzugeben, hat sie die Wunde verbunden, zwei Aspirin genommen und ist weitergesegelt. Ich habe sie bewundert, weil sie in vielen Dingen ganz anders ist als ich. Damals hatte ich mich gerade von meinem Mann getrennt, sie hat mir in dieser Zeit sehr geholfen. Nicola hat mich darin bestärkt, selbstbewusster zu sein, mehr zu erwarten vom Leben.» Sie knetete das Papiertaschentuch in ihren Händen und fügte leise hinzu: «Vielleicht haben wir uns deshalb so gut verstanden. Weil wir so verschieden waren.»

Die Kommissarin löste ihren Blick von der Weser und setzte sich wieder. Chiara bemerkte, dass sie ihren Ring betrachtete.

«Ich weiß, es ist sinnlos, ihn noch zu tragen. Es ist wohl die Gewohnheit. Und man fühlt sich nicht so alleine.»

«Wie ist sie denn ausgegangen?», fragte der Kommissar unvermittelt. Fortlaufend wippte er mit dem rechten Fuß.

«Wie ist was ausgegangen?»

«Die Regatta.»

«Unser Team hat gewonnen.» Sie lächelte. «Nicola gehörte immer zu den Gewinnern.» Es passte nicht, dass sie umgebracht wurde, dachte sie.

Der Kommissarin schien etwas Ähnliches durch den Kopf zu gehen. «Haben Sie eine Vermutung, wer Nicola Sencker getötet haben könnte?»

Chiara schüttelte den Kopf.

«Vielleicht jemand aus der Firma, dem sie zu ehrgeizig war?»

Chiara dachte nach. Das Handy der Kommissarin summte wieder.

«Nein», sagte sie.

«Sind Sie sicher? Gibt es jemanden, den sie auf der Karriereleiter überholt hat?»

«Doch, warten Sie …» Chiara zögerte. «Es gibt einen Segellehrer im Club, der ziemlich aufdringlich war.»

«Name?» Der Kommissar klappte das Notizbuch auf, das die ganze Zeit unbenutzt auf ihrem Schreibtisch gelegen hatte.

«Hannes Brecht. Er ist eigentlich ein umgänglicher Kerl. Aber er hält sich für unwiderstehlich und kann ziemlich aufbrausend sein.» Chiara zuckte mit den Schultern. «Vielleicht hilft Ihnen das weiter.»

«Wir werden das überprüfen.» Die Kommissarin warf ihr einen eigenartigen Blick zu. Sah man ihr an, dass sie nicht ganz offen war? War sie so eine schlechte Lügnerin?

Die Beamten standen auf. Nachdem sie sie darüber in Kenntnis gesetzt hatten, dass sie sich in den nächsten Tagen zur Verfügung halten und sich melden müsse, falls ihr noch etwas Wichtiges einfallen sollte, waren sie verschwunden.

Chiara war wieder allein. Hatte sie das Richtige getan? Sie vergrub den Kopf in ihren Händen und ließ den unterdrückten Tränen freien Lauf. Doch da war noch ein anderes Gefühl als Trauer.

Chiara spürte nackte Angst.

Nachdem Tomma Spandorff in der Dienststelle abgesetzt hatte, fuhr sie direkt weiter nach Butjadingen. Sie hatten beschlossen, den Nachmittag über getrennte Wege zu gehen – er würde der Nordenhamer Hafengesellschaft einen Besuch abstatten, während sie sich im Butjadinger Yachtclub umsehen wollte.

Tomma befestigte ihr Handy in der Halterung am Armaturenbrett, wählte die Nummer der Dienststelle und stellte die Freisprechanlage ein. Als sie einen Moment zu lange mit dem Display beschäftigt war, wäre sie fast aus einer Kurve geflogen und riss erschrocken das Lenkrad herum. Fluchend beschloss sie, sich besser auf die Straße zu konzentrieren.

Missmutig sah sie durchs Seitenfenster, an dem die karge Landschaft vorbeizog. Im Sommer zeigte sich die Wesermarsch mit strahlend blauem Himmel, leuchtenden Feldern und sattgrünen Wiesen, doch nun wurde es Herbst. Die Bäume verloren die Blätter, die Bauern hatten die Ernte eingefahren, und die Rinder standen auf abgegrasten Weiden. Es würde bald regnen. Ihre Nase kribbelte schon wieder, sie nieste. Mit der rechten Hand tastete sie im Handschuhfach nach Taschentüchern – dieses Mal, ohne den Blick von der Straße zu nehmen –, zog ein Tempo aus der Packung und schnäuzte sich.

«Gesundheit! Hast du einen Schnupfen aufgefangen?», kam es dumpf aus der Freisprechanlage.

Tomma hatte gar nicht bemerkt, dass Jurek sich bereits gemeldet hatte. Obwohl sein Deutsch sehr gut war und er dank seiner Verwandten in Bremen fast akzentfrei sprach, hatte er immer noch Probleme mit der Umgangssprache.

«Das geht schon, danke! Hast du was Interessantes herausbekommen?» Hinter der Kurve tauchte unvermittelt ein Trecker auf, und Tomma trat auf die Bremse.

«Eigentlich nicht.» Papiere raschelten. «Nicola Senckers Eltern werden morgen mit dem ersten Flieger nach Deutschland kommen. Mit dem Gesetz ist sie bislang nicht in Konflikt geraten.»

Damit war auch nicht zu rechnen. Tomma setzte den Blinker, um den Trecker zu überholen, und trat aufs Gaspedal.

«Hatte sie Schulden?», fragte sie und hob die Stimme, um sich gegen den lauten Motor durchzusetzen.

Wieder Papierrascheln.

«Offenbar nicht. Ihre Eigentumswohnung in Nordenham ist bis auf zweiundzwanzigtausend Euro abbezahlt, und das Auto ist geleast.»

«Haben wir denn schon einen genauen Überblick über ihre Kontobewegungen?», fragte Tomma vorsichtig. Sie wollte lieber nicht so genau wissen, wie er an die Informationen gekommen war.

«Nein», kam es zögernd zurück.

«Dann leite das bitte in die Wege. Ganz offiziell. Und die Telefonverbindungen brauchen wir auch. Festnetz und Handy.»

Tomma hatte den Ortskern von Burhave hinter sich gelassen und bog rechts ab nach Fedderwardersiel.

«Hatte sie denn ein Handy bei sich?», kam es überrascht zurück.

«Nein, aber vielleicht taucht es ja noch auf, in ihrer Wohnung oder ihrem Büro.»

Tomma bog nicht links in den Kutterhafen ein, sondern fuhr weiter zum Yachthafen. Sie parkte neben einem Trailer mit einem DLRG-Boot.

«Über den offiziellen Weg dauert es dann aber sehr lange, bis wir die Informationen haben», gab Jurek zu bedenken.

Tomma lächelte. Sie würde ihrem Praktikanten bestimmt keinen Persilschein für seine halblegalen Ermittlungsaktivitäten geben.

«Der offizielle Weg ist Trumpf, Jurek – Ende der Debatte!», sagte sie fröhlich und zog den Zündschlüssel aus dem Schloss.

«In Ordnung», kam es enttäuscht zurück.

Tomma zog ihren Trenchcoat über, schlang den langen Wollschal mehrmals um den Hals, griff nach ihrer Tasche und machte sich auf den Weg zum Clubhaus. Es war zwar kein schöner Spätsommertag, aber das Wetter war angenehmer als gestern: Mittlerweile setzte die Sonne sich immer mal wieder gegen die Wolken durch, und der Wind hatte deutlich nachgelassen.

Sie öffnete die schwere Tür und befand sich offenbar im Aufenthaltsraum der Mitglieder. Der Boden war gefliest, und an den zu einem U aufgestellten Tischen standen Holzstühle.

Die Decke war mit bunten Flaggen geschmückt, und über einem Tresen, auf dem eine junge Frau gerade zwei Gläser abstellte, hingen Wimpel verschiedener Vereine.

«Moin, Tomma Petersen, Kripo Nordenham.»

Sie wartete einen Moment, da die meisten Menschen erfahrungsgemäß einen Augenblick brauchten, um die Information sacken zu lassen. Und dann noch einen Augenblick, um ihre asiatischen Züge mit ihrem Namen in Verbindung zu bringen. Der Frau schien es ebenso zu gehen, denn sie blickte sie nur wortlos an und machte keine Anstalten, sich vorzustellen. Manchmal hatte Tomma das Gefühl, dass sie sich nie an dieses irritierte Starren der Leute gewöhnen würde.

«Kann ich mit jemandem aus dem Vorstand sprechen? Mit dem Vorsitzenden am besten?», fragte Tomma betont freundlich. Es war zwar nicht besonders wahrscheinlich, dass sie jemanden antreffen würde, da die meisten Mitglieder um diese Zeit wohl eher arbeiteten, statt die Segel zu setzen, aber einen Versuch war es wert.

«Sicher.» Die Frau räusperte sich. «Kubi ist draußen bei den Stegen. Heute ist Dienst.» Mit einer unbestimmten Handbewegung wies sie zu den Fenstern, die den Blick auf die Nordsee freigaben.

Sie bemerkte Tommas verständnislosen Gesichtsausdruck.

«'tschuldigung, Sie sind ja das erste Mal hier», murmelte sie und kam um den Tresen herum. «Unser Vorsitzender heißt Andreas Kubiak. Er beaufsichtigt heute den Arbeitsdienst an den Stegen. Wir machen sie winterfertig, Mitte des Monats kommen sie aus dem Wasser.» Sie wischte sich die Hände an einem Geschirrtuch ab. «Kommen Sie, ich bringe Sie hin!»

Sie gingen über den gepflegten Rasen zum Ufer. Die Anlage bestand aus zwei Holzstegen, an denen Segel- und Motorboote vertäut lagen. Hinter der schmalen Hafeneinfahrt war die Nordsee, auf der in der Ferne ein roter Tanker vorbeizog. Zufrieden registrierte Tomma, dass die Boote an den Stegen träge im Watt lagen und darauf warteten, dass die Flut sie umspülen und wieder aufrichten würde. Dass gerade Ebbe war, hatte ihr bereits die Gezeiten-App verraten, die sie heute Morgen beim Frühstück heruntergeladen hatte. Nach der Schlappe mit der falschen Wettervorhersage am Vortag war es schön zu sehen, dass zumindest dieser Download sich gelohnt hatte.

Die Frau zeigte auf einen schlaksigen Kerl in Anorak, Jeans und Turnschuhen, der einen Eimer aus einem gepflegten Segelboot holte, und ging zurück ins Clubhaus.

Tomma sog die salzige Meerluft ein, beobachtete zwei Möwen, die es sich auf einem großen Motorboot bequem gemacht hatten, und ging auf den rechten Steg. Eine ältere Frau kam ihr mit einem Farbeimer entgegen und lächelte ihr freundlich zu. Zwei Mädchen hantierten kichernd mit Handfeger und Schaufel, irgendwo hämmerte jemand. Es roch nach Lack und Putzmittel.

«Herr Kubiak?»

«Ja?» Der Mann war zusammengezuckt, offenbar hatte er sie auf den Gummisohlen ihrer Sneakers nicht kommen hören.

«Tomma Petersen, Kripo Nordenham.»

Mit irritiertem Gesichtsausdruck sah Kubiak erst kurz auf ihren Dienstausweis und dann lange in ihr Gesicht.

Tomma biss die Zähne zusammen. Sie zwang sich, ruhig zu bleiben, und schluckte eine bissige Bemerkung hinunter. Das Risiko, dass Kubiak sonst direkt zu Beginn des Gesprächs dichtmachen würde, wollte sie nicht eingehen.

«Kommen Sie wegen Nicola? Furchtbare Sache …» Kubiak strich sich betroffen über seinen Schnurrbart, der im Gegensatz zu seinem kurzen hellbraunen Haar schon grau war.

Tomma war überrascht, ließ es sich aber nicht anmerken. Der Tod der Seglerin hatte sich schneller herumgesprochen, als ihr lieb war.

«Was wissen Sie denn darüber?» Sie hatte die Erfahrung gemacht, dass es sinnvoll war, sich dem Thema zunächst allgemein zu nähern, um das Eis zu brechen.

Kubiak warf eine Leine auf das Boot und machte einen großen Schritt an Deck.

«Dass sie gefunden worden ist, am Wattensteg. Und dass es kein Unfall gewesen sein soll.» Er hantierte mit einem Schlüsselbund. «Offenbar stimmt es, denn sonst wäre es ja kein Fall für die Kripo.»

Tomma sagte nichts und lehnte sich an einen breiten Holzpfahl.

«Wie gut kannten Sie Frau Sencker denn?»

Kubiak verstaute ein Ruder in einer Kiste und schloss den Deckel.

«Wohl so gut wie alle Mitglieder hier.» Sorgfältig drehte er den Schlüssel im Schloss herum und prüfte, ob es auch wirklich zu war.

«Können Sie etwas genauer werden?» Tomma lächelte ihn betont aufmunternd an. Der Holzpfahl drückte unangenehm in ihr Kreuz, und sie löste sich mit Schwung.

Kubiak nahm eine Wasserflasche aus einer Halterung, drehte den Verschluss auf und trank einen großen Schluck, bevor er antwortete.

«Nicola war oft hier, besonders im Sommer. Sie hat ihr eigenes Boot, die *Freedom*.» Er wies zum Ende des Steges.

Das Segelboot war eines der größeren und sah schick aus. «Ist das denn so etwas Besonderes?», fragte Tomma. Sie klopfte ihre Jeans ab, die etwas Staub vom Pfahl abbekommen hatte.

Kubiak trank noch einen Schluck, bevor er die Flasche wieder zuschraubte und auf die Sitzbank warf.

«Na ja, die meisten Frauen fahren bei ihren Männern mit und haben kein eigenes Boot. Aber Nicola kam manchmal für drei, vier Stunden vorbei, setzte die Segel und machte sich auf den Weg – ganz alleine.» In seiner Stimme schwang Anerkennung mit.

«War sie eher eine Einzelgängerin?» Bisher deckte sich Kubiaks Beschreibung mit der von Chiara Lenhardt.

Kubiak kratzte sich am Hinterkopf. «Nein, so würde ich das nicht sagen. Sie schnackte mit allen und war auch bei den Festen mit dabei.» Sein Blick richtete sich auf den Horizont, als würde er sich in diesem Zusammenhang an ein ganz besonderes Ereignis erinnern. «Nicola drückte sich im Gegensatz zu vielen anderen auch nicht vor den Arbeitsdiensten. Die Regeln legen fest, dass jedes Mitglied zwanzig Arbeitsstunden im Jahr leisten muss – da kam sie spielend drüber.»

«Gab es denn Mitglieder, mit denen sie sich besonders gut verstand?», tastete sich Tomma vor. Sie hustete und kramte in ihrer Tasche nach einem Eukalyptusbonbon.

«Chiara. Die beiden haben viel zusammen gemacht und haben sich wohl auch außerhalb des Clubs getroffen, soviel ich weiß. Und vielleicht noch Hannes – die beiden hat man eine Zeitlang öfter zusammen gesehen.»

«Hannes Brecht, der Segellehrer?»

Kubiak warf ihr einen überraschten Blick zu. «Sie können direkt mit ihm sprechen, wenn Sie wollen – er ist drüben auf seinem Boot. Er gibt gleich noch eine Segelstunde.»

«Bei Ebbe?» Tomma warf einen zweifelnden Blick ins Watt.

Kubiak sah sie an, als würde sie die einfachsten Zusammenhänge nicht begreifen. «Bis die mit der Theorie durch sind, kann man wieder raus. Wenn die Flut kommt, geht das schnell.» Mit seinem rechten Fuß schob er einen Pflasterstein beiseite, der auf dem Holzsteg fehl am Platz war.

«Wieso war Nicola Sencker eigentlich hier bei Ihnen Mitglied?», wechselte Tomma das Thema. «Sie wohnte doch in Nordenham.»

Kubiak zuckte mit den Schultern. «Das ist nicht ungewöhnlich – wir haben auch Mitglieder aus Bremen, Oldenburg oder Osnabrück. Die meisten schätzen die Möglichkeit, von hier aus direkt zu den Inseln zu kommen. Wenn es gut läuft, ist man in acht Stunden auf Helgoland! In Nordenham muss man erst die Weser hoch – das dauert drei bis vier Stunden länger.»

«Gab es denn auch Mitglieder, mit denen sich Nicola nicht gut verstand?» Tomma beobachtete Kubiak genau.

Er legte die Stirn in Falten. «Nicht dass ich wüsste.»

«Gab es vielleicht mal Probleme unter den Seglern, irgendwelche Reibereien?», versuchte Tomma es anders.

«Sicher. Die gibt es jede Saison – zum Beispiel, wenn der Hafenwart die Belegungspläne zusammenstellt.»

«Warum?» Tomma zerbiss das Bonbon.

«Ganz einfach: Die Plätze am Ende der beiden Stege sind die beliebtesten – die Boote sind die ersten, die bei Flut im Wasser sind. Diejenigen, die dort einen Platz haben, können also eher raus und auch später wieder reinkommen.»

«Dann hatte Nicola Sencker also einen der vier begehrtesten Plätze», stellte Tomma mit einem Blick auf die *Freedom* fest, die sich langsam im steigenden Wasser aufrichtete. «Wer kümmert sich denn um die Zuteilung der Liegeplätze?»

«Hannes», sagte Kubiak und verschränkte die Arme.

Nachdem Tomma sich verabschiedet hatte, ging sie hinüber zum Boot von Hannes Brecht. Auch wenn ein Streit um Bootsliegeplätze kein Mordmotiv lieferte, war sein Name im Zusammenhang mit Nicola Sencker immerhin schon zum dritten Mal gefallen. Andreas Kubiak machte auf sie zwar nicht den Eindruck, als würde er irgendetwas verheimlichen wollen. Andererseits war er der Vorsitzende, und es lag nicht in seinem Interesse, durch Verdächtigungen oder Mutmaßungen Unruhe in seinem Verein zu stiften. Gut möglich, dass er deshalb einiges bewusst für sich behielt. Falls es so war, würde sie es in den nächsten Tagen schon herausbekommen.

Sie fand den Segellehrer in ein ernstes Gespräch mit einem Mann mittleren Alters vertieft.

Hannes Brecht trug ausgewaschene Jeans und ein hellblaues Shirt mit Surfer-Logo. Seine Sonnenbrille hatte er in seine kinnlangen hellblonden Haare geschoben, in seinem rechten Ohr trug er einen Stecker. Tomma schätzte ihn auf Anfang dreißig, auch wenn die Sonne bereits deutliche Spuren auf seinem gebräunten Gesicht hinterlassen hatte. Sein Gesprächspartner war der komplette Gegenentwurf: In seine sandfarbene Bundfaltenhose hatte er ein dunkelrotes Poloshirt gesteckt, die kurzen, gepflegten Haare trug er gescheitelt. Aus einem blassen Gesicht blickten Tomma hinter einer randlosen Brille aufmerksame dunkelgraue Augen an.

«Wegen Nicola ...», sagte Hannes Brecht gedehnt, nachdem Tomma sich vorgestellt und den Grund ihrer Anwesenheit erklärt hatte. Seine Stimme war überraschend hell, was nicht recht zu seiner großen Statur passen wollte.

«Wir haben gerade darüber gesprochen, wir stehen ... unter Schock, schätze ich. Wir sind letzte Woche noch zusammen gesegelt, es ist kaum vorstellbar, dass sie jetzt ...» Sein Satz wurde von Tommas Niesen verschluckt.

Der andere Mann, der sich als Ludwig Gessen vorgestellt hatte, nickte betroffen.

«Ich habe gehört, dass Sie und Nicola Sencker sich gut kannten?», fragte Tomma.

Ludwig Gessen klopfte Brecht aufmunternd auf die Schultern, verabschiedete sich und nickte ihr zu. «Gute Besserung. Wenn es schlimmer wird, kommen Sie einfach bei mir vorbei.»

«Er ist Apotheker, hier in Burhave.» Hannes Brecht sah abwesend an Tomma vorbei. «Um den Motor kümmere ich mich!», rief er Gessen hinterher und ergänzte an Tommas Adresse: «Der Außenborder seiner Jolle macht mal wieder Ärger.»

Tomma ignorierte seine Erklärung und kam zurück zum Thema. «Wie gut kannten Sie sich denn nun?» Das Kratzen im Hals wurde stärker, und Tomma zog ihren Wollschal fester.

Hannes Brecht schien einen Moment zu überlegen, wie er auf diese Frage antworten sollte.

«Nicola ist ... war ...» Er stockte. «Nicola war eine klasse Frau, die immer ihren eigenen Weg gegangen ist. Manchmal durften sie einige Menschen ein Stück auf diesem Weg begleiten, aber die größte Strecke ist sie alleine gelaufen.»

Das klang sehr philosophisch für einen Segellehrer, aber Tomma beschloss, das Spiel erst einmal mitzuspielen.

«Gehörten Sie denn zu den Menschen, die Nicola Sencker ein Stück begleitet haben?» Himmel, wie theatralisch.

Hannes Brecht nahm ein Tau und verknotete es gedankenverloren.

«Wir haben uns vor zwei Jahren besser kennengelernt, als sie bei mir Unterricht genommen hat», sagte er, ohne auf die Frage direkt einzugehen. «Wenn Nicola etwas machte, dann machte sie es entweder ganz oder gar nicht. Sie hatte ihren

Segelschein schon längst in der Tasche, war aber immer noch der Meinung, dass sie etwas verbessern konnte, und hat so lange geübt, bis es wirklich nichts mehr zu verbessern gab. Ich habe ihren sportlichen Ehrgeiz bewundert.»

«Außerdem war sie ja auch sehr attraktiv», lenkte Tomma den Blick auf das Wesentliche, bevor Brecht sie noch post mortem für das Bundesverdienstkreuz vorschlug. Sie trat einen Schritt beiseite, um einem Mann auszuweichen, der mit zwei Rudern an ihr vorbeiging.

Hannes Brecht grinste. «Ja. Das wusste sie auch.»

Es entstand eine Pause, offenbar hatte er nicht vor, ins Detail zu gehen. Auf einem Motorboot neben ihnen schob sich eine Böe unter eine Plane, sie blähte sich auf und raschelte im Wind.

«Und was passierte dann?», half Tomma ihm auf die Sprünge.

«Wir begannen eine Affäre», sagte er unvermittelt. Wahrscheinlich hatte er sich überlegt, dass sie es sowieso herausfinden würde, und beschlossen, ihr direkt die Wahrheit zu sagen.

«Wie lange?»

«Vielleicht so bis vor einem Jahr? Ja, das könnte hinkommen.»

Er setzte seine Sonnenbrille auf und wandte seinen Blick kurz zum Mast des Segelschiffes, wo das Tauwerk im Wind leise an das Metall schlug.

«Und das reichte Ihnen? Wollten Sie keine Beziehung?», hakte Tomma nach. Herrgott, dem Kerl musste man wirklich alles aus der Nase ziehen.

«Nein, warum auch?», sagte Hannes Brecht und klang dabei nicht wirklich überzeugend. «Es kam mir sehr entgegen. Keine Verbindlichkeiten, keine Verpflichtungen. Wie ein Abendessen ohne Abwasch, wenn Sie so wollen.» Er grinste.

«Wer hat denn die Affäre beendet?»

«Das kann ich Ihnen jetzt gar nicht mehr genau sagen. Wohl wir beide. Irgendwann ist die beste Zeit vorbei, und das sollte man dann auch akzeptieren.»

«Mir hat aber jemand gesagt, dass Sie es nicht akzeptiert und mit allen Mitteln versucht hätten, Nicola umzustimmen.» Das war zwar nicht ganz zutreffend, aber immerhin einen Versuch wert.

«Wer sagt das?»

«Das ist unwichtig. Stimmt es denn?» Die Sonne hatte sich vor die Wolken geschoben, und Tomma hielt sich die rechte Hand über die Augen, um seine Reaktion zu beobachten.

Hannes Brecht zögerte einen Moment zu lange.

«Nein», kam es dann entschieden zurück. «Nicola war auch keine Frau für eine lange Beziehung. Ihre Unabhängigkeit war für sie das Wichtigste, auch finanziell. Genau das war ja das Besondere an ihr – Heirat, Kinder, ein trautes Heim, all das war überhaupt nichts für sie! Sie hatte andere Interessen und bemerkenswerte Eigenschaften.»

«Zum Beispiel?»

«Sie war freiheitsliebend und unangepasst. Und Nicola hat sich um Schwächere gekümmert. Die Leisen, die ihre Interessen nicht alleine durchsetzen können.»

«Aber das unterscheidet sie doch nicht von vielen ihrer Mitmenschen, oder?» Zugegeben, das war abwertend und provokativ. Aber Tomma wollte herausfinden, ob er es ernst meinte oder nur so dahingesagt hatte, um sich selbst aus der Schusslinie zu bringen.

Hannes Brecht lachte resigniert auf. «Sie kannten sie nicht. Wenn Nicola der Meinung war, dass jemandem Unrecht widerfahren ist, dann hat sie sich für ihn eingesetzt! Viele haben ihr das als Egoismus ausgelegt. Dabei hat sie sich nur um diejenigen, die ihr nahestanden, gekümmert.»

Er warf einen Blick auf seine Armbanduhr und schien froh, dem Gespräch ein Ende setzen zu können. «Ich gebe jetzt Unterricht, wenn Sie weitere Fragen haben, müssten Sie warten oder später wiederkommen.» Er hob den rechten Arm und winkte zum Ufer, offenbar, um jemandem zu signalisieren, dass es gleich losgehen konnte.

Gerade als Tomma ihn nach seiner Mobilnummer fragen wollte, hörte sie einen spitzen Schrei.

«Tomma?»

Abrupt drehte sie sich um und sah eine schlanke Frau Anfang sechzig mit wilden Locken auf sie zurauschen, in der rechten Hand eine große Basttasche.

«Was ... was machst du denn hier?» Es verschlug ihr fast die Sprache.

«Segeln lernen, das wollte ich doch schon lange! Und du?»

«Arbeiten», sagte Tomma tonlos, aber der Satz wurde ohnehin vom Redeschwall ihrer Mutter verschluckt.

Fester Händedruck, ein ernster Blick über die randlose Brille, dann eine einladende Geste.

«Setzen Sie sich doch. Kann ich Ihnen etwas anbieten?»

Es war weniger eine Frage als eine Aufforderung.

«Kaffee, schwarz.»

Mira Steffens rief ihre Sekretärin an, gab die Bestellung auf und widmete ihre Aufmerksamkeit dann wieder ihrem Gast.

Spandorff suchte in ihrem fülligen, stark geschminkten Gesicht nach Anzeichen für Überraschung oder Bestürzung, wurde jedoch nicht fündig. Die Geschäftsführerin der Nordenhamer Hafengesellschaft hatte die Nachricht vom Tod ihrer Mitarbeiterin so neutral zur Kenntnis genommen, als wäre er ein Geschäftspartner und hätte ihr gerade ein Angebot vorgelegt, das sie noch mal überdenken müsste.

«Wie genau kann ich Ihnen helfen?» Ihr Ton war sachlich, aber nicht unfreundlich.

«Wir hätten gerne Zugang zu Nicola Senckers Büro und die Erlaubnis, ihre Unterlagen durchzusehen und ihren PC mitzunehmen. Die Kollegen von der Spurensicherung würden das morgen übernehmen. Ich weise darauf hin, dass wir derzeit noch keinen Durchsuchungsbeschluss haben. Im Laufe der Ermittlungen wird er jedoch mit Sicherheit erforderlich, deshalb würden Sie uns helfen, wenn wir uns bereits jetzt umsehen könnten.»

Mira Steffens zögerte einen Moment. Sie zog das rote Tuch zurecht, das sie über einer weißen Bluse trug, und strich kurz über den rechten Ärmel ihres signalroten Blazers. Am Revers trug sie einen dezenten Anstecker in Form des niedersächsischen Wappenpferdes.

«Sicher», sagte sie dann. «Im Interesse der NHG muss ich mich allerdings darauf verlassen können, dass sämtliche Daten, die das Unternehmen betreffen, absolut vertraulich behandelt werden.»

Ein weiterer ernster Blick über die randlose Brille. Es klopfte an der Tür, und ein junger Mann erschien, um ihm einen Kaffee und Mira Steffens ein Glas Wasser zu servieren.

Spandorff ertappte sich dabei, dass er überrascht war, dass die Sekretärin männlich war, seine Chefin nun freundlich anlächelte und sich diskret wieder zurückzog. Aber warum nicht? Die Petersen war ja auch seine Chefin. Obwohl ihm das nicht passte.

«Kann ich in dieser Angelegenheit sonst noch etwas für Sie tun?» Sie nippte an ihrem Wasser.

«Welche Aufgaben hatte Nicola Sencker denn konkret in der Firma? Sie war die Leiterin des Marketings, richtig?»

«Das ist korrekt. Die Position der Marketingleiterin wurde neu geschaffen. Eine Idee meines Bruders, mit dem ich das Unternehmen gemeinsam leite.» Ihr Tonfall verriet, dass sie von der Neuerung alles andere als begeistert war.

«Bis vor eineinhalb Jahren wurde die Werbung von der Geschäftsführung mit erledigt», fuhr sie fort. «Die Gestaltung und den Druck von Imagebroschüren, Anzeigen oder Werbeartikeln haben wir an kleine Unternehmen vergeben, die wir projektbezogen engagiert haben. Magnus war jedoch der Meinung, dass der Marketingbereich ausgebaut werden müsste, um sich im internationalen Wettbewerb durchzusetzen ...»

«Diese Einschätzung haben Sie offenbar nicht geteilt», warf Spandorff ein.

«Ganz ehrlich?» Ein weiterer Schluck Wasser. «Nein. Ich glaube, dass der Erfolg maßgeblich von den richtigen Entscheidungen der Unternehmensführung abhängt und nicht von bunten Bildern und durchchoreographierten Werbeclips.»

«Aber Sie haben sich geeinigt und Nicola Sencker eingestellt.»

«Richtig.»

«Waren Sie zufrieden mit ihrer Arbeit?»

«Tja, was heißt zufrieden?» Mira Steffens setzte ihre Brille ab und schob sie in ihren kinnlangen Pagenschnitt. «Ich war dagegen, dass die Position überhaupt besetzt wird, also hatte ich mir auch nicht viel von der Arbeit erhofft ...»

«Hat sie sich gut ins Team integriert? Gab es Erfolge?»

«Die Erfolge waren wohl eher persönlicher Natur.»

«Wie meinen Sie das?» Spandorff trank einen Schluck Kaffee, verbrühte sich und stellte die Tasse mit dem blauen NHG-Logo schnell wieder ab.

«Innerhalb kurzer Zeit lief alles über Frau Senckers Schreibtisch, sie hatte Zutritt zu allen wichtigen Sitzungen, fuhr auf jede Logistikmesse. Das würde ich als persönlichen Erfolg werten, der jedoch nichts mit einem Mehrwert für das Unternehmen zu tun hat.»

«Sah Ihr Bruder das genauso?»

Wieder ein trockenes Lachen.

«Nicola Sencker war sehr attraktiv, hatte Ausstrahlung und war sich dessen bewusst. Sie wickelte die Männer um den kleinen Finger.»

«Aber das machte sie doch nicht zwangsläufig zu einer schlechten Mitarbeiterin.» Vielleicht ganz im Gegenteil, fügte er in Gedanken hinzu.

«Das ist richtig. Aber sie setzte es ein, wenn sie mit Argumenten nicht mehr weiterkam.»

«Wie denn?» Spandorff war wirklich neugierig.

Mira Steffens lächelte fein. «Der Ausschnitt war immer ein wenig zu tief, der Rock ein Stück zu kurz, die Lippen zu rot und das Parfüm zu schwer.»

«Aha. Und wie hat Ihr Bruder auf Nicola Senckers Auftreten reagiert?», wollte Spandorff weiter wissen.

Doch Mira Steffens blockte die Frage nicht unfreundlich, aber bestimmt ab. «Das können Sie ihn am besten selbst fragen.»

«Wie war sie denn sonst so als Mitarbeiterin?»

Mira Steffens überlegte eine Weile, als fiele es ihr schwer, ihm eine ehrliche Antwort zu geben.

«Ehrgeizig war sie, bis in die Haarspitzen. Sie hat förmlich gebrannt, wollte weiterkommen im Unternehmen.»

«Hat ihre Art häufig für Konflikte gesorgt? Gab es Kollegen, mit denen sie aneinandergeraten ist?»

Mira Steffens nahm ihre Brille aus dem Haar und setzte sie wieder auf.

«Sie meinen, ob jemand im Unternehmen ein Motiv hatte, sie umzubringen?»

Spandorff nickte.

Mira Steffens zögerte einen Moment, bevor sie antwortete.

«Nicola Sencker war taff, auch egoistisch. Wenn sie sich etwas in den Kopf gesetzt hatte, dann zog sie es durch, ohne Rücksicht auf Verluste. Aber ob sie Feinde im Unternehmen hatte?» Sie überlegte kurz. «Das glaube ich nicht. Probleme gibt es doch in jeder Firma. Auseinandersetzungen sind ein Teil des Arbeitslebens, finden Sie nicht?»

Noch bevor Spandorff antworten konnte, flog die Tür auf, und ein Mann stürmte in den Raum.

«Was soll der Mist? Wieso läuft das hier an mir vorbei?»

Wütend fuchtelte er mit einem Haufen Papieren herum und merkte erst jetzt, dass seine Schwester nicht allein war.

Mira Steffens verzog keine Miene. «Magnus, bist du noch gar nicht auf dem Weg nach Hamburg? Das ist Ulrich Spandorff von der Mordkommission in Nordenham. Herr Spandorff ist hier, um den Tod von Nicola Sencker aufzuklären. Du hast vielleicht schon davon gehört?»

Der Mann sah aus, als hätte jemand den Stecker gezogen und ihm damit jegliche Energie geraubt.

«Was sagst du da?»

«Setz dich doch zu uns. Wilbert bringt dir einen Kaffee, und du kannst berichten, wie deine Zusammenarbeit mit Nicola Sencker war, das interessiert Herrn Spandorff nämlich. Danach können wir auch gleich über die Todesanzeige sprechen.»

Magnus Steffens stand immer noch regungslos da, offenbar unfähig, etwas zu sagen oder zu tun.

Mira Steffens ließ ihren Bruder nicht aus den Augen. Spandorff meinte zu erkennen, dass ein ganz feines Lächeln über ihr Gesicht huschte. Sie genoss anscheinend diesen Augenblick, empfand ihn als Triumph. Das war nicht nur unangemessen, sondern warf auch eine ganze Reihe neuer Fragen auf.

«Drei, vier Tage – das passt in etwa. Spandorff lag mit seiner spontanen Einschätzung also nicht ganz daneben.» Dr. Karl Berschat schnappte sich den Drehstuhl des Kriminaloberkommissars, lehnte sich darin weit zurück und legte die Füße auf den Schreibtisch. Er grinste Jurek an, der konzentriert am Rechner saß und nun fasziniert verfolgte, wie der Rechtsmediziner es sich auf Spandorffs Platz bequem machte.

Tomma sah überrascht von ihren Aufzeichnungen auf. Berschat und Spandorff gaben sich normalerweise nie recht.

«Das sagen Sie jetzt nur, weil er nicht da ist, oder?»

Berschat antwortete nicht, verschränkte die Arme hinter dem Kopf und sah zu dem Whiteboard, das Tomma in die Mitte des Büros geschoben hatte. Ein Foto von Nicola Sencker hing dort, außerdem eines von Chiara Lenhardt und von Hannes Brecht. Alle Bilder waren mit Pfeilen verbunden, davon abgesehen war das Board jedoch noch leer.

Tomma knipste ihre Schreibtischlampe aus. «Was hat die Obduktion denn sonst noch ergeben?»

Berschat hielt einen Umschlag hoch und legte ihn auf Spandorffs Schreibtisch.

«Bis halb zwei stand ich im Obduktionssaal, bis vier habe

ich an dem Bericht geschrieben. Ich bitte um freundliche Beachtung!» Er warf Tomma und Jurek einen strengen Blick zu.

«Wir wissen das zu schätzen …»

«Jaja.» Berschat wickelte einen Kaugummi aus und warf das zerknüllte Papier in den übervollen Korb unter Spandorffs Schreibtisch. Zufrieden kaute er einen Moment, bevor er sich dazu durchringen konnte, Tomma und Jurek an seinen Erkenntnissen teilhaben zu lassen. «Die Langversion findet ihr wie gewohnt im Bericht, die Kurzversion kommt jetzt.»

Er kaute weiter, was sein Gesicht noch hagerer aussehen ließ. Außerdem bemerkte Tomma, dass er dunkle Augenringe hatte, kein Wunder nach der Nachtschicht. Geduldig wartete sie, bis er mit seinem Bericht startete. Dass sie seine Arbeit schätzte, war ernst gemeint. Berschat war zwar ein schrulliger Typ mit einer Neigung zum Zynismus, aber er arbeitete sorgfältig und engagiert. Dass er nun in ihrem Büro saß, war der beste Beweis dafür: Der Rechtsmediziner hatte angeboten, in der Dienststelle vorbeizuschauen, was ihnen die Fahrt nach Oldenburg ins Rechtsmedizinische Institut ersparte. Auf die Teilnahme an der Obduktion hatten sowohl Spandorff als auch sie gerne verzichtet: Bei einer Wasserleiche ist das eine ziemlich aufwendige Angelegenheit. Oder, um es mit Berschats Worten zu sagen, «eine Riesensauerei».

«Wo ist er eigentlich?», fragte Berschat unvermittelt und wies mit dem Kopf zu Spandorffs Rechner.

Was sollte die Frage, reichte ihm ihre Anwesenheit etwa nicht? «Bei der NHG, dem Arbeitgeber der Toten», erwiderte Tomma knapp.

«Nun denn. Einige Untersuchungen laufen noch, ist ja klar. Das toxikologische Gutachten mit allem Pipapo kommt später.» Berschats Kaugummi ploppte. «Aber auch die ersten Ergebnisse sind ganz interessant.» Er lächelte fein in

Jureks Richtung, der seine Spannung nur mit Mühe zurückhalten konnte. Tomma verspürte den Impuls, mit den Armen zu rudern und zu rufen: «Hallo? Ich leite hier die Moko!», ließ es aber sein und blieb ruhig sitzen.

«Also: Drei, vier Tage lag sie im Wasser. Nagelt mich da auf ein paar Stunden nicht fest, das ist eine Schätzung. Hättet ihr die arme Seele in der Badewanne gefunden, wär's schwieriger. So aber, in der kalten Nordsee, um diese Jahreszeit ...» Er warf einen Blick aus dem Bürofenster, vor dem vereinzelt Blätter von einer Kastanie segelten. «So bleibt die Leiche länger frisch, ist ja klar.» Er schnalzte mit der Zunge. «Der Körper weist einige postmortale Verletzungen auf, Abschürfungen an den Knien und Armen zum Beispiel.»

«Vom Meeresgrund?», warf Tomma ein.

«Möglich. Denkbar wäre, dass der Mörder die Leiche beschwert hat – diesen Rückschluss lassen zumindest die Verletzungen an den Armgelenken und dem Fußgelenk zu –, diese dann gesunken ist und von der Strömung über den Boden geschleift wurde. Außerdem haben wir eine kleine strichförmige Hautaufreißung an einem Oberschenkel entdeckt. Ebenfalls postmortal, nicht eingeblutet. Vielleicht von einem Nagel oder einem anderen spitzen Gegenstand.» Stirnrunzelnd betrachtete er ein altes Kofferradio, das auf Spandorffs Schreibtisch stand, und war einen Moment abgelenkt. «Benutzt er das Ding noch?»

«Manchmal am Wochenende, für die Bundesliga», sagte Tomma zerstreut. Sie hatte das dringende Bedürfnis, den Bericht zu beschleunigen. «Und der abgetrennte Unterschenkel? Ist das ebenfalls nach ihrem Tod passiert?»

«Da bleibe ich bei meiner ersten Einschätzung: Die Verletzung wurde ihr vermutlich durch eine Schiffsschraube beigebracht. Nichts Ungewöhnliches bei einer Leiche, die mehrere Tage im Wasser liegt. Auch die Fischfraßverletzungen sind typisch. Kommen wir nun zum spannenden Part – der Kopfverletzung.» Er nahm die Füße von Spandorffs Schreibtisch und setzte sich aufrecht. Der alte Drehstuhl, der normalerweise einen schwerfälligen Oberkommissar gewohnt war und keinen agilen Rechtsmediziner, quittierte die abrupte Bewegung mit einem lauten Quietschen.

«Ich hab euch etwas mitgebracht!» Er griff in eine flache Aktentasche, die er zu Beginn des Gesprächs achtlos auf den Boden geworfen hatte, und zog ein kleines, durchsichtiges Tütchen heraus. «Das Projektil steckte noch in der Schädelhöhle. Da können eure Kriminaltechniker direkt loslegen.»

Tomma nahm ihm das kleine Tütchen ab. «Kannst du Jan Blankerts anrufen und ihn bitten, kurz dazuzukommen?», fragte sie in Jureks Richtung, bevor sie sich wieder an Berschat wandte. «Wäre eigentlich rein theoretisch auch ein Selbstmord denkbar? Wenn wir die Spuren an Hand- und Fußgelenken außer Acht lassen?»

Mit halbem Ohr bekam sie das Gespräch zwischen Jurek und Jan mit und verspürte ein leichtes Ziehen im Magen, als Jurek das Gespräch mit «Gut, dann bis gleich» beendete. Nachdem Jan und sie sich bei ihrem letzten Fall nähergekommen waren, war Tomma wieder deutlich auf Abstand gegangen, weil sie der Meinung war, dass es ihrer Arbeit im Kommissariat nicht guttun würde. In letzter Zeit ertappte sie sich jedoch immer häufiger dabei, dass sie an Jan dachte.

«Nein, dann hätten wir Anzeichen für einen Nahschuss», bemerkte Berschat trocken und holte sie damit abrupt in die Gegenwart zurück. «Wir haben einen kreisförmigen Defekt, ohne Schmauchspuren und Pulvereinsprengungen – typisch für einen Fernschuss.»

Manchmal wünschte Tomma sich, dass der Rechtsmediziner zu weniger detailreichen Darstellungen neigen würde.

«Das Einschussloch befindet sich außerdem am Hinterkopf. Die innere Knochentafel der Schädeldecke war trichterförmig nach innen gewölbt», ergänzte Berschat. «Das wäre ausgesprochen ungewöhnlich für einen Freitod.» Er hob den rechten Arm und verrenkte ihn über seinen Kopf, bis er die Stelle gefunden hatte, wo sich das Einschussloch bei der Leiche befand. «Sehen Sie? So in etwa müsste der Winkel gewesen sein», sagte er ächzend. «Kaum machbar!»

Jurek nickte nach dieser plastischen Darstellung, die Argumentation schien ihm einzuleuchten.

Tomma räusperte sich. «Okay, haben Sie sonst noch etwas Interessantes entdeckt?»

Berschat machte ein enttäuschtes Gesicht und faltete seinen hageren Körper aus Spandorffs Bürostuhl. «Das ist doch schon eine ganze Menge, oder?»

Tomma beeilte sich damit, zu sagen, dass die Ausführungen ausgesprochen hilfreich waren, und bedankte sich. Berschat versprach, sich zu melden, sobald neue Untersuchungsergebnisse vorliegen würden. Schließlich verabschiedete er sich.

Einen Moment lang herrschte Ruhe im Büro, Jureks Finger klackerten auf seiner Tastatur, und Tomma drehte nachdenklich das Tütchen mit dem Projektil in ihren Händen. Sie war gespannt, was die Techniker herausfinden würden. Auch wenn die Waffe sicherlich nicht registriert war, könnten Hersteller und Waffentyp neue Hinweise liefern.

«Hi, ihr wolltet mich sprechen?» Jan erschien in Jacke und Schal im Türrahmen, einen Rucksack über die Schulter. Tomma warf ihm einen verstohlenen Blick zu.

Jan klopfte Jurek zur Begrüßung kurz auf die Schulter und ließ sich in den Besucherstuhl vor Tommas Schreibtisch fallen.

«Danke, dass du direkt vorbeigekommen bist.»

«Kein Problem.» Er fuhr sich durch die kurzen braunen Haare und wies auf den Umschlag. «Berschats Bericht?»

Tomma nickte. «Ich habe ihn dir gerade gemailt. Er hat mir das Projektil der Tatwaffe hiergelassen.»

Sie reichte ihm das kleine Plastiktütchen. Für einen Moment berührten sich ihre Finger, und Tomma zog ihre Hand schnell wieder zurück.

«Morgen früh kümmere ich mich direkt darum. Reicht das?»

Tomma nickte und bemühte sich, einen geschäftsmäßigen Ton anzuschlagen. «Haben die Auswertungen der Spuren am Wattensteg irgendwelche Ergebnisse gebracht?»

Jan schüttelte den Kopf und verstaute das Projektil in seinem Rucksack, seine schwarze Lederjacke knarzte. «Bisher nicht. Wir haben zwar jede Menge Müll und Papier gefunden, aber der stammt wohl von Touristen. Im Wasser haben wir bislang nur den direkten Bereich der Fundstelle abgesucht. Jetzt ziehen wir den Radius größer, vielleicht finden wir noch Kleidungsstücke oder irgendwelche persönlichen Gegenstände von Nicola Sencker. Und morgen nehmen wir uns ihr Büro vor.» Jan beugte sich näher zu ihr. Ein Hauch seines After-Shaves zog zu ihr hinüber, er benutzte immer noch *Cool Water*. «Gehen wir diese Woche mal was zusammen essen?»

Der Themenwechsel kam ziemlich abrupt, und Tomma war darauf nicht vorbereitet.

Aus den Augenwinkeln beobachtete sie, dass Jurek das Gespräch aufmerksam verfolgte und offenbar gespannt war, wie seine Chefin reagieren würde. Eigentlich wäre es ein Arbeitsessen, überlegte sie, schließlich könnte Jan ihr dann von der Durchsuchung berichten.

Sie verabredeten sich für den nächsten Tag im Bistro am Nordenhamer Marktplatz. Jan wollte sich melden, wenn er die Durchsuchung von Nicola Senckers Büro abgeschlossen hatte.

«Okay, dann bis morgen.» Ein freundliches Lächeln, ein etwas zu langer Blick aus seinen Husky-Augen. Ihr Magen zog sich zusammen.

Nachdem er das Büro verlassen hatte, entging Tomma nicht, dass Jurek grinsend vor seinem Rechner saß.

«Ist irgendwas?»

«Nein, warum?», fragte er unschuldig. «Schön, dass du mit Herrn Blankerts jetzt wieder enger zusammenarbeitest.»

«Die Teams müssen sich intensiv austauschen, da darf es keine Reibungsverluste geben.» Wieso rechtfertigte sie sich eigentlich? Ein typisch weiblicher Reflex, den sie sich dringend abgewöhnen musste.

Sie gab Jurek für den Rest des Tages frei und vertiefte sich in den Obduktionsbericht, den Berschat gewohnt detailliert und mit vielen Fachbegriffen formuliert hatte. Zwischendurch rief Spandorff an und berichtete von seinem Gespräch mit Mira Steffens.

Im Hintergrund hörte Tomma Stimmen und Gläserklirren, offenbar war er in einer Kneipe. Tomma fragte nicht nach, sie war schon froh, dass er sich überhaupt meldete und beschlossen hatte, seinem Mobiltelefon eine Chance zu geben – dem ersten in seiner Laufbahn.

Als Spandorff erwähnte, dass er seinen Personalausweis beim Pförtner liegen gelassen hatte, bot Tomma ihm sogar spontan an, einen kleinen Umweg zu machen und ihn auf dem Rückweg nach Oldenburg für ihn abzuholen. Sie wunderte sich über die strengen Sicherheitsbestimmungen, die NHG glich einem Hochsicherheitstrakt.

Nachdem sie das Gespräch beendet hatten, las Tomma den Bericht zu Ende. Im Wesentlichen erläuterte er die Befunde, die Berschat ihnen bereits mitgeteilt hatte. Tomma legte die Mappe in die oberste Schreibtischschublade. Spandorffs Beobachtungen in der NHG waren interessant, anscheinend gab es innerhalb der Geschäftsführung starke Konkurrenzkämpfe. Ob Nicola Sencker zwischen die Fronten geraten war und die Situation irgendwann eskaliert ist? Sie öffnete die Datei NHG, in der Jurek Informationen zu der Firma zusammengestellt hatte. Viel stand noch nicht drin, nur ein paar Geschäftszahlen. Das Unternehmen gehörte mit seinen zweihundertfünfzig Mitarbeitern und einem jährlichen Umsatz von rund dreißig Millionen Euro zu den größeren Spielern in der Wesermarsch, von hier aus gingen Güter in die ganze Welt.

Als Tomma endlich das Licht im Büro ausknipste und die Polizeidienststelle verließ, wurde es bereits dunkel. Mist, sie hatte eigentlich deutlich früher nach Hause fahren wollen. Ob es sich noch lohnte, bei der NHG vorbeizufahren? Sie beschloss, es zu probieren, vielleicht war die Pforte ja ständig besetzt.

Als sie das Bürogebäude mit der großzügigen Glasfront erreichte, schien niemand mehr da zu sein, auch im Hafenbereich war alles ruhig. Das Unternehmen verfügte über zwei Silos und drei große Hallen, an das Bürogebäude schlossen sich die Kaianlagen an. Eine vierte Halle war zur Hälfte fertiggestellt, hier stand ein Kran neben aufgeschichtetem Kies und Sand.

Der gesamte Bereich war abgesperrt, gesichert durch Schranken und die Wachpforte, von der Spandorff berichtet hatte. Leichter Nieselregen hatte eingesetzt, und Tomma schaltete den Scheibenwischer ein. Echtes Schietwetter. Doch auch bei der Wachpforte war es dunkel. Dann würde sie wohl morgen früh wiederkommen müssen.

Tomma legte den Rückwärtsgang ein, um sich auf den Heimweg zu machen, als sie ein flackerndes Licht im Bürogebäude bemerkte. Sie hielt inne, stellte den Scheibenwischer eine Stufe höher und sah angestrengt durch die Scheibe. Für einen Moment dachte sie, dass sie sich geirrt hatte, doch dann sah sie es erneut. Ein Wachmann, der seinen Kontrollgang machte?

Tomma fiel das kleine Fernglas ein, das ihre Mutter ihr vor einigen Jahren geschenkt hatte, und öffnete das Handschuhfach. Mit ruhiger Hand stellte sie die Gläser ein. Da war es wieder! Das Licht tanzte hinter den großen Fenstern, spiegelte sich kurz und erlosch dann wieder. Wenn es ein Wachmann wäre, würde er die Räume sicherlich gleichmäßig durchleuchten. Hier bewegte sich jedoch jemand hektisch fort, schaltete die Taschenlampe immer wieder aus und verharrte nun schon eine ganze Weile in einem Raum.

Tommas Fingerspitzen kribbelten. Die Person wäre wahrscheinlich längst verschwunden, bevor die Verstärkung eintraf. Aber ein Alleingang kam auch nicht in Frage – das hatte sie aus dem letzten Fall gelernt.

Sie parkte, stellte den Motor ab und wählte Spandorffs Nummer. Nach ein paarmal Klingeln meldete er sich, was Tomma überraschte – der Kollege hatte sich tatsächlich mit seiner technischen Neuerung angefreundet! Während sie mit ihm sprach, ließ sie das Gebäude nicht aus den Augen. Spandorff klang zwar alles andere als begeistert, sagte aber zu, in einer halben Stunde mit zwei Kollegen da zu sein.

In dreißig Minuten erst! Tomma biss sich auf die Unterlippe und trommelte mit den Fingern auf dem Lenkrad. Da sie den Motor ausgestellt hatte, wurde es kalt im Wagen, und die Scheiben beschlugen. Tomma putzte sich die Nase. Ihre Gedanken wanderten zum Butjadinger Yachtclub. Sie war alles andere als begeistert darüber, dass ihre Mutter einen Kurs bei Hannes Brecht machte. Hoffentlich würde Helma nach den ersten «Klar zur Wende»-Kommandos und kabbeligem Seegang die Lust an ihrem neuen Hobby verlieren. Falls nicht, würde sie mit ihr darüber reden. Was brachte Helma überhaupt dazu, plötzlich die Yogamatte gegen ein Segelboot einzutauschen? Tomma nieste.

Eine ganze Zeit lang blieb sie noch sitzen, dann fasste sie einen Entschluss. Sie stieg aus und drückte vorsichtig die Autotür zu. Nachdem sie ihr Handy auf lautlos geschaltet hatte, wanderte ihre Hand instinktiv zum Holster unter ihrer rechten Jackentasche, und sie registrierte erleichtert, dass die Dienstwaffe an ihrem Platz war.

Mit zügigen Schritten ging Tomma auf den nassen Pflastersteinen zur Wachpforte, setzte einen Fuß in das engmaschige Netz der Schranke, drückte sich vom Boden ab und sprang mit einem Satz auf die andere Seite. Der Weg zum Haupteingang war schwach beleuchtet, sie musste sich also beeilen, um sich nicht zu lange auf dem Präsentierteller zu bewegen.

Als sie die imposante Glastür mit dem großen NHG-Logo erreicht hatte, drückte Tomma gegen den Messingknauf, obwohl sie nicht damit rechnete, dass sie hier hineinkommen würde. Zu ihrer Überraschung war die Tür offen – jemand hatte sie mit der Fußmatte blockiert.

Tomma stutzte. Was machte das für einen Sinn? Und wieso wurde kein Alarm ausgelöst, wenn die NHG sonst so auf ihre Sicherheit bedacht war? Schemenhaft erkannte sie den Empfangstresen, daneben eine Sitzgruppe und etwas weiter links eine Treppe. Sie warf einen Blick auf ihre Armbanduhr. Wie lange war das Gespräch mit Spandorff her – etwa zwanzig Minuten?

Tomma tastete nach ihrem Handy und drückte aufs Display. Nun war es hell genug, um die Umrisse der Treppe erkennen zu können. Lautlos ging sie auf den mit dickem Teppich ausgelegten Stufen ins zweite Stockwerk. Sie ließ ihr Mobiltelefon wieder in der Jackentasche verschwinden und blieb einen kurzen Moment stehen. Links und rechts vom Flur gingen Büros ab, ganz am Ende sah sie auf der linken Seite den Lichtschimmer. Wenn die Person jetzt auf den Flur trat, würde sie sie sofort entdecken. Deshalb bog Tomma links in das erste Büro ab und sah sich um.

Hinter dem Schreibtisch zeichneten sich nicht nur die Umrisse eines Regals und eines Aktenschrankes ab, sondern auch die einer Tür. Sie drückte die Klinke und gelangte ins nächste Büro, das ähnlich aussah wie das erste. Offenbar waren die Räume durch Zwischentüren miteinander verbunden, perfekt! Lautlos ging Tomma weiter, bemüht, nirgendwo anzustoßen. Ausgerechnet jetzt juckte ihre Nase, und sie musste erneut niesen. Sie drückte den Ärmel ihres Trenchcoats vors Gesicht, um das Geräusch abzudämpfen. Leise schloss sie die nächste Bürotür hinter sich und warf einen Blick aus dem Fenster zum Vorplatz. Schranke, Pförtnerhäuschen und Parkplatz lagen noch immer verlassen da, von Spandorff war weit und breit nichts zu sehen.

Das nächste Büro musste das letzte in der Reihe sein. Es war ruhig, auch drang kein Lichtschein unter der Tür durch. Tommas Atem ging schneller.

Vorsichtig drückte sie die Klinke hinunter und spähte durch den Türspalt. Eine menschliche Silhouette hob sich vom Schreibtisch ab, kleiner und schmaler, als Tomma erwartet hatte. Als die Person die Schublade wieder zuschob, gab diese ein dumpfes Geräusch von sich, als Nächstes hörte Tomma den Reißverschluss einer Jacke. Nun schaltete die Person die Taschenlampe wieder ein, der Lichtkegel tastete unruhig die Wand ab.

Tomma atmete tief durch. Mit ruhiger Hand griff sie nach ihrer Dienstwaffe, löste sie aus dem Holster und entsicherte sie.

«Stehen bleiben, die Hände auf den Tisch!» Ihre eigene Stimme kam ihr unnatürlich laut vor.

Die Person fuhr zusammen, drehte sich um und sprang mit einem Satz in Richtung Tür.

«Stehen bleiben!», rief Tomma erneut. Sie tastete an der Wand nach einem Lichtschalter, erwischte ihn und kniff die Augen zusammen, als das Zimmer in grelles Neonlicht getaucht wurde. Aus den Augenwinkeln beobachtete sie, dass der Einbrecher gegen einen Rollcontainer stieß und auf den Flur hastete.

Tomma sprintete hinterher, ihre Dienstwaffe im Anschlag. Die drahtige Person lief zu den Treppen. Sie war schnell und hatte nun einen beträchtlichen Vorsprung.

Tomma fluchte und versuchte dranzubleiben. Sie hörte die dumpfen Schritte nach unten poltern, immer mehrere Stufen auf einmal. Mit einem hastigen Blick über das Treppengeländer verfolgte sie, dass die Person kurz auf die Knie fiel, sich jedoch schnell wieder aufrappelte.

Wo zum Teufel blieb Spandorff? Nichts war zu hören, abgesehen vom unkontrollierten Atmen des Einbrechers. Unten angekommen, hielt Tomma inne. Ein schneller Blick zur Eingangstür und in die Flure – nichts. Ihr Herz schlug bis zum Hals.

Der Eingangsbereich bot keine Möglichkeit, sich zu verstecken, abgesehen vom Empfangstresen. So dumm, sich in eine Sackgasse zu manövrieren, schien der Einbrecher nicht zu sein. Tomma hatte den Eindruck, dass er sich in dem Gebäude auskannte und genau wusste, was er tat. Wo war er hin? Er konnte sich doch nicht in Luft aufgelöst haben!

In diesem Moment fiel hinter ihr eine Tür ins Schloss.

Tomma fuhr herum.

Sie rannte zur Tür und stieß sie auf. Der Ausgang führte direkt ins Hafengebiet, ein kalter Windstoß schlug ihr entgegen. Der Kai lag verlassen da, Laternen warfen mattes Licht auf die Pflastersteine, die im Nieselregen glänzten. Weiter rechts schlossen sich die Container und Getreidesilos an, die sie schon von der Straße aus gesehen hatte. An einem Kran schwang eine Kette quietschend hin und her, in der Ferne erklang ein Nebelhorn. Von dem Einbrecher war weit und breit nichts zu sehen.

Tomma biss die Zähne zusammen und unterdrückte ein Fluchen. Ihr Handy vibrierte. Die Verstärkung war eingetroffen.

In diesem Moment nahm Tomma ein Motorengeräusch wahr. Verdammt! Tomma rannte los, ihre glatten Sohlen rutschten auf den glitschigen Pflastersteinen. «Stehen bleiben!», brüllte sie, obwohl sie wusste, dass es sinnlos war. Als sie am Ende des Kais angekommen war, sah sie nur noch den Schatten eines Motorbootes, das sich vom Ufer entfernte. Tomma zog ihre Waffe und richtete sie auf das Boot, ließ sie aber kurz darauf wieder sinken. Es hatte keinen Zweck.

Das Licht wurde immer schwächer, bis der Nebel es schließlich verschluckte. Keuchend stützte Tomma die Hände auf den Knien ab.

«Er muss eine Chipkarte gehabt haben – anders kann ich es mir nicht erklären!» Der Mann, der sich als Bertil Thornhagen und Sicherheitsmanager der NHG vorgestellt hatte, kratzte sich am Hinterkopf und wies auf den Eingang.

«Sehen Sie, es ist nichts beschädigt, außerdem löst der Alarm sofort aus, wenn eine unbefugte Person das Gebäude betritt.» Er machte einen betretenen Eindruck, als nehme er es persönlich, dass jemand in sein Revier eingedrungen war. Entsprechend missmutig hatte auch das Telefonat geklungen, das er zuvor mit Mira Steffens geführt hatte.

«Was ist mit der Tür zum Hafen?», fragte Tomma.

«Was soll mit ihr sein?»

«Kann sich jemand Zutritt verschaffen, wenn er erst einmal unbemerkt aufs Gelände gelangt ist?», warf Spandorff ein. Nicht zum ersten Mal hatte Tomma den Eindruck, dass der Kollege peinlich genau darauf achtete, ihr bei den Befragungen nicht das Feld zu überlassen.

«Nein. Man kann zwar vom Gebäude den Hafen betreten, aber nicht umgekehrt.» Thornhagen zupfte sich verlegen an seinem rechten Ohr, das die Farbe einer reifen Tomate angenommen hatte. «Und selbst das sollte eigentlich nicht sein. Der Pförtner ist angehalten, die Tür zu verschließen, bevor er geht. Aber vielleicht hat er es vergessen.»

«Und wieso löst der Alarm nicht aus, wenn man einfach über die Schranke spaziert?», fragte Tomma schnell, um Spandorff zuvorzukommen.

«Weil wir zwar wissen wollen, wenn Unbefugte ins Gebäude eindringen, aber nicht davon ausgehen, dass sie sich im Hafengebiet herumtreiben», erläuterte Thornhagen, während sich der Trupp Richtung Obergeschoss in Bewegung setzte. «Die Schranke soll hauptsächlich dafür sorgen, dass die Autofahrer stehen bleiben, sich einweisen lassen und den

Wagen dann auf den dafür vorgesehenen Parkplätzen abstellen.» Der Sicherheitsmanager seufzte. «Tja, und hier draußen gibt es nichts zu holen! Hier lagert zwar allerhand Zeugs. Kies, Sand und so weiter. Und Container mit Stückgut, aber die sind bombensicher verschlossen. Wenn Sie die abtransportieren wollen, müssten Sie schon mit einem Schwertransporter vorfahren. Und *das*, junge Frau ...», er atmete noch einmal langsam ein und aus, «... *das* würde auffallen.»

Mittlerweile waren sie im zweiten Stockwerk angekommen.

Thornhagen ging vorweg, schaltete das Licht an und klimperte mit einem dicken Schlüsselbund, das signalisierte, dass er zu allen Bereichen Zutritt hatte.

«Nutzen die Mitarbeiter auch die Chipkarte, wenn sie das Gebäude wieder verlassen?», fragte Tomma und gab sich Mühe, seinen gönnerhaften Tonfall zu ignorieren.

Bertil Thornhagen nickte. «Der Chip erfasst ja auch ihre Arbeitszeiten.»

«Aber rein theoretisch kann man das Gebäude auch ohne Karte verlassen?»

Erneutes Nicken. «Schon. Aber nur während der Kernarbeitszeiten von acht bis siebzehn Uhr. Danach haben die Mitarbeiter zwar weiterhin Zutritt, nutzen ihre Chipkarte aber beim Betreten *und* beim Verlassen der NHG.» Er sah sie mit seinen hellen, wässrigen Augen ernst an. «Aus Sicherheitsgründen.»

Tomma überlegte. Dann hatte jemand die Chipkarte geklaut, sich Zutritt verschafft und wollte sie dann zurücklassen? Anders konnte sie es sich nicht erklären, dass die Eingangstür nicht ganz zugezogen, sondern nur angelehnt war. Das machte keinen Sinn.

Sie waren am Ende des Flurs angekommen. Ein Blick auf

das Türschild bestätigte Tommas Vermutungen – *Nicola Sencker. Head of Marketing.*

«Da ist den Jungs der Kriminaltechnik wohl jemand zuvorgekommen», bemerkte Spandorff trocken.

«Was ist so wichtig, dass man es verschwinden lassen will, bevor wir es in die Finger bekommen?» Tomma bedankte sich bei Thornhagen.

«Genauso interessant ist die Frage, *wer* es verschwinden lassen wollte», warf Spandorff ein. «Die NHG-Geschäftsführung kommt nicht in Frage, das Management auch nicht. Die können sich hier zu nachtschlafender Zeit aufhalten, ohne sich verdächtig zu machen. Wahrscheinlich wird es von ihnen sogar erwartet.» Er hatte sich Plastikhandschuhe übergestreift und blätterte in einem Kalender, der auf Nicola Senckers Schreibtisch lag.

«Vielleicht ein Geschäftspartner?», schlug sie vor.

«Und woher hatte der den Chip?»

Abgesehen von einer umgestürzten Pflanze und einem verrutschten Bild, sah das Büro ordentlich aus. Ziellos zog Tomma einige Schubladen auf, war jedoch ziemlich sicher, dass das, was sie wirklich interessiert hätte, mittlerweile nicht mehr hier war.

Tomma steckten die Verfolgungsjagd und die Erkältung in den Knochen, sie fühlte sich zerschlagen. Morgen früh um sieben würde Jan mit seinem Team anrücken, bis dahin würde das Büro bewacht werden. Da konnten sie ihren Arbeitstag genauso gut beenden und nach Hause fahren. Vielleicht würden ein paar Stunden Schlaf verhindern, dass ihre Erkältung in eine Grippe umschlug.

«Na, sieh mal einer an …»

«Hm?» Tomma drehte sich um.

Spandorff bückte sich, hob etwas auf und reichte es ihr.

«Eine Chipkarte?» Tomma zog verwundert die Augenbrauen hoch und betrachtete das weiße Kärtchen, das etwa so groß war wie eine Visitenkarte.

«Wir wissen natürlich nicht, ob es dieselbe ist, die der Einbrecher genutzt hat», gab er zu bedenken.

«Aber wir sollten sie auf jeden Fall untersuchen lassen.»

Sie ließ die Tür hinter sich ins Schloss fallen und nickte dem Beamten, der den Wachposten vor Nicola Senckers Büro bezogen hatte, freundlich zu.

Als Tomma die Tür zu ihrer Wohnung im Oldenburger Ziegelhofviertel aufschloss, war es fast zehn. Hatte sie sich vorhin noch müde und ausgelaugt gefühlt, war sie nun wieder munter.

Das kannte sie schon: Eigentlich müsste sie komplett erledigt ins Bett fallen, stattdessen pulsierte das Adrenalin in ihren Adern, und sie kam nicht zur Ruhe. In den ersten Dienstjahren hatte sie versucht, sich dagegen zu wehren, und sich schlaflos hin und her gewälzt. Jetzt akzeptierte sie die Reaktion ihres Körpers und machte einfach das Beste draus.

Ihr Magen knurrte, und Tomma fiel auf, dass sie den ganzen Tag nichts Richtiges gegessen hatte. Nachdem sie sich aus Trenchcoat und den Sneakers gepellt und den Anrufbeantworter abgehört hatte, schickte sie eine kurze Nachricht an ihre Freundin Bea.

Tomma zog dicke Wollstrümpfe an, ging in die Küche und warf einen Blick in den Vorratsschrank. Sie griff zu Spaghetti und Dosentomaten, legte sie zusammen mit Schinkenwürfeln, einer Zwiebel und einer Paprikaschote auf die Arbeitsplatte und stellte einen Topf Basilikum dazu. Während sie das Wasser aufsetzte und die Zwiebeln in der Pfanne anbriet, dachte sie an Jan und ihre morgige Verabredung im

Bistro am Markt. War ihr schwarzer Rock eigentlich im Schrank oder noch in der Wäsche? Im gleichen Moment kam Tomma sich albern vor. Es war ein reines Arbeitsessen, bei dem sie die Ermittlungsergebnisse austauschen würden. Mehr nicht!

Tomma gab passierte Tomaten, die gewürfelte Paprikaschote und Kräuter in die Pfanne und stellte die Flamme kleiner. Das Wasser kochte, und sie schüttete eine halbe Packung Spaghetti in den Topf.

Auf dem iPod klickte sich Tomma durch verschiedene Alben, entschied sich für Adele und verband ihn mit der Station. Als es an der Tür klingelte, stellte Tomma den Ton leiser.

«Mann, das riecht aber gut!» Bea hatte eine Flasche Wein und zwei Magnum in der Hand und drückte Tomma zur Begrüßung einen Kuss auf die Wange. Nachdem sie das Eis in den Gefrierschrank gelegt hatte, steuerte sie auf den großen Holztisch in der Küche zu.

«Was gibt es denn?»

«Spaghetti mit Tomatensauce à la Tomma. Machst du den Wein auf?»

Es war schön, dass Bea vor einiger Zeit in die Wohnung über ihr gezogen war. So konnten sie sich kurzfristig verabreden und mussten nicht erst quer durch die Stadt fahren, wenn sie Lust auf einen Klönschnack hatten. Die gemeinsamen Essen waren inzwischen zu einem festen Ritual geworden, bei dem die Rollen klar verteilt waren: Während Tomma kochte, sorgte Bea für Wein und Nachtisch. Notfalls auch spät am Abend.

«Rate, wen ich heute in der Stadt getroffen habe!» Bea klemmte die Flasche zwischen ihre Knie und zog an dem Korken.

«Keine Ahnung.» Tomma probierte die Spaghetti und goss sie ab. «Kai Pflaume?»

«Scherzkeks.» Der Korken ploppte, und Bea nahm zwei Gläser aus dem Wandschrank. «Jan! Und zwar nicht allein. Neben ihm lief eine junge Frau, sehr attraktiv! Sie hatte sich bei ihm eingehakt. Hat er eine Neue?»

Tommas Magen zog sich zusammen. Jan war wieder liiert? Davon hatte sie gar nichts mitbekommen. Bea hatte sich auf ihren Stammplatz am Fenster gesetzt, die langen Beine unter dem Tisch ausgestreckt, und krempelte die Ärmel ihres geringelten Shirts hoch. Gespannt fixierten ihre grünen Augen Tomma.

«Falls es so wäre, würde er das wohl kaum mit mir besprechen.» Tomma streute gewürfelten Feta-Käse in die Sauce und gab die Spaghetti hinzu.

«Würde es dir denn etwas ausmachen?» Bea pustete ihren dunkelblonden Pony aus dem Gesicht und reichte Tomma ein Weinglas.

«Nein, warum denn? Wir sind Kollegen, mehr nicht.» Sie nippte an dem Glas, der Rotwein schmeckte fruchtig und samtig. «Alles hat sich prima normalisiert. Morgen Mittag gehen wir zusammen essen. Rein beruflich.» Tomma stellte den dampfenden Topf auf den Tisch. «Ehrlich. Da ist nichts mehr!»

Bea lachte. «Wenn deine Verdächtigen genauso schlecht lügen wie du, könnt ihr den Fall bald zu den Akten legen.»

«Sehr witzig.» Tomma befüllte die Teller.

«Sorry.» Bea wurde wieder ernst. «Habt ihr denn schon eine Spur?»

Tomma erzählte von dem seltsamen Einbrecher und der Flucht mit dem Motorboot. Dann wanderte die Unterhaltung weiter zu Nana und Frerk. Die beiden hatten vor zwei

Jahren geheiratet. Auf Nanas Junggesellinnenparty im *Loft* war Tomma ziemlich abgestürzt und hatte Jan kennengelernt.

Auch wenn sie es nicht zugeben würde, versetzte Beas zufällige Beobachtung ihr einen kleinen Stich. Sie sah Jan vor sich, wie er Arm in Arm mit seiner Freundin durch die Innenstadt schlenderte, schwer bepackt mit Einkaufstüten. Abrupt schob sie den Gedanken beiseite. Die Trennung war ihre Idee gewesen. Da konnte sie sich nun wohl kaum beschweren, wenn er sich mit anderen Frauen traf. Aber dennoch blieb da dieses Ziehen im Bauch …

Nachdem Bea gegangen war, blieb Tomma noch eine Weile am Küchentisch sitzen. Es war ein schöner Ausklang eines frustrierenden Arbeitstages gewesen. Noch immer ärgerte sie sich darüber, dass der Einbrecher hatte entkommen können. Vielleicht fanden die Kriminaltechniker morgen irgendwelche Hinweise darauf, wer Nicola Senckers Büro durchsucht hatte.

Tomma leerte das Weinglas und gähnte. Das Aufräumen verschob sie auf morgen.

Sie hievte sich aus dem Stuhl, putzte sich die Zähne, schloss die Tür ab und schaltete das Licht aus.

Auf dem Weg ins Schlafzimmer fiel ihr Blick auf ihr blinkendes Handy, das neben ihrer Tasche auf der Anrichte im Flur lag. Tomma klickte auf den Maileingang ihres Kommissariats-Accounts und starrte ungläubig aufs Display. Die Adresse des Absenders lautete «DieWahrheit_21@yahoo.de».

Mit einem Schlag war sie wieder hellwach.

FREITAG

Magnus Steffens ließ sich in den weichen Sitz sinken, nippte an seinem Kaffee und klappte den Laptop auf.

Draußen flog die flache Landschaft vorbei, der ICE hatte zügig Fahrt aufgenommen, nachdem sie Hamburg verlassen hatten. Die Zugbegleiterin, eine üppige Frau jenseits der fünfzig, kontrollierte die Tickets. Als sie ihn erkannte, lächelte sie freundlich. Charmantes Lächeln zurück, dazu ein verschmitztes Augenzwinkern, das seine Wirkung nicht verfehlte. Sie errötete leicht, wünschte ihm noch einen schönen Tag und wendete sich dem nächsten Fahrgast zu.

Magnus Steffens knöpfte sein marineblaues Sakko auf, schlug die Beine übereinander und sah auf die Uhr. Der ICE war pünktlich, er würde seinen Anschlusszug in Bremen bekommen und rechtzeitig zur Sitzung im Büro eintreffen. Clemens, der seine Entscheidung, doch in Hamburg zu übernachten, gestern mit einem Stirnrunzeln quittiert hatte, würde zufrieden sein.

Magnus Steffens trank noch einen Schluck Kaffee und versuchte, sich auf die Zahlenkolonnen auf dem Bildschirm seines Laptops zu konzentrieren, doch es gelang ihm nicht.

Seitdem Mira ihn telefonisch darüber informiert hatte, dass Nicolas Büro durchsucht worden war, wurde er das Gefühl nicht los, die Kontrolle zu verlieren.

Hatte Nicola etwas Relevantes aufbewahrt? Hatte sie irgendetwas abgespeichert oder kopiert, das heikel für ihn sein könnte? Bisher hatte er die unbequemen Fragen jedes Mal mit «Nein» beantwortet, ihm war jedoch klar, dass er genauso gut etwas übersehen haben konnte.

Nicola. Sie war nicht berechenbar gewesen und alles andere als mittelmäßig. Das machte sie jedoch nicht nur aufregend, sondern allem Anschein nach auch gefährlich.

Sein Handy klingelte. Als er es aus der Hosentasche ziehen wollte, stieß er versehentlich den Pappbecher mit dem Kaffee um. Die braune Brühe ergoss sich über den Klapptisch und tropfte auf den dünnen Stoff seiner Hose. Er fluchte.

«Ja?» Eilig klappte er den Laptop zusammen und brachte ihn in Sicherheit.

«*My friend, how are you? Is everything okay?*»

Als er erkannte, wer sich so mitfühlend nach seinem Befinden erkundigte, biss er die Zähne aufeinander. Jetzt war diplomatisches Geschick gefragt.

«*I'm okay. Right now I'm going through some minor trouble*», antwortete er mit Blick auf seine durchnässte Hose. Es sollte Small Talk sein, ein unverbindlicher Scherz, aber ihm war klar, dass sie die Phase der Unverbindlichkeiten hinter sich gelassen hatten. Sein *friend* sah das offenbar genauso.

«*Trouble, eh? I understand. That's why you're interested in the deal, I suppose?*»

Ja, er war interessiert, verdammt. Ihm war nur schleierhaft, wie er ihn nach den jüngsten Ereignissen noch abwickeln konnte. Die Beamten würden nicht nur Nicolas Büro auf den Kopf stellen, sondern sich auch die anderen Abteilungen vornehmen.

«*Would you like to receive an e-mail with the conditions?*», fragte sein Gesprächspartner.

«*No!*» Himmel, bloß nichts Schriftliches. Ihm war klar, dass die Behörden im Heimatland seines *friend* beide Augen zudrückten und versehentlich zerstörte Festplatten wahrscheinlich der Normalfall waren. Mit den deutschen Justizbehörden im Nacken sah das jedoch etwas anders aus.

«*Thanks, no written offer!*», wiederholte er. «*We'll talk about the deal in Istanbul, okay?*»

Bis dahin würde er die Situation kalkulieren und die Details ausarbeiten. Denn das war es, was seinen Geschäftspartner am meisten interessierte: Wann konnte es losgehen?

Sie tauschten noch ein paar Belanglosigkeiten aus, bevor Magnus Steffens das Gespräch beendete. Die internationale Logistikmesse am Bosporus begann am Montag. Das verschaffte ihm etwas Zeit, einige Vorkehrungen zu treffen.

Der ICE erreichte den Bremer Hauptbahnhof pünktlich, Magnus Steffens stieg um und war rund eine Stunde später in Nordenham. Sein Fahrer wartete schon, wünschte einen guten Morgen und reichte ihm die *Nordwest-Zeitung*. Als sie die NHG erreichten, öffnete sich die Schranke, und die schwarze S-Klasse glitt sanft an der Wachpforte vorbei. In Nicolas Büro brannte Licht, also war die Kripo schon da und drehte jede Büroklammer um.

Ein schneller Blick auf die Uhr – ein Geschenk seiner Frau, mit der er zumindest auf dem Papier noch verheiratet war –, die erste Sitzung begann in einer Viertelstunde. Zeit genug, um noch einen kurzen Abstecher zur neuen Lagerhalle zu machen, die für seine künftigen Geschäfte eine wichtige Rolle spielen würde.

Magnus Steffens stieg aus und schlug die Autotür zu. Er sog die frische, klare Luft ein, hängte sich den Mantel so über den Arm, dass von dem Kaffee-Malheur nichts zu sehen war, und betrat das Hafengelände. Es roch nach Teer, Wasser und dem würzigen Holz der Baumstämme, die in der Lagerhalle darauf warteten, verschifft zu werden.

Für Außenstehende war es immer wieder faszinierend zu sehen, wie die Räder eines Umschlagunternehmens ineinandergriffen, wie die Schiffe gelöscht und wieder beladen wurden. Geld verdiente man nur, wenn sich etwas bewegte, und hier gab es keinen Stillstand. Auch Magnus Steffens konnte sich der Faszination des Mechanismus, der so präzise funktionierte wie ein Schweizer Uhrwerk, nicht entziehen. Nichts war spannender als die Arbeit in einem solchen Unternehmen. Und keine Position war interessanter als die des Geschäftsführers.

«Moin!» Der Bauleiter hatte ihn entdeckt, rückte seinen gelben Helm zurecht und streckte ihm die Hand entgegen.

«Moin. Verläuft alles nach Plan?» Er musste seine Stimme heben, um sich gegen den Lärm eines Krans und eines vorbeifahrenden Gabelstaplers durchzusetzen.

«Klar, Chef. Wollen Sie kurz reinkommen?»

Magnus Steffens folgte ihm. Das neue Hallensystem war teuer, aber notwendig, und es würde ihnen einen deutlichen Vorsprung gegenüber ihren Mitbewerbern verschaffen.

Mittelfristig würde es nicht nur möglich sein, Nahrungs- und Futtermittel, Rohöl- und Mineralölzeugnisse sowie Steine und Erden umzuschlagen, sondern auch verstärkt Eisen und Stahl. Das würde ihnen ganz neue Perspektiven eröffnen, insbesondere auf dem boomenden Markt in China.

Mira sah das naturgemäß anders, scheute sich vor dem großen Wurf und vertrat weiterhin eine Firmenpolitik der kleinen Schritte. Doch das war mit ihm nicht zu machen. Er war überzeugt davon, dass die Halle eine Investition in eine glänzende Zukunft war.

«Und? Sieht gut aus, oder?» Der Bauleiter sah ihn erwartungsvoll an.

Magnus Steffens nickte. Ja, die Halle sah gut aus. Zusammen mit den Investitionen im Marketing und dem Büro in Singapur, das ebenfalls seine Idee gewesen war, bedeutete sie jedoch Verbindlichkeiten, die sich nicht aus der Portokasse bezahlen ließen. Besonders nicht, wenn Mira jede noch so kleine Ausgabe mit Argusaugen überwachte. Er brauchte Geld, und zwar schnell.

Magnus Steffens verabschiedete sich und ging in sein Büro, um seinen Anzug zu wechseln. Als er kurz darauf auf dem Weg zur Vorstandssitzung war, hatte er eine Entscheidung getroffen. Er erkundigte sich bei Clemens nach dem Stand der Vorbereitungen für die anstehende Reise und wies ihn an, die Termine gründlich zu organisieren.

In Istanbul durfte nichts schiefgehen.

Als Chiara Lenhardt die Tür zu ihrem Büro im Institut aufschließen wollte, zitterte ihre Hand. Im Raum war es warm und stickig, und Chiara riss das Fenster auf, um Sauerstoff hineinzulassen. Sie goss Wasser in die Kaffeemaschine, schüttete vier Löffel des dunklen Arabicas in den Filter und stellte sie an. Während die Maschine gluckernd in Gang kam, fuhr sie den Rechner hoch und las ihre Mails.

Es klopfte an der Tür. «Guten Morgen, Honey!» Jack steckte den Kopf durch die Tür. Sein Blick fiel auf die Kaffeemaschine. «Das riecht gut. Genau das brauche ich, um den Tag zu überstehen!»

Chiara verzog den Mund zu einem leichten Lächeln und schloss das Fenster wieder. «Wenn du dir einen Becher mitbringst, bist du herzlich eingeladen.» Nachdem die Kommissare gestern gegangen waren, hatte sie ihm die Umstände von Nicolas Tod erzählt. Sie war dankbar dafür, dass er daraufhin die Kollegen informiert hatte und sie außerdem gebeten hatte, von neugierigen Nachfragen abzusehen.

Jack zog seine Hand hinter dem Rücken hervor und zeigte den riesigen «New York Yankees»-Becher. «Schon passiert. Allerdings dürfte für dich nicht mehr viel übrig sein, nachdem ich mich bedient habe.» Er grinste. Dann wurde er ernst. «Warum bist du denn nicht zu Hause geblieben und ruhst dich aus? Jeder hier hätte dafür Verständnis!»

Sie schüttelte den Kopf. Bloß das nicht. Sie wollte Routine, zur Normalität zurück, und das gelang ihr am besten mit einem geregelten Tagesablauf.

«Mein Schreibtisch ist voll, und das ist genau das, was ich jetzt brauche. Zu Hause bin ich alleine. Ich würde mir den Kopf darüber zerbrechen, wer Nicola das angetan hat. Das hilft keinem.» Chiara schenkte Kaffee ein und schob ihm Milch und Zucker zu.

«Hast du einen Verdacht, wer es gewesen sein könnte? Eine Ahnung?» Jack sah sie nicht an, sondern beobachtete, wie sich die Milch in dem Kaffee verteilte.

«Nein, wieso?» Chiara warf ihm einen überraschten Blick zu. Mechanisch strich sie den dunklen Rock glatt und richtete den Kragen ihres weichen Kaschmirpullovers.

«Na ja, du hast viel Zeit mit ihr verbracht. Du kanntest sie wohl am besten.»

Chiara rieb sich ihr schmerzendes Knie und lehnte sich zurück, um die Distanz zwischen ihnen zu vergrößern. «Das stimmt wohl. Aber trotzdem tappe ich genauso im Dunkeln wie alle anderen.»

«Sie war eine faszinierende Frau.»

Chiara stutzte. «Kanntest du sie denn?»

Jack antwortete nicht sofort, sondern pustete in den Becher und trank vorsichtig einen Schluck. «Du hast sie letztes Jahr mitgebracht, zum Institutsfest. Erinnerst du dich nicht?»

Stimmt, das hatte sie ganz vergessen. Es war ein milder Abend im Juli gewesen. Nach den offiziellen Reden hatten sie noch ein paar schöne Stunden in den festlich geschmückten Pagodenzelten verbracht. Da hatte sie die beiden einander wohl vorgestellt.

«Wir haben uns danach noch zwei Mal getroffen», schob Jack hinterher. Dabei vermied er es, Chiara anzusehen.

Chiara erstarrte. «Wann?»

«Keine Ahnung.» Jack fühlte sich sichtlich unwohl in seiner Haut. «Im Sommer. Ich wollte es dir eigentlich auch direkt erzählen, ich meine, was ist schon dabei? Ich war Single und sie auch. Es ist ja kein Verbrechen, mit jemandem auszugehen, oder?»

«Nein», sagte Chiara fast tonlos.

«Aber Nicola wollte nicht, dass du es erfährst. Ich weiß noch, dass ich das eigenartig fand. Aber ich habe gedacht, das ist wahrscheinlich so ein Frauending, das ich nicht verstehe. Ich hab's dann einfach gelassen.»

Jack und Nicola? Chiara versuchte, sich ihre Fassungslosigkeit nicht anmerken zu lassen. Wie passte das in das Bild, das sie von Nicola hatte? Hatte sie ihr auch in anderen Dingen nicht die Wahrheit gesagt?

«Und weiter?» Ihr war plötzlich kalt, und sie umschloss mit beiden Händen den warmen Becher.

«Tja, nichts weiter. Das Ganze war genauso schnell vorbei, wie es begonnen hatte. Ich habe seitdem keinen Kontakt mehr zu ihr gehabt. Das Ganze war eher kurz und ...» Er suchte nach dem richtigen Wort.

«Ja?»

«Heftig.» Jack grinste schief und fuhr sich durch die dunklen Haare.

«Warum hast du mir denn gestern nichts davon erzählt?» Sie versuchte, so unbeteiligt wie möglich zu klingen.

«Na hör mal, du standest unter Schock, warst total aufgelöst. Du hättest dich mal sehen sollen!» Jack schob die schwarze Brille auf seine Nasenwurzel. «Für mich war das alles längst abgehakt. Aber du hast eine enge Freundin verloren! Wenn ich mir vorstelle, dass einem guten Kumpel von mir so etwas zustoßen würde ...» Er beendete den Satz nicht, sondern hob nur hilflos die Arme. «Mein Angebot war ernst gemeint: Wenn ich dir irgendwie helfen kann ...»

Chiara setzte den Becher ab. Routine und Normalität – das war es, was sie brauchte. In den letzten Tagen waren schreckliche Dinge passiert, und sie hatte das Gefühl, täglich neue Informationen verarbeiten zu müssen. Sie wusste überhaupt nicht mehr, was sie denken sollte. Wenn es ihr nicht gelang, ihrem Alltag wieder eine Struktur zu geben, würde sie noch verrückt werden. Außerdem musste sie nachdenken, und dafür wollte sie alleine sein.

«Jack, das ist nett von dir, ich weiß das zu schätzen. Aber *Aquazensus* wartet, und ich muss mich um die Auswertung kümmern, morgen ist Abgabe.» Merkte er, dass ihre Stimme eine Nuance kühler geworden war?

Jack erhob sich, schob sorgfältig den Stuhl zurück an den Schreibtisch, und nickte ihr aufmunternd zu. «Es wird mit jedem Tag besser, ganz bestimmt.»

Oder auch nicht, dachte Chiara. Vielleicht stand ihr das Schlimmste noch bevor.

«Waffenhandel?» Klaus Sturm riss entsetzt die Augen auf.

Spandorff sank in die bequeme Ledercouch, die der Polizeidirektor eigentlich für wichtige Besucher reserviert hatte. Neben ihm rutschte die Petersen in ihrem Sessel unruhig hin und her, in dem massiven Möbelstück sah sie noch lütter aus als sonst.

«Die Mail kam gestern Abend. Die Hinweise mögen auf den ersten Blick aberwitzig klingen, aber wir müssen ihnen nachgehen.»

Konzentriert las Klaus Sturm den Text, den die Petersen ihm ausgedruckt hatte. Abgesehen von dem Blatt Papier und einer gerahmten Fotografie seiner Familie, war sein Schreibtisch leer. Er selbst würde es vermutlich damit begründen, dass er effektiv delegieren konnte und ansonsten alle wichtigen Dinge im Kopf hatte. Nach Spandorffs Einschätzung hing die Ordnung in seinem Büro jedoch eher damit zusammen, dass er sehr wenig, seine Untergebenen dafür umso mehr arbeiteten.

«... mache ich Sie darauf aufmerksam, dass in den letzten Monaten systematisch Waffen verschifft worden sind», las Sturm laut vor. «Sie verlassen Nordenham in Richtung solcher Staaten, gegen die ein Waffenembargo der Europäischen Union verhängt worden ist. Die NHG unterstützt so verbrecherische Regime, die ihre Bürger terrorisieren, unterdrücken und töten.»

Sturm schüttelte ungläubig den Kopf und las die Mail zu Ende. «Bitte nutzen Sie diese Informationen absolut vertraulich. Da der Kreis derjenigen, die über die Vorgänge informiert sind, exklusiv ist, würde mich ein Vertrauensbruch unmittelbar in Gefahr bringen. Dies ist umso wichtiger, als dass in Kürze ein weiterer Transfer geplant ist. Mit näheren Informationen werde ich mich wieder bei Ihnen melden. Gezeichnet, *Die Wahrheit.*»

«Was zum Teufel soll das?» Sturm schob die Mail ein Stück von sich weg und sah die beiden Kommissare über den Rand seiner Lesebrille hinweg an.

Die Petersen zuckte mit den Schultern. «Jemand, der erst mitverdient und dann kalte Füße bekommen hat?»

«Oder jemand, der von den Machenschaften durch Zufall erfahren hat und noch eine Rechnung offen hat», sagte Spandorff.

«Warum spaziert er dann nicht ins Kommissariat und erstattet Anzeige?» Sturm überflog die Zeilen erneut, als könne er nicht glauben, was er vorgelesen hatte.

«Das müssen wir herausfinden», sagte Tomma. «Vielleicht ist es ja auch nur jemand, der sich wichtig machen will, und die Mail entbehrt jeder Grundlage. Ich habe dem Absender natürlich zurückgemailt, aber bisher keine Antwort erhalten.»

«Sie, liebe Frau Petersen, werden gar nichts herausfinden. Ihre Qualität als Ermittlerin in allen Ehren, aber das ist ein Fall für die Kollegen aus Hannover!»

Überrascht löste Spandorff den Blick von einem Wandgemälde, das krakelige Kreise und Dreiecke zeigte, also offenbar moderne Kunst war. Nun wurde es spannend. So leicht würde sie sich den Fall bestimmt nicht wegnehmen lassen.

«Das LKA?» Durch die Petersen ging ein Ruck. «Halten Sie das für sinnvoll? Die Kollegen kennen sich doch hier überhaupt nicht aus! Es ist doch offensichtlich …»

Bingo, er hatte es doch gewusst.

«Waffenhandel!», sagte Sturm erneut, dieses Mal noch lauter. «Wissen Sie, was das bedeutet? Das ist keine regionale Kiste und auch keine Landessache. Da ist direkt der Bund im Spiel! Und wenn man das nicht ganz sensibel anpackt und die Probleme hinter den Kulissen so geräuschlos wie möglich löst, führt das für Berlin schnell zu internationalen Querelen!» Sturm stand auf und ging zum Fenster. «Es wäre nicht das erste Mal, dass es diplomatische Verstimmungen gibt, weil ein Staat nicht dafür sorgen kann, dass die europäischen Vereinbarungen eingehalten werden.»

Auf seinem Hals, direkt über seinem gestärkten weißen Kragen, hatten sich rote Flecken gebildet. Es war ungewohnt, den Boss so aufgebracht zu erleben, und Spandorff registrierte, dass sich sein Körper ebenfalls anspannte.

Auch der Petersen blieb die Tragweite nicht verborgen, sie schien sich ihren nächsten Schritt gut zu überlegen.

«Aber wir haben hier einen Mordfall! Es könnte sein, dass er mit diesem ...» Sie tippte auf die Mail. «... mit diesem Hinweis zusammenhängt. Schieben Sie die Angelegenheit nicht komplett nach Hannover.»

Und lassen Sie mir die Leitung der Moko, ergänzte Spandorff in Gedanken.

«Wir könnten doch parallel arbeiten, mit zwei Teams.» Die Petersen war in ihrem Ledersessel nach vorne gerutscht und sah den Polizeidirektor eindringlich an. «Wir machen tägliche Lagebesprechungen, tauschen die Informationen aus. Davon werden alle profitieren! In der Wesermarsch ticken die Uhren anders als in der Landeshauptstadt. Die Kollegen werden auf Übersetzer angewiesen sein.»

Sturm stand immer noch am Fenster, die Hände in seiner gebügelten Bundfaltenhose vergraben, die Stirn in Falten gelegt. Er schien über die Entwicklungen nicht begeistert zu sein.

«Richtig, Spandorff?», kam es plötzlich von der Petersen.

Überrascht sah er sie an. Was sollte das denn jetzt, wollte sie ihn zum Komplizen machen? Offenbar war ihr die Sache so wichtig, dass sie auch eine Niederlage in Kauf nahm, falls er anderer Meinung sein sollte und sich vor Sturm gegen sie wendete. Spandorff stand bei ihm zwar nicht hoch im Kurs, aber er war einer seiner ältesten und auch erfahrensten Beamten. Seine Einschätzung würde also durchaus Gewicht haben. Es war eine gute Chance, sich zu profilieren und der Petersen dabei einen kleinen Denkzettel zu verpassen.

Spandorff überlegte. Allerdings: Wem würde das nutzen? Wenn er ehrlich war, hatte sie ausnahmsweise mal recht mit ihrem Vorschlag. Außerdem wollte auch er nicht, dass das LKA übernahm, wenn es brenzlig wurde, und sie dastanden wie die letzten Döspaddel, die Nachhilfe von den plietschen Ermittlern aus der Landeshauptstadt benötigten.

Klaus Sturm sah ihn erwartungsvoll an.

Spandorff gab sich einen Ruck. «Zwei Teams, plus eine enge Abstimmung», sagte er knapp. «Ich seh das auch so.»

Überrascht schnellte Sturms linke Augenbraue in die Höhe, von der Petersen gab's ein angedeutetes Lächeln.

«Ich werde ein paar Telefonate führen.»

Schweigend gingen sie zurück ins Büro. Die Kollegen, die sie auf dem Flur trafen, warfen ihnen neugierige Blicke zu und traten dann freundlich zur Seite. Spandorff wusste, dass sie zusammen ein eigenartiges Bild abgaben. In der Kantine hatte er neulich wieder zwei Kollegen über den japanischen Vater der Petersen spekulieren hören. Angeblich hatte sie ihn nie kennengelernt, weil der Kontakt zwischen ihm und ihrer deutschen Mutter abgebrochen war, noch bevor sie damals nach Deutschland zurückkehrte. Ihm sollte es egal sein, er interessierte sich nicht für den Tratsch in der Dienststelle. Die meisten Kollegen hatten das ungleiche Duo mittlerweile akzeptiert. Ganz im Gegensatz zu ihm, dem ihre bestimmende Art und ihr ständiges Herumgetüdel mit ihrem Handy ziemlich auf den Senkel ging. Spandorff seufzte. Hätte Sturm bei der Neubesetzung Mumm gehabt, wäre er, Spandorff, jetzt Chef des ersten Fachkommissariats und nicht die Petersen. Aber Sturm war ein PR-Coup wichtiger gewesen als ein schlagkräftiges Team, das von einem erfahrenen Kommissar geleitet wurde.

Im Büro hing jeder seinen Gedanken nach. Die Petersen sah angestrengt auf ihren Monitor, und Spandorff suchte die Telefonnummer seines Kumpels beim Wasser- und Schifffahrtsamt in Bremerhaven. Vielleicht könnte er ihnen helfen, herauszufinden, wo der Körper ins Wasser gelassen worden war. Jurek war mit Jan Blankerts und seinem Team bei der NHG und nahm das Büro von Nicola Sencker auseinander.

Den Polizeidirektor hörte man schon von weitem. Sein Gang hatte etwas Militärisches – er näherte sich mit zügigen, gleichmäßigen Schritten. Sturm nickte zackig und lehnte sich an den Türrahmen.

«Okay, ich habe mich entschieden.» Bedeutungsvolle Pause, um die Spannung zu erhöhen. «Wir machen es so wie vorgeschlagen. Zwei Teams, ein intensiver Austausch, tägliche Lageberichte nach Hannover. Und keine Alleingänge!» Den letzten Satz richtete er an die Petersen, die sich keine Mühe gab, ihre Erleichterung zu verbergen.

«Natürlich nicht», strahlte sie.

«Frau Petersen, ich meine es ernst. Falls die Mail korrekte Hinweise enthalten sollte und falls unsere Wasserleiche in irgendeiner Form damit in Verbindung steht, dann ist dieser Fall drei Nummern größer als alles, was Sie bisher gemacht haben. Und wenn irgendetwas schiefgeht, bedeutet das nicht nur das Ende Ihrer jungen Karriere. Dann werden noch ein paar weitere Köpfe rollen – unter anderem meiner.» Der joviale Unterton, sonst sein stetiger Begleiter, war verschwunden. Keine Frage, der Boss stand unter Druck.

«Um die beiden Teams optimal zu verzahnen, muss ein erfahrener Ermittler in die LKA-Gruppe wechseln, quasi als Verbindungsmann. Wie ein Scharnier, das für eine geräuschlose Zusammenarbeit sorgt.» Sturm spielte mit seiner Armbanduhr. «In Abstimmung mit Hannover ist die Wahl auf Sie gefallen, Spandorff.»

Er zuckte zusammen. «Auf mich? Wieso das denn? Das kann doch auch jemand anders machen!»

«Was spricht denn dagegen?» Sturm gab sich überrascht.

«Bei meinen Lehrgängen während der Ausbildung habe ich keine guten Erfahrungen gemacht und …»

«Keine Widerrede, Spandorff. Sie werden doch jetzt keine Scharmützel von vor über dreißig Jahren ins Feld führen!» Der Polizeidirektor wischte die Bedenken mit einer Handbewegung beiseite.

Dann erläuterte er, dass die Kollegen bereits heute Nachmittag in der Dienststelle eintreffen würden und es ausgesprochen hilfreich wäre, wenn sie jemand in Empfang nehmen und ihnen die Dienststelle zeigen könnte. Spandorff entging nicht, dass Sturm ihm einen aufmunternden Blick zuwarf und die Petersen nur mühsam ein Grinsen unterdrücken konnte.

Na wunderbar, das hatte er nun davon, dass er der Chefin zur Seite gesprungen war. Nun durfte er den Fremdenführer spielen und sich mit den Lackaffen aus Hannover herumschlagen.

Tomma betrat das Bistro und grüßte Norman, der hinter dem Tresen Gläser polierte. Sie bestellte einen Orangensaft, nahm ihn direkt mit und suchte sich einen ruhigen Platz in einer

Ecke. Um die Mittagszeit war hier immer viel los, der Raum war erfüllt von Stimmengewirr. Ein dezenter Knoblauchduft zog durch den Raum, Besteck klapperte, gelegentlich klirrte ein Glas.

Tomma war nicht direkt zum Bistro gefahren, sondern hatte vorher noch einen kurzen Abstecher zu Nicola Senckers Wohnung gemacht. Sie trank einen Schluck Saft und dachte an das Gespräch, das sie dort mit Nicola Senckers Eltern geführt hatte. Stumm hatten sie Tomma in der weißen Designerküche gegenübergesessen: zwei braun gebrannte Anfangsiebziger, die mechanisch Tommas Fragen beantwortet hatten, aber noch gar nicht zu begreifen schienen, was um sie herum passierte. Für die Ermittlungen waren die Aussagen kaum relevant. Nicola Senckers Eltern lebten seit Jahren in Spanien und wussten bemerkenswert wenig vom Leben ihrer Tochter. Fragen nach Freunden, privaten Problemen oder nach Nicolas Arbeit beantworteten sie mit einem unsicheren Schulternzucken. Auch bei einem Rundgang durch die Wohnung hatte Tomma nichts entdecken können, was ihre Aufmerksamkeit erregt hätte.

Sie winkte einem Kollegen zu, der ein paar Tische weiter in einer Zeitung blätterte. Einige Minuten später kam Jan herein und schmiss seinen Rucksack auf die Eckbank. Nachdem sie ihr Essen bestellt hatten, sah Tomma ihn erwartungsvoll an.

«Und?»

«Und was?» Jan pellte sich aus seiner Lederjacke. Über der dunkelblauen Jeans trug er statt eines Sweatshirts ein kariertes Hemd, was ihm ziemlich gut stand. Wie unprofessionell, dachte sie, dies ist ein Arbeitsessen! Sie lenkte ihre Gedanken wieder auf den Fall.

«Na, Nicola Senckers Büro! Habt ihr was Interessantes gefunden?» Tomma trank einen weiteren Schluck. Sie mochte es nicht, so auf die Folter gespannt zu werden. Wahrscheinlich hatte Jan sich den Tick von Dr. Berschat abgeguckt.

«Ich denke, es hat sich gelohnt: Acht Kisten Bürokram plus der Rechner, wir haben alles eingepackt und mitgenommen. Jurek wollte sich direkt um die Festplatte kümmern.» Jan legte sein Handy auf den Tisch.

«Ist euch sonst irgendetwas aufgefallen?» Tomma spielte nervös mit einem Bierdeckel.

«Tja, es ist halt ein typisches Büro. Mit Wandkalendern von Geschäftspartnern, bunten Post-its am Bildschirm und einem Foto-Mousepad. Das Übliche halt.»

«Wer ist denn auf dem Foto zu sehen?» Tomma entsorgte den zerfledderten Bierdeckel im Aschenbecher.

«Wasser.» Jan zuckte mit den Schultern. «Scheint ein Urlaubsmotiv zu sein. Wir haben es trotzdem mitgenommen. Eines jedoch dürfte für dich ganz interessant sein.» Er beugte sich verschwörerisch nach vorne, sodass sein Gesicht ganz nah an ihrem war. Er roch nach Seife und Minzbonbon, und Tomma fühlte sich direkt an den Abend zurückversetzt, als sie sich im *Loft* kennengelernt hatten. «Was denn?», fragte sie gespannt.

«Ein Stück Stoff.» Jan lehnte sich wieder zurück, weil Norman ihr Essen brachte.

«Geht es genauer?» Tomma lehnte sich ebenfalls zurück, obwohl ihr die Nähe ganz gut gefallen hatte.

«Hier, das meinte ich.» Jan wischte auf dem Display seines Handys, bis er das Foto fand, das er gesucht hatte. «Ein abgerissenes Stück heller Stoff, offenbar Wolle.» Er zog das Bild größer.

«Vielleicht von einem Pullover? Oder einer Jacke?» Tomma runzelte die Stirn. «Ein Muster scheint es nicht zu haben.»

«Das könnte natürlich auch von Nicola Sencker selbst stammen, aber ich gehe eher davon aus, dass es zu der Person gehört, die das Büro durchsucht hat.»

«Wieso glaubst du das?» Tomma spießte Krabben und Bratkartoffeln auf die Gabel.

«Weil der Schreibtisch auf der rechten Seite eine scharfe Metallkante hat.» Jan biss in seinen Burger. «Vielleicht ist der Einbrecher dort hängen geblieben, als er überstürzt das Weite gesucht hat.» Er griff zu seiner Cola. «Aber wie gesagt: Ist nur eine Vermutung. Der ganze Rest kommt jetzt im Labor unter die Lupe.»

Nachdenklich betrachtete Tomma das Foto und schob Rührei auf die Gabel. Ihr Handy klingelte. Sie wollte es erst auf lautlos stellen und später zurückrufen. Als sie sah, dass es Jurek war, überlegte sie es sich jedoch anders.

«Ja?» Tomma bedeutete Jan, dass das Gespräch nicht lange dauern würde, aber er hatte ohnehin seine ganze Aufmerksamkeit auf den Burger gerichtet. Das Interesse an ihr hielt sich eindeutig in Grenzen.

«Wir haben etwas.» Jurek klang atemlos, wie immer, wenn er etwas Wichtiges gefunden hatte.

«Was denn?»

«Briefe für Liebende! Auf ihrem Rechner. Mehr als zehn Stück, der letzte mit dem Datum vom zwanzigsten August!»

«Meinst du *Liebesbriefe*, Jurek?» Das war wirklich interessant. Hatte die unnahbare, kühle Nicola Sencker etwa doch eine weiche Seite? «An wen sind sie denn gerichtet?»

«Keine Ahnung, das möchte ich auch gerne wissen.» Im Hintergrund hörte Tomma das nervöse Klackern eines Kulis. «Sie sind lediglich an *M.* gerichtet und auch unter diesem Buchstaben abgespeichert.»

«Spricht sie die Person im Brief etwa auch so an? Mit *Lieber M.*?» Das war ja nicht besonders romantisch.

«Nein, sie schreibt *Mein Liebling*. Kein Name.» Jurek klang enttäuscht.

Tomma lobte ihn für die gute Arbeit, bat ihn, ihr die Briefe zu mailen, und beendete das Gespräch.

«Unser Opfer befand sich also auf Wolke sieben?» Jan legte das Besteck auf den Teller und bestellte zwei Espressi.

«Sieht so aus.» Nachdenklich legte Tomma Messer und Gabel beiseite. «Aber wieso machte sie ein Geheimnis daraus?»

«Dafür gibt es doch viele Gründe. Vielleicht war ihr Lover verheiratet. Oder er arbeitete auch in der Firma, das wird ja nicht so gerne gesehen.» Ein langer Blick aus seinen Husky-Augen.

«Möglich.» Seine Anspielung irritierte sie. Mit diesem Argument hatte sie Jan gegenüber begründet, dass eine Beziehung keine gute Idee war. Sie hatte keine Lust dazu gehabt, dass die Kollegen blöde Witze machten, und wollte nicht, dass die Zusammenarbeit in der Dienststelle komplizierter wurde. Aber ob die Situation in ihrer Firma für Nicola ein Grund gewesen war, die Beziehung zwar fortzuführen, aber lieber geheim zu halten? Norman kam mit den Espressi, und Jan ließ zwei Löffel Zucker in seiner Tasse verschwinden.

Tomma beschloss, später darüber nachzudenken, und wechselte das Thema. «Ich habe gehört, du bist auch wieder mit jemandem zusammen?» Sie versuchte, die Frage so gleichgültig wie möglich klingen zu lassen.

Verständnisloses Stirnrunzeln.

«Bea hat erzählt, dass sie dich gestern in Oldenburg gesehen hat.» Tomma konzentrierte sich auf den Espresso. Er schmeckte stark und angenehm bitter.

«Ach so …» Jan lächelte. «Signe ist eine Freundin von mir aus Estland. Wir haben uns vor einigen Jahren in Tallinn kennengelernt. Damals hatte sie eine Panne mit ihrem Auto, und ich habe sie ein Stück mitgenommen. Sie wohnt ein paar Wochen bei mir, und ich zeige ihr ein bisschen die Gegend.»

Tomma runzelte die Stirn. Eine Freundin, die gleich für ein paar Wochen bei ihm einzieht? Hatte Jan in seiner kleinen Wohnung überhaupt ein Gästezimmer? «Aha, wie nett!», sagte sie und lächelte ihn betont freundlich an.

«Ja, oder? Es ist schön, abends jemanden zu haben, mit dem man über den Arbeitstag quatschen kann. Oder der spontan Lust auf ein Bier hat.»

Tomma konnte seine Begeisterung nicht teilen, sagte aber nichts.

«Und weißt du, was auch cool ist?»

«Nein.» Tomma schob ihre Espressotasse weg und bedauerte aufrichtig, das Thema überhaupt angeschnitten zu haben.

«Wir mögen dieselbe Musik! Nächste Woche sehen wir uns *Revolverheld* in Oldenburg an, vielleicht können wir uns danach noch irgendwo treffen? Ihr solltet euch kennenlernen!»

Vor ihrem inneren Auge sah sie Jan und eine unbekannte Schöne, wie sie sich Arm in Arm im Takt zu einem Love-Song bewegten, verschwitzt, aber happy. «Klar, warum nicht?» Ihre Stimme klang ungewohnt hell, und sie räusperte sich. «Mal gucken, was so anliegt.»

Bevor Jan weiter von seiner estnischen Freundin schwärmen konnte, gab sie Norman ein Zeichen. Jan bezahlte, während sie ihren Mantel anzog und sich den Schal um den Hals wickelte.

Draußen verabschiedeten sie sich, und Jan schlug den Weg in die Fußgängerzone ein, während Tomma zu ihrem Wagen ging, den sie vor der Post auf dem Marktplatz geparkt hatte.

Abwesend setzte sie sich hinters Steuer. Noch immer schwirrten Jan und seine estnische Freundin durch ihren Kopf. «Jetzt reiß dich mal zusammen und konzentrier dich auf den Fall», sagte sie halblaut zu sich selbst. Sie winkte einer Bekannten, die auf dem Weg zur Post an Tommas Wagen vorbeiging, und dachte an das Stück Stoff, das Jan gefunden hatte. Und an die Briefe, die an M. adressiert waren. Jan hatte recht. Es gab viele Gründe, eine Liebesbeziehung geheim zu halten. Zum Beispiel, wenn einer von beiden verheiratet war. Wenn es sich um einen Kollegen oder Vorgesetzten handelte, konnte es ebenfalls sinnvoll sein, die Beziehung nicht öffentlich zu machen. Aber was war, wenn die Situation sich ganz anders darstellte?

Sie nahm ihr Handy und klickte die Mails an, die Jurek ihr geschickt hatte. Keine Frage, Nicola Sencker war verliebt. Und keine der Personen, mit denen Tomma bisher über Nicola Sencker gesprochen hatte, hatte es erwähnt.

Tomma ließ das Handy in den Schoß sinken.

Etwas irritierte sie.

Das letzte Mal hatte er sich so gefühlt, als er seinen Eltern bereits zum zweiten Mal beichten musste, dass er das Vordiplom nicht geschafft hatte.

Sie konnten schon beim ersten Durchrasseln nicht nachvollziehen, dass er sich «lieber in Kneipen herumtrieb», statt am Schreibtisch zu sitzen und Statistik zu lernen. Die Niederlage bewerteten sie als gerechte Quittung für seine Faulheit.

Die Botschaft war damals eindeutig: Würde ihm das noch einmal passieren, würde er sich eine Ausbildung suchen und sein eigenes Geld verdienen müssen. Die Geldquelle würde versiegen, Ende der Veranstaltung. Wie konnte es auch sein, dass ihr Sohn die Mindestanforderungen nicht erfüllte? Er, dem der Wohlstand in die Wiege gelegt worden war und der die Chance hatte, mit den besten Kontakten ins Berufsleben zu starten?

Magnus Steffens griff sich den Hefter mit der Projektbeschreibung, die Clemens für ihn ausgearbeitet hatte, und machte sich auf den Weg in Miras Büro.

Seltsam, seit dem Gespräch mit seinen Eltern waren mehr als 20 Jahre vergangen. Dieses Gefühl der Unzulänglichkeit und gleichzeitig des Ehrgeizes, das Ruder noch einmal herumzureißen, würde ihn trotzdem nie verlassen.

Genau so fühlte er sich jetzt, vor dem Gespräch mit seiner Schwester. Und heute stand mindestens genauso viel auf dem Spiel wie damals. Er nickte Wilbert zu und klopfte an Miras Bürotür.

Als Student war es ihm gelungen, seine Eltern zu überzeugen. Und warum hatte er es geschafft? Weil er in der Lage war, die Schwachpunkte seiner Gesprächspartner zu analysieren und zu nutzen. Seine Eltern hatte er damals schließlich mit ihrer Eitelkeit geködert. Sie hatte über ihre Prinzipien gesiegt. Er erinnerte sich noch genau daran, dass er ihnen in detailreichen Szenarien ausgemalt hatte, wie die Reaktion ihrer Freunde ausfallen würde, wenn sie ihnen von dem Studienabbrecher erzählen würden. Seine Strategie während des Gesprächs: Sein Versagen würde man weniger ihm, sondern vielmehr seinen Eltern anlasten, die nicht in der Lage waren, ihn mit Geduld, Liebe und Strenge auf den richtigen Pfad zu führen.

Zugegeben, das war pathetisch. Aber es hatte gewirkt. Seine Eltern hatten die Zähne zusammengebissen, weiter gezahlt und ihn für den Rest des Studiums in Ruhe gelassen. Dabei hatte er eine wichtige Lektion fürs Leben gelernt: Jeder Mensch hatte einen Schwachpunkt. Man musste ihn nur finden.

«Ja, bitte?»

Er trat ein, zog die Tür hinter sich zu und setzte sich Mira gegenüber.

«Schön, dass es so kurzfristig geklappt hat.» Magnus versuchte, nicht zu überschwänglich zu klingen, jedoch trotzdem eine freundlich-professionelle Atmosphäre zu schaffen. Soweit dies zwischen ihnen überhaupt möglich war.

«Was gibt's denn? Du hast gesagt, es sei dringend?» Kühl sah sie ihn an, legte den Füller beiseite und massierte ihre rechte Schläfe.

«Es geht um ein Geschäft, das ich gerne in Istanbul abschließen möchte.» Gewinnend lächelte er sie an, legte den Hefter auf den Schreibtisch und lehnte sich zurück. «Alle Details findest du hier drin, die wichtigsten Punkte wollte ich dir aber gerne persönlich erläutern.»

«Wie nett, dass du mir noch zwei Tage für die Durchsicht der Unterlagen gibst.» Ihre Ironie war beißend und spiegelte sich in dem verkniffenen Zug um ihren Mund wider.

Wenn es nach ihm ginge, würde sie die Projektbeschreibung überhaupt nicht bekommen. Für ein Geschäft dieser Größenordnung waren jedoch die Unterschriften beider Geschäftsführer erforderlich. Das hatte sein Vater so festgelegt. Vielleicht hatte er dabei sogar eine Situation wie diese im Sinn gehabt.

«Wir haben ein spannendes und aussichtsreiches Angebot erhalten. Es geht um den Bau eines großen Geschäftskomplexes. Um den Transport von Baustoffen, Material und Maschinenteilen. Der Vertrag ist zunächst auf drei Jahre festgelegt, aber: Wenn alles gut läuft und der Auftraggeber zufrieden ist, folgen weitere! Es sind diverse Bauprojekte geplant. Zunächst öffentliche Verwaltungsgebäude, im nächsten Schritt Hallen und Sportzentren.»

«Wo soll das Geschäftshaus denn entstehen?» Mira tippte abwesend auf ihrem Handy. Wahrscheinlich gab es zu Hause gerade wieder einen Notfall, weil ihr Mann die Kinder nicht im Griff hatte.

«Tripolis», sagte er knapp. Vielleicht würde sie ja keine weiteren Fragen stellen.

Doch seine Hoffnung bestätigte sich nicht. Überrascht sah sie zu ihm auf. «Tripolis? In Libyen?»

«Genau. Nordafrika.»

«In dem Land tobte jahrelang der Bürgerkrieg. Wie lange war Gaddafi an der Macht? Drei, vier Jahrzehnte?» Sie schob das erneut blinkende Handy zur Seite und sah ihn an, als hätte er den Verstand verloren. Aber immerhin hatte er nun ihre ungeteilte Aufmerksamkeit.

«Na ja, Gaddafis Sturz ist immerhin schon drei Jahre her.» Magnus rutschte unruhig auf seinem Stuhl hin und her. «Und weil Deutschland sich damals komplett rausgehalten hat, werden wir dort sehr geschätzt! Wieso sollten wir das nicht nutzen? Wir könnten beim Aufbau kräftig mitverdienen!»

«Aufbau ist gut.» Sie schnaubte verächtlich. «Seit Gaddafi von der Bildfläche verschwunden ist, sind die Unruhen eher noch größer geworden. Es vergeht doch fast keine Woche ohne irgendwelche Schreckensmeldungen.» Angewidert schob sie die Mappe von sich, als handele es sich dabei um ein giftiges Insekt.

Verwundert sah er sie an, so viel Interesse am politischen

Tagesgeschehen hatte er ihr gar nicht zugetraut. Er setzte noch einmal nach. «Du hast recht, das Land ist noch lange nicht zur Ruhe gekommen. Aber weißt du, um wie viel Libyens Wirtschaft 2012 gewachsen ist? Um hundert Prozent! Und die Inflation sinkt!» Dass viele Geschäftsleute wegen der prekären Sicherheitslage auf gepackten Koffern saßen, erwähnte er nicht. Wenn der Einsatz höher war, waren es die Gewinnspannen auch. Das machte das Angebot umso interessanter.

Miras Gesichtsausdruck war noch eine Spur abweisender geworden. «Magnus, uns fehlt die Erfahrung in dieser Region. Außerdem halte ich nichts davon, in einen so unsicheren Staat Geld reinzupumpen.»

Er musste seine Strategie ändern.

«Das sehe ich anders.» Er sah sie eindringlich an. «Sieh es doch mal so: Wenn das Land zur Ruhe kommt, wünschen sich die Bürger nichts mehr, als dass endlich Normalität einkehrt. Am wichtigsten ist erst einmal die Basisversorgung. Strom, Wasser. Aber direkt danach kommen Straßen und öffentliche Gebäude.»

Sie zog die linke Augenbraue hoch. «Und?», fragte sie abwesend, während ihr Blick wieder zu ihrem Handy wanderte.

«Überleg doch mal: Die Menschen leben dort zwischen Trümmern. Die Straßen sind aufgerissen, die Häuser zerbombt, die Kinder spielen auf der Straße im Dreck. Bald wird neu gebaut werden! Und hier kommen wir ins Spiel: Es stünde der NHG sehr gut zu Gesicht, dieses Projekt ins soziale Portfolio aufzunehmen. Ich weiß, dass du nicht viel von Frau Sencker gehalten hast, aber …», er machte eine kurze Pause, «… mit ihrem Ansatz, dass wir uns stärker für soziale Projekte engagieren müssen, hatte sie recht. Das gehört heutzutage für jedes erfolgreiche Unternehmen mit dazu!»

Seine Schwester sagte nichts und malte mit einem Kuli kleine Kreise auf einen Block.

«Mira, das können wir hervorragend für unser Marketing nutzen», fügte Magnus hinzu. «Und wir verdienen dabei kräftig mit – eine Win-win-Situation!» Mit angehaltener Luft wartete er ihre Reaktion ab. Hatte er den Bogen überspannt?

Doch Mira zog den Ordner heran und blätterte in den Unterlagen. Aus Erfahrung wusste er, dass er ihr nun Zeit geben musste und nicht zu massiv auf sie einwirken durfte. Das hatte sie schon als Kind nicht gemocht. Ihr Blick fiel auf den Namen seines Geschäftspartners.

«Khaled Shebani», las sie laut. «Wie ist dieser Kontakt zustande gekommen?»

Auf diese Frage war er vorbereitet. «Auf einer Delegationsreise in die Maghreb-Staaten.» Das war nicht ganz falsch, und es verlieh dem Geschäftskontakt die notwendige Seriosität. Dass es nach einem langen Abend in einer heruntergekommenen Bar gewesen war, behielt er jedoch für sich.

«Kann die NHG sich gegen weitere Geschäfte entscheiden, wenn es im ersten Auftrag Komplikationen gibt? Ich würde Wert darauf legen, die nachfolgenden Projekte nicht vertraglich festzulegen, sondern die Ergebnisse zunächst zu evaluieren.»

Abwehrend hob er die Hände. «Selbstverständlich! Ich mache dir einen Vorschlag: Sieh dir die Konditionen in Ruhe an. Wir sprechen dann, bevor ich Sonntag in den Flieger steige.»

Als er wieder in seinem Büro saß, hatte er das Bedürfnis, seinen kleinen Triumph zu feiern. Er warf einen Blick auf die Uhr und beschloss, zum Butjadinger Yachtclub zu fahren und noch eine kleine Runde mit der *Aurora* zu drehen. Die nächsten Tage würden anstrengend werden, da hatte er sich eine Auszeit verdient. Schnell tauschte er den Businessanzug gegen Stoffhose, Sweatshirt und Weste ein und griff die Bootsschuhe mit den glatten Sohlen.

Eine halbe Stunde später bog er auf das Gelände des Yachtclubs, parkte seinen Wagen und ging pfeifend zum Steg. Die Luft war klar, und die Sonne schien vom fast wolkenlosen Himmel. Auf dem Weg zur *Aurora* nickte er Andreas Kubiak zu und klönte kurz mit Ludwig Gessen. Der arme Tropf hatte gerade eine schlimme Scheidung hinter sich, und auch seine Apotheke schien nicht mehr so gut zu laufen, wenn man dem Gerede Glauben schenken konnte. Magnus mochte ihn, vielleicht sollte er ihn mal auf ein Bier einladen. Aufmunternd klopfte er Gessen auf die Schulter und ging auf sein Boot.

Nachdem er die Tampen gelöst und die Fender eingeholt hatte, startete er den Motor und verließ den Hafen. Je mehr die *Aurora* an Fahrt aufnahm, desto stärker zerrte der Wind an seiner Daunenweste. Und je weiter er sich vom Ufer entfernte, desto kleiner kamen ihm seine Probleme vor.

«Clap along if you feel like a room without a roof. Because I'm happy!» Er summte erst leise, dann immer lauter. Das Lied hörte seine Tochter zu Hause zurzeit in einer Endlosschleife. Auch wenn er den Typen mit dem großen Hut komisch fand, gefiel ihm der Song.

Seit vielen Tagen hatte er zum ersten Mal wieder das Gefühl, dass er die Fäden in der Hand hielt. Das Projekt war machbar. Er musste es nur vorsichtig anstellen, durfte nicht übertreiben.

Mittlerweile war er sich außerdem fast sicher, dass die Unterlagen in Nicolas Büro für ihn unproblematisch waren.

Sie war zwar berechnend und durchtrieben. Aber die einzige Angelegenheit, die ihn in Bedrängnis bringen konnte, hatte sie sicherlich nicht dokumentiert. Und wenn ihre Unterlagen tatsächlich sauber waren, gab es für die Kripo keinen Grund, weiterzuschnüffeln.

Mit Mira hatte er nur ganz kurz über Nicola gesprochen. Sie hatte ihm die Traueranzeige gezeigt, die sie im Namen der NHG schalten wollte, er hatte genickt. Sie waren übereingekommen, dass die Position der Marketingleiterin zunächst nicht neu besetzt werden sollte.

«Clap along if you feel that happiness is the truth. Because I'm happy!» Er sang nun aus vollem Hals, brüllte gegen den Wind an.

Magnus beobachtete, wie das dunkle Wasser unter dem Kiel vorbeirauschte. Eine Möwe begleitete die Fahrt, wechselte dann die Richtung und entfernte sich kreischend.

Keine Frage, er lebte auf der Sonnenseite des Lebens.

Jetzt kam es darauf an, dass dies auch so blieb.

Tomma Petersen fuhr nach dem Mittagessen mit Jan nicht ins Büro, sondern schlug den Weg zum Blexer Fähranleger ein. Die *Nordenham* hatte noch nicht angelegt, also reihte Tomma sich mit ihrem Golf in die Autoschlange, kaufte ein Ticket und setzte sich in den Wagen.

Die Ampel sprang auf Grün, und Tomma lenkte den Wagen in die mittlere Spur der Fähre. Nachdem sie ihr Ticket vorgezeigt hatte, holte sie sich in der Kantine einen Kaffee. Anschließend ging sie an Deck und lehnte sich an die Reling, den heißen Becher mit beiden Händen umschlossen. Lächelnd beobachtete sie eine Gruppe Radfahrer, die begeistert auf die sich nähernde Bremerhavener Skyline zeigten und mit ihren Handys Fotos machten. Tomma konnte sie verstehen – auch sie mochte die Fahrt über die Weser, die salzige Luft, den Geruch nach Dieselöl und das laute Tuten, wenn die Fähre schließlich in Bremerhaven anlegt. Tomma zückte ihr Handy und machte ebenfalls ein Bild. Als sie es wieder in der Manteltasche verschwinden ließ, sagte hinter ihr eine Stimme: «Hertha, hast du das gesehen? Jetzt machen sogar schon Japaner Urlaub an der Küste!»

Tomma seufzte. Bemerkungen wie diese versetzten ihr jedes Mal einen Stich. Noch immer. Sie warf den leeren Pappbecher in einen Papierkorb, ging zurück zum Wagen und wartete, bis sie an der Reihe war. Dann lenkte sie den Golf von der Fähre.

Wenig später erreichte sie den Parkplatz des Instituts für angewandte Ozeanologie, meldete sich am Empfang und erläuterte ihr Anliegen. Nach einem kurzen Telefonat erklärte die Mitarbeiterin ihr, dass sie gleich abgeholt werde.

Tomma nutzte die Zeit und sah sich im Eingangsbereich um. Auf großen Schautafeln wurden die jüngsten Projekte erläutert, die offenbar vom Bundesforschungsministerium gefördert wurden. Besonders einige farbige Großaufnahmen von Fischen zogen Tommas Interesse auf sich. Sie hatte die Meeresbewohner noch nie so nah gesehen und betrachtete fasziniert die Flossen, Kiemen und Schuppen der Tiere.

«Schön, nicht wahr?»

Tomma zuckte zusammen. Sie war so in Gedanken versunken, dass sie gar nicht bemerkt hatte, dass sich jemand neben sie gestellt hatte. Zu ihrer Überraschung war es jedoch nicht Chiara Lenhardt, sondern ein dunkelhaariger Mann in heller Hose und gestreiftem Shirt, der sich als Jack Warren vorstellte.

«'tschuldigung, ich wollte Sie nicht erschrecken. Kommen Sie, ich bringe Sie zu Chiara. Hier entlang, dann müssen wir uns nicht durch die Besuchergruppe drängeln.»

Sie betraten eine Halle, in der große Tanks aus Kunststoff untergebracht waren. In den Gefäßen blubberte das Wasser, ein Generator summte, und die Fensterscheiben waren von der hohen Luftfeuchtigkeit beschlagen. Es stank nach Fisch und Tierfutter. Tomma rümpfte die Nase. «Hier darf man als Mitarbeiter nicht zimperlich sein. Ich hoffe, Frau Lenhardt hat einen starken Magen.»

Jack zuckte mit den Achseln. «Für Chiara ist das kein Problem, der Geruch macht ihr ja nichts aus.» Er lotste sie an Keschern, Eimern und zwei Schreibtischen vorbei, die mit Unterlagen zugedeckt waren. Ihr war schleierhaft, wie jemand hier arbeiten konnte, und sie hoffte, dass sie die Halle bald verließen. Jack bemerkte ihren Blick und lächelte. «Wir sind gleich da. So viel haben wir Mitarbeiter hier aber auch nicht zu tun, oft schauen wir nur kurz vorbei, um nach dem Rechten zu sehen.»

«Müssen die Tiere nicht regelmäßig gefüttert werden?», fragte Tomma und sah in einen blauen Tank, in dem dunkle Fische neugierig an die Oberfläche schwammen.

«Geht alles automatisch!» Jack öffnete eine weitere Tür, und sie betraten einen Flur. Tomma atmete tief durch und versuchte, den fischigen Geruch wieder aus ihrer Nase zu bekommen.

«So, da wären wir.» Jack öffnete die Tür zu Chiara Lenhardts Büro. «Honey, Besuch für dich!»

«Honey?», fragte Tomma, nachdem Jack gegangen war.

Chiara Lenhardt stand mitten im Raum und blätterte in einem Buch. Sie sah schmaler aus, als Tomma sie in Erinnerung hatte, und wirkte fast verloren zwischen den massiven

Regalen, den großen Fotografien und dem breiten Panoramafenster. Über ihr blasses Gesicht huschte ein Lächeln. «Er ist Amerikaner. Er nennt die halbe Abteilung so. Wie kann ich Ihnen helfen?» Ihre grünen Augen fixierten ihren Gast aufmerksam. Irritiert bemerkte Tomma, dass eine Iris einen Stich ins Blaue hatte, was ihrem Gesicht etwas Asymmetrisches verlieh. Eigenartigerweise war ihr das bei ihrer ersten Begegnung nicht aufgefallen.

«Wie geht es Ihnen?»

Chiara Lenhardt lachte trocken. «Haben Sie sich extra auf den Weg gemacht, um mich das zu fragen?» Sie bot Tomma den Besucherstuhl an und setzte sich hinter ihren Schreibtisch.

Als Tomma darauf nicht antwortete, schluckte Chiara.

«Nicht gut. Ich schlafe nicht viel, esse kaum und versuche, mich mit Arbeit abzulenken.» Sie massierte ihr rechtes Knie. «Ich habe meine beste Freundin verloren. Was glauben Sie, wie es mir in so einer Situation geht?»

Tomma ignorierte die Frage. «Haben Sie Schmerzen?»

Überrascht zog Chiara Lenhardt die Hand zurück. «Nein. Das ist nichts weiter.»

«Sie haben uns gestern erzählt, dass Sie Nicola Sencker besser kannten als andere. Wie meinten Sie das genau?»

Chiara Lenhardt sah Tomma verständnislos an. «Tja, wir waren halt befreundet, sehr gut sogar, das hatte ich Ihnen ja ausführlich erläutert.» Sie zuckte mit den Schultern.

Tomma stand auf und ging am Regal entlang. Wieder fiel ihr Blick auf das in Leinen gebundene Buch. Sie zog es erneut heraus und blätterte gedankenverloren darin.

«Fisheries & Aquaculture: Landings und Farmed Production by Chiara Mareen Lenhardt», murmelte Tomma vor sich hin. «Werden Sie manchmal bei Ihrem Zweitnamen gerufen?»

Chiara Lenhardt runzelte die Stirn. «Ich fürchte, ich verstehe die Frage nicht ganz …»

«Nennen einige Freunde Sie Mareen?»

Chiara Lenhardt richtete sich in ihrem Stuhl auf, ihr Blick war wachsam. «Nein. Das Buch ist in den USA erschienen. Dort ist es bei Fachbüchern üblich, den Zweitnamen anzugeben. Ich hatte darauf keinen Einfluss.»

«Wissen Sie eigentlich, dass bei der NHG eingebrochen worden ist?», wechselte Tomma das Thema. «Nicola Senckers Büro wurde durchsucht.» Sie beobachtete ihr Gegenüber genau.

«Eingebrochen? Wieso sollte denn jemand so etwas tun?» Chiara verschränkte die Arme vor dem Brustkorb.

«Das wissen wir noch nicht. Aber diese Person hatte offenbar eine Chipkarte. Es könnte also ein Mitarbeiter gewesen sein. Oder jemand, der Nicola Sencker sehr gut kannte.» Tomma kam das Gespräch vor wie ein Schachspiel. Wie würde Chiara Lenhardts nächster Zug aussehen?

«Tja, da kann ich Ihnen leider nicht weiterhelfen. Vielleicht geht es um irgendwelche Firmengeheimnisse? Nicola hat nie viel über ihre Arbeit geredet, aber ich habe Ihnen ja schon erzählt, dass sie unter starkem Druck stand und in letzter Zeit noch mehr gearbeitet hat …» Erneutes Schulterzucken und ein bedauernder Blick unter dem Pony ihrer dunklen Kurzhaarfrisur. Chiaras rechte Hand wanderte nervös zu ihrer Perlenkette.

«Hat Nicola in Ihrer Gegenwart vielleicht eigenartige Vorgänge in der Firma erwähnt?»

«Nein. Nicola war froh, wenn sie mal Freizeit hatte, Gespräche über den Job waren meist tabu.»

«Trotzdem, hat sie vielleicht krumme Geschäfte angedeutet?» Tomma hatte noch immer diesen fischigen Geruch in der Nase und fragte sich, wann er verschwinden würde. Sie kramte nach einem Taschentuch.

Erneutes Kopfschütteln. «Nicht dass ich wüsste.»

«Fiel in irgendeinem Gespräch das Wort Waffenhandel?» Erleichtert registrierte Tomma, dass sie zu einem Menthol-Tempo gegriffen hatte. Länger als nötig hielt sie sich das weiche Tuch vor die Nase.

Chiara Lenhardt sah nun ehrlich überrascht aus. «Waffenhandel? Hier in Nordenham?» Chiara fixierte sie mit ihren grünblauen Augen und schien nicht recht zu wissen, wie sie darauf reagieren sollte. «Davon weiß ich nichts.»

Tomma glaubte ihr, dass sie zum ersten Mal davon hörte, und wunderte sich über ihre Reaktion. Es kam ihr so vor, als sei sie fast erleichtert über den neuen Ermittlungsansatz. Vielleicht, weil er von anderen Motiven ablenkte? Ihre Aussagen über Nicola dagegen nahm Tomma ihr nicht ab.

Ihr gesamtes Monatsgehalt hätte sie darauf verwettet, dass Chiara Lenhardt log. Die Gründe mochten persönlicher Natur sein, aber Tomma musste einen Mordfall aufklären. Deshalb würde sie den Druck so lange erhöhen, bis sie endlich die Wahrheit sagte.

Im Raum war es still. Irgendwo klingelte ein Telefon.

«Mittlerweile haben die Kollegen Nicolas Büro übrigens auf den Kopf gestellt und den Rechner beschlagnahmt», nahm Tomma den Faden wieder auf. «Zwei interessante Dinge haben wir bisher gefunden. Möchten Sie wissen, welche das sind?»

«Sicher.» Chiara Lenhardt griff zu einem Wasserglas, das neben dem Mousepad stand, und trank einen Schluck. Ihre Hand zitterte ein wenig.

«Briefe», sagte Tomma. «Liebesbriefe, um genau zu sein. Sie sind an *M.* adressiert.»

«So?» Chiara Lenhardt war noch eine Spur blasser geworden. «Davon habe ich ja gar nichts gewusst. Das hat sie mir nicht erzählt, dass sie ...» Sie ließ den Satz unvollendet und griff erneut zum Wasserglas.

«*M.* – haben Sie eine Vermutung, wer das sein könnte?» Tomma versuchte, die Frage so unbeteiligt wie möglich klingen zu lassen. Draußen im Flur war Stimmengemurmel auf Englisch zu hören.

«Nein, keine Ahnung.» Chiara Lenhardts Stimme klang rau. «Wir haben uns viel erzählt, aber natürlich auch nicht alles. Vielleicht hat sie ihren Freund gerade erst kennengelernt?»

Tomma schüttelte den Kopf. «Das ist unwahrscheinlich. Die Briefe klangen sehr vertraut, und es waren mehrere. Den letzten hat sie übrigens vor nicht einmal drei Wochen geschrieben.»

Chiara Lenhardt blickte starr aus dem Fenster.

«Außerdem sind meine Kollegen aus der Kriminaltechnik auf Folgendes gestoßen.» Tomma zog ihr Handy aus der Jackentasche und suchte das Foto, das Jan ihr gemailt hatte. Sie wartete einen Augenblick, aber Chiara Lenhardt sah noch immer aus dem Fenster.

«Wollen Sie es sich nicht ansehen?»

Mit einem Ruck wurde die Tür aufgestoßen, und ein dunkelblonder Mann im grauen Anzug und mit einer Plastikkarte um den Hals steckte den Kopf ins Büro. Die Besuchergruppe hinter ihm reckte neugierig die Hälse. Entschuldigend hob er die Hand. «*Sorry, wrong door!*» Er verschwand wieder.

Müde wandte Chiara den Blick ab und sah aufs Display. «Was soll das sein?» In ihrer Stimme schwang betonte Teilnahmslosigkeit mit, aber auch eine Spur Resignation.

«Ein Stück Stoff. Die Kriminaltechniker vermuten, dass es vom Einbrecher stammt, der Nicolas Büro durchsucht hat. Mein Kollege geht davon aus, dass der Einbrecher am Schreibtisch hängen geblieben ist, als er geflüchtet ist. Wissen Sie, woran mich der Stoff erinnert?»

Chiara Lenhardt sah sie abweisend an. «Sie werden es mir sicherlich gleich sagen.»

«An die helle Strickjacke, die Sie gestern getragen haben.»

Chiara Lenhardt starrte sie an. «Das ist doch lächerlich!» Ihre abwehrende Handbewegung war so hektisch, dass sie fast das Glas umgestoßen hätte. «Statt völlig absurde Theorien aufzustellen, sollten Sie sich lieber darum kümmern, Nicolas Mörder zu finden!» Ihre Stimme war lauter geworden, ihre Augen füllten sich mit Tränen. Mit zitternder Hand wischte sie sich über das blasse Gesicht.

«Genau das versuche ich. Doch damit das gelingt, muss ich alles aus Nicolas Privatleben wissen. Jede Einzelheit könnte wichtig sein. Jedes Detail.»

«Sie wühlen doch nur im Dreck, ich habe mit Nicolas Tod nichts zu tun!»

Tomma schlug mit der flachen Hand auf den Tisch, was Chiara Lenhardt merklich zusammenzucken ließ.

«Das glaube ich Ihnen ja, aber Sie müssen endlich aufhören, mich anzulügen! Wenn Sie mir nicht die Wahrheit sagen, behindern Sie die Ermittlungen. Das ist eine Straftat, verdammt noch mal!» Tomma konnte nicht glauben, wie verbohrt ihr Gegenüber war. «Sie sind doch eine intelligente Frau, sagen Sie mir endlich die Wahrheit!»

Chiara Lenhardt wischte sich erneut die Tränen aus dem Gesicht. Abrupt stand sie auf und ging zum Fenster.

«Wer ist M.?», fragte Tomma noch einmal.

Chiara erwiderte nichts, starrte nur stumm aufs Wasser. «Wissen Sie, was ich immer wollte?» Ihre Stimme zitterte, und sie räusperte sich. «Ich wollte immer sein wie die anderen. Dieses Bedürfnis, aus der Masse herauszuragen, mich irgendwie hervorzuheben, das hatte ich nie. Ich wollte im Strom schwimmen. Nicht weiter auffallen. Nicht anecken.» Chiara strich sich mit der Hand über den Arm, als wäre ihr kalt. «Einen interessanten Beruf, einen netten Ehemann und eine Tochter, das war alles, was ich im Leben erreichen wollte.» Sie biss sich auf die Lippen. «Als mein Mann sich scheiden ließ, war das für mich eine furchtbare Niederlage. Nicht, weil sich mein Leben danach besonders verändert hätte, vielmehr weil …» Sie suchte nach den richtigen Worten.

«Weil Sie es als Makel empfunden haben?», half Tomma weiter.

Chiara entspannte sich etwas, vielleicht froh darüber, verstanden zu werden.

«Genau so fühlte es sich an. Wie ein Makel. Auf einmal war ich eine alleinerziehende, geschiedene Frau. Ich hätte mir das früher nicht vorstellen können.» Das Telefon auf ihrem Schreibtisch läutete, aber sie ignorierte es.

«Und dann?», fragte Tomma.

«Dann habe ich Nicola kennengelernt. Sie hat mir zugehört, mich aufgerichtet. Und mir gezeigt, dass ich so viel stärker bin, als ich bis dahin wusste.»

«Sie haben sich verliebt?», fragte Tomma Mareen. Sie lag also richtig mit ihrer Vermutung.

Chiara lehnte noch immer am Fenster und sah der Fähre zu, die sich dem Anleger näherte.

«Sie und Nicola waren ein Paar?», hakte Tomma nach.

«Ja.» Chiaras Stimme war kaum hörbar.

«Warum haben Sie daraus ein Geheimnis gemacht? Sie sind Wissenschaftlerin, arbeiten in einem internationalen Umfeld. Und wir leben nicht mehr in den Siebzigern!» In dem Moment, als sie es ausgesprochen hatte, wusste Tomma, dass es hart und selbstgerecht klang. Aber die Antwort interessierte sie wirklich.

Chiara wandte sich langsam vom Fenster ab. Aus ihrem Blick sprachen Unverständnis und auch eine Spur Verachtung. «Gerade Sie müssten ihn doch kennen, diesen Wunsch, in der Mitte der Gesellschaft zu stehen und nicht am Rand.»

Darauf, dass Chiara den Spieß einfach umdrehte, war Tomma nicht vorbereitet. Ihre erste Reaktion war, eine weitere Frage abzufeuern, doch dann entschied sie sich anders.

«Manchmal vielleicht.»

«Ach, kommen Sie!» Wieder dieses raue, trockene Lachen, das eigentlich nicht zu ihrer eleganten Erscheinung passte. «Eine Halbasiatin auf dem platten Land. Sie müssen sich hier doch fühlen wie ein Alien!» Die Worte klangen scharf und verletzend, und Tomma dachte an die Situation, die sie auf der Fähre erlebt hatte. Ja, manchmal war es genau so. Aber sie würde sich eher die Zunge abbeißen, als ihre Gefühle vor einer Fremden auszubreiten, die dazu noch eine Verdächtige war. In ihrer Manteltasche ballte Tomma die rechte Hand zur Faust. Die kalten Metallzacken des Autoschlüssels gruben sich in ihre Hand.

«Entschuldigung, das war nicht so gemeint. Ich bin eigentlich nicht so, ich …» Chiara fuhr sich durch die kurzen braunen Haare, dabei rutschten ihre feinen Silberarmreifen über ihr dünnes Handgelenk.

«Erzählen Sie weiter.»

«Ich hatte in meiner Ehe und auch danach gegen so viele Widerstände zu kämpfen, dass ich müde war. Ich wollte einfach meine Ruhe. Ich brauchte Zeit, um mich an die neue Situation zu gewöhnen und meinen Akku wieder aufzuladen.» Sie machte eine kurze Pause. «Ich hatte nicht genug Kraft, unsere Beziehung so früh öffentlich zu machen. Außerdem wissen Sie genauso gut wie ich, dass das, was die Leute sagen, nicht unbedingt dem entspricht, was sie denken. Klar hätte man Verständnis geäußert. Aber hinter unserem Rücken hätte man doch trotzdem gelästert!»

Tomma sagte nichts. Traf das auch auf sie zu? Machte man hinter ihrem Rücken Witze über sie? Sie ärgerte sich darüber, dass ihr Selbstwertgefühl so zerbrechlich war, dass eine Befragung sie derart verunsichern konnte.

«Was sagte denn Nicola dazu? Wollte sie die Beziehung auch geheim halten?»

«Wenn es nach ihr gegangen wäre, dann wären wir ganz offiziell ein Paar gewesen. Aber Nicola ist ein ganz anderer Typ.» Erneut wischte sie sich mit dem Handrücken über die Augen. Als sie merkte, dass ihre Wimperntusche verlaufen war, ging sie zurück zum Schreibtisch, zog ein Taschentuch aus der Schublade und beseitigte die Spuren. «Sie hat ihr Ding durchgezogen, und es war ihr egal, was andere von ihr dachten. Aber ihr war natürlich klar, dass es für mich ein sehr schwieriger Schritt werden würde, deshalb hat sie mir die Entscheidung überlassen. Ich sollte das Tempo bestimmen.»

«Hatte sie denn bereits früher Beziehungen mit Frauen?»

«Nein.» Chiara hatte die Arme wieder vor der Brust verschränkt. Tomma wusste, dass ihr die Fragen respektlos vorkamen. Aber Opfer eines Verbrechens hatten keine Privatsphäre mehr. Sie endete in dem Moment, wenn der leblose Körper den kalten Obduktionstisch berührte. Nur wenn Tomma alle Fragen stellte, die ihr wichtig erschienen, konnte sie im Laufe der Ermittlungen die wenigen Antworten herausfiltern, die hoffentlich zu einer Lösung führten.

«Ist es möglich, dass jemand von der Beziehung erfahren und Nicola unter Druck gesetzt hat?»

Chiara ließ sich Zeit mit der Antwort, schüttelte dann aber den Kopf. «Nico hätte sich doch gar nicht unter Druck setzen lassen», sagte sie müde. «Sie hätte mit mir gesprochen, und wir hätten das gemeinsam irgendwie hinbekommen. Sie war der Meinung, dass keiner ein Recht hatte, über sie zu urteilen. Sie urteilte ja auch nicht über andere. Abgesehen davon …» Chiara schluckte und sah erneut aus dem Fenster. «… glaube ich nicht, dass jemand mitbekommen hat, dass wir … dass wir mehr waren als nur Freundinnen. Nicola flirtete gerne, die Männer lagen ihr zu Füßen. Ich glaube nicht, dass irgendjemand auf die Idee gekommen ist, dass sie mit einer Frau zusammen sein könnte.»

Tomma sah das genauso, doch irgendwo musste es einen Ansatzpunkt geben.

«Hatten Sie in letzter Zeit Streit?»

«Gehört das zu Ihrer Gesprächstechnik?», konterte Chiara. «Es gab keinen Streit und keine Auseinandersetzungen! Ich habe mit Nicolas Tod nichts zu tun!» Den letzten Satz sprach sie so langsam und deutlich aus, als säße ihr eine Dreijährige gegenüber und nicht eine Hauptkommissarin.

Tomma seufzte und erhob sich. «Was genau haben Sie eigentlich in Nicolas Büro gesucht? Haben Sie etwas mitgenommen?»

«Nein, ich … Das war mehr eine spontane Aktion.» Endlich hatte Tomma sie da, wo sie Chiara haben wollte. Dennoch, sie hasste es, wenn jemand sie so offensichtlich anlog, und auch jetzt beschleunigte sich ihr Puls. «Wie soll ich mir das vorstellen? Waren Sie auf dem Weg nach Hause und dachten sich ‹Hey, zu Hause ist das Druckerpapier alle, was soll's, dann borg ich mir schnell was bei Nicola›?»

Chiaras Blick war eiskalt. «Verschonen Sie mich mit Ihrer Überheblichkeit. Sie haben doch keine Ahnung, was ich in den letzten Tagen durchgemacht habe!» Ihre Stimme war kaum hörbar, es war eher ein Zischen.

Auch Tomma senkte die Stimme, stützte sich mit beiden Händen auf dem Schreibtisch ab und sah ihr Gegenüber direkt an. In ihrer linken Jackentasche summte das Handy, aber sie ignorierte es. «Es ist nicht mein Job, über Ihr Privatleben zu urteilen. Wenn ich aber herausbekomme, dass Sie mir etwas vorenthalten oder meine Ermittlungen sogar aktiv behindern, dann hat das Konsequenzen.» Chiaras Gesicht war nur wenige Zentimeter von Tommas entfernt, auf ihrer Stirn hatten sich kleine Schweißperlen gebildet.

«Ich habe nichts mitgenommen», sagte sie leise. «Ich war durcheinander, hatte Angst, dass Nicola irgendwas in ihrem Büro aufbewahrt hat, das uns verraten könnte. Fotos oder Ähnliches.» Sie schluckte. «Damit, dass sie die Briefe auf ihrem Firmenrechner gespeichert hatte, habe ich nicht gerechnet.»

«Wie sind Sie denn überhaupt aufs Gelände gekommen?»

Chiara schien weiter in sich zusammenzusacken. «Nicola hatte die Chipkarte letzte Woche bei mir zu Hause liegen gelassen, sie hatte zwei. Ich wusste, wo ihr Büro war, und auch, dass man die Chipkarte nicht benötigte, wenn man das Gebäude verließ, da ich sie ein paarmal von der Arbeit abgeholt hatte. Ich wollte mich nur kurz umsehen, die Karte in ihrer Schreibtischschublade zurücklassen und wieder verschwinden.»

«Mit einem Boot.»

Chiara zuckte mit den Schultern. «Ich nutze mein Motorboot genauso selbstverständlich wie mein Auto. Und der große Vorteil war, dass ich mit dem Boot unauffällig anlegen konnte. Ich musste nicht am Pförtner vorbei, bewegte mich nicht wie auf dem Präsentierteller.»

Tomma seufzte. «In Ordnung. Haben Sie uns noch irgendetwas anderes vorenthalten?»

Chiara schüttelte den Kopf.

«Fällt Ihnen noch etwas ein, das für mich relevant sein könnte?»

Für einen Moment dachte Tomma, dass Chiara etwas bedrückte, das sie loswerden wollte. Doch dann verschloss sich ihr Gesicht wieder. «Nein. Ich habe Ihnen alles erzählt.»

Auf dem Weg zum Parkplatz versuchte Tomma, die neuen Informationen zu verarbeiten. Sie wurde den Eindruck nicht los, dass Chiara nicht alle Karten auf den Tisch gelegt hatte. Doch an welchem Punkt hätte Tomma nachhaken sollen?

Sie hatte das unbestimmte Gefühl, dass sie die vielleicht wichtigsten Fragen gar nicht gestellt hatte.

Chiara Lenhardt blieb noch einen Moment an ihrem Schreibtisch sitzen. In ihrem Kopf wirbelten die Gedanken durcheinander. Sie legte die Handflächen auf den kühlen Schreibtisch und zählte langsam bis zehn, ihr Puls beruhigte sich wieder.

Sie fühlte sich erschöpft und ausgelaugt. Sie hatte nicht vorgehabt, der Kommissarin von ihrer Beziehung zu Nicola zu erzählen. Doch nun war ihr sogar etwas leichter ums Herz. Erst jetzt fiel Chiara auf, wie anstrengend es gewesen war, die Beziehung über eine so lange Zeit zu verheimlichen. Die schönen Momente, aber auch die Zweifel und Ängste.

Sie biss sich auf die Lippen. Wobei die Zweifel in letzter Zeit deutlich überwogen hatten.

Seit sie letzte Woche zufällig beobachtet hatte, wie ein Mann aus Nicolas Haus geschlichen war, hatte sich ein feiner

Riss durch die Beziehung gezogen, den Nicola nicht hatte kitten können.

Einen Beweis für Nicolas Untreue hatte Chiara in ihrem Büro nicht gefunden, dafür jedoch etwas anderes, um das sie sich kümmern wollte. Sie zog die unterste Schublade ihres Schreibtisches auf und zog ein Notizbuch hervor. Sie blätterte, fand einen Eintrag und griff zum Telefon. Nachdenklich wählte sie eine Nummer, lauschte einen Moment, legte auf und machte sich eine Notiz.

Ihr Blick fiel auf die Uhr über der Tür, es war bereits kurz nach fünf. Schnell verstaute sie das Buch wieder. Sie würde nur noch nach den Gläsern mit den Algen sehen, um das Projekt beenden zu können, dann würde sie für heute Schluss machen und nach Hause fahren. Um die Auswertung könnte sie sich dann morgen früh kümmern, gleich nach der Telefonkonferenz, die für neun Uhr angesetzt war. Chiara zog sich den Kaschmirpullover über und verließ ihr Büro.

Auf dem Weg zum Kühlraum überkam sie plötzlich ein ungutes Gefühl. Je mehr sie über ihre Freundin erfuhr, desto stärker wurde ihr Eindruck, dass sie sie bei weitem nicht so gut kannte, wie sie dachte. Was wusste sie denn schon darüber, mit wem sie sich sonst noch eingelassen hatte? Und was sie für Spielchen getrieben hatte? Nicola hatte zwar behauptet, dass ihr ominöser Besuch ein Kollege gewesen war, der zufällig einen Termin in der Nähe gehabt hatte, aber Chiara glaubte ihr kein Wort.

Sie schob die Gedanken beiseite, ging den schmalen Gang des Labortrakts bis zum Ende und bog dann rechts ab. Der Flur war nur schwach beleuchtet, ein Deckenlicht flackerte. Sie würde dem Hausmeister Bescheid sagen, damit er es möglichst bald reparieren konnte.

Mit einem Ruck öffnete sie die schwere Tür des Kühlraumes, schaltete das Licht ein und zog die Tür hinter sich zu. Die Temperatur betrug hier konstant minus fünf Grad.

Wie ein Mantel aus feinem Eis umschloss die Kälte ihren Körper. Für einen Moment ärgerte Chiara sich, weil sie sich für den dünnen Pullover und nicht für ihre Jacke entschieden hatte. Aber sie würde heute eh nur ein paar Minuten brauchen. Sie legte Klemmbrett und Kugelschreiber auf einen Plastikhocker und sah sich um. Seit sie das letzte Mal hier gewesen war, waren weitere Versuchsreihen aufgebaut worden, fast jeder Zentimeter des blanken Edelstahltisches war von weißen Plastikschalen und beschrifteten Gläsern bedeckt. Die Gefäße wurden von nackten Neonröhren beleuchtet, die in unterschiedlichen Höhen mit dünnen Metallketten an Haken in der Decke befestigt waren. Abgesehen vom leisen Summen der Röhren und dem Brummen der Kühlung, war es ruhig, auch draußen auf dem Gang war alles still. Um diese Zeit verirrten sich nur wenige Kollegen in diesen Teil des Instituts.

Chiara schnappte sich das Klemmbrett und machte sich an die Arbeit. Routiniert vermaß sie die Größe der Algen, notierte die Werte und ergänzte in der rechten Tabellenspalte, mit welchen Nährstoffen sie das Nordseewasser vor zehn Tagen versehen hatte.

Die Ergebnisse überraschten Chiara. Die Nährstoffe begünstigten das Wachstum anders, als sie es vermutet hatte, und Chiara freute sich schon auf die Auswertung. Diesen Teil der Arbeit, in dem sie die Ergebnisse zusammenfasste, erläuterte und Schlussfolgerungen zog, mochte sie mittlerweile fast genauso gerne wie die praktische Arbeit mit den Pflanzen. In diesem Fall würden sich sicherlich auch einige Aufsätze in Fachpublikationen und Zeitschriften ergeben.

Ein leichter Schauer durchfuhr sie. Chiara hatte die Kälte ganz vergessen, so sehr hatte sie sich auf ihre Arbeit konzentriert. Nun aber erinnerten sie ihre eisigen Füße und die klammen Hände daran, dass es Zeit war, ins Büro zurückzukehren. Sie stellte die Gläser wieder ordentlich in eine Reihe und griff sich Kugelschreiber und Klemmbrett. Nachdem sie sich vergewissert hatte, dass sie nichts vergessen hatte, drückte sie die schwere Klinke der Tür.

Die Tür war verschlossen.

Chiara stutzte. Irritiert drückte sie die Klinke erneut, dieses Mal fester. Nichts. Sie probierte es noch einmal, drückte die Klinke so lange, bis ihre Hände schmerzten, und warf sich gegen die Tür. Mit beiden Fäusten trommelte sie dagegen.

«Hallo, ist da jemand? Ich bin eingeschlossen! Kann jemand die Tür aufmachen? Hallo?» Ihre unsichere Stimme hallte von den glatten Wänden wider.

Von draußen war nichts zu hören. Im Raum surrten die Neonröhren, die Kühlung brummte.

Mittlerweile kroch die Kälte durch Rock, Wollstrumpfhose und Pullover. Chiaras Zähne klapperten. Welche Möglichkeiten hatte sie, hier rauszukommen? Reflexartig wanderten ihre Hände zu den Rocktaschen, doch natürlich hatte sie ihr Handy nicht dabei. Es lag in ihrem warmen Büro.

Erneut hämmerte sie auf die Tür ein, brüllte, so laut sie konnte. «Hilfe, ich bin eingeschlossen! Hallo! Hier hinten!»

Nichts. Mittlerweile durfte es auf sechs Uhr zugehen, die meisten Kollegen waren schon auf dem Heimweg. Möglicherweise würde man sie erst morgen früh entdecken, die ersten Wissenschaftler sahen meist gleich zu Arbeitsbeginn nach ihren Pflanzen. Das war in etwa fünfzehn Stunden.

Nur nicht in Panik ausbrechen, ermahnte Chiara sich, du musst Ruhe bewahren. Sie blies Luft in ihre gefalteten Hände und rieb sie aneinander.

Frustriert drehte Chiara sich um, trat von einem Bein auf

das andere, sie musste in Bewegung bleiben. Ihre Absätze klackerten auf den glatten Fliesen.

Ein weiteres Mal ging sie zur Tür und hämmerte mit den Fäusten dagegen, bis der Schmerz wie feine Nadelstiche in den Händen brannte.

«Hört mich jemand? Ich bin eingeschlossen!» Ihre Stimme klang fremd und heiser, die Kälte setzte schon ihren Stimmbändern zu. Mechanisch drückte sie die Klinke ein weiteres Mal hinunter.

Knarrend öffnete sich die Tür. Überrascht trat Chiara einen Schritt zurück. Ihr Atem ging flach und stoßweise.

«Hallo? Ist da jemand?»

Keine Antwort, der Flur war leer. Die defekte Deckenlampe flackerte.

Einen Moment stand Chiara regungslos im Türrahmen, dann schnappte sie sich ihre Sachen, schaltete das Licht aus und eilte hinaus.

Sie rannte fast zurück ins Büro. Nach der Eiseskälte war die Wärme angenehm, aber es würde noch einige Zeit dauern, bis sich ihr Körper daran gewöhnt hatte. Den Blicken der wenigen Kollegen, die noch da waren, wich sie aus. Vor dem Labor stieß sie mit Sabrina zusammen. Auf ihre Frage, was los sei, erwiderte sie nur ein paar kurze Sätze. Chiara wusste selbst, dass sie wahrscheinlich wirr klang, wollte das Institut aber auf schnellstem Weg verlassen. Im Büro schaltete sie das Licht an und schloss die Fenster. Chiara registrierte, dass nur noch etwa ein Dutzend Autos vor dem Institut abgestellt waren. Eines davon war Jacks alter Kombi.

Während Chiara ihre Sachen zusammenpackte und den Rechner herunterfuhr, kehrten ihre Gedanken immer wieder zum Kühlraum zurück: Konnte es sein, dass sich die Tür verhakt hatte? Oder wollte ihr jemand einen gehörigen Schrecken einjagen? Wo war sie da bloß hineingeraten?

Chiara griff in ihre Tasche, zog das Handy heraus und wählte die Nummer der Kommissarin.

«Hans-Ulrich, wo geht's denn hier zum Klo?»

Spandorff sah von seinen Unterlagen auf. «Rechts runter, zweite Tür links.»

Hans-Ulrich? Wo zum Teufel hatte Drachner denn seinen vollständigen Vornamen her? Spandorff seufzte, warf die Fischbrötchen-Verpackung in den Mülleimer und spülte mit Cola nach.

Nur wenige Stunden nach dem Gespräch mit Klaus Sturm waren drei Kriminalbeamte aus Hannover in der Nordenhamer Dienststelle eingetroffen. Den Nachmittag über hatten sie den Besprechungsraum in Beschlag genommen, Telefone eingestöpselt, ein Faxgerät angeschlossen und ihre Laptops aufgeklappt. Nachdem die Grundausstattung eingerichtet war, waren sie zu Phase zwei übergegangen und interessierten sich für die Infrastruktur der Dienststelle – Klos, Kaffeeautomaten und die Kantine. Alle paar Minuten bog einer von ihnen mit einer neuen Frage um die Ecke.

Bisher hatte Spandorff gerade so ausführlich geantwortet, dass man es ihm nicht als Unfreundlichkeit auslegen konnte, aber auch so knapp, dass die Kollegen nicht den Eindruck bekamen, dass man hier nur auf ihre Anwesenheit gewartet hatte.

«Na, hat sich das H-Team gut eingelebt?» Reimers aus der Spurensicherung stand vor seinem Schreibtisch, einen Plastikbecher in der Hand.

«Falls nicht, schick ich sie zu dir, du hast sicherlich noch hilfreiche Tipps parat», brummte Spandorff. Auch die Cola-Dose landete im Mülleimer.

«Wehe!» Reimers verschluckte sich fast an seinem Kaffee.

«Hast du was Konkretes für mich, oder wolltest du nur schnacken?» Spandorff hoffte, dass er schon erste Ergebnisse liefern konnte.

«Zweiteres. Ich wollte mal gucken, wie ihr so zurechtkommt.» Reimers grinste dämlich und verschwand wieder.

Bisher ganz gut, dachte Spandorff. Der LKA-Trupp – von allen nur das H-Team genannt – würde sich schon irgendwie einfügen. Außerdem hatten sie ein gemeinsames Ziel.

Optisch konnte man die Kriminalbeamten ganz gut auseinanderhalten. Andreas Drachner war ein kleiner, drahtiger Typ mit blondem Bürstenhaarschnitt, wachen grauen Augen und federndem Gang. Klaus Kerber war etwa eins achtzig, eher stämmig, hatte einen Dreitagebart und trug ein buntes Hemd und eine getönte Brille. Der Dritte im Bund hatte sich als Werner Falke vorgestellt und sah aus wie ein Intellektueller: graue Haare, die am Kragen aufsetzten, Hornbrille, braune Augen, hohe Denkerstirn. Durch seine leicht gebogene Nase erinnerte er sogar leicht an einen Falken, fand Spandorff.

Sein Handy piepte. Unsicher starrte Spandorff aufs Display, das zwar leuchtete, auf dem aber ansonsten nichts zu sehen war.

Wie kam man noch mal an diese blöden Textnachrichten ran?

Spandorff wühlte in der Schublade nach der Anleitung, die Jurek ihm vor einiger Zeit mit den Worten «So versteht das selbst ein DAU!» übergeben hatte. Mittlerweile hatte Spandorff erfahren, dass damit der «dümmste anzunehmende

User» gemeint war, und sich ordentlich geärgert, Jurek aber doch lieber nicht darauf angesprochen.

Ein schneller Blick zur Tür, das H-Team war nicht in der Nähe. Die selbst ernannten Star-Ermittler mussten die Aktion ja nicht unbedingt mitbekommen.

Spandorff faltete das DIN-A4-Blatt auseinander und überflog die Zeilen. Anschließend klickte er vorsichtig auf die Tasten, die Jurek ihm vorgegeben hatte.

Ha, tatsächlich, die Nachricht erschien auf dem Display!

Bin noch unterwegs. Fahre später zu Chiara Lenhardt, sie will mir etwas Wichtiges mitteilen. Alles Weitere in der Morgenbesprechung.

Spandorff runzelte die Stirn. Sie hatte doch gerade erst mit der Lenhardt gesprochen.

Nachdem die Petersen das Institut verlassen hatte, hatte sie sich bei ihm gemeldet und von der Beziehung zwischen Nicola Sencker und Chiara Lenhardt berichtet. Spandorff war ehrlich überrascht gewesen. Nie wäre er auf die Idee gekommen, dass die beiden ein Paar waren! Was das für die Ermittlungen bedeutete, würde sich erst herausstellen müssen. Auf jeden Fall hatte die Lenhardt sie angelogen, und das wahrscheinlich nicht ohne Grund.

Sollte er ihr antworten? Und wenn ja: Wie stellte er das an?

Spandorff kratzte sich am Hinterkopf. Nach einem kurzen Blick auf Jureks krakelige Erläuterungen drückte er eine Taste mit einem Pfeil. Da die Mini-Tasten jedoch eindeutig nicht für seine dicken Finger gemacht waren, erwischte er mehrere gleichzeitig. Das Display blinkte kurz, dann schloss sich das Fenster, und das Handy ging in den Ruhemodus.

«Schietkram!»

Drachner steckte den Kopf durch die Tür. «Hast du was gesagt?»

«Nö, war wohl der Funk.» Resigniert feuerte Spandorff das Handy in seine Arbeitstasche.

Er nahm seinen Mantel vom Haken, setzte die Schiebermütze auf, schaltete das Licht aus und verließ das Büro. Da Jurek ebenfalls unterwegs war, um Näheres über den Computer des anonymen Absenders herauszufinden, würde ihn heute keiner mehr vermissen.

Den Weg zur Brasserie ging er zu Fuß. Frisch war es geworden, und der Wind pfiff um die Ecke, als er über den Parkplatz auf die Walther-Rathenau-Straße abbog. Es nieselte leicht, neben ihm segelten Blätter vom Baum und landeten in einer Pfütze. Spandorff schlug den Kragen hoch und ging zügiger.

Die Brasserie empfing ihn mit angenehmer Wärme. Nach kurzem Suchen entdeckte er Fred an einem Ecktisch, vor ihm zwei frisch gezapfte Pils.

«Moin, Spandorff.» Fred war grauer und schmaler geworden, aber sein Blick war noch genauso offen und interessiert, wie Spandorff ihn in Erinnerung hatte. Fred trug ein gestreiftes Hemd und eine Lederweste über einer grünen Cargohose, die kurz über seinen Knöcheln endete. Seine Füße steckten in weißen Turnschuhen mit neonfarbenen Nähten, an seinem Gürtel hatte er seine Handytasche befestigt. Vor vielen Jahren hatte Spandorff einmal mitbekommen, wie jemand eine abfällige Bemerkung über seinen Kleidungsstil gemacht hatte. Fred hatte damals nur gelacht und erwidert: «Do, watt du wullt, de Lüüd snackt doch.»

Nach dem üblichen Small Talk, der ihm mit Fred leichtfiel, weil er ein netter Kerl war, erklärte Spandorff ihm, wo sie das Mordopfer gefunden hatten.

«Beim Wattensteg?» Fred setzte das Bierglas ab.

«Berschat tippt, dass die Leiche etwa drei Tage im Wasser gelegen hat.»

«Hm, ungewöhnlich.» Fred kratzte sich über seinen grauen Bart.

«Inwiefern?»

«Der Wattensteg liegt mitten im Fedderwarder Priel. Da ist die Strömung nicht besonders stark. Wenn der Körper nur drei Tage im Wasser war, dann wird er sich auch noch nicht besonders weit fortbewegt haben.»

Spandorff sah seinen Kumpel überrascht an. «Du meinst, die Leiche wurde in der Nähe im Wasser versenkt?»

Vom Nebentisch zog der Geruch von Currywurst mit Pommes zu ihnen hinüber, und Spandorff spielte kurz mit dem Gedanken, sich etwas zu bestellen. Das Fischbrötchen hatte nicht lange vorgehalten.

«Vermutlich nicht. Wir haben in der Außenweser und in den Prielen vor einigen Jahren Treibkörpermessungen durchgeführt.» Als er Spandorffs fragenden Blick bemerkte, ergänzte er: «Dabei werden unter verschiedenen hydrologischen Bedingungen die Strömungsgeschwindigkeiten gemessen. Wir denken dabei natürlich nicht an Leichen, sondern zum Beispiel an Container, die nach einer Kollision über Bord gegangen sind. So können wir etwa bestimmen, wohin sie verdriften, und sie dann bergen lassen.» Fred trank einen weiteren Schluck. «Egal. In der Außenweser sind die Messungen zwar schwierig umzusetzen, allein schon wegen des großen Schiffaufkommens. Fest steht aber, dass die Strömungsgeschwindigkeit im Fedderwarder Priel im Vergleich zur Außenweser nicht besonders hoch ist. Ist die Frau im Wasser umgekommen oder an Land?»

Spandorff lehnte sich vorsichtig in seinem Stuhl zurück, dessen Lehne sich unbequem in seinen Rücken gebohrt hatte, und streckte die Beine aus. Ihm fiel auf, dass seine Jeans über dem rechten Knie einen Fleck hatte. Vielleicht sollte er die Coladose das nächste Mal komplett leeren, bevor er sie im hohen Bogen in den Papierkorb warf.

«Ersteres. Sie ist vermutlich erschossen worden, bevor sie in der Nordsee entsorgt wurde. Möglicherweise wurde der Körper beschwert und hat die Gewichte durch die Strömung verloren, darauf lassen zumindest die Abdrücke an Hand- und Fußgelenken schließen. Beziehungsweise des *einen* Gelenkes, das andere Bein war nicht mehr da.»

Angewidert schüttelte Fred den Kopf. «Du meine Güte. Der Mörder hat es abgetrennt?»

«Nein, Berschat sagt, das sei post mortem passiert.» Spandorff hob die Stimme, um sich gegen die Musik durchzusetzen, die gerade lauter gestellt worden war. «Vermutlich durch eine Schiffsschraube.»

Freds Miene hellte sich auf, er beugte sich nach vorne. «Aber in diesem Fall müsstet ihr doch Zeugen haben!» Er gab der Bedienung ein Zeichen und bestellte zwei neue Bier.

«Wieso?» Spandorff legte die Stirn in Falten.

«Ganz einfach: Die großen Pötte, also Containerschiffe oder Massengutfrachter, kommen da doch gar nicht durch! Der Priel ist viel zu flach, der kann maximal von Segelschiffen oder kleinen Sportbooten befahren werden. Und wenn du damit mit einem Körper kollidierst, dann merkst du das, so viel steht fest!»

Spandorff trank einen Schluck, setzte das Glas ab und wischte sich den Schaum vom Mund. «Aber wieso hat sich bisher noch niemand gemeldet?»

Fred zuckte mit den Schultern. «Es wären nicht die ersten Deppen, die mit mehreren Promille an Bord gegangen sind, um ein paar Runden zu drehen. Alkohol am Steuer kommt bei der Wasserschutzpolizei gar nicht gut. Da ist es einfacher, sich gar nicht zu melden! Zumal die Chance, dass sie gesehen worden sind, doch minimal ist. Stell dir außerdem mal den Schreck vor, den die Jungs bekommen haben müssen!»

Fred hatte recht. Ein Törn mit Freunden, ausgelassene Stimmung, Dunkelheit, plötzlich ein lauter Rums gegen den Bootsrumpf. Und blankes Entsetzen an Bord. Spandorff hatte die Szene genau vor Augen.

Höchstwahrscheinlich gab es also mehr Zeugen als die beiden Jugendlichen, die den Körper am Wattensteg gefunden hatten.

«An eurer Stelle würde ich außerdem eine weitere Sache im Auge behalten.» Die Bedienung stellte zwei neue Pils vor ihnen ab.

«Nämlich?»

«Der Mörder hat ziemlich kopflos gehandelt.»

«Weil …?» Spandorff hatte keinen blassen Schimmer, wie Fred auf diese Idee kam.

«Ganz einfach: Nehmen wir mal an, er wollte die Leiche tatsächlich möglichst weit wegschaffen, dann macht es dort, im Fedderwarder Priel, überhaupt keinen Sinn!» Fred schien zunehmend Gefallen an seiner Rolle als Hilfsermittler zu finden, seine blauen Augen blitzten. «Wenn wir davon ausgehen, dass er irgendwo an Butjadingens Küste losgefahren ist – und anders kann ich es mir nicht vorstellen –, dann hätte er eigentlich in die andere Richtung fahren müssen, raus auf die Nordsee.» Mit seiner ausholenden Armbewegung hätte er der Bedienung, die gerade auf dem Weg zum Nebentisch war, fast die Teller vom Tablett gefegt.

«Du meinst, es ist ihm irgendetwas dazwischengekommen?»

Fred nickte. «Ein erfahrener Segler oder Motorbootfahrer kennt das Revier. Vielleicht hat ihm dichter Nebel einen

Strich durch die Rechnung gemacht, und er hat die Orientierung verloren. Oder an Bord ist etwas Unvorhergesehenes passiert.»

Nachdem Spandorff gezahlt und sich von Fred verabschiedet hatte, schlug er den Weg nach Hause ein. Mittlerweile regnete es nicht mehr, und es war noch ein paar Grad kühler geworden. Spandorff ging über den Marktplatz und durch die Fußgängerzone.

Zu Hause nahm er die Post aus dem Kasten, legte sie auf die Anrichte im Flur zu den anderen ungeöffneten Umschlägen und hängte seinen Mantel auf. Nach einem Blick in den Kühlschrank nahm er sich ein weiteres Bier und schaltete den Fernseher ein. In der Wohnung roch es muffig, und Spandorff überlegte kurz, ob er die Fenster aufreißen und frische Luft reinlassen sollte, entschied sich aber dagegen. Sein Anrufbeantworter blinkte.

«Hallo, Papa, hier ist Sarah.» Ihre Stimme klang müde und angespannt.

Er trank einen Schluck Bier.

«Ich rufe jetzt zum dritten Mal an und werde es nicht noch ein viertes Mal tun. Ich hatte dich letzte Woche gefragt, ob du in der *Kogge* was essen gehen willst mit Tobi und mir, *remember*?»

Wenn Spandorff sich richtig erinnerte, war Tobi ihr neuer Freund, den sie an der Seefahrtschule kennengelernt hatte.

«Weißt du, worauf ich langsam keinen Bock mehr habe?»

Ein weiterer Schluck Bier.

«Darauf, dass du dich für nichts interessierst außer für deine dämliche Arbeit.»

Spandorff starrte ins Leere.

«Du stehst morgens auf, gehst ins Büro, kommst wieder

nach Hause, gehst an den Kühlschrank und schaltest die Glotze ein. Jeden beschissenen Tag, seit Mama ausgezogen ist.»

Sein Blick fiel erst auf die Bierflasche, dann auf den Fernseher.

«Weißt du, wie lange das mittlerweile her ist?», kam es aus dem Anrufbeantworter.

«Fünf Jahre, elf Monate und vier Tage», sagte Spandorff tonlos zum Fernseher.

«Sechs Jahre, Papa!» Sarahs Stimme war laut geworden. «Sechs beschissene Jahre! Und dein Leben ist eingefroren seitdem, es ist wie konserviert! Wahrscheinlich steht auf der Fensterbank im Wohnzimmer immer noch der Trockenstrauß in der kaputten Kristallvase, oder?»

Vorsichtig drehte er den Kopf zum Fenster.

«Anrufe beantwortest du nicht und E-Mails sowieso nicht. Ach ja, eine Postkarte hatte ich dir letzten Monat auch geschrieben, hast du die überhaupt gelesen? Hast du dich einmal gemeldet, um zu fragen, wie mein Urlaub war und ob ich eine gute Zeit hatte?»

Eine Postkarte? Stimmt, zwischen den einfarbigen Umschlägen im Poststapel hatte er auch etwas Buntes gesehen.

«Weißt du was, Papa? Bemitleide dich ruhig weiter. Spiele weiter die Hauptrolle in dem Blockbuster ‹Ich gegen den Rest der Welt›. Meinetwegen kannst du in deiner verstaubten Retro-Wohnung verrotten!»

Es knackte. Sarah hatte aufgelegt, ohne sich zu verabschieden.

Noch eine ganze Zeit saß Spandorff in seinem Sessel und starrte auf den flackernden Bildschirm, während sich draußen die Dunkelheit herabsenkte.

Tra voi saprò dividere, Il tempo mio giocondo. Anna Netrebkos Stimme klang weich, fast heiter. Doch deutete nichts auf das dramatische Ende von *La Traviata* hin.

Chiara Lenhardt stellte die Aufnahme etwas lauter, ging in die Küche und goss einen Tee auf. Vielleicht würde die Kräutermischung ihr helfen, etwas zur Ruhe zu kommen. Über die Diele gelangte sie zurück ins Wohnzimmer und schloss die Tür. Sie nahm eine Wolldecke, setzte sich auf die Couch und brach einen Riegel Schokolade ab. Die weiche Decke wärmte ihre eiskalten Füße. Vorsichtig nippte Chiara an dem heißen Tee und brach ein weiteres Stück Schokolade ab.

Wo blieb nur die Kommissarin? Abrupt stand Chiara von der Couch auf und ging unruhig auf und ab. Vielleicht hätte sie doch einen Anwalt informieren sollen, der bei dem Gespräch dabei war?

Dieser plötzliche Zweifel, die Unsicherheit darüber, was richtig oder falsch war, überfiel Chiara regelmäßig seit Nicolas Tod. Ihre Freundin war wie ein Kompass gewesen, der die Richtung vorgab, Chiara hatte nur noch hinterhermarschieren müssen. Mit zitternden Händen stellte sie die bunten Parfümflaschen auf dem Kaminsims sorgfältig in eine Reihe. Ein Geschenk ihres alten Chefs, Relikte aus ihrem früheren Leben.

La vita è nel tripudio, sang Anna Netrebko, es klang noch immer unbeschwert. Chiara ging zurück zur Couch, legte die schwere Decke über ihre Füße und entspannte sich. Sie spürte, wie die Anstrengungen des Tages von ihr abfielen. Plötzlich hielt Chiara inne. Hatte sie gerade ein Geräusch gehört? Ein leises Knistern?

Die Instrumente setzten wieder ein, doch Chiara drehte den Lautstärkeregler nach unten und lauschte. Da war es wieder! Ein Knacken, als ob jemand ein feines Stück Holz bräche.

Sie lief zur Wohnzimmertür, die zur Diele führte. Bei dem Gedanken daran, was sie dahinter erwarten würde, breitete sich ein mulmiges Gefühl in ihr aus. Doch was konnte das schon sein? Vielleicht hatte sie in der Küche ein Fenster offen stehen gelassen, und es schlug nun gegen den Rahmen? Soweit sie sich erinnerte, war es vorhin jedoch verschlossen gewesen. Lächerlich, schalt sie sich, sie sah und hörte schon Gespenster. Entschlossen riss sie die Tür auf.

Dichter Rauch schlug ihr aus der Diele entgegen, hüllte sie ein und breitete sich im Wohnzimmer aus. Erschrocken wich sie zurück. Sie hustete und hielt sich den Ärmel ihres Pullovers vors Gesicht. Um Gottes willen!

Der Qualm hatte bereits die Möbel, Bilder und den Spiegel in der Diele verschluckt. Panisch tastete Chiara nach dem Telefon auf dem Couchtisch. Mit zitternder Hand tippte sie die Nummer der Feuerwehr.

Hätte sie sich doch nur gegen Carsten durchgesetzt und Rauchmelder installieren lassen! Sie hustete erneut.

«Rettungs- und Einsatzleitstelle des Landkreises Wesermarsch», meldete sich eine helle Frauenstimme.

In schnellen, atemlosen Sätzen schilderte Chiara die Situation, nannte ihren Namen und die Adresse.

Mit halbem Ohr bekam Chiara mit, dass die Frau sie ermahnte, das Haus sofort zu verlassen. In zehn, spätestens fünfzehn Minuten würden die Einsatzkräfte da sein.

Noch eine Viertelstunde! Chiara spürte Panik aufsteigen und konnte nicht aufhören zu husten. Ihr erster Impuls war, ins Freie zu rennen, sich auf schnellstem Weg in Sicherheit zu bringen. Doch dann dachte Chiara an Neele. Die Vorstellung, dass die Flammen sich durch die Bilder, Stofftiere und Tagebücher ihrer Tochter fraßen und alle Kindheitserinnerungen auslöschten, war unerträglich. Zumindest die Dinge, die sie tragen konnte, wollte sie mit aus dem Haus nehmen. Neeles Zimmer ging von der Diele ab, bis zur Tür waren es nur ein paar Meter.

Chiaras Hals kratzte, das Schlucken bereitete ihr Schmerzen. Hustend bewegte sie sich aus dem Wohnzimmer in die Diele und von dort weiter in Neeles Zimmer. Wahllos griff sie Fotoalben aus einem Regal und packte einen Teddy sowie einen Stoffelefanten, den Carsten vor vielen Jahren für Neele auf dem Jahrmarkt geschossen hatte. Der Rauch und die Hitze schnürten ihr die Kehle zu, das bedrohliche Knacken irgendwo über ihrem Kopf wurde lauter.

Ganz kurz schoss ein Gedanke durch ihren Kopf: Was, wenn dies kein Unfall war, kein technischer Defekt? Konnte es sein, dass jemand das Feuer gelegt hatte? Sie verdrängte den Gedanken.

Dann traf sie etwas hart am Kopf. Der Schmerz war so heftig, dass sie ächzend zu Boden ging. Für einen Moment wurde ihr schwarz vor Augen. An ihrem rechten Knie spürte sie etwas Scharfkantiges, das sich ins Fleisch schnitt, doch sie ignorierte es. Sie musste hier raus, und zwar schnell! Sie sammelte alle Kräfte und stand auf, doch ihr kam es vor, als bewegte sie sich in Zeitlupe.

In einiger Entfernung zischte und knackte es, krachend ging etwas zu Boden. Der Rauch biss nun so stark in ihren Augen, dass sie sie geschlossen hielt, damit sie weniger schmerzten. Ihr war schwindelig, sie bekam kaum Luft, und ihr Kopf fühlte sich an, als müsste er zerspringen. Ununterbrochen hustete sie. Ihr war speiübel, aber sie zwang sich, nicht aufzugeben.

Es gab noch eine Sache, die sie unbedingt tun musste.

Tomma Petersen sah auf ihr Handy. Mist, schon nach zwanzig Uhr, sie hatte sich länger im *Luzifer* aufgehalten als geplant.

Als Chiara Lenhardt sie angerufen und um ein dringendes Gespräch gebeten hatte, war sie schon fast wieder in der Dienststelle gewesen. Was gab es wohl so Wichtiges, das Chiara ihr gerade noch verschwiegen hatte, aber jetzt unbedingt loswerden musste? Tomma zweifelte an der Geschichte, die Chiara Lenhardt ihr aufgetischt hatte. War sie wirklich nur bei der NHG eingebrochen, um Beweise für ihre Beziehung zu Nicola Sencker mitgehen zu lassen? Inzwischen hielt Tomma auch eine andere Version für denkbar: Sie war auf der Suche nach anderen Dokumenten, die Nicola belasten könnten, vielleicht sogar Dokumente, die etwas mit Waffenhandel zu tun hatten. Wollte Chiara Nicolas Ruf schützen?

Tomma bog auf die Butjadinger Straße ab und stellte das Radio ein. Um die Zeit zu überbrücken, bis Chiara von Bremerhaven nach Hause gefahren war, hatte sie im *Luzifer* die Angaben von Chiara Lenhardt überprüft, die dort nach eigener Aussage am vergangenen Sonntag auf Nicola Sencker gewartet hatte.

Sie hatte offenbar die Wahrheit gesagt. Mehrere Servicekräfte konnten sich gut an die blasse Frau erinnern, die eine ganze Zeit lang allein an einem Tisch gesessen und dabei immer wieder nervös auf ihr Handy gestarrt hatte, bevor sie schließlich gegangen war.

Tomma hatte Tossens hinter sich gelassen, ihr Navi schickte sie nun über schmale, kurvige Straßen und schließlich über einen holprigen Wirtschaftsweg. Links und rechts breiteten sich Wiesen aus, unter den wenigen Bäumen standen schwarz-weiße Kühe, die Schutz vor dem einsetzenden Nieselregen suchten.

Zweifelnd sah Tomma durch die Windschutzscheibe. Ob sie hier richtig war? Laut Navi war sie fast am Ziel.

Dann sah sie es. Einige hundert Meter vor ihr stieg schwarzer Rauch auf. Ein frei stehendes Haus, mit Reet gedeckt, stand in Flammen. Tomma fluchte, drückte aufs Gaspedal. Die Flammen krochen aus den Dachbalken, Funken stoben in den Himmel.

Der schmale Weg wurde links und rechts von Gräben gesäumt, und Tomma musste sich konzentrieren. *In einhundert Metern haben Sie das Ziel erreicht.* Nichts wünschte sich Tomma in diesem Moment mehr, als dass ihr Navi sich irrte. Doch gleichzeitig wusste sie, dass es nicht so war.

Sie stand vor Chiara Lenhardts Haus.

Tomma trat auf die Bremse, würgte den Motor ab. Hastig löste sie den Sicherheitsgurt, stieß die Tür auf und stolperte ins Freie. Mit zitternden Händen wählte sie die Nummer der Feuerwehr, nannte ihren Namen und gab die Adresse durch. Die Frau am anderen Ende der Leitung stellte Tomma noch weitere Fragen, doch diese brach das Gespräch einfach ab. Ein kurzer Blick aufs Display, keine Nachricht, kein Anruf. Chiara Lenhardt hatte sich nicht mehr bei ihr gemeldet. Tomma sah sich um – weit und breit war kein Mensch zu sehen. Sie warf das Handy auf den Fahrersitz.

Sie ist noch im Haus. Ich muss sie rausholen.

Tomma wusste nicht, wie weit sich das Feuer schon ausgebreitet hatte, aber sie musste es probieren.

Tomma stieß die Pforte auf, lief um das Haus herum. An der Rückseite schloss sich eine Terrasse an, dahinter ein weitläufiger Garten. In den gepflegten Rasen war mit roten Steinen ein Rondell gepflastert, auf dem ein Strandkorb stand. Eine ländliche Idylle, auf die sich nun wie schwarzer Schnee feine Asche herabsenkte.

Tomma blickte erst durch die Fenster ins Haus, dann durch die Terrassentür. Auch hier dichter Qualm, nicht einmal Umrisse der Möbel konnte sie erkennen. Suchend tastete ihr Blick den Garten nach etwas Schwerem ab, mit dem sie die Scheibe einschlagen konnte. Etwas entfernt entdeckte sie eine Gruppe großer Tontöpfe. Tomma griff sich den größten und schleuderte ihn mit Wucht gegen die Scheibe. Klirrend zerbrach das Glas, mit einem dumpfen Poltern schlug der Topf im Haus auf. Tomma stieg durch den Türrahmen. Es stank nach verkohltem Holz und Kunststoff, sie musste husten.

«Frau Lenhardt, hören Sie mich?»

Keine Reaktion.

Der Qualm war dichter, als Tomma angenommen hatte. Sie wusste, dass die Dämpfe zu massiven Schäden führen konnten, wenige Atemzüge reichten. Keine Heldentaten, so hatte man es ihr in der Ausbildung eingetrichtert.

«Frau Lenhardt, können Sie mich hören?» Tomma ging ein paar Schritte weiter. «Frau Lenhardt?» Der Rauch biss in Nase und Augen. Ganz zu schweigen vom Hals, der sich anfühlte, als hätte sie Schmirgelpapier verschluckt.

Keine Heldentaten, ermahnte sie sich. Wenn sie sich nicht selbst gefährden wollte, musste sie raus und auf die Hilfskräfte warten.

Ein letztes Mal rief sie Chiara Lenhardts Namen, wartete einen Moment. Dann stolperte sie ins Freie, immer noch hustend. Sie setzte sich auf den Rasen, das feuchte Gras durchnässte ihre Hose. Übelkeit stieg in ihr auf.

«Scheiße», flüsterte sie, «verdammte Scheiße.»

Es bestand noch die winzige Hoffnung, dass Chiara Lenhardt sich nicht im Haus befand. Doch wenn Tomma ehrlich war, glaubte sie nicht daran. Ihr Wagen parkte in der Auffahrt, ringsherum gab es in dieser Einöde keine Nachbarn. Wo sollte sie schon hingegangen sein?

In der Ferne hörte Tomma Sirenen, dann ging plötzlich alles ganz schnell. Jemand rief ihren Namen, zog sie vom Rasen.

Nachdem sie das Wichtigste geschildert hatte, drückte man ihr eine Sauerstoffmaske aufs Gesicht und legte sie auf eine Trage. Sie wollte protestieren, aber der Sanitäter – ein Zwei-Meter-Mann mit Händen wie Baggerschaufeln – schüttelte nur wortlos den Kopf und legte ihr eine Decke um. Dafür war Tomma dankbar, denn sie zitterte am ganzen Körper, das hatte sie vorher gar nicht bemerkt. Aus den Augenwinkeln verfolgte sie, wie die Feuerwehr-Trupps ins Haus gingen. In Schwarz gekleidet, durch ein dünnes Band verbunden, damit sie sicher den Weg nach draußen finden würden.

Die Männer brüllten Chiara Lenhardts Namen. Leitern fuhren aus, Schläuche wurden angeschlossen. Wasser schoss aus mächtigen Rohren in die zuckenden Flammen.

Plötzlich brach Hektik aus, die Rufe wurden lauter, das Funkgerät des Sanitäters knackte. Der Zwei-Meter-Mann rief seinen Kollegen etwas zu, woraufhin zwei Männer in Weiß eine Trage auseinanderklappten und sie zur Auffahrt rollten.

Noch mehr Gebrüll, schließlich kamen die Männer des ersten Trupps aus dem Haus. Der Letzte hielt einen schlaffen Körper in seinen Armen.

Die Sanitäter waren zur Stelle, hievten Chiara Lenhardt auf die Trage, setzten ihr die Sauerstoffmaske auf und schoben sie in den Krankenwagen, der sich mit Blaulicht entfernte. Anschließend wandte sich der Zwei-Meter-Mann Tomma zu und gab dem Fahrer des zweiten Fahrzeugs einen Wink.

Ihre Trage glitt in den Krankenwagen, Türen klappten, jemand schlug zweimal aufs Dach, der Motor wurde gestartet.

Tomma atmete flach, sie fühlte sich wie in einer rollenden

Praxis. Überwachungsgeräte piepten, Beatmungsgeräte warteten auf ihren Einsatz, und es roch nach Desinfektionsmittel. Ihr Magen krampfte sich zusammen.

Offenbar sah man ihr die aufsteigende Panik an, denn ein junger Sanitäter, ein schlaksiger Typ mit Wuschelkopf und Harry-Potter-Brille, lächelte ihr aufmunternd zu.

«Keine Sorge, das ist Routine. Wenn alles okay ist, können Sie nachher wieder gehen.»

Tomma richtete sich auf der Trage auf, was er mit einem Stirnrunzeln quittierte. Sie sah ein, dass sie nicht noch zusätzlich Ärger machen sollte, und lehnte sich wieder zurück. Jedoch nicht, ohne vorher noch einen kurzen Blick aus dem Rückfenster des Krankenwagens zu werfen.

Das Letzte, was Tomma sah, waren die verkohlten Dachbalken, die wie schwarze Stümpfe in den dunklen Himmel ragten.

SONNABEND

Nebenan zischte die Maschine, ein angenehmer Duft nach frisch gebrühtem Kaffee zog durch den Flur. Die Büros waren leer, die Kopierer standen still, kein Telefon läutete.

Gut gelaunt verließ Magnus Steffens seinen Schreibtisch und goss Kaffee in zwei dunkelblaue Becher. Während er Jeans und Poloshirt trug, hatte Clemens sich auch heute für Anzug, ein weißes Hemd und eine rote Krawatte entschieden. Am Revers glänzte ein NHG-Anstecker. Magnus stellte den dampfenden Becher neben Clemens' Laptop.

Überrascht hob dieser den Kopf. «Danke.»

«Gerne.» Der Junge arbeitete schon seit Tagen an der Istanbul-Reise, bereitete die Termine vor, stimmte mit der Rechtsabteilung die Verträge ab und kümmerte sich um die Logistik. Da konnte ein bisschen Aufmerksamkeit nicht schaden.

«Gibt es noch offene Punkte?» Vorsichtig schlürfte Magnus einen Schluck Kaffee.

«Nein, es ist so weit alles vorbereitet.» Clemens ordnete die Unterlagen, bereit für eine kurze Zusammenfassung. «Wir fliegen ab Hamburg, los geht es um achtzehn Uhr fünfzehn.»

Magnus runzelte die Stirn. «Wieso nicht ab Bremen?»

«Von dort sind leider keine Direktflüge mehr möglich», kam es leicht genervt zurück.

Für die logistischen Details hatte Clemens offenbar nicht viel übrig. Kein Wunder: Die Pflege von Terminkalendern, Flugbuchungen und die Koordination des Fahrdienstes entsprachen eigentlich nicht seiner Qualifikation.

Doch in den letzten Monaten hatte Magnus ganz bewusst einige Aufgaben zu seinem persönlichen Assistenten umgelenkt. Das mochte für Clemens unbefriedigend sein, hatte aber einen guten Grund: Magnus musste sich genau überlegen, wem er vertraute. Und da er wusste, dass seine Sekretärin und Miras Assistent nicht nur die Mittagspause zusammen verbrachten, gehörte sie eindeutig nicht zu dem Kreis. Clemens und Wilbert dagegen mochten sich nicht – eine gute Grundlage für eine enge Zusammenarbeit.

«Okay, Hamburg also», sagte er freundlich. «Und weiter?» Er stellte den Becher ab.

«Ankunft in Istanbul Atatürk um zweiundzwanzig Uhr zwanzig, dann Transfer zum Hotel. Am Montag hast du ein volles Programm auf der Messe, den genauen Ablauf findest du hier.» Er tippte auf eine beschriftete Mappe. «Am Dienstag geht der Flieger um acht Uhr dreißig zurück, Ankunft in Hamburg um zehn Uhr fünfundvierzig, dort wartet dann der Fahrdienst. Die Vorstandssitzung wurde bereits verschoben und für fünfzehn Uhr angesetzt, das sollten wir problemlos schaffen.» Clemens schob ihm die Unterlagen über den Tisch.

Magnus scannte die Tabellen, Kurzbeschreibungen und Hintergrundinformationen. Wie immer hatte Clemens sie sorgfältig nummeriert und farblich hinterlegt. Er machte seinen Job gut, es wurde Zeit, dass Magnus seinen Einsatz und seine Loyalität entsprechend honorierte. So war es zwischen ihnen vereinbart, und natürlich würde er sich daran halten.

«Ruf einfach an, wenn sich Fragen ergeben. Besonders interessant dürften die Dokumente für Khaled Shebani sein», sagte Clemens und rückte seine Krawatte zurecht. Seine meist sorgenvoll zusammengezogene Stirn hatte sich geglättet, und er verzog sogar den Mund zu einem leichten Grinsen. «Seite fünfundvierzig», half er nach.

Natürlich hatte er die Blätter nummeriert, damit man die relevanten Informationen schnell finden konnte.

Magnus blätterte die Seite auf und hob überrascht den Kopf. «Mira hat bereits unterschrieben?» Er hatte damit gerechnet, dass sie die Entscheidung bis zur letzten Minute herauszögern würde, um ihn zu schikanieren.

«Jep. Sie ist einverstanden.» Zufrieden lehnte sich Clemens zurück. «Wilbert hat gestern zwar noch ein paarmal angerufen und mich mit Fragen gelöchert. Aber schließlich lag der Vertrag auf meinem Tisch. Inklusive Unterschrift.»

«Das sind wirklich gute Neuigkeiten, danke für die gute Arbeit.» Das Lob war ehrlich gemeint. «Unser Deal steht weiterhin. Im nächsten Quartal wird sich dein Banker über größere Zahlungseingänge freuen.»

Clemens nickte.

Magnus überlegte, ob er mit ihm weitere Details für das Gespräch mit Shebani besprechen sollte, entschied sich dann aber dagegen. Sie hatten die Kommunikation zu dem Geschäft auf ein absolutes Minimum beschränkt.

Nachdem sie sich verabschiedet hatten, packte Magnus seine Sachen zusammen und verließ das Büro. Er hatte keinen Grund, sich zu beeilen, seine Frau würde ihn gleich noch zu einer Vernissage irgendeines Aktionskünstlers zerren, worauf er überhaupt keine Lust hatte.

Auf dem Flur fiel sein Blick auf Nicolas Namensschild. Eigentlich hatte er ihr Büro in den letzten Tagen gemieden wie der Teufel das Weihwasser. Aber nun verspürte er einen spontanen Drang, hineinzugehen und sich der Situation noch einmal zu stellen. Die Kripo hatte den Raum nicht versiegelt. Er atmete tief ein und aus und trat ein.

Natürlich war die Szene sofort wieder da, in allen Einzelheiten. Nicola, wie sie den Kopf in den Nacken warf, ihr flirtender Augenaufschlag. Der gemeinsame Blick in die Unterlagen, als er neben ihrem Schreibtisch stand, ihre fast beiläufige Berührung. Kerzengrade saß sie an ihrem Computer, sodass er ihr gebräuntes Dekolleté sehen konnte, den Ansatz ihrer wohlgeformten Brüste. Die schlanken Beine hatte sie übereinandergeschlagen, an ihrer linken Fessel trug sie ein Tattoo in Form eines chinesischen Schriftzeichens. Ihr schweres Parfüm kitzelte in der Nase. Langsam wippte sie mit dem rechten Fuß, an dem sie schwarze hochhackige Pumps trug, während sie ihn auffordernd ansah.

Konnte ihm ernsthaft jemand vorwerfen, dass ihm in dieser Situation die Sicherungen durchgebrannt sind? Waren die Zeichen nicht mehr als eindeutig? Oder war es eine Falle gewesen?

Magnus vergrub das Gesicht in seinen Händen und kniff die Augen zusammen, als könne er so die nächsten Szenen zurückdrängen. Doch es gelang ihm nicht. Abrupt drehte er sich um, zog mit einem lauten Knall die Tür hinter sich zu und verließ das Gebäude.

Vielleicht würden ihm ein paar Tage in einer fremden Stadt helfen, die hässlichen Bilder loszuwerden. Doch eigentlich waren sie unwichtig. Sein Fehler würde keine Konsequenzen mehr haben. Nicola war tot.

Andreas Drachner saß ihm gegenüber. Sein blonder Bürstenhaarschnitt war deutlich kürzer als gestern, offenbar war er beim Friseur gewesen. Drachners graue Augen scannten sein Büro und blieben schließlich am Kofferradio hängen. Es war eingeschaltet – heute lief das Nordderby, vielleicht gab es Vorberichterstattung.

«*Intertrans* – schon mal davon gehört?»

«Nö», sagte Spandorff. «Was ist das?»

Drachner krempelte sich die Ärmel hoch, als wollte er demonstrieren, dass es nun richtig losging mit den Ermittlungen. «Eine Logistikmesse in der Türkei. Magnus Steffens macht sich morgen auf den Weg dahin. Wir gehen davon aus, dass es dort auch Gespräche zu einem möglichen Waffentransport geben könnte.» Er schnalzte mit der Zunge. «*Wenn* er denn existiert.»

Spandorff wunderte sich. Wo hatte das H-Team diese Information so schnell herbekommen? Mahlten die bürokratischen Mühlen beim LKA so viel schneller als bei der Kripo? «Habt ihr die Telefone schon angezapft?»

Ein kurzes Nicken, dann fuhr Drachner ungerührt fort: «Bisher ist nichts Spannendes dabei, Steffens scheint sich sehr bedeckt zu halten. Aber da wir nicht davon ausgehen, dass wir irgendetwas Schriftliches finden – so dämlich schätze ich Steffens nicht ein –, müssen wir uns an seine Fersen heften. Und zwar bald.»

Bei dem Stichwort «an die Fersen heften» wanderten Spandorffs Gedanken zu der Petersen. Sie hatte heute Morgen angerufen, um Bescheid zu sagen, dass sie später kommen würde. Ausführlich würde sie in der Besprechung berichten, doch auch ihre kurze Zusammenfassung klang haarsträubend. Chiara Lenhardts Haus war fast komplett abgebrannt, und sie schwebte in Lebensgefahr. Spandorff konnte sich nicht vorstellen, dass es ein Unfall war. Doch wie passte das alles zusammen?

«Die Frage ist natürlich, wie die Fälle zusammenhängen», sprach Drachner nun Spandorffs Gedanken aus.

«Wir müssen die Spuren parallel weiterverfolgen und Schritt für Schritt Verbindungen herstellen.» Das klang zwar nicht besonders inspiriert, aber etwas Schlaueres fiel ihm gerade nicht ein.

Kurz darauf erschien Klaus Sturm im Büro, mit Jurek im Schlepptau, der irgendwas an seinem Computer herumgeschraubt hatte. Anscheinend war die Aktion erfolgreich verlaufen, denn der Polizeidirektor stand entspannt im Türrahmen, die Arme lässig verschränkt, und ließ sich von Drachner Magnus Steffens Geschäftstermine auf der Messe erläutern. Spandorff wunderte sich, dass der Boss überhaupt im Dienst war, normalerweise hatte er am Wochenende Wichtigeres zu tun, selbst wenn es gerade einen Mordfall gab.

«Hört mal, ich muss gleich wieder los», setzte Sturm an.

Na also, er hatte es doch gewusst.

«Spandorff, können Sie nicht mal diesen alten Kasten ausmachen?» Sein verärgerter Blick streifte das Kofferradio. «Wieso läuft das Ding überhaupt?» Als Golffreund hatte Sturm mit den Sportinteressen der Normalsterblichen natürlich wenig am Hut.

«Werder spielt heute gegen den HSV. Um achtzehn Uhr dreißig ist Anpfiff und da …»

«… Werder Bremen?» Sturm machte ein ratloses Gesicht. «Sind die nicht letzte Saison abgestiegen?»

Drachner konnte nur mühsam ein Grinsen unterdrücken, während Spandorff merkte, wie sein Blutdruck stieg. Cool bleiben, ermahnte er sich. Er will dich nicht reizen. Das war keine Absicht, sondern Ahnungslosigkeit.

«Wie dem auch sei», fuhr der Boss ungerührt fort und wischte seinen unqualifizierten Einwand mit einer Handbewegung beiseite. «Waren Sie schon mal in Istanbul?»

Tick-tack, tick-tack.

Wie lange hatte sie hier gesessen und die Wand angestarrt? Der Kaffee war mittlerweile kalt, der verbrannte Toast auf ihrem Teller steinhart, und sie fror in ihrem dünnen Shirt. In der Küche war es ruhig, abgesehen vom Ticken der Wanduhr. Unten auf der Straße fuhr ein Auto vorbei, ein Hund kläffte.

Tomma fühlte sich, als hätte sie die Nacht durchgemacht.

Nachdem sie um zwei Uhr endlich im Bett gelegen hatte, war sie immer wieder aufgewacht. Zuckende Flammen, Rufe, die Sirene des Krankenwagens, ihr gleichmäßiges Ein- und Ausatmen unter der kalten Sauerstoffmaske – die Bilder waren im Schnelldurchlauf durch ihre Träume gejagt. Mehrmals war sie völlig verschwitzt aufgeschreckt, und es hatte einen Moment gedauert, bis sie begriff, dass sie nicht vor Chiara Lenhardts Haus im feuchten Gras saß, sondern im Bett in ihrer Wohnung, sicher und geborgen.

Tick-tack, tick-tack.

Tomma biss vom Nutellatoast ab und trank den letzten Schluck Kaffee. Auf Socken ging sie ins Schlafzimmer, schob die Spiegeltür des Kleiderschranks zur Seite, griff zu Unterwäsche, Rock, Strumpfhose und einem weiten meerblauen Shirt. Wenigstens etwas Farbe musste dieser Tag bekommen, wenn er schon so trostlos begann. Tomma hustete und putzte sich die Nase. Leider war ihre Erkältung durch die gestrige Aktion nicht gerade besser geworden. Ihre Hose war feucht, was sie erst im Krankenhaus bemerkt hatte. Es hatte gedauert, bis die Hose trocken und ihr wieder warm gewesen war.

Über den Flur ging sie ins Badezimmer und legte alles zusammen auf einen Holzhocker neben dem Waschbecken.

Unter der Dusche stand sie länger als sonst, die Temperatur hatte sie so heiß eingestellt, dass sie es gerade noch aushalten konnte. Sie hatte das dringende Bedürfnis, den Geruch nach Verbranntem abzuwaschen und damit den furchtbaren Tag auszulöschen.

Während man sie in der Nordenhamer Wesermarsch-Klinik nach einer kurzen Untersuchung wieder entlassen hatte, sah es für Chiara Lenhardt nicht gut aus. Als Tomma in der Nacht kurz bei ihr gewesen war, wirkte ihr schmaler Körper verloren in dem großen weißen Bett. Um sie herum piepende Maschinen und Infusionsschläuche, eine Schwester tauschte einen Beutel mit Flüssigkeit aus.

Tomma hatte nicht mit Chiara sprechen können. Die Ärzte waren zwar freundlich gewesen, wollten aber keine Prognose abgeben.

Noch in der Nacht hatte Tomma mit Chiaras Exmann telefoniert, der ihre gemeinsame Tochter benachrichtigen wollte. Sie war gerade mal siebzehn Jahre alt und verbrachte derzeit ein Jahr in den USA. Tomma schluckte den dicken Kloß hinunter, der sich in ihrem Hals gebildet hatte.

Sie angelte das Handtuch vom Haken, rieb sich ab, bis ihre Haut ganz rot war, und zog sich an. Die Haare föhnte sie nur kurz, und ließ sie dann an der Luft trocknen. Kajal, schwarze Wimperntusche, ein farbloser Lippenstift – fertig.

Im Flur schlüpfte sie in ihre weiten Lederstiefel mit den flachen Absätzen, zog die Reißverschlüsse hoch und legte sich vor dem Spiegel die Silberkette um, die ihre Mutter ihr zum Fünfunddreißigsten geschenkt hatte.

Kurz betrachtete sie ihr Spiegelbild. Dunkle Schatten unter den Augen und ein ernster Zug um den Mund. Sie band ihre schwarzen Haare zu einem Zopf und befestigte die kurzen Haarsträhnen mit zwei Klemmen. Dann suchte sie Portemonnaie und Führerschein, holte sich noch einen Müsliriegel aus der Küche und warf alles in den großen Lederbeutel. Ein kurzer Blick aufs Handy. Kein Anruf, keine Nachricht.

Im Krankenhaus hatte man ihr versprochen, sofort Bescheid zu sagen, wenn sich Chiara Lenhardts Zustand änderte. Nur deshalb hatte sie sich überhaupt überreden lassen, nicht in der Klinik zu bleiben, sondern nach Hause zu fahren.

Als sie ins Freie trat, bildete das Wetter einen scharfen Kontrast zu ihrer Gemütsverfassung. Die Luft war mild, und es war fast windstill. Einen Moment blieb Tomma stehen, reckte das Gesicht zur Sonne und genoss die Wärme auf der Haut. Dann ging sie zu ihrem Wagen, startete den Motor und fuhr los.

Langsam rückten die schrecklichen Bilder in den Hintergrund und machten Platz für viele unbequeme Fragen.

Warum hatte sie sich nicht eher auf den Weg zu Chiara Lenhardt gemacht?

Wäre sie doch nur eine Viertelstunde früher zu ihr gefahren oder auch nur ein paar Minuten! Dann hätte sie es vielleicht noch geschafft, Chiara aus dem Haus zu holen. Und dann würde sie jetzt nicht mit einer schweren Rauchvergiftung auf der Intensivstation liegen.

Eine weitere Frage wollte Tomma nicht aus dem Kopf gehen: Wieso war Chiara nicht sofort ins Freie geflüchtet? Und warum hatte sie den Rauch nicht frühzeitig bemerkt? Sie hätte ihn doch riechen müssen! Bei vielen Brandunfällen werden die Opfer im Schlaf von den Flammen überrascht und wachen gar nicht mehr auf. Aber Chiara wusste, dass Tomma auf dem Weg zu ihr war, da hatte sie wohl kaum geschlafen. Oder war sie kurz eingenickt, vielleicht nach einem Glas Wein?

Tomma lenkte den Wagen auf die A29 und gab Gas. Im Radio liefen die Nachrichten, und sie stellte den Ton lauter, doch der Brand in Butjadingen wurde nicht erwähnt. Warum auch, die Journalisten hatten noch keine Verbindung gezogen zwischen dem Mord an Nicola Sencker und dem Unfall. Das würde sich jedoch eventuell bald ändern. Tomma legte eine CD von *Muse* ein und drehte den Lautstärkeregler auf. *I know you've suffered. But I don't want you to hide. It's cold and loveless. I won't let you be denied.*

Eine halbe Stunde später parkte sie ihren Golf auf dem Parkplatz des Präsidiums. Der Wagen stand halb auf einer der weißen Markierungen, die der Hausmeister gerade erst fein säuberlich nachgezogen hatte, aber Tomma ignorierte es. Sollten die Kollegen doch lästern.

Sie schaffte es gerade rechtzeitig zur Einsatzbesprechung, die sie für zwölf Uhr angesetzt hatte. Da die Kollegen des LKA den Besprechungsraum in Beschlag genommen hatten, würden die täglichen Treffen in den nächsten Tagen bei ihr im Büro stattfinden.

Die meisten Kollegen waren schon da, saßen mit Pappbechern auf ihren mitgebrachten Stühlen und unterhielten sich leise.

Tomma begrüßte die Runde, warf den Lederbeutel auf den Stuhl, hängte den Trenchcoat über die Lehne und setzte sich auf den Schreibtisch. Das Handy legte sie neben sich.

Spandorff und Jurek saßen an ihren Schreibtischen, aus der Spurensicherung waren Jan und Reimers dabei, außerdem Andreas Drachner vom LKA-Team, den Tomma gestern auf dem Flur kurz kennengelernt hatte. Auch den Brandermittler Jörg Trimborn, einen ruhigen Kollegen mit dunkelbraunem Zopf, Kinnbart und Brille, hatte Tomma dazu gebeten.

Sie fasste den Stand der Ermittlungen zusammen, berichtete von der Beziehung zwischen Nicola Sencker und Chiara Lenhardt und von Chiaras Einbruch in das NHG-Gebäude, mit dem sie mögliche Hinweise auf die Beziehung verschwinden lassen wollte. In Gedanken fügte sie hinzu: Und was wohl noch alles? Dann fuhr sie mit den gestrigen Ereignissen und dem ungewissen Gesundheitszustand von Chiara Lenhardt fort. Sie wandte sich an Jörg Trimborn. «Wie schnell breitet sich ein solches Feuer in etwa aus? Chiara Lenhardt muss von den Flammen vollkommen überrascht worden sein.»

Er kratzte sich am Hinterkopf. «Tja, das ist schwer zu sagen. Ein Reetdachhaus, richtig?»

Tomma nickte.

«Die Dinger brennen wie Zunder.» Trimborn schob die Brille auf die Nasenwurzel. «Auch deshalb, weil es unter dem Dach meist viele Spinnweben und Insekten gibt. Das kann sehr schnell gehen.»

«Wenn es Brandstiftung war, können wir es dann nachweisen?»

«Wir versuchen es zumindest, und in der Regel finden wir etwas. Ich mach mich gleich auf den Weg und werde alles unter die Lupe nehmen, jeden Stein umdrehen. Wir suchen nach Benzin, Spiritus, den üblichen Brandbeschleunigern.»

«Okay, danke», sagte Tomma leise. Ihr Handy blinkte, und sofort krampfte sich ihr Magen zusammen. Als der Name *Bea* auf dem Display erschien, entspannte sie sich etwas. Ihre Freundin würde jedoch bis heute Abend warten müssen.

«Kannst du dich bitte um eine Funkzellenanalyse kümmern?», fragte Tomma an Jureks Adresse. Sie ging zwar nicht davon aus, dass das Handy des Täters dabei war, aber einen Versuch war es wert. Viele Menschen trugen ihr Telefon ständig bei sich und machten sich gar keine Gedanken darüber, dass man sie orten und so Bewegungsprofile erstellen konnte. «Bitte checke, welche SIM-Karten gestern in der Nähe des Hauses eingeloggt waren, und werte aus, ob irgendetwas Auffälliges dabei war.»

Jurek nickte und schrieb etwas auf einen Block.

Als Nächstes berichtete Spandorff von seinem Gespräch mit seinem Bekannten vom Wasser- und Schifffahrtsamt Bremerhaven. Tomma war überrascht. Sie hatte nicht damit gerechnet, dass er heute brauchbare Ergebnisse lieferte. Sie wies ihn an, den Zeugenaufruf in die Wege zu leiten, vielleicht würden sich die Fahrer des Motorbootes, die im Fedderwarder Priel unterwegs waren und dabei vermutlich mit Nicola Senckers Körper kollidiert sind, melden.

Drachner berichtete von der Logistikmesse und dem Plan, sich gemeinsam mit Spandorff auf den Weg nach Istanbul zu machen.

Tomma zog die Stirn kraus. «Was erfahrt ihr da, was ihr nicht hier ermitteln könnt? Wieso stellt ihr nicht die NHG auf den Kopf? Befragt Mitarbeiter und setzt Steffens unter Druck?» Die Vorstellung, dass in den kommenden Tagen gleich zwei Beamte für die Ermittlungen vor Ort ausfallen würden, gefiel ihr nicht. Für das LKA mochte es normal sein, in der Weltgeschichte unterwegs zu sein und Verdächtige zu observieren, aber in ihr kleines Team riss es ein großes Loch. Während Spandorff über den Wolken gemütlich das türkische Bier antestete, würde sie mit Jurek weitere Überstunden schieben.

Drachners graue Augen fixierten sie kühl, seine Kiefermuskeln spannten sich an. «Wir haben zurzeit nichts in der

Hand. *Niente.* Nur eine Mail, von der wir noch nicht einmal wissen, ob sie nicht ein schlechter Scherz ist. Wir brauchen mehr Informationen.» Er machte eine kurze Pause und beugte sich nach vorne. «Eine Razzia würde zwar das ganze Unternehmen aufscheuchen, aber keine Beweise liefern, geschweige denn Hinweise auf einen möglichen Transport. Ganz im Gegenteil: Wenn an der Mail etwas dran ist, wären die Verantwortlichen gewarnt und würden das ganze Projekt auf Eis legen. Wir müssen wissen, wo wann was rausgeht. Wir müssen sie auf frischer Tat ertappen, das ist unsere einzige Chance.» Er machte eine kurze Pause und sah in die Runde, die Kollegen hörten ihm aufmerksam zu. «Ich habe es noch nie erlebt, dass wir über Unregelmäßigkeiten in den Büchern gestolpert sind. Und wir haben schon einige Waffengeschäfte hochgehen lassen.»

Natürlich habt ihr das, fügte Tomma still hinzu. Sein selbstgefälliger Ton nervte sie, aber sie versuchte, es sich nicht anmerken zu lassen. «Sondern wie?»

«Meist durch Tipps aus den eigenen Reihen. Von Aussteigern oder Mitwissern, die betrogen wurden und sich rächen wollen. Wie vielleicht der Verfasser unserer Mail. Und dann durch Telefonüberwachungen oder Observationen. Die Leitungen sind bereits angezapft, da sind Kerber und Falke dran. Wir gehen aber davon aus, dass Steffens äußerst vorsichtig ist, er wird so viel wie möglich unter vier Augen besprechen. In einer Umgebung, in der es völlig üblich ist, sich in eine Sitzgruppe zurückzuziehen und abgeschirmt Geschäfte abzuschließen.» Drachner lehnte sich wieder in seinem Stuhl zurück. «Wo geht das besser als auf einer Messe?»

Tomma war noch immer nicht ganz überzeugt.

«Istanbul hat für Steffens einen großen Vorteil», schob Drachner hinterher und schnalzte mit der Zunge. Eine Angewohnheit von ihm, das war Tomma schon bei ihrem ersten Gespräch aufgefallen. «Wenn er mit Waffen Geschäfte machen will, dann gehen sie nach Afrika, möglich sind auch einige arabische Staaten. Also in Länder, gegen die ein EU-Waffenembargo verhängt worden ist. Auf der *Intertrans* fallen Treffen mit möglichen Geschäftspartnern überhaupt nicht weiter auf. Das wäre auf einer rein europäischen Messe schon anders.»

Tomma sah ein, dass er recht hatte, wollte sich aber nicht ganz geschlagen geben. «Reicht es nicht, wenn einer hinfliegt?»

«Ansage von Sturm», kam es knapp von Spandorff. Offenbar war er selbst nicht gerade begeistert von der Aussicht, die nächsten zwei Tage nicht in der Wesermarsch, sondern in einer Multimillionenmetropole zu verbringen. «Der Boss will, dass immer einer aus dem anderen Team dabei ist.»

Tomma gab auf. «Okay, meinetwegen. Wir werden das schon irgendwie wuppen.»

Jurek machte das Daumen-hoch-Zeichen und warf ihr das zu, was er wahrscheinlich für einen vertrauensvollen Blick hielt. Die Geste stand im skurrilen Kontrast zu seinem Outfit, das gewohnt unkonventionell war: Jurek trug ein Shirt in Regenbogenfarben, seine braunen Locken quollen unter dem obligatorischen Panamahut hervor, und am rechten Handgelenk spannte ein kariertes Schweißband.

«Die Mail des geheimen Absenders ist übrigens aus Bremen abgeschickt worden», sagte er und warf den Kuli auf den Block.

«Von einem Privatrechner?»

«Nein, fehlerhafte Anzeige», kam es betrübt zurück. Tomma schätzte, dass er *Fehlanzeige* meinte.

«*Die Wahrheit* hat die Mail aus einem Internetcafé geschrieben, leider. Insgesamt stehen da zwanzig Rechner. Dem Betreiber ist zur fraglichen Zeit nichts Besonderes aufgefallen. Eine Überwachungskamera gibt es nicht.»

Tomma biss sich auf die Unterlippe. «Gibt es Neues von Nicola Senckers Telefon?»

Kopfschütteln von Jurek. «Aber wir haben die Aufstellung bei der Telefongesellschaft angefordert.»

Als Nächster war Jan an der Reihe und berichtete, was die Spurensicherung bisher herausgefunden hatte. Die Ergebnisse waren mager. Im Bereich rund um den Wattensteg hatte man keine brauchbaren Spuren entdeckt. Obwohl Taucher auch das Watt abgesucht und jede Menge Gegenstände gefunden hatten, die nicht dort hingehörten. Auch ein Handy war dabei, das aber die Initialen A.-L.S. auf der Hülle trug.

«Was ist denn mit ihrem Rechner und den Sachen aus ihrem Büro?» Sie kramte nach ihrem Müsliriegel. Nachdem sie heute Morgen nicht mal eine Scheibe Toast herunterbekommen hatte, knurrte ihr nun der Magen.

«Da sind wir zusammen mit Jurek dran.» Jans dunkles Shirt betonte seine eisblauen Augen, und Tomma wich seinem Blick aus.

«Das einzig Spannende bisher sind die Briefe, und die hast du.» Jan streckte die Beine aus und wippte mit den Füßen, die in weißen Turnschuhen steckten. «Ansonsten Tabellen, Kalkulationen, Fahrpläne, Broschüren für Imagekampagnen. Da ist nichts dabei, über das wir gestolpert sind. Die Ergebnisse kriegst du natürlich auch», sagte er mit einem Blick auf Drachner.

«Okay, fahr bitte mit deinem Trupp und Jörg Trimborn zu Chiara Lenhardts Haus, vielleicht gibt es noch verwertbare Spuren.» Tomma wickelte das Papier ab, biss in den Riegel und kaute einen Moment. «Spandorff und ich werden uns im Institut umhören. Warum wollte sie mir nicht gleich am Telefon erzählen, worum es ging? Vielleicht war es ja umgekehrt, und Nicola Sencker ist in eine Sache mit hineingeraten, weil sie eine Beziehung mit Chiara Lenhardt hatte. Die das eigentliche Ziel des Mörders war.»

«Das würde aber bedeuten, dass derjenige von der Beziehung wusste», warf Spandorff ein und kippelte mit dem Stuhl.

Tomma warf das Papier in den Abfallkorb. «Nicht unbedingt. Auch beste Freundinnen erzählen sich viel und teilen Privates.» Sie fing Spandorffs zweifelnden Blick auf. Wahrscheinlich war er eher der Einzelkämpfer und konnte mit diesem Freundschaftsgefasel nicht viel anfangen. «Vielleicht war die Beziehung auch gar nicht so geheim, wie Chiara vermutete», fuhr sie fort. «Es wäre doch möglich, dass Nicola jemandem davon erzählt hat. Laut Chiara hätte sie das Versteckspiel ja ohnehin längst beendet, wenn es nach ihr gegangen wäre.»

Das Telefon klingelte, und Tomma fuhr zusammen. Aber es war nicht das Krankenhaus. Auf dem Display erkannte sie die Oldenburger Nummer des Rechtsmedizinischen Instituts und hob den Hörer ab. Auch Berschat schob Wochenenddienst. Tomma stellte den Lautsprecher an, damit alle mithören konnten.

«Moin zusammen», klang es fröhlich aus der Leitung. Die Überstunden hatten offenbar keinen Einfluss auf seine gute Laune. «Ich will euch nicht lange im Schnack aufhalten, ihr habt alle zu tun. Um es kurz zu machen: Die toxikologischen Untersuchungen waren alle negativ. Kein Alkohol- oder Drogenmissbrauch, kein Nachweis von Medikamentenwirkstoffen – keinerlei Ausreißer, die einen zweiten Blick wert wären. Ich habe aber etwas anderes entdeckt, was für euch interessant sein dürfte.» Kurze Kunstpause. Auch am Telefon hatte er ein Faible für eine gewisse dramaturgische Spannung.

«Raus mit der Sprache, Doc!» Jan wartete auf das Ende der Besprechung und zog sich bereits die Lederjacke über.

«Verletzungen», sagte Berschat knapp. «*Ante* mortem.»

«Was bedeutet das genau?», fragte Tomma.

«Das Opfer weist Prellungen auf. Blutergüsse an Oberschenkel, Brustkorb und Armen, die ihrer Farbgebung nach zumindest nicht mehr als ganz frisch einzuschätzen sind. Falls ihr euch übrigens fragt, wieso ich erst jetzt damit um die Ecke biege: Diese Annahme wurde durch die histologische Zusatzuntersuchung bestätigt.»

«Spar dir die unappetitlichen Details für den Bericht auf, wir wollen gleich noch mittagessen», rief Spandorff dazwischen.

Aus dem Lautsprecher erklang ein Seufzen. «Im Klartext bedeutet das: Ihr könnt davon ausgehen, dass es Gewalteinwirkungen gab, die bereits etwas zurückliegen.»

Tomma runzelte die Stirn. «Also nicht direkt im Vorfeld des Mordes, keine frische Wunde?»

«Richtig.» Am anderen Ende der Leitung ploppte ein Kaugummi. «Die Prellungen sind ihr voraussichtlich einige Zeit vor ihrem Tod beigebracht worden.»

Nach der Besprechung machte Tomma sich auf den Weg ins Institut für angewandte Ozeanologie in Bremerhaven, wieder einmal. Spandorff begleitete sie und starrte missmutig aus dem Fenster, während sie wortlos zum Fähranleger fuhren.

Sie wurde aus dem Kerl nicht schlau. Konnte er nicht wenigstens ein bisschen reden? Unwillkürlich fragte sie sich, wie er früher mit anderen Kollegen zusammengearbeitet hatte. Vielleicht war er sonst ja ein ganz umgänglicher Mensch und verhielt sich nur ihr gegenüber wie ein einsamer Steppenwolf mit der Sozialkompetenz eines Verkehrsschildes? Aber wenn er es so haben wollte, bitte schön. Wie er wohl mit Drachner klarkommen würde? Bei der Vorstellung, wie sich der bullige Kollege mit dem hageren LKA-Beamten durch die belebten Gassen der Istanbuler Altstadt schob, musste sie unwillkürlich lachen.

Spandorff warf ihr einen missbilligenden Seitenblick zu. «Warum so heiter?»

«Ach nichts.» Tomma lenkte den Wagen auf die Fähre. Während sie im Auto wartete, stand Spandorff an der Reling und rauchte. Auch der Rest der Fahrt verlief schweigend.

Eine junge Frau mit Piercing in der rechten Augenbraue führte sie in die Halle mit den großen Tanks. Tomma rümpfte unwillkürlich die Nase, auch Spandorff zog die Stirn in Falten. Sie trafen Jack an einem der großen Kunststoffbehälter an, als er gerade ein Thermometer aus dem Wasser zog. Tomma hatte ihn vorher angerufen und sich vergewissert, dass er heute, an einem Samstag, überhaupt arbeitete. Nachdem sich die Piercing-Frau entfernt hatte und Tomma Spandorff vorgestellt hatte, berichtete sie von dem Brand und Chiaras Gesundheitszustand.

«Ich habe davon gehört, es ist furchtbar.» Jack sah mitgenommen aus. Sein blasses Gesicht war unrasiert und fahl, sein zerknittertes Hemd hing aus der Hose, die an den Knien ausgebeult war. «Erst der Mord an Nicola und dann das. Weiß man schon, was die Ursache war?»

«Das wird noch untersucht. Die Brandermittler sind gerade vor Ort», sagte Spandorff.

Tomma erwartete eigentlich, dass er mitschreiben würde, doch Spandorff machte keine Anstalten, das alte Notizbuch hervorzukramen. Das war schon damals ein ewiger Streitpunkt zwischen ihnen gewesen. Sturm erwartete detaillierte Stichpunkte, und die zu liefern war Spandorffs Job, wenn sie eine Befragung zu zweit durchführten.

«Wo waren Sie denn gestern Nachmittag?», fuhr er fort.

«Warum fragen Sie das?» Jack musste den Kopf in den Nacken legen, um ihm in die Augen zu sehen. Tomma warf ihrem Kollegen einen genervten Blick zu. Das Thema hätte man auch etwas diplomatischer anschneiden können.

«Wir sind noch nicht sicher, dass es ein Unfall war», tastete sie sich weiter vor. «Wir prüfen auch einen möglichen Zusammenhang mit Nicolas Tod.»

Jack sah sie entsetzt an. «Sie meinen, dass jemand das Feuer mit Absicht gelegt hat?»

«Möglich wäre es.»

«*Holy shit.*» Mit zitternden Händen fuhr er sich durch die strähnigen Haare. «Ich war hier, im Institut», sagte er mit Blick zu Spandorff, der gerade ein Abluftrohr begutachtete und fachmännisch gegen den Kunststoff klopfte. «Schätzungsweise gegen achtzehn Uhr dreißig bin ich dann los. Ich habe zurzeit viel zu tun, sitze an einer neuen Ausschreibung. Deswegen treffen Sie mich ja auch heute hier an.» Er grinste schief.

Tomma stützte sich auf dem Rand des orangefarbenen Tanks ab und beobachtete die Fische, die träge darin umherschwammen. «Als ich gestern mit Frau Lenhardt gesprochen habe, rief sie aus ihrem Büro an. Sie hatte Angst und wollte mir etwas Dringendes sagen. Aber sie wollte auf keinen Fall am Telefon darüber sprechen. Könnte es sein, dass hier gestern irgendetwas vorgefallen ist?»

«Hier, im Institut?» Jack sah sie ratlos an.

Tomma nickte. «Hat sie vielleicht irgendeine Bemerkung gemacht? Oder etwas gesagt, dem Sie zunächst keine Bedeutung beigemessen haben?»

Jack zuckte mit den Achseln.

«Vielleicht wurde sie bedroht, oder jemand hat sie unter Druck gesetzt?», sagte Spandorff.

«Das kann ich mir nicht vorstellen. Die Kollegen sind nett, wir arbeiten gut zusammen, helfen uns gegenseitig.»

Tomma wurde langsam ungeduldig. Nie gab es Probleme. Immer kamen alle prima miteinander aus und wünschten sich gegenseitig nur das Beste. Irgendetwas musste Chiara dazu bewogen haben, sie anzurufen, und Tomma wurde das Gefühl nicht los, dass es etwas mit dem Institut zu tun hatte.

«Gab es in letzter Zeit irgendwelche Differenzen oder Reibereien? Vielleicht Neid auf ein erfolgreiches Projekt? Oder Ärger darüber, dass jemand anders den Zuschlag bei einer Ausschreibung bekommen hat?»

Jack trocknete das Thermometer mit einem Handtuch ab und hängte es auf. «Konkurrenzdenken gibt es natürlich, klar. Das Team ist international. Viele Gruppen sind für eine bestimmte Zeit zusammengewürfelt, und jeder möchte natürlich, dass sein Projekt ein Erfolg wird. Aber wir sehen das sportlich. Freuen uns auch über die Erfolge der anderen.» Er schob mit dem Fuß einen Kanister beiseite und nickte zur Tür. «Kommen Sie, wir gehen in mein Büro, da ist es etwas angenehmer.» Spandorff sah erleichtert aus. Er schien froh, dem Gestank zu entkommen.

«Vielleicht können wir uns in Chiaras Büro weiter unterhalten? Ich möchte mich ein bisschen umsehen», schlug Tomma vor.

Jack ging vor und lotste sie durch die schmalen Gänge. Schließlich öffnete er die Tür zu Chiaras Büro, steuerte einen runden Tisch vor dem Fenster an, zog drei Stühle hinzu und setzte sich. Tomma legte ihre Tasche ab und sah sich um. Das Buch, in dem Tomma bei ihrem letzten Besuch geblättert hatte, lag auf dem Schreibtisch.

Sie massierte sich die rechte Schläfe. Während sich der Schnupfen zunächst nur durch einen leichten Druck in der Stirnhöhle bemerkbar gemacht hatte, bekam sie nun richtige Kopfschmerzen. Wenn sie nicht mitten in den Ermittlungen plötzlich flachliegen wollte, sollte sie sich dringend Medikamente besorgen.

«Wie gut kennen Sie beide sich eigentlich?», fragte Spandorff. Mit dem gewohnt grimmigen Gesichtsausdruck, ohne Notizbuch. Mit der rechten Hand malte Tomma kleine Kreise in die Luft, um ihm zu bedeuten, dass er endlich mitschreiben soll, was Spandorff mit einem verständnislosen Stirnrunzeln quittierte.

Jack sah sie über den Rand seiner schwarzen Brille an. «Ich mag Chiara, sie ist eine gute Wissenschaftlerin. Sie ist nett, zuvorkommend, fleißig. So jemanden hat man gerne im Team.»

«Treffen Sie sich auch privat? Unternehmen Sie manchmal was zusammen?»

«Manchmal essen wir gemeinsam Mittag. Oder gehen nach der Arbeit noch auf einen Drink in eine Bar. Aber wir sind nicht befreundet oder so.» Nervös spielte er mit einem Kuli, der auf dem Tisch lag, rollte ihn hin und her.

Wenn die beiden ab und zu in die Kneipe gingen, werden sie sich wohl kaum nur übers Wetter und die neusten wissenschaftlichen Durchbrüche in der Meeresforschung unterhalten, dachte Tomma. «Wussten Sie, dass Chiara und Nicola ein Paar waren?» Eigentlich wollte sie das Thema nicht aufbringen, aber sie musste Jack irgendwie zum Reden bringen und vertraute auf seine Diskretion.

Jack runzelte die Stirn. «Wie meinen Sie das?»

Tomma schlenderte an dem Bücherregal entlang, das sich über eine gesamte Wand erstreckte. «Die beiden waren zusammen. Nicht befreundet, sondern verliebt. Sie hatten eine Beziehung.»

Jack starrte sie an, als hätte sie den Verstand verloren. «Keine Ahnung, wo Sie das herhaben, aber da sind Sie absolut auf dem Holzweg.»

Sein Erstaunen war offenbar nicht gespielt. Er sah aus, als hätte sie ihn gerade darüber informiert, dass vor dem Institut ein Ufo gelandet sei.

«Warum glauben Sie das?», fragte Spandorff.

«Na, weil ... Also, ich ...» Er rollte wieder mit dem Kuli hin und her. «Bei Chiara könnte ich es mir noch eher vorstellen ...» Der Satz hing unvollendet in der Luft, und er ließ offen, was genau er sich vorstellen konnte. «Aber Nicola ... Nie im Leben!» Jack schüttelte den Kopf und krempelte die Ärmel seines zerknitterten Hemdes hoch. Dabei kam auf dem rechten Unterarm eine Tätowierung in Form eines Delfins zum Vorschein. «Sobald sie einen Raum betrat, knisterte es in der Luft. Und sie hat es genossen! Allein die Vorstellung ist absurd.» Er lachte leise. «Wer hat Ihnen nur diesen Floh ins Ohr gesetzt?»

«Chiara», sagte Tomma. Während Jack erzählte, hatte sie die Buchrücken der Wälzer betrachtet. Es waren ausschließlich wissenschaftliche Bücher, mit einer einzigen Ausnahme. Tomma zog das Buch aus dem Regal. «Darf ich das mitnehmen? Frau Lenhardt bekommt es bei nächster Gelegenheit zurück.»

Er runzelte irritiert die Stirn. «Morgenstern? Ich weiß zwar nicht, wozu das gut sein soll, aber meinetwegen.»

Tomma steckte es in die Tasche und setzte sich zu Jack und Spandorff an den Tisch.

«Chiara und Nicola waren seit etwa einem Jahr zusammen. Chiara war dagegen, die Beziehung öffentlich zu machen. Sie befürchtete, dass die Leute über sie reden würden. Auch hier im Institut. So hat sie es mir gegenüber dargestellt.»

Jack starrte sie mit offenem Mund an. Dann fuhr er sich mit der Hand über seine Bartstoppeln. «Chiara und Nicola ...»

«Manchmal sind die Dinge eben ganz anders, als wir vermuten», sagte Tomma und merkte im selben Augenblick, wie furchtbar altklug das klang. Aber es war schon erstaunlich, wie kategorisch Jack sich gegen die Vorstellung sträubte.

Spandorff kippelte mit dem Stuhl und ließ Jack nicht aus den Augen.

«Deshalb hat Chiara so reagiert ...»

Tomma horchte auf. «Was meinen Sie?»

Jack spielte mit dem Verschluss seiner Armbanduhr. «Ich habe Chiara erzählt, dass Nicola und ich ... Also, dass wir ...»

Nun starrte Tomma ihn an, als hätte er den Verstand verloren. Hatte Nicola auch etwas mit Jack gehabt?

«Ach, was soll's», fuhr er leise fort. «Ich habe Nicola letztes Jahr über Chiara kennengelernt, auf dem Instituts-Sommerfest. Ich fand sie toll, fühlte mich von ihr angezogen.»

Wie der Rest der Welt auch, fügte Tomma im Stillen hinzu. «Und wie ging's dann weiter?»

«Wir hatten eine kurze Affäre.»

«Eigenartig. Ich habe gerade ein Déjà-vu», kam es lakonisch von Spandorff.

«Nichts Ernstes, es war nach ein paar Wochen vorbei», fügte Jack schnell hinzu, als müsste er sich dafür entschuldigen. «Als ich Chiara davon erzählt habe, hat sie komisch reagiert. So kühl und reserviert. Ich habe mich darüber gewundert, denn eigentlich ist doch nichts dabei!»

Langsam wurden die Ermittlungen richtig kompliziert. «Hat Nicola die Affäre beendet?», hakte Tomma nach. «Oder ging es von Ihnen aus?»

Sofort nahm Jack eine abwehrende Haltung ein. «Es ging von uns beiden aus. Ich fand sie toll, aber wir hatten überhaupt nichts gemeinsam. Ich habe null Ahnung von Werbung und interessiere mich auch nicht dafür. Sie wiederum konnte mit Wissenschaft nichts anfangen.»

«Wann haben Sie beide denn Schluss gemacht?» Überrascht beobachtete Tomma, wie Spandorff sein in Leder gebundenes Notizbuch aus der Innentasche seines Mantels zog und nach dem Kuli griff, mit dem Jack bis eben noch herumgespielt hatte.

Jack entspannte sich wieder etwas. «Das muss irgendwann im August gewesen sein.»

«Geht es genauer?» Spandorff klopfte mit dem Kuli auf den Tisch.

«Eher …» Jack sah aufs Wasser und blickte der Weserfähre hinterher, die gerade abgelegt hatte. «Ja, das müsste Anfang August gewesen sein. Vor meinem Urlaub, ich bin am 7. August nach Ägypten geflogen. Tauchurlaub.»

Tomma hustete und kramte in ihrer Tasche nach einem Bonbon. Ungefähr zu der Zeit oder etwas später muss Chiara mit Nicola zusammengekommen sein, zumindest hatte Chiara es so dargestellt. Ob es zwischen den beiden Frauen zum Streit gekommen war? Ob es tatsächlich um Eifersucht ging? Tomma wickelte das Bonbon aus und ließ es im Mund verschwinden. Auch Hannes Brecht hatte angegeben, die Affäre mit Nicola im letzten Sommer beendet zu haben. Vielleicht waren sich der Ex und der künftige Partner in die Quere gekommen? Oder die Partnerin?

Sie zerbiss das Bonbon. Vielleicht fischten sie aber auch im Trüben, und alle bisherigen Ansätze waren völlig falsch.

«Woran hat Frau Lenhardt denn zuletzt gearbeitet?», kam es von Spandorff.

«Hier?» Jack löste den Blick von der Weser und wandte sich ihm zu.

Herrje, wo denn sonst, dachte Tomma. «Genau, hier im Institut.»

«Sie untersuchte die Auswirkungen von Nährstoffen auf das Wachstum der Algen. Das Projekt stand kurz vor dem Abschluss.»

«Und was war der Hintergrund der Versuche? Wer war der Auftraggeber?» Das Hustenbonbon schmeckte nach Melisse, Tommas Hals tat gleich ein bisschen weniger weh.

«Es gab keinen direkten Auftraggeber. Das Projekt wurde vom Bundesforschungsministerium ausgeschrieben, und Chiara hat mit ihrem Konzept überzeugt. Es geht darum, welche Nährstoffe das Wachstum der Algen fördern und welche nicht.»

«Und wer hat etwas davon, wenn sie schnell wachsen?» Sie hatte die Wasserpflanzen bisher als Ärgernis abgespeichert, das Urlauber am Baden hinderte. «Für mich sind Algen nicht gerade Nutzpflanzen, die dringend erforscht werden müssten.»

«Das sehen einige Biologen anders.»

Tomma zog die linke Augenbraue hoch. «Okay, klären Sie mich auf.»

«Einige Forscher halten Algen für die Energieträger der

Zukunft. Die Biomasse, die pro Quadratmeter Fläche gewonnen wird, ist bis zu zwanzig Mal größer als bei Landpflanzen. Und Chiaras Forschung zeigt, wie der Ertrag gesteigert werden kann. Sie sind eine billige Rohstoffquelle. Weil sie schnell wachsen und einen hohen Wirkungsgrad haben.»

«Was fällt für den Wissenschaftler selbst dabei ab? Ruhm und Ehre oder auch eine Finanzspritze?», schaltete Spandorff sich wieder ein.

Jack lächelte und kratzte sich mit der rechten Hand über den Delfin. «Hauptsächlich Ersteres. Die Ergebnisse werden in einer Publikation des Institutes veröffentlicht. Das wiederum ebnet den Weg für weitere Forschungsprojekte, weil man leichter an Geld herankommt.»

Tomma kam eine Idee. «Kommt es denn auch vor, dass Wissenschaftler die Ergebnisse direkt an Unternehmen verkaufen?»

Jack überlegte einen Moment. «Das ist zwar theoretisch möglich, aber nicht üblich. Dass Chiara das machen wollte, halte ich für ausgeschlossen, falls Sie darauf hinauswollen.»

«Und jemand anders aus dem Institut, der sich profilieren möchte?» Spandorff klappte das Notizbuch zu und rollte den Kuli über die Tischfläche zurück zu Jack, der ihn mit seiner rechten Hand stoppte.

«Da fällt mir keiner ein. Die Kollegen arbeiten zurzeit in völlig anderen Bereichen und sind in die Details nicht involviert.»

«Wer betreut denn das Projekt zu Ende?», fragte Tomma und nieste. Es entstand eine kurze Pause. «Oder ruht das Projekt so lange, bis Chiara ...»

«Nein, es gibt eine Deadline», sagte Jack und räusperte sich. «Das werde ich wohl machen. Ich bin derjenige, der den meisten Kontakt zu ihr hat. Da ist es doch Ehrensache, dass ich die Ergebnisse zusammentrage. Die Veröffentlichung läuft dann natürlich unter Chiaras Namen.»

Tomma beobachtete Jack genau. War er wirklich der nette Wissenschaftler, der sich um seine Kollegin sorgte? Oder verfolgte er eigene Interessen und verstand es, geschickt von ihnen abzulenken?

Sie beschloss, es für heute gut sein zu lassen, und schnappte sich ihre Tasche. Spandorff erhob sich ebenfalls, wenn auch widerwillig. In aller Seelenruhe steckte er sich umständlich das Hemd in die Hose, verstaute das Notizbuch in seiner Innentasche und folgte ihr dann langsam zur Tür.

Tomma bat Jack, ihr eine Kurzbeschreibung des Projektes und die Ergebnisse zusammenzustellen. Sie wollte sie zumindest querlesen, um sich später nicht den Vorwurf machen zu müssen, dass sie etwas übersehen hatte. Im besten Fall würde sie Chiara in ein paar Tagen dazu befragen können. Im schlimmsten Fall ... Tomma dachte den Gedanken nicht zu Ende. Noch immer hatte die Klinik sich nicht gemeldet, Chiaras ungewisser Gesundheitszustand hing wie ein Damoklesschwert über den Ermittlungen.

Sobald sie auf der Fähre war, wollte Tomma Jurek anrufen. Sie würde ihn bitten, sich bei den anderen Mitarbeitern im Institut genauer umzuhören. Vielleicht hatte jemand etwas bemerkt, oder Chiara hatte doch mit einem Kollegen über einen Vorfall gesprochen. Da diese Befragungen sicherlich einen kompletten Tag in Anspruch nehmen würden, war es besser, wenn Spandorff und sie sich nicht selbst darum kümmern mussten.

Auf dem Weg zurück zum Eingang gingen sie wieder durch die Halle mit den Fischtanks. Der penetrante Gestank erinnerte Tomma an etwas.

«Sie haben neulich gesagt, dass der Geruch Chiara bei ihrer Arbeit ja nichts ausmache. Wie meinten Sie das eigentlich genau?»

Jack schob einen Rollwagen mit einem Aquarium beiseite. «Na, wegen ihrer Anosmie. Schlimme Sache, aber hier ist es ein Vorteil.»

Den Begriff hörte Tomma zum ersten Mal, und sie konnte nichts damit anfangen. «Was genau ist das? Eine Krankheit?»

«Das Fehlen des Geruchssinns», kommentierte Spandorff.

Jack warf ihm einen Seitenblick zu. «Richtig. Chiaras Geruchssinn ist zerstört. Sie kann nichts riechen, wussten Sie das nicht?»

Überrascht blieb Tomma stehen, obwohl sie nichts lieber wollte, als schnell aus diesem Gestank zu verschwinden. «Gar nichts?»

«Nein, soweit ich weiß, nicht.»

In ihrem Kopf summte es. «Seit wann hatte Chiara denn diese Einschränkung, die Asno …»

«Anosmie.» Jack zuckte mit den Schultern. «Keine Ahnung. Ich glaube schon immer.»

Tomma lief es eiskalt den Rücken hinunter. Dann hatte Chiara das Feuer womöglich erst viel zu spät wahrnehmen können.

«Irgendwann beim Mittagessen kamen wir auf das Thema», fuhr Jack fort. «Sie kann nämlich auch nichts mehr schmecken.»

Tommas Gedanken überschlugen sich. Konnte es sein, dass jemand wusste, dass Chiara das Feuer nicht riechen konnte? Konnte es tatsächlich ein gezielter Mordanschlag gewesen sein?

«Wer weiß denn davon, dass Chiara diese Einschränkung hat?», fragte Spandorff.

«Keine Ahnung.» Jack nickte einem Kollegen in einem weißen Kittel zu, der an ihnen vorbeieilte. «Sie spricht zwar nicht groß drüber, macht aber auch kein Geheimnis daraus, warum auch? Hier im Institut dürfte jeder Bescheid wissen.»

Sie waren im Empfangsbereich angekommen, und Tomma und Spandorff verabschiedeten sich.

Auf dem Weg nach Nordenham versuchte Tomma, die neuen Informationen einzuordnen. Zeit dafür hatte sie, denn die Fahrt verlief erneut schweigend. Sie fuhr auf die Weserfähre, ließ das Seitenfenster hinunter und zeigte ihr Ticket vor. Der gewohnte Geruch nach Wasser, Schiffsdiesel und salziger Luft zog in den Wagen. Wie würde es wohl sein, wenn man all diese Dinge nicht riechen könnte? Wenn sie ehrlich war, konnte sie es sich nicht vorstellen.

«Die Auswirkungen einer Anosmie werden von Außenstehenden meistens bagatellisiert», sagte Spandorff plötzlich.

Tomma lenkte den Wagen von der Fähre und warf ihm einen überraschten Seitenblick zu. Das war eine für Spandorff ungewohnt feinsinnige Bemerkung.

«Wie meinen Sie das?»

«Na ja, Menschen mit einer Sehbehinderung oder mit Höreinschränkungen werden sehr viel ernster genommen. Der Geruchssinn wird im Vergleich zu den anderen Sinnen als nebensächlich empfunden. Dabei ist er ausgesprochen wichtig. Viele Patienten leiden erheblich unter der Anosmie, einige entwickeln Depressionen.» Spandorff streckte die Beine aus, so gut es in dem kleinen Wagen möglich war.

«Woher wissen Sie das? Kennen Sie jemanden, der unter einer Anosmie leidet?»

«Nö. Habe ich in einer Doku auf Phoenix gesehen. Sonst

kommt ja auf den Öffentlich-Rechtlichen meist irgendwelcher Mist.»

Tomma nickte. «Auf jeden Fall macht Chiaras Anosmie eine Brandstiftung noch wahrscheinlicher.»

«Leider schien jeder Bescheid zu wissen. Das macht die Ermittlungen nicht einfacher.»

«Was halten Sie von Nicola Senckers kompliziertem Liebesleben? Glauben Sie an eine Beziehungstat?»

Spandorff strich sich über den dunklen Bart und kramte eine Schachtel Marlboro hervor. «Wir sollten es zumindest nicht ausschließen.»

Nachdem Tomma Spandorff beim Kommissariat abgesetzt hatte, fuhr sie weiter nach Oldenburg. Unterwegs rief sie Jurek an und bat ihn, Spandorffs Notizen für das Protokoll abzutippen und die Briefe von Nicola an Chiara zusammen mit den Aussagen von Jack, Chiara und Hannes Brecht in eine zeitliche Abfolge zu bringen. Außerdem sollte er gleich Montag früh im Institut die Abteilungen abklappern.

«Soll ich mit der Liste gleich beginnen?» Jurek klang wenig begeistert.

«Nein, verschieb das auf morgen.» Tomma setzte den Blinker und bog auf die Oldenburger Straße ab. «Wir starten um neun, die Spurensicherung und die Brandermittler sollten auch dabei sein.» Jurek versprach, Jörg Trimborn und Jan zu informieren, und Tomma beendete das Gespräch.

Kurz darauf blinkte ihr Handy. Es war Jan. Seine Stimme klang atemlos, offenbar war er gerade unterwegs. Signe und er wollten gemeinsam kochen, ob Tomma dazukommen wolle?

Ein gemeinsamer Abend mit Jan und seiner estnischen

Flamme war so ziemlich das Letzte, worauf Tomma Lust hatte, also sagte sie ab. Sie erzählte Jan, dass sie auf halbem Weg nach Hause sei und Nordenham bereits hinter sich gelassen habe. Das war ja nicht ganz falsch.

Der Gedanke daran, dass beide in Jans kleiner Küche am Herd standen, ein Weinglas in der Hand, und sich prächtig amüsierten, versetzte ihr einen Stich. Bevor sich ihre Laune weiter verschlechtern konnte, klingelte ihr Handy erneut. Dieses Mal war es ihre Mutter, die in der Oldenburger Innenstadt gerade ein Vermögen bei Leffers ausgegeben hatte und auf einen Kaffee bei Tomma vorbeischauen wollte. Im Vergleich mit einem kuscheligen Dinner zu dritt war das eindeutig das geringere Übel, fand Tomma. Sie gab durch, dass sie in etwa zwanzig Minuten da sein würde, was laut ihrer Mutter *perfectissimo* war, denn sie befand sich ohnehin noch mitten in einer Anprobe in einem Schuhgeschäft.

Eine halbe Stunde später klingelte es an Tommas Tür.

«Herzchen, du siehst furchtbar aus!» Ohne Tommas Erwiderung abzuwarten, stürmte ihre Mutter an ihr vorbei und ließ vier große Einkaufstüten fallen.

Im Gegensatz zu Tomma war ihre Mutter das blühende Leben. Ihre blonden, kinnlangen Locken waren perfekt gestylt, sie trug dezentes Make-up und hatte den pinkfarbenen Lippenstift auf den glänzenden Nagellack abgestimmt. Über ihrer weißen Hose trug sie eine weite Bluse in Türkis, die ihre blauen Augen betonte, und ihre Füße steckten in halbhohen Stiefeln mit Keilabsätzen. Wieder einmal fiel Tomma auf, dass sie optisch nichts gemeinsam hatten.

Helma strich Tomma die Haare aus der Stirn, als sei sie nicht von der Arbeit, sondern gerade aus der Schule gekommen, und schüttelte missbilligend den Kopf. «Du musst wirklich mehr auf dich achtgeben!»

Tomma warf einen kurzen Blick an die Decke. «Ich habe eine Erkältung, Mama. Da kann ich jetzt nicht furchtbar viel gegen machen.» Als ob sie ihre Aussage unterstreichen wollte, nieste sie zwei Mal hintereinander.

Mahnend hob Helma den Zeigefinger, die vielen Silberarmreife klimperten.

«Hast du deine Schüßler-Salze etwa nicht genommen?»

Tomma verschluckte sich fast. *Ihre* Salze? «Die habe ich noch *nie* genommen, Mama, die bringen nämlich gar nichts. Du weißt doch, dass ich an so einen Quatsch nicht glaube.»

«Aber das solltest du, Herzchen! Nimm dir doch ein Beispiel an mir, ich hatte die letzte Erkältung etwa …»

«… in den Neunzigern, ich weiß. Der Kaffee ist fertig!», unterbrach Tomma fröhlich. Bevor ihre Mutter zu einer längeren Predigt ansetzen konnte, schob sie sie sanft ins Wohnzimmer. Dabei wurde Tomma von einer süßlichen Wolke eingenebelt, anscheinend hatte Helma bei ihrem Stadtbummel auch eine Parfümerie unsicher gemacht und sich diverse Proben aufsprühen lassen.

Nachdem ihre Mutter von ihren Shopping-Trophäen berichtet hatte, erkundigte Tomma sich nach Helmas Segelkurs bei Hannes Brecht.

«Ach, der …», sagte Helma und machte eine wegwerfende Handbewegung, «… das hat sich erledigt.»

«So?» Tomma war überrascht, aber auch erleichtert. «Wie kommt's? Ich dachte, du wärst ganz begeistert?»

Helma biss in einen Keks und ließ sich Zeit mit der Antwort. «War ich ja auch, zu Anfang.» Sie rollte mit den Augen und trank noch einen Schluck Kaffee. «Aber Segeln ist gar nicht so einfach. Was man da alles bedenken muss! Klar zur

Wende hier, klar zur Wende da … Und jedes Mal, wenn etwas nicht so klappt, wie Hannes sich das vorgestellt hatte, ist er laut geworden.» Missmutig wischte sie Kekskrümel von ihrer Hose. «Rumgebrüllt hat er, zum Teil war er richtig cholerisch! Das muss ich mir in meiner Freizeit nun wirklich nicht antun.»

Hannes Brecht ein Choleriker? Vielleicht hatte er das Ende der Beziehung mit Nicola ja doch nicht so leicht weggesteckt, wie er es dargestellt hatte. Tomma fiel auf, dass sie den Yachtclub total vernachlässigt hatte, und beschloss, sich dort noch einmal umzuhören. Jurek hatte zwar eine Liste aller Mitglieder und Gäste zusammengestellt, die theoretisch in den letzten Wochen dort mit ihren Booten an- und abgelegt hatten, doch die Namen hatten ihnen bisher nicht weitergeholfen.

«Tomma?» Helma schnippte direkt vor ihrem Gesicht mit den Fingern.

«Hm?»

«Ich bin noch wegen einer anderen Sache hier.» Helma rutschte unruhig auf der schwarzen Ledercouch hin und her und strich die türkisfarbene Bluse glatt. Ihre Mutter war nervös, was nur sehr selten vorkam.

Tomma lehnte sich in dem Sessel zurück und legte sich die graue Wolldecke über die Beine. «Worum geht's?»

«Dein Vater hat angerufen.»

Tomma sagte nichts.

«Er arbeitet nicht mehr an der Universität und ist mittlerweile im Ruhestand. Im nächsten Frühjahr möchte er eine Europareise unternehmen. Er möchte dich kennenlernen.»

Tomma starrte sie an, unfähig, die Informationen zu übersetzen.

«Schatz, ich weiß, dass das jetzt überraschend für dich

kommt, und du musst dich ja auch gar nicht sofort entscheiden. Sicher, bisher hattet ihr keinen Kontakt. Wir sind auch zu zweit prima klargekommen all die Jahre, nicht wahr? Aber manchmal, wenn die Menschen älter werden, dann haben sie das Bedürfnis, enger zusammenzurücken und sich auf die wesentlichen Dinge zu besinnen.»

Tomma versuchte, Helmas aufgeregtem Geplapper einen Sinn zu geben, doch es gelang ihr nicht. *Ihr Vater hatte angerufen?* Wo lebte er überhaupt, noch in Tokio?

Er war für sie schlicht nicht existent gewesen, ein Phantom, sechsunddreißig Jahre lang. Und nun wollte er sie kennenlernen? Eine undefinierbare Wut breitete sich in ihr aus.

«Natürlich fragst du dich, warum gerade jetzt?», fuhr ihre Mutter fort, die nun kreisrunde rote Flecken auf den Wangen hatte und mit der Situation sichtlich überfordert war.

Tommas Herz schlug gegen ihre Rippen, das Blut rauschte in ihren Ohren.

«Schätzchen, Jiro war sehr krank, er hat viele Wochen in einer Klinik verbracht. Offenbar hatte er sich fest vorgenommen, dass er – wenn er das Hospital noch einmal verlassen kann – reinen Tisch macht. Und dazu gehört, dass er seine Tochter kennenlernt.»

Damit war sie gemeint. Nanami, das stand in ihrem Pass. Der Zweitname war das Einzige, das sie daran erinnerte, dass ihr Vater Japaner war. Und ihr Aussehen natürlich, das sie im Kindergarten, in der Grundschule, am Gymnasium und später an der Polizeiakademie von den anderen unterschieden hatte. Bis heute. Tomma konnte sich noch gut an das Getuschel erinnern, als sie das erste Mal die Kantine in der Nordenhamer Dienststelle betreten hatte. Sie war zwar an der Waterkant aufgewachsen, war hier zur Schule gegangen, liebte den Wind und das platte Land. Doch manchmal kam sie sich tatsächlich noch heute vor wie ein Alien, wie Chiara Lenhardt es wenig charmant ausgedrückt hatte. Da konnte sie sich so sehr als Küstengewächs fühlen, wie sie wollte.

Helma wirkte plötzlich schmaler und zerbrechlicher als sonst. Das irritierte Tomma. Brachte der Anruf etwa auch bei ihr etwas zum Klingen? Etwas, das man nicht mit homöopathischen Mittelchen, einem flotten Spruch oder einer Portion guter Laune abhaken konnte?

«Schätzchen, nun sag doch was.» Die Stimme ihrer Mutter klang dünn. Was sollte sie denn dazu sagen?

Helma hatte ihr immer nur das Nötigste erzählt. Hatte betont, dass es ein Ausrutscher gewesen war, dass sie Jiro kaum gekannt hatte und sie kurz darauf wieder nach Deutschland zurückgekehrt war. Dass sie keinerlei emotionale Beziehung zu Tommas Erzeuger hatte und sie als Zweier-Team bestens aufgehoben waren. Nie hatte Tomma mit ihrem Vater gesprochen. Auf Tommas Fragen hatte Helma ihr immer die gleiche Geschichte erzählt. Dass Jiro als Wissenschaftler an der Universität Tokio arbeitete. Dass er ein freundlicher, aber zurückhaltender Mensch sei, sehr intelligent und interessiert an fremden Kulturen. Für seine eigene Tochter hatte sein Interesse jedoch nicht ausgereicht, sonst hätte er sich nicht jetzt gemeldet, sondern bereits vor vielen Jahren. Ihr Vater war im Haushalt Petersen schlicht nicht existent gewesen, und er hatte bisher nichts unternommen, um diese Situation zu ändern.

Und nun schneite Helma hier bei ihr herein, voll beladen mit Einkaufstüten, um mit dieser Neuigkeit um die Ecke zu biegen? Und tat dabei auch noch so, als sei es das Normalste der Welt, dass der Vater, zu dem man sechsunddreißig Jahre keinen Kontakt gehabt hatte, bald einen kleinen Hausbesuch machen wollte?

Tomma wurde das unbestimmte Gefühl nicht los, dass ihre Mutter ihr etwas vorenthalten hatte. Hatte sie die ganze Zeit Kontakt zu Tommas Vater gehabt? Vielleicht hatten die beiden sogar gemeinsam entschieden, dass der richtige Zeitpunkt gekommen war, dass Vater und Tochter sich kennenlernten?

«Tomma? Ist alles in Ordnung?»

«Mama, ich habe das Gefühl, dass du mir nur die halbe Wahrheit gesagt hast.»

Helma zuckte zusammen und sah sie erschrocken an. «Herzchen, was redest du denn da!» Sie griff nach Tommas Hand.

Tomma zog sie zurück und stand auf. Dann ging sie in die Küche, nahm eine Flasche Wodka aus dem Eisfach, griff zwei Gläser aus dem Schrank und stellte alles zusammen auf den Tisch.

«So, und jetzt unterhalten wir uns.»

SONNTAG

«*Taksi?*»

«*Teşekkür ederim!*» Andreas Drachner nickte und nannte die Adresse des Hotels. Sie verstauten das Gepäck im Kofferraum, legten die Jacken dazu und ließen sich in die Sitze des signalgelben Wagens fallen.

Spandorff schwitzte. Seine Hose war zerknittert, und sein Hemd klebte unangenehm am Körper. Sechsundzwanzig Grad hatte das Thermometer vor dem Flughafen Atatürk angezeigt, das waren rund fünfzehn Grad mehr als in der Wesermarsch. Diese Temperaturen waren für ein norddeutsches Urgestein wie ihn eindeutig zu hoch.

«*You are here for business?*» Der Taxifahrer fuhr in einem Affentempo, hupte regelmäßig und überholte sowohl links als auch rechts. Eine Straßenverkehrsordnung hatte sich in Istanbul offenbar bisher nicht durchgesetzt.

«*No, on holidays!*» Drachner grinste breit. Der LKA-Kollege sah aus wie aus dem Ei gepellt: dunkle Jeans, gebügeltes weißes Hemd, dazu schwarze Schuhe, die er vor dem Abflug wohl frisch poliert hatte.

Spandorff fing den zweifelnden Blick des Fahrers im Rückspiegel auf und hätte fast laut gelacht. Wie zwei Urlauber auf Städtetour sahen sie nun wirklich nicht aus, auch wenn der Hannoveraner diese Tarnung für perfekt hielt.

Drachner unterhielt sich mit dem Fahrer weiter auf Englisch. Wenn Spandorff es richtig verstand, schwärmte er nun von den Sehenswürdigkeiten, die man sich unbedingt ansehen wolle, den Topkapi-Palast und den Großen Basar.

«*Ah, I see*», sagte der Taxifahrer, klang aber nicht besonders überzeugt und warf einen weiteren argwöhnischen Blick Richtung Rückbank.

Spandorff öffnete das Fenster. Die warme Luft zog in den Wagen und kühlte seinen feuchten Nacken. Sie überquerten eine Brücke, die links und rechts den Blick auf dunkelblaues Wasser freigab, das in der Sonne glitzerte. Wenn er es sich auf der Karte richtig eingeprägt hatte, führte der Flussarm rechter Hand in den Bosporus, dahinter lag das Schwarze Meer.

Die Straße wurde enger und schlängelte sich nun einen Hügel hinauf. Die Wagen fuhren dicht hintereinander, fast berührten sich die Stoßstangen. Meter für Meter schoben sie sich durch den lärmenden Verkehr zum Stadtteil Beyoğlu, wo sich ihr Hotel befand. Schon jetzt vermisste Spandorff die ruhigen Straßen der Wesermarsch, auf denen er zwar gelegentlich einen Trecker überholte, sich ansonsten aber in seinem alten Passat im ruhigen Verkehr treiben ließ.

Gelegentlich tauchten Imbissstände am Straßenrand auf, Töpfe dampften, unter Grillrosten rauchte es. Es roch nach Gebäck, gebratenem Fleisch und fremden Gewürzen. Auf der Straße ging nichts mehr, was die meisten Verkehrsteilnehmer mit wütendem Hupen, ihr Taxifahrer jedoch mit einem Schulterzucken zur Kenntnis nahm.

«*Istanbul has bad traffic*», kommentierte er trocken und klopfte mit der rechten Hand den Takt zu einem orientalisch klingenden Song, den er im Radio laut aufgedreht hatte.

Gut gelaunt drehte Drachner sich zu Spandorff um. «Wir

sind gleich da!» Er schien sich pudelwohl zu fühlen und steckte sein Smartphone weg, auf dem er bisher die Strecke zum Hotel verfolgt hatte.

Spandorff dagegen hatte sich bereits im Flieger völlig fehl am Platz gefühlt. Während Drachner nach dem Bordsnack mit eingestöpselten Kopfhörern eingenickt und erst beim Landeanflug wieder aufgewacht war, kam Spandorff sich in den schmalen Sitzen vor wie in einer Legebatterie und wagte kaum, zu atmen. Gott sei Dank hatte der Flug nur rund drei Stunden gedauert.

«So, da wären wir!» Drachner verhandelte kurz mit dem Fahrer und reichte ihm zwei Scheine. Dann sammelten sie ihr Gepäck ein und betraten das Hotel.

Eine halbe Stunde später klopfte Spandorff an Drachners Zimmer, damit sie den morgigen Tag durchgehen konnten. Spandorff hatte in der Zwischenzeit geduscht, T-Shirt und eine dünnere Hose angezogen und seinen Koffer ausgepackt. Viel hatte er nicht dabei, da das gesamte technische Equipment in Drachners Zuständigkeit lag. Er hatte es in einem großen Metallkoffer verstaut, den er als Bordgepäck deklariert hatte. Natürlich mit Sondergenehmigung, das LKA hatte offenbar ganz eigene Kanäle. Da Spandorff auf das pappige Essen im Flieger verzichtet hatte, knurrte sein Magen nun laut und vernehmlich.

Drachner öffnete die Tür und schob einen zweiten Stuhl an den runden Tisch, auf dem er bereits Unterlagen ausgebreitet und seinen Laptop hochgefahren hatte.

«Viel wird darauf ankommen, wie nah wir an ihn herankommen», sagte er. Sein Drahtbürstenschnitt war noch nass vom Duschen, und er hatte sein weißes Hemd gegen ein blaues T-Shirt mit CSI-Logo getauscht.

«Es wird schwierig sein, Informationen zu erhalten, die gerichtsfest sind», merkte Spandorff an, der ohnehin leise Zweifel an der Aktion hatte.

Drachner nickte, ging zur Minibar und kam mit zwei Bier wieder. Er öffnete sie und reichte Spandorff ein Efes. «Wir werden die Gespräche aufnehmen und hoffen, dass was dabei ist.»

Spandorff trank einen Schluck. Die Flasche war beschlagen, das Bier eiskalt. «Es geht darum, so viel wie möglich über ihn herauszufinden.»

Drachner legte sein Handy auf einen kleinen Schreibtisch, der am Fenster stand. Der Kollege legte großen Wert auf Ordnung. Den aufgeklappten Koffer und die Schuhe hatte er parallel angeordnet, seine Jacke hing auf einem Bügel am Kleiderschrank, und Fernbedienung, Tablet-PC und die Zimmer-Chipkarte bildeten auf dem Tisch eine Linie. Spandorff dachte an das Chaos in seiner Wohnung, in der sich Geschirr, alte Zeitungen und die Post stapelten und seine Pflanzen regelmäßig eingingen.

«Mit wem trifft er sich? Wer sind seine Businesspartner? Um welche Geschäfte geht es? Das sind die Fragen, die uns interessieren», fuhr Drachner fort. «Aber auch: Was ist er für ein Typ, und was sind seine Gründe für die Waffengeschäfte?»

«Wie wär's mit Geldgier?», bot Spandorff an und trank einen weiteren Schluck. «Das Unternehmen befindet sich nicht in einer akuten Schieflage.»

«Vielleicht.» Drachner griff sich eine Handvoll Pistazien, lehnte sich zurück und legte die Füße auf den Tisch. «Ich habe mir die Festplatte von Nicola Sencker angesehen. Größere Schulden habe ich zwar nicht ausgemacht, aber immerhin erhebliche Investitionen.» Pistazienschalen flogen an Spandorffs Bier vorbei in einen leeren Pappbecher. «Magnus

Steffens erweitert den Hafen um eine riesige Halle, und er hat gerade ein Büro in Singapur eröffnet. In mehreren Telefonaten hat er außerdem darüber gesprochen, sich auch in China stärker zu engagieren und dort eine Zweigstelle aufzubauen. Was wiederum mit der Halle zu tun hat, in der er nicht nur Schüttgut und Kleinkram lagern kann, sondern auch Eisen und Stahl – damit möchte er auf den asiatischen Markt. Wie dem auch sei: So was will bezahlt werden.» Weitere Pistazienschalen flogen in den Plastikbecher.

Spandorff trank noch einen Schluck. «Zumal es der Hafenbranche in den letzten Jahren nicht ganz so gut ging und er mit seinen mehr als zweihundert Leuten keine kleine Belegschaft hat», ergänzte er. «Entlassungen gab es nicht, soweit ich weiß.»

Drachner schnippte mit den Fingern. «Exakt.» Er klopfte sich die Hände ab und machte sich an den Geräten zu schaffen, die er vor sich auf dem Tisch ausgebreitet hatte. Spandorff erkannte Kopfhörer, Mikrophone und eine Kamera, hatte aber ansonsten keine Ahnung, wie genau das alles zusammenhing. Auch in Istanbul würde er der zweite Mann an Deck sein, der die Hilfsarbeiten übernahm. Während Drachner sich möglichst dicht an Steffens Fersen heftete, würde Spandorff im Hintergrund die Gespräche auswerten und Informationen zusammentragen, sobald sie konkrete Namen hatten. Sie besprachen noch einige offene Fragen, tauschten die Mobilnummern aus und verabredeten sich für den nächsten Morgen um acht Uhr. Dann arbeitete Drachner weiter an seiner Kabelistik, während Spandorff das Hotel verließ, um etwas gegen seinen knurrenden Magen zu unternehmen.

Als er auf die Straße trat, brauchte er einen Moment, um sich an das laute Gewimmel zu gewöhnen. Frauen mit und ohne

Schleier schoben Kinderwagen an ihm vorbei, eine Gruppe junger Kerle unterhielt sich wild gestikulierend, irgendwo hatte jemand die Musik aufgedreht. Die Sonne brannte am Himmel, die Hitze staute sich zwischen den Gebäuden. Dicht neben ihm hielt ein Mann, der ein Tablett mit dampfenden Gläsern balancierte.

«Çay?», rief er laut.

Spandorff zuckte zusammen und dachte im ersten Moment, er stehe im Weg oder habe etwas falsch gemacht. Nach einem Blick auf das Tablett begriff er, dass der Mann ihm einen Tee verkaufen wollte, und schüttelte den Kopf.

Unschlüssig sah er sich um. Welchen Weg sollte er nehmen? Er entschied sich für rechts und ließ sich von der Menge treiben. Einen Stadtplan oder sein Handy hatte er nicht dabei. Sein Orientierungssinn war gut, er würde ohne Probleme zurück zum Hotel finden.

Langsam entspannte er sich etwas und steckte sich eine Zigarette an. Schon am Flughafen war ihm aufgefallen, dass viele Männer rauchten, aus seiner Sicht ein klarer Pluspunkt für Istanbul. Nachdem er einige Zeit durch das Viertel geschlendert war, hielt er an einem Imbissstand. Der gebratene Fisch auf dem Rost duftete, zusammen mit Tomaten, Kräutern und Zwiebeln befüllte der Verkäufer blitzschnell helle Brötchen und reichte sie über den Grill. Spandorff stellte sich an, bezahlte und setzte sich in den Schatten auf eine Bank. Von hier aus hatte er einen guten Ausblick auf die Altstadt. Er erkannte die Hagia Sophia, weiter drüben meinte er die Blaue Moschee auszumachen. Spandorff biss in das Brötchen, etwas Tomatensaft tropfte auf die Pflastersteine.

Wie lange war er schon nicht mehr im Ausland gewesen? Die letzte Reise mit Evelyn und den Mädchen hatte er nach Italien unternommen, an den Gardasee. Damals waren Sarah und Rebecca noch nicht mal in der Oberstufe gewesen, es musste mindestens zehn Jahre her sein. Er hatte nicht viel Lust gehabt auf den Urlaub und musste ihn auch prompt früher abbrechen, weil ein Mordfall dazwischengekommen war. Es war nicht das erste Mal gewesen, doch nach diesem Erlebnis war Evelyn immer allein mit den Mädchen in die Ferien gefahren. Spandorffs Blick streifte einen Postkartenständer, und ihm fiel Sarahs wütende Nachricht auf seinem Anrufbeantworter wieder ein. Er nahm sich vor, vor seiner Abreise eine Karte zu kaufen. Vielleicht würde sie die Wogen wieder etwas glätten.

Genüsslich aß er die letzten Bissen. Das war deutlich besser gewesen als dieser Fastfood-Einheitsmist.

Er dachte an den morgigen Tag. In der Wesermarsch kannte er jeden, konnte die Strecken im Schlaf fahren, und es gab kaum einen Winkel, den er nicht schon mal bei einem Fall aufgesucht hatte. Ob er auch unter fremden Bedingungen effektiv arbeiten konnte?

Eine singende Stimme legte sich über den Lärm des Viertels, offenbar ein Muezzin, der zum Gebet aufrief. Kurz darauf ertönten eine zweite und dritte Stimme aus den Lautsprechern der Minarette. Zusammen mit der Silhouette der Moscheen in der Altstadt, der warmen Luft und den fremden Gerüchen bildete der mehrstimmige Kanon eine exotische Kulisse. Spandorff fühlte fast so etwas wie Urlaubsstimmung in sich aufkommen. Er lenkte seine Gedanken wieder auf den Fall.

Bisher gab es noch keine heiße Spur, das Mordmotiv konnte mit der NHG und möglichen Waffengeschäften genauso in Verbindung stehen wie mit dem Privatleben von Nicola Sencker.

«Çay?», rief jemand laut neben ihm.

Spandorff zuckte zusammen und blickte direkt in das Gesicht des Teeverkäufers, der ihn schon vor dem Hotel angesprochen hatte. Wo kam der denn jetzt her, war der Typ ihm gefolgt?

Egal, nach dem gut gewürzten Fisch hatte er Durst. Spandorff nickte ihm zu und zog einen Geldschein aus der Hosentasche.

Während er an dem heißen Getränk nippte, dachte er an Magnus Steffens. Hatte sich der Unternehmer tatsächlich auf so etwas Brandgefährliches wie Waffenhandel eingelassen? Und würde er sich hier mit seinem Geschäftspartner treffen?

Tomma stützte den Kopf in die Hände und beobachtete, wie sich das Aspirin zischend im Glas auflöste. Das Telefon klingelte, doch sie überließ es Jurek, den Anruf entgegenzunehmen.

Noch eine ganze Zeit hatte sie gestern mit ihrer Mutter zusammengesessen und geredet. Während Helma, die eigentlich keinen Alkohol mochte und lieber eine ganze Batterie an Teesorten in ihrem Vorratsschrank hortete, den ersten Wodka naserümpfend hinuntergeschluckt hatte, war sie später diejenige gewesen, die die Gläser noch einmal gefüllt hatte. Es war klar gewesen, dass es heute ein schwerer Arbeitstag werden würde, aber das war Tomma egal gewesen. Erst spät in der Nacht hatte sie das Bett im Gästezimmer bezogen und Helma eine gute Nacht gewünscht. Im Gegensatz zu ihr konnte ihre Mutter heute ausschlafen und brühte sich wahrscheinlich gerade den ersten Kaffee.

Tomma hatte erfahren, dass ihr Vater schon vor einiger

Zeit Kontakt zu Helma aufgenommen hatte, diese aber nie den richtigen Zeitpunkt gefunden hatte, um mit Tomma darüber zu sprechen.

Der Auslöser war Jiros Herzinfarkt gewesen, von dem er sich nur sehr langsam erholte. Im Krankenhaus hatte er nicht nur eine schwere Operation hinter sich gebracht und viele Medikamente geschluckt, sondern auch ausgiebig über sein Leben nachgedacht. Deshalb hat er Briefe geschrieben an seine Tochter, die im fernen Deutschland lebte. Er hatte Helma gebeten, sie an Tomma weiterzuleiten, wenn sie bereit dafür wäre.

Tomma war nicht sicher, ob sie schon so weit war.

Sie trank das Glas in einem Zug leer. Es schmeckte sauer, und sie verzog das Gesicht.

Jurek grinste Tomma über seinen Bildschirm hinweg an. «Bitter macht lustig.»

«Es heißt: *Sauer* macht lustig, und auch das ist leider gelogen», entgegnete sie und fischte einen Kaugummi aus ihrer Ledertasche. «Was macht die Funkzellenanalyse?»

«Ist abgeschlossen. Die Funkzelle wurde von elf Menschen genutzt», sagte Jurek und drückte seine graue Baseballkappe, die er heute statt eines Panamahutes trug, auf seine hellbraunen Locken. Auch der Rest seines Outfits war ungewohnt schlicht: helle Jeans, schwarzes Hemd und Turnschuhe. Den einzigen Farbklecks bildete eine Armbanduhr aus Plastik in Knallgelb. Jurek sah von seinen Papieren auf und hob die Hand, als Jan und der Brandermittler Jörg Trimborn das Büro betraten. «Aber ich habe mit allen gesprochen, keiner von ihnen ist verdächtig», fuhr er fort. «Alle SIM-Karten sind auf Anwohner registriert oder aber auf Bekannte und Freunde von ihnen. Ich habe die Angaben überprüft und Adressen verglichen.» Er machte einen deprimierten Gesichtsausdruck, als nähme er es persönlich, dass diese Spur ins Leere gelaufen war.

«Einen Versuch war es wert», sagte Tomma und nieste.

«Mit Spandorffs Notizen gibt es übrigens ein kleines Problem», sagte Jurek und kratzte sich verlegen am Hinterkopf.

«Nämlich?», fragte Tomma abwesend.

«Es waren Bilder, also Zeichnungen.» Jurek schob Tomma das Notizbuch über den Tisch.

Perplex starrte Tomma auf die blauen Skizzen, die sich auf dem fein linierten Papier verteilten. Sie erkannte Fische, Krebse und etwas, das mit viel Phantasie Algen sein könnten.

«Das ist alles?»

Jurek nickte eifrig. «Sieht nicht schlecht aus, oder? Soll ich sie einscannen? Für den Bericht?»

«Nee, lass mal.» Tomma konnte Jureks Begeisterung für Spandorffs unentdecktes Talent nicht recht teilen. Der hatte Nerven! Spandorff wusste genau, dass sie diejenige war, die Ärger bekam, wenn die Berichte nicht detailliert genug formuliert waren. Spandorff konnte froh sein, dass er weit weg in Istanbul war. Wäre er jetzt im Büro, würde ihr der Kragen platzen.

Sie zählte langsam bis drei und wandte sich an Jan und Trimborn, die Jureks Erläuterungen aufmerksam verfolgt hatten und nur mit Mühe ein Lachen unterdrücken konnten. Na wunderbar, diese Episode würde ihren Ruf als durchsetzungsfähige Moko-Chefin nicht gerade festigen. Sie räusperte sich.

«Habt ihr etwas in Chiara Lenhardts Haus entdeckt?» Inzwischen war Tomma sich sicher, dass es ein gezielter Anschlag war, und wartete nur noch auf die Bestätigung.

Trimborn schob die Brille auf seine Nasenwurzel und fuhr sich mit der Hand durchs Gesicht. «Nein, nichts – leider.»

«Gar nichts?»

«Wir konnten keine Substanzen nachweisen, die auf Brandstiftung hindeuten. Kein Spiritus, kein Benzin oder andere Brandbeschleuniger.» Trimborn zuckte bedauernd mit den Schultern. «Das Haus ist bis auf die Grundmauern abgebrannt.»

Tomma konnte es immer noch nicht glauben. «War es denn ein technischer Defekt?»

Trimborn rutschte auf seinem Stuhl hin und her. Die unbefriedigende Ausbeute ging ihm sichtlich gegen den Strich. Er war als akribischer Kollege bekannt, der nicht so schnell aufgab. «Auch das können wir nicht abschließend sagen. Das Problem ist: Je weiter sich das Feuer durchgefressen hat, desto schwerer kann man die Ursache feststellen. Und dieser Brand war bereits sehr weit entwickelt.»

«Das heißt im Klartext, dass wir gar nichts wissen?»

Trimborn nickte. «Ich fürchte, ja.»

«Wäre es denn möglich, dass gar kein Brandbeschleuniger benutzt worden ist?»

Er dachte kurz nach. «Theoretisch ja. Aber auch dann müssten wir irgendwelche Spuren nachweisen können.»

Tomma war enttäuscht. «Sprichst du noch mal mit deinen Kollegen? Vielleicht hat jemand Erfahrungen mit einem vergleichbaren Fall.»

Hoffentlich hatte wenigstens Jan bessere Neuigkeiten, dachte Tomma und sah ihn auffordernd an.

«Auch für meine Jungs war die Ausbeute bei Chiara Lenhardt mager», nahm er den Ball auf. Er war unrasiert und sah müde aus. Ganz so, als hätte er in den letzten Tagen mehr Zeit im Labor als draußen an der frischen Luft verbracht. Oder war seine neue Freundin schuld daran, dass er so wenig Schlaf bekam?

«Es ist noch nichts dabei, das dir weiterhelfen könnte. Aber die Ballistik hat etwas Spannendes: Das Projektil, mit dem Nicola Sencker getötet worden ist, gehört zu einer Walther P38.»

Tomma kannte zwar den Hersteller, konnte aber das Modell nicht einordnen. «Was ist das für eine Waffe?»

Jan legte seine Jeansjacke über den schwarzen Rucksack, den er neben sich auf den Boden gestellt hatte. «Das Besondere an ihr ist, dass sie nur bis 1945 ausgeliefert wurde, und zwar an die Wehrmacht.»

Tomma hätte sich fast an ihrem Kaugummi verschluckt. «Du meinst, die Waffe ist siebzig Jahre alt?»

«Warum hat der Mörder gerade diese Waffe benutzt?», warf Jurek ein, der den Papierkram für die Funkzellenanalyse beiseitegelegt hatte.

«Vielleicht ist er ein Waffennarr?», schlug Jan vor.

«Wie würde man an so eine Waffe kommen?», fragte Trimborn.

«Ein Erbstück?», warf Jan ein. «Oder über spezielle Börsen. Im Internet wimmelt es doch von schrägen Typen, die irgendwelche Kriegsnostalgika verticken.»

Tomma glaubte zwar nicht, dass die Waffe erst kürzlich den Besitzer gewechselt hatte, wollte aber trotzdem auf Nummer sicher gehen. «Kannst du das checken? Vielleicht hat sich in letzter Zeit jemand für eine P38 interessiert.» Sie bat Jurek außerdem, bei Hannes Brecht und Mira Steffens in Erfahrung zu bringen, ob Verwandte im Zweiten Weltkrieg gekämpft hatten. Jack sollte er ebenfalls überprüfen, auch wenn er amerikanischer Staatsbürger war.

Tommas Handy klingelte. Eine Nordenhamer Nummer, die sie nicht kannte. Ihr Puls beschleunigte sich. Das Krankenhaus?

Sie gab den Kollegen ein Zeichen, dass sie mit der Besprechung durch waren, atmete tief durch und nahm das Gespräch an.

«Ja, Tomma Petersen?»

Regungslos hörte sie dem Arzt zu, der ihr die Situation erläuterte. Wortreich legte er dar, was man in der Klinik alles für die Patientin getan hatte. Ihr Magen zog sich zusammen. Die Brandvergiftung sei erheblich gewesen, die Patientin habe über einen längeren Zeitraum schädliche Dämpfe eingeatmet, dies habe die inneren Organe massiv beschädigt und sich vor allem auf die Lungenbläschen niedergeschlagen.

Tomma vergaß alles wieder, sie erinnerte sich nach dem Telefonat nur an einen einzigen Satz.

Chiara Lenhardt war tot.

Tomma feuerte das Handy in die Ecke. Als sie aus dem Büro stürzte, stieß sie mit Jan zusammen, der sich auf dem Flur mit Reimers von der Spurensicherung unterhielt. Sie achtete nicht auf die beiden, lief auf die Toilette und schloss sich ein.

In ihrem Kopf drehte sich alles. Das Feuer, die Rufe der Sanitäter, das gestrige Gespräch mit ihrer Mutter, der Anruf ihres Vaters. Chiaras Tochter würde nie mehr mit ihr sprechen können. Wenn du nur zehn Minuten eher dagewesen wärst, dachte sie. Nur zehn beschissene Minuten!

Mit der flachen Hand schlug sie gegen die Metalltür, lauter und härter als beabsichtigt.

«Tomma?» Sie erkannte Jans Stimme. «Alles in Ordnung?» Er klang besorgt.

Sie antwortete nicht, sondern riss mit einem Ruck die Kabinentür auf und ging zum Waschbecken. Jan stand in der Tür. Dann drehte sie das kalte Wasser auf und ließ es über ihre Handflächen laufen. Es tat gut, ihr Puls beruhigte sich etwas.

«Das Krankenhaus hat angerufen, Chiara Lenhardt ist gestorben.»

«Scheiße.» Jan kam einen Schritt auf sie zu und drückte mitfühlend ihre Schulter. «Das tut mir leid.»

«Wenn ich meinen Hintern nur ein bisschen eher in Bewegung gesetzt hätte, dann könnte sie jetzt noch leben.» Mittlerweile hatte sich das Ziehen im Magen zu einem großen, schweren Klumpen entwickelt. Tomma drehte den Wasserhahn zu, trocknete sich die Hände ab und sah in den Spiegel.

«Tomma, hör auf, dir diesen Mist einzureden.» Jans Griff wurde fester. «Du bist nicht für ihren Tod verantwortlich! Damit konntest du doch nicht rechnen!»

«Chiara hat mich angerufen, weil sie Angst hatte. Ich hätte so schnell wie möglich bei ihr sein müssen.» Tommas Stimme klang schrill.

Jans Gesichtsausdruck hatte sich verändert, war eine Nuance kühler geworden. «Warum bist du zu dir härter als zu allen anderen? Warum stellst du Ansprüche an dich, die du niemals an andere Kollegen stellen würdest?»

Im Raum war es ruhig, nur der Wasserhahn tropfte. «Wenn du dich weiter so unter Druck setzt, dann wirst du daran kaputtgehen.»

«Ich hab's versaut, okay? So einfach ist das.»

Jan trat einen Schritt zurück. «Du machst deinen Job gut. Aber du hast während der Ermittlungen nicht alles in der Hand. Es gibt in jedem Fall Entwicklungen, auf die du keinen Einfluss hast. Du musst lernen, das zu akzeptieren!» Wortlos schulterte er seinen schwarzen Rucksack und ging, ohne sich zu verabschieden.

Tomma stützte sich auf dem kühlen Waschbecken ab und betrachtete ihr Spiegelbild. Jan hatte keine Ahnung.

MONTAG

Es war erst halb zehn, aber die Luft im *CNR Expo Center* war bereits stickig. Die Halle war erfüllt von Stimmengewirr, und es herrschte eine gespannte, leicht aufgekratzte Stimmung.

Magnus Steffens mochte die Atmosphäre auf der *Intertrans*. Es fühlte sich an, als ob das nächste große Geschäft gleich um die Ecke auf ihn wartete – was mit etwas Glück heute auch der Fall sein würde.

Sein Blick blieb auf einem Flachbildschirm haften, auf dem riesige Containerschiffe durch eisblaues Wasser zogen. Das ist der Trend der Zukunft, dachte er. Mehr Tonnage brachte auch mehr Geld. Es würden sich die Häfen durchsetzen, die über die Voraussetzungen verfügten, diese Giganten zu löschen und die Güter zu verteilen.

«*Would you like some information about our company?*»

Eine Hostess lächelte Magnus an und überreichte ihm eine Hochglanzbroschüre. Sie war genau sein Typ: groß, üppig, schweres Parfüm. Er grinste sie an. «*Thank you.*»

«*You're welcome. If you have any questions …*» Ein strahlender Blick aus dunkelgrünen Augen.

Was machen Sie heute Abend?, dachte Magnus spontan. Doch seine letzte Erfahrung steckte ihm noch in den Knochen, und er beschloss, es sein zu lassen.

«Dein erster Termin ist mit John Velber, Reihe sieben,

Gang sechs, Stand zweiundzwanzig.» Clemens nahm ihm die Broschüre ab und klemmte sie sich unter den Arm. Da er außerdem diverse Unterlagen sowie Tablet und Smartphone balancierte, war es kein leichtes Unterfangen. «Da rüber.»

Kurz darauf schüttelte Magnus Velber die Hand. Nach dem üblichen Small Talk sprachen sie übers Geschäftliche.

Magnus mochte Velber, er hatte mit ihm bisher gute Erfahrungen gemacht und ihn als einen zuverlässigen Businesspartner kennengelernt. Als sie sich nach einer Stunde verabschiedeten, hatte Magnus ein gutes Gefühl, vielleicht würde sich daraus ein Auftrag ergeben.

Clemens fuchtelte schon nervös mit dem Arm und zeigte auf seine Armbanduhr. Der nächste Termin wartete, und sie mussten dafür einmal quer durch die Halle gehen.

Magnus biss in einen Apfel und trank einen Schluck Wasser aus einem Pappbecher. Er mochte das fettige Essen und die klebrigen Getränke auf den Messen nicht. Die vielen übergewichtigen Männer in seinem Alter, die ihren imposanten Körperumfang nur mühsam unter ihren XL-Sakkos verstecken konnten, waren für ihn ein abschreckendes Beispiel mangelnder Disziplin.

«Wer ist jetzt dran?»

Clemens blätterte in seinen Unterlagen. «Ein Panel zur Seehafenprognose des Bundeswirtschaftsministeriums. Dazu am Rande ein Gespräch mit Dr. Arno Worthmann.»

Sie schoben sich durch den Gang, der nun ziemlich voll war. Menschen mit Plastiktüten und Info-Material strömten durch die Halle und blickten sich suchend um. Als ihnen eine Gruppe Anzugträger entgegenkam, wurde Magnus unsanft angerempelt.

«*Oh, sorry, man!*» Ein kleiner, sportlicher Typ klopfte ihm auf die Schulter. «*Everything okay?*»

Magnus sah an sich herunter. Zwar hatte sich Wasser auf seinem Schlips verteilt und einen dunklen Fleck auf dem roten Stoff hinterlassen, aber das würde wieder trocknen. Als er aufsah, war der Typ bereits in der Menschenmenge verschwunden. «Blödmann.»

Neben sich kramte Clemens umständlich in seiner schmalen Aktentasche und zog etwas Dunkelblaues hervor. «Hier, nimm die!»

Perplex starrte Magnus ihn an. «Du hast eine Reservekrawatte dabei?»

Sein Assistent ging auf die Frage nicht ein. «Wir sind spät dran, Worthmann wartet.»

Meine Güte, dachte Magnus. Clemens war so durchorganisiert, dass er wahrscheinlich auch spontan eine Boeing chartern konnte, falls morgen ihr Rückflug ausfallen sollte. In seinem Alter hatte er, Magnus, nur das Nötigste getan und die Nächte noch durchgefeiert. Rückblickend kam ihm das gesünder vor als Clemens' Fokus auf den Job und sein Bemühen, immer alles richtig zu machen.

Das Panel plänkelte vor sich hin. Das Ministerium hatte sich nicht lumpen lassen und zur Einstimmung einen Trailer produziert, der die Zukunft des Hafenumschlags in leuchtenden Farben darstellte. Magnus war zwar zufrieden mit der Prognose, nach der bis 2030 der Umschlag der deutschen Seehäfen um mehr als siebzig Prozent steigen sollte. Doch die aufwendige Präsentation konnte nicht darüber hinwegtäuschen, dass die Anstrengungen der Bundesregierung nicht annähernd ausreichten.

«Wir sind darauf angewiesen, dass ihr investiert», sagte er leise zu Worthmann, einem Abteilungsleiter aus dem Bundeswirtschaftsministerium, der neben ihm saß. «Die Infrastruktur kann nicht mal das heutige Verkehrsaufkommen vernünftig bewältigen. Wie soll das denn erst werden, wenn ihr mit eurer Einschätzung recht habt? Dann müssen wir in rund fünfzehn Jahren mehr als doppelt so viele Güter verteilen!»

Worthmann – mit seinem grau gescheitelten Haar, der randlosen Brille und dem gedeckten Anzug ein Beamter wie aus dem Bilderbuch – hörte Magnus aufmerksam zu und versprach, die Bedenken an seinen Staatssekretär weiterzugeben.

Hinter Worthmanns Rücken tippte Clemens schon wieder hektisch auf die Uhr. Magnus verabschiedete sich und folgte Clemens, der sich bereits in Bewegung gesetzt hatte.

«Kommt nun Shebani?»

«Genau.» Clemens sah nach oben und kniff die Augen zusammen. «Der nächste Gang ist unserer.»

Magnus' Magen kribbelte, wie immer, wenn er kurz vor einem richtig großen Deal stand. Dieses Geschäft war nichts für Angsthasen. Es setzten sich die durch, die nicht nur ein gutes Gespür für die Bedürfnisse der Kunden von morgen hatten, sondern auch nicht zimperlich waren.

Kurz darauf entdeckte er ihn. Shebani war größer und schlanker, als Magnus ihn in Erinnerung gehabt hatte.

«Hello, my friend.»

«Nice to see you again!» Die beiden Männer gaben sich die Hand.

Shebani trug einen weißen Anzug, was bei jedem anderen albern ausgesehen hätte, ihm jedoch eine elegante Note verlieh. Seine braunen Augen fixierten Magnus abwartend, aber nicht unfreundlich.

«So how do you like Istanbul?»

Magnus spielte das Geplänkel geduldig mit.

Staff stand kurz und knapp auf dem Schild des kleinen Raumes, in dem Spandorff saß und an seinem zweiten Kaffee nippte. Das Büro im *CNR Expo Center* war karg eingerichtet: ein langer Tisch auf poliertem Linoleumboden, dazu zwei Stühle und ein Lautsprecher unter der Decke, der den Raum regelmäßig mit Informationen über das Rahmenprogramm der *Intertrans* beschallte. Es roch leicht nach Putzmittel. Die Klimaanlage funktionierte, wofür Spandorff dankbar war, und draußen im Gang stand ein Kaffeeautomat. Die Voraussetzungen für einen halbwegs angenehmen Arbeitstag waren also nicht schlecht. Spandorff nickte dem türkischen Kollegen zu, der etwas abseits saß und sich mit einem Kuli Notizen machte.

Das staatsanwaltschaftliche Rechtshilfeersuchen hatten die Kollegen in Istanbul zwar zügig abgenickt, jedoch drei Bedingungen gestellt. Erstens, die Ermittlungen wurden vor Ort begleitet. Zweitens, die deutschen Kollegen würden alle Informationen bereitstellen, die erfragt wurden. Drittens, sie würden unter keinen Umständen in die Kompetenzen der türkischen Polizei eingreifen.

Die Auflagen klangen in der Theorie streng, waren in der Praxis aber unproblematisch: Der türkische Kollege war die meiste Zeit in eigene Ermittlungsakten vertieft und stellte nur gelegentlich kurze Fragen. Diese hatte Drachner bisher umfassend und offenbar zur vollsten Zufriedenheit beantworten können, denn kurz darauf hatte sich der türkische Kollege wieder mit seinen Notizen beschäftigt. Seine Anwesenheit hatte außerdem einen unschlagbaren Vorteil: Der Kollege konnte fließend Englisch sprechen und – da er in Düsseldorf aufgewachsen war – auch Deutsch. Spandorffs Fremdsprachenkenntnisse dagegen bestanden im Wesentlichen aus holprigem Schulenglisch. Das hatte er im Gespräch mit Klaus Sturm allerdings wohlweislich verschwiegen.

Spandorff trank einen weiteren Schluck und starrte auf die Bildschirme der beiden Laptops, die Drachner am Morgen aufgebaut hatte.

Der linke zeigte Drachners Perspektive: Der LKA-Kollege trug eine Minikamera am Revers und bewegte sich gerade durch die Halle. Auch die Geräusche wurden weitgehend störungsfrei übertragen: Über seinen Kopfhörer konnte Spandorff nicht nur Drachner gut verstehen, sondern bekam auch etwas von dem Gewusel auf den Messegängen mit.

Der zweite Laptop übertrug zwar kein Bild, aber dafür einen interessanten Ton: Drachner hatte in Magnus Steffens' Sakkotasche ein Mikrophon verschwinden lassen, als er ihn vermeintlich versehentlich angerempelt hatte. Den Beschluss für diesen Lauschangriff hatte der Richter überraschend zügig unterzeichnet.

«Und – schon was rausbekommen?», meldete sich Drachners kratzige Stimme über den Kopfhörer.

«Dr. Arno Worthmann», referierte Spandorff und kniff die Augen zusammen, um den Eintrag auf dem Bildschirm besser lesen zu können. Gab es nicht irgendeine Tastenkombination, mit der man die Schrift vergrößern konnte? «Worthmann ist Abteilungsleiter im Bundeswirtschaftsministerium», fuhr er fort. «Studium in Köln und Paris, Promotion in München. War zunächst Referent, dann Referatsleiter und hat nach dem Regierungswechsel eine Abteilung übernommen. Er wird sicherlich nicht so blöd sein, sich bei einer Waffenschieberei die Finger zu verbrennen.»

«Und der Erste? Dieser John …?»

«… Velber.» Spandorff scrollte mit der Maus langsam weiter nach unten. Da sie aus unerklärlichen Gründen plötzlich einen Sprung machte, dauerte es etwas, bis er bei der richtigen Information angelangt war. «Ist Amerikaner. Seine

Firma stellt Futtermittel her und verkauft sie an Händler oder direkt an die Landwirte.»

«Hat er schon mal in den Nahen Osten verkauft? Oder nach Afrika?»

Spandorff schüttelte den Kopf, obwohl Drachner das natürlich nicht sehen konnte. «Bisher hat er ausschließlich nach Europa geliefert.»

«Also wahrscheinlich ebenfalls Fehlanzeige», kam es knackend durch den Kopfhörer.

«Sieht so aus», erwiderte Spandorff. «Die POLAS- und INPOL-Abfragen haben auch nichts ergeben. Beide sind noch nie mit dem Gesetz in Konflikt geraten.» Gespannt verfolgte er auf dem Bildschirm, dass Steffens nun einen Mann im hellen Anzug begrüßte. «Mit wem schnackt er denn jetzt?»

«Keine Ahnung. Kein Unternehmenslogo, kein Namensschild.»

Spandorffs Handy blinkte, eine Nachricht von der Petersen. Er musste an ihr letztes Gespräch denken. Die Chefin hatte ihn darüber informiert, dass Chiara Lenhardt an den Folgen ihrer Rauchvergiftung gestorben war. Die Petersen hatte geknickt geklungen, sie machte sich Vorwürfe, dass sie nicht eher zu ihr gefahren war. Das war zwar absurd, doch Spandorff hatte die Klappe gehalten. Jeder musste seinen Job so machen, wie er ihn auffasste. Außerdem war er nicht ihr Seelenklempner. Sie würde schon ihre Erfahrungen machen und daraus lernen.

Auf dem Bildschirm sah Spandorff, dass die Kamera wackelte, als wippte Drachner unruhig mit dem Fuß. Was für ein Hibbelmors, der Mann schien andauernd in Bewegung zu sein. Als Spandorff sich heute Morgen im Frühstücksraum gerade sein zweites Brötchen aufschnitt und dabei sehnsüchtig an die fangfrischen Krabben dachte, die bei ihm zu Hause im Kühlschrank lagen, kam Drachner gut gelaunt dazu und berichtete, dass er bereits ein paar Runden im Hotelpool gedreht habe. Auf so eine bescheuerte Idee musste man erst einmal kommen.

Konzentriert verfolgte Spandorff, dass Magnus Steffens und der Mann sich unterhielten. Sie sahen sich kurz um, dann sprachen sie mit einem dritten Mann, offensichtlich Steffens' Assistent, den er bereits den ganzen Tag im Schlepptau hatte.

«Das wird ein Vieraugengespräch», kam Drachners Stimme knackend durch den Kopfhörer. «In der Suite von seinem Geschäftspartner. Mal sehen, wie lange ich ihnen folgen kann. Wenn sie sich im Hotel treffen, werde ich hoffentlich auch seinen Namen herausbekommen. Wie ist der Sound des Mikros? Kannst du Steffens gut verstehen?»

Eine ganze Zeit lang suchte Spandorff nach dem richtigen Symbol, dann klickte er erleichtert den Ton lauter, indem er im Stakkato auf die Maustaste drückte. Abwechselnd waren drei Stimmen zu hören. Spandorff drehte sich zu seinem türkischen Kollegen um. «Verstehst du, worüber sie schnacken?»

Verständnisloses Stirnrunzeln.

Okay, das Wort *schnacken* wiederum verstand der türkische Kollege wahrscheinlich nicht, was nachvollziehbar war, wenn man die meisten Jahre in Düsseldorf verbracht hatte. «Kannst du verstehen, worüber die beiden auf Englisch sprechen?», versuchte er es anders und wies mit dem Kopf zum Bildschirm.

Die Miene des Beamten hellte sich auf, und er zog seinen Stuhl heran.

«Er sagt, dass er alleine mit seinem Geschäftspartner sprechen will und er sich schon auf den Weg zurück ins Hotel machen soll», sagte er. Seine Stimme war dunkel und etwas rau.

Spandorff griff zu seiner Marlboro. Dann wurde es jetzt spannend.

«Die Übertragung ist gut», gab er an Drachner durch. Er drehte das Feuerzeug in der rechten Hand. «Es kann losgehen.»

Ping.

Das Handy von Tomma surrte. Eine SMS von Drachner, die ihr mitteilte, dass Steffens sich mit einem Geschäftskontakt zum Vier-Augen-Gespräch traf.

Eigentlich hätte sie diese Information von Spandorff erwartet. Ob er sich absichtlich nicht bei ihr meldete, um keinen Ärger wegen seiner Malen-nach-Zahlen-Aktion zu riskieren? Wahrscheinlich nicht, entschied Tomma, er kämpfte sicherlich nur mit der Technik.

Der ominöse Schreiber der Mail mit dem Absender *Die Wahrheit* hatte sich bisher noch nicht wieder gemeldet, was für sie eher darauf hindeutete, dass es sich bei der Waffenhandelsspur um eine Sackgasse handelte. Gleichzeitig hoffte sie, dass sie mit dieser Einschätzung falschlag und die weiteren Ermittlungen helfen würden, Chiaras und Nicolas Tod aufzuklären, auch wenn sie bislang keinen Zusammenhang entdecken konnte.

Schön, dass wenigstens irgendjemand mit den Ermittlungen vorankam. Während sie mit Jurek zusammen versuchte, die Ereignisse in eine zeitliche Reihenfolge zu bringen, saßen Kerber und Falke vom LKA-Team im Besprechungsraum und brüteten über der Auswertung von Nicola Senckers Rechner.

Auch für Tomma und Jurek war heute Fleißarbeit angesagt: Protokolle lesen, Angaben vergleichen und Unstimmigkeiten herausarbeiten. Wenig aufregende Dinge, bei denen man trotzdem hellwach sein musste, um nicht etwas Wesentliches zu übersehen.

Seufzend steckte Tomma das Handy in die Hosentasche ihrer Chino, krempelte die Ärmel des Jeanshemdes hoch und wandte sich wieder dem Whiteboard zu, das Jurek neben ihren Schreibtisch geschoben hatte. Abgesehen von ihrer Erkältung, die sie weiterhin hartnäckig verfolgte, fühlte Tomma sich besser als am Vortag, aber noch immer schweiften ihre Gedanken gelegentlich zu dem Gespräch mit ihrer Mutter ab.

«Jack hat Nicola nach eigener Aussage letztes Jahr im Juli kennengelernt», sagte Jurek und kritzelte die Informationen neben das Foto von Chiara Lenhardts Kollegen.

«Danach haben sie sich noch zwei Mal getroffen. Ihre kurze Affäre endete vor seinem Urlaub Anfang August letzten Jahres.» Er drückte sich den Panamahut auf den Lockenkopf.

«Hast du dir die Beschreibung ihres Projektes mal angeschaut?», fragte Tomma.

Jurek schob die Kappe auf den Filzstift. «Ja, aber ich habe nichts Interessantes gefunden. Und ich habe das Projekt verglichen mit anderen Studien aus den übrigen Abteilungen. Die Wissenschaftler beschäftigen sich mit ähnlichen, sehr speziellen Fragestellungen, die nur für Eingeweckte interessant sind.»

Tomma stutzte. «Meinst du *Eingeweihte*?»

«Ja, genau. Ich glaube nicht, dass wir hier etwas finden. Außerdem: Wie passt Nicola ins Bild? Und hätte Chiara uns nicht schon viel eher berichtet, wenn in ihrem direkten Arbeitsumfeld etwas faul wäre?»

Tomma gab Jurek recht, war aber noch nicht so weit, die Spur ganz aufzugeben. Er sollte sich trotzdem gleich bei den Kollegen umhören.

«Chiara Lenhardt und Nicola Sencker sind im letzten Sommer zusammengekommen. Genauer haben wir es nicht», fuhr er fort.

«... und wir können sie nicht mehr fragen.»

«Genau. Hannes Brecht wiederum hat Nicola vor etwa zwei Jahren beim Segeln kennengelernt», nuschelte Jurek, die Kappe des Filzstiftes zwischen den Zähnen. «Die Affäre endete vor etwa einem Jahr.»

«Das heißt: Die Beziehungen haben sich vielleicht ein paar Tage überschnitten. Aber Nicola Sencker hat vermutlich kein doppeltes Spiel gespielt. Eher unwahrscheinlich, dass sie mehrere Monate lang zwei Partner gleichzeitig hatte.»

«Korrekt.» Jurek steckte die Hände in die Hosentaschen und betrachtete andächtig die Bilder, Pfeile und Texte auf dem Whiteboard.

«Moin, ihr beiden!» Jan steckte den Kopf zur Tür herein, im Schlepptau eine junge Frau. «Ich war gerade bei Sturm, und der hat mir das hier für euch mitgegeben.» Er wedelte mit einem Stapel Papier.

«Die Auswertung von Nicola Senckers Festnetzanschluss?» Jurek machte große Augen.

«Willst du sie haben?»

Doch Jurek hatte Jan die Unterlagen bereits aus der Hand gerissen und verzog sich damit an seinen Schreibtisch.

Tommas Blick klebte an der Frau an Jans Seite. War das etwa seine neue Freundin?

Seine Begleitung hatte lange hellbraune Haare, grüne Augen und war etwa so groß wie Jan. Ihre Füße steckten in flachen Ballerinas, dazu trug sie eine schmale Jeans und ein weites graues Shirt, das an einer Schulter verrutscht war und den Blick auf einen dünnen schwarzen Träger freigab. Verdammt. Sie war auf eine unangestrengte und leider überhaupt nicht billige Art attraktiv.

«Geht es dir wieder besser?», fragte Jan. Sofort fühlte Tomma sich ertappt. Hoffentlich hatte sie Signe nicht zu offensichtlich angestarrt.

«Sicher. Ist wieder alles im Lot. Ich war gestern nur ... sehr überrascht von der Nachricht.» Tomma räusperte sich. Auch wenn Jan wahrscheinlich einfach nur nett sein wollte, hatte sie keine Lust, ihre Befindlichkeiten vor einer Fremden auszubreiten.

«Darf ich dir Signe vorstellen? Sie war gerade in der Nähe und wollte unbedingt meine Kollegen kennenlernen.»

Tomma streckte mechanisch die Hand aus, die Signe nun beherzt ergriff.

«Wie schön, dich kennenzulernen!» Ihre Stimme war etwas heiser, der Händedruck kräftig. «Jan hat so viel von dir erzählt, dass ich zumindest einmal kurz vorbeischauen musste!»

Was er wohl über mich gesagt hat?, überlegte Tomma. Vielleicht etwas wie *Das ist deine ehrgeizige Vorgängerin, die Job und Privatleben leider nicht auf die Reihe bekommt, weshalb aus uns auch nichts geworden ist*?

«Herzlich willkommen im Kommissariat!» Ihre Stimme klang ungewöhnlich hoch und furchtbar hölzern.

Jurek stand kurz auf, um ihr die Hand zu schütteln, und wandte sich wieder mit rotem Kopf der Telefonliste zu. Na toll, auch den Praktikanten hatte sie in null Komma nichts um den kleinen Finger gewickelt.

«Ich hoffe, Jan ist ein guter Fremdenführer?», fragte Tomma, um überhaupt irgendetwas zu sagen.

«Der *beste*!» Signe warf die langen Haare zurück und hakte sich vertraulich bei ihm unter. «Die Nordsee-Lagune, der Kutterhafen, die Melkhüs – ich habe hier schon so viele Ecken kennengelernt, die ich alleine nie entdeckt hätte.»

«Wie schön!» Tomma versuchte, wenigstens ein bisschen Begeisterung in ihre Stimme zu legen. «Und wie lange bleibst du noch?» Mit ein wenig Phantasie hätte man die Frage auch übersetzen können mit *Wann fährst du endlich wieder?*, aber Signe schien den Unterton nicht bemerkt zu haben und zog ein Haargummi aus der Hosentasche. «Ach, mal sehen», sagte sie und band ihre Haare zu einem lockeren Pferdeschwanz. «Ich nehme mir gerade eine kleine Auszeit. Sozusagen ein Sabbatical. Ich habe die letzten Jahre fast rund um die Uhr gearbeitet und hatte kaum Freizeit. Deshalb ist es herrlich, einfach das Leben zu genießen!» Sie strahlte Jan an, der ihren Blick lächelnd erwiderte.

Fieberhaft überlegte Tomma, wie sie die zwei Turteltäubchen wieder loswerden konnte. Sie wollte sich unbedingt noch Chiara Lenhardts Büro vornehmen. Da in ihrem Haus keine verwertbaren Spuren zu erwarten waren, hoffte sie, dass sie zumindest ein paar persönliche Dinge in ihrem Büro aufbewahrt hatte. Diese Aktion würde sie spontan vorziehen. Auf genau jetzt!

Sie lächelte Signe freundlich an. «Du, es ist total nett, dass wir uns kennengelernt haben, aber ich bin hier leider etwas auf dem Sprung.» Tomma fing den überraschten Blick von Jurek auf, überging ihn aber.

Signe machte ein enttäuschtes Gesicht. «Schade, ich dachte, du könntest mir ein bisschen etwas über deine Arbeit erzählen. Die finde ich nämlich ungeheuer spannend!»

Sie verschränkte die Arme vor dem Brustkorb und Tommas Blick fiel auf ihre große, silberne Uhr, die sie locker am rechten Handgelenk trug. Eine ähnliche hätte sie sich neulich fast bei einem Juwelier in Oldenburg gekauft.

«Bestimmt klappt es ein anderes Mal. Du bist ja noch ein bisschen hier!»

«Ok, dann lassen wir euch mal wieder alleine», schaltete sich Jan ein, der die meiste Zeit auf seinem Smartphone herumgetippt hatte. Vielleicht plante er ja gerade das Abendprogramm für Signe. Einen Kinobesuch oder ein romantisches Dinner.

«Mit der Tatwaffe bin ich noch nicht weiter», fuhr er fort. «Ich melde mich, wenn ich etwas habe.»

Als Tomma kurz darauf mit Jurek nach Bremerhaven fuhr, hatten sich graue Wolken vor die Sonne geschoben. Es war frisch geworden, was Tommas Laune nicht gerade verbesserte. Sie stellte die Heizung höher und starrte verbissen durch die Windschutzscheibe. Da sie, seitdem sie im Büro aufgebrochen waren, bereits mehrfach geniest hatte, behielt sie das Taschentuch gleich in der Hand. Jurek warf ihr ab und zu einen Seitenblick zu, sagte aber nichts. Wortlos ging er die Liste von Nicola Senckers Telefonverbindungen durch und markierte die Nummern, die sich wiederholten, mit farbigen Textmarkern. Da Tomma zügig fuhr und sich keine Mühe gab, die Kurven langsam zu nehmen, verrutschte er dabei gelegentlich. Ein gelber Strich landete mit Schwung am Seitenrand.

Tomma ärgerte sich über sich selbst. Wann hatte sie sich bloß in so eine missgünstige Zicke verwandelt? Signe schien doch sympathisch zu sein. Sie nahm sich vor, über ihren Schatten zu springen und sich mit den beiden zu freuen. Auf der Fähre schlang sie den Wollschal um den Hals und ging an Deck. Wind, Wasser und die salzige Luft – das half immer, wenn sie den Kopf frei bekommen wollte.

Im Institut trennten sich Tommas und Jureks Wege. Jurek befragte die Kollegen, und Tomma nahm sich Chiara Lenhardts Büro vor. Sie zog die Tür hinter sich zu und ließ das geschäftige Treiben des Instituts hinter sich. Ihre Tasche schmiss sie achtlos auf den Boden.

Das Fachbuch lag noch auf dem Tisch, daneben hatte ein Kaffeebecher einen braunen Rand auf einem Untersetzer hinterlassen. Die Luft war abgestanden, und Tomma öffnete das Fenster, um etwas Sauerstoff hineinzulassen. Mittlerweile hatten Nieselregen und ein leichter Wind eingesetzt, ein Tanker zog auf der Weser vorbei. Tomma streifte die Latexhandschuhe über und setzte sich hinter den Schreibtisch. Wenn sie ehrlich war, hatte sie keine Ahnung, wonach sie suchte. Vielmehr hatte sie die diffuse Hoffnung, dass Chiara Lenhardt irgendetwas im Büro aufbewahrte, das die Ermittlungen weiterbringen könnte.

Tomma zog die oberste Schublade auf und ging den Inhalt durch. Notizblock, Stifte und Folien fielen ihr in die Hände sowie diverse Visitenkarten, die sie einsteckte. Die nächste Schublade war voll mit Unterlagen, auf denen mit Filzstift *Aquazensus* vermerkt war. Tomma legte sie auf den Schreibtisch, um sie später mitzunehmen. Die unterste Schublade war fast leer, lediglich Briefumschläge und Blöcke waren fein säuberlich übereinandergestapelt. Außerdem entdeckte Tomma einen in Leder gebundenen Kalender, den Chiara offenbar gleichzeitig als Adressbuch nutzte. Sie blätterte ihn kurz durch und setzte sich damit an den runden Tisch am Fenster.

Das Büchlein hatte Chiara Lenhardt anscheinend eine lange Zeit begleitet. Das Papier war vergilbt und fühlte sich stumpf an, einige Adressen waren durchgestrichen, Telefonnummern überschrieben. Vereinzelt hatte sie Mailadressen an den Rand gekritzelt.

Tomma wählte die erste Nummer, die Chiara Lenhardt notiert hatte. Der Anrufbeantworter sprang an, und Tomma hinterließ ihren Namen und die Bitte, sie zurückzurufen. Der zweite Eintrag war veraltet, die Nummer war nicht mehr vergeben. Auch bei den nächsten Telefonnummern hatte sie kein Glück. Während sich beim dritten Versuch die Mutter einer Freundin von Chiara Lenhardts Tochter meldete, folgten danach eine Bekannte aus einem Französischkurs sowie eine Werkstatt. Alle hatten bereits lange keinen Kontakt mehr zu Chiara Lenhardt gehabt und waren zwar bestürzt über ihren Tod, konnten aber keine weiteren Informationen beisteuern. Wenn das so weiterging, würde sie morgen früh noch hier sitzen.

Sie blätterte zurück zum Kalender. Viel hatte Chiara nicht notiert. Mal einen VHS-Kurs, eine Besprechung mit Kollegen oder einen Termin im Yachtclub. Für die kommende Woche entdeckte Tomma die Notiz *Telefonat mit BF*. Sie ließ den Kalender sinken. BF, wer konnte das sein? Sie blätterte im Adressbuch zum Buchstaben F und fand dort unter anderem den Eintrag eines Benjamin Fischer.

Sie tippte die Nummer in das Display ihres Handys. Eine halbe Ewigkeit passierte gar nichts, dann meldete sich die Stimme eines jungen Mannes. Tomma erläuterte ihr Anliegen.

In der Leitung war es still, und Tomma gab ihm die Möglichkeit, die Nachricht von Chiara Lenhardts Tod etwas sacken zu lassen. Nach einer Weile fragte sie vorsichtig: «Wann haben Sie denn das letzte Mal Kontakt zu ihr gehabt?»

Fischer atmete hörbar aus, als hätte sie ihm eine schwere Frage gestellt. «Vielleicht so vor fünf, sechs Jahren. Ja, das könnte hinkommen. Wir sind alte Schulfreunde, hatten davor aber Ewigkeiten nichts mehr voneinander gehört. Deshalb war ich auch überrascht, als sie sich plötzlich bei mir gemeldet hat.»

«Können Sie sich vorstellen, was Frau Lenhardt mit Ihnen besprechen wollte? Sie hatte für die nächste Woche ein Telefonat mit *BF* im Kalender vermerkt.»

«Keine Ahnung», sagte Fischer ratlos. «Wir waren nicht verabredet, falls Sie das meinen. Möglicherweise hat Chiara das Band meiner Praxis abgehört. Ich habe diese Woche noch Urlaub und bin ab Dienstag nächster Woche wieder im Einsatz.»

«Worum ging's denn in dem Gespräch vor fünf Jahren? Können Sie sich noch daran erinnern?», wollte Tomma wissen und malte abwesend kleine Kreise auf einen Block. Unwillkürlich musste sie an Spandorffs Kritzeleien denken und legte den Stift wieder beiseite.

«Sie hatte Ärger mit ihrem Arzt, und da ich ebenfalls Arzt bin, hat sie mich um Rat gefragt. Im Prinzip wollte sie eine Bestätigung ihrer Theorie, aber den Zahn habe ich ihr leider ziehen müssen. Also, natürlich nur im übertragenen Sinn.» Er lachte verhalten.

War Tomma bis eben nur halb bei der Sache gewesen, war ihr Interesse nun geweckt. «Was hatte sie denn für Probleme?»

«Sie litt unter einer Anosmie.»

«Wollte sie bei Ihnen eine zweite Meinung einholen?»

«Nein, die Situation stellte sich etwas anders dar.» Er zögerte, als überlege er, ob er die Hintergründe überhaupt mit der Kommissarin teilen sollte.

«Ihr Geruchssinn verschwand plötzlich, etwa ein halbes Jahr bevor sie mich angerufen hat. Chiara hatte diesen Prozess zunächst gar nicht bemerkt, weil sie auch eine längere Erkältung hatte», fuhr Benjamin Fischer fort. «Man kennt das ja: Die Nase ist zu, man kann weniger riechen und schmecken.»

Stimmt, dachte Tomma und unterdrückte ein Husten. «Und weiter?»

«Bei ihr kam der Geruchssinn aber nicht zurück! Sie wartete einige Zeit, machte sich dann zunehmend Sorgen. Die Situation war für sie umso dramatischer, weil sie damals als Flavoristin gearbeitet hat.»

Tomma stutzte. «Was genau ist das?»

«Nun, sie hat Aromen entwickelt bei einem Bremer Unternehmen. Für Tütensuppen zum Beispiel oder auch Ketchup. Dafür braucht man einen sehr feinen Geruchssinn, sonst kann man den Job gleich an den Nagel hängen. Was sie dann ja auch getan hat. Besser gesagt, tun musste.»

Tomma war bisher davon ausgegangen, dass Chiara Lenhardt ausschließlich in der Forschung gearbeitet hatte.

«Und was genau wollte Chiara Lenhardt in diesem Zusammenhang von Ihnen?», schob sie hinterher.

«Tja, das Skurrile war damals: Es gab keine medizinische Erklärung für die Anosmie. Sie kam plötzlich und verschlimmerte sich graduell. Einfach so. Und verschwand nicht wieder.»

«Das heißt, sie hat ihrem Arzt einen Behandlungsfehler unterstellt?» Tomma kramte nach einem Taschentuch und putzte sich die Nase, das Handy zwischen Kopf und Schulter geklemmt.

«So ähnlich», sagte Fischer und hob seine Stimme, um sich gegen das Gebrüll eines Kleinkindes im Hintergrund durchzusetzen. Kurz darauf herrschte wieder Ruhe, und er fuhr fort: «Sie hat ihm vorgeworfen, dass er sie über die Nebenwirkungen ihrer Tabletten nicht informiert hat. Chiara hatte Rheuma, wussten Sie das nicht?»

«Gut möglich, dass sie es beiläufig erwähnt hat», sagte Tomma und biss sich auf die Unterlippe. Bisher hatte sie jedoch keinen Grund gehabt, sich näher mit Chiaras Krankengeschichte zu befassen. «War sie chronisch krank? Musste sie regelmäßig Medikamente nehmen?»

«Ja, schon über einen längeren Zeitraum. Mit den Tabletten hatte sie die Situation wohl ganz gut im Griff.»

«Wie ging es dann weiter?»

«Chiaras Vermutung war, dass die Rheumamedikamente ihre Anosmie ausgelöst hatten.»

«Und? Lag sie mit ihrer Vermutung richtig?» Tomma hielt vor Spannung die Luft an. «Haben Sie ihre Einschätzung bestätigt?»

«Nein. Davon abgesehen, dass eine solch drastische Nebenwirkung auf dem Beipackzettel aufgeführt werden müsste, habe ich mir auch noch einmal die Mühe gemacht, mir die Zusammensetzung der Medikamente genau anzusehen. Fehlanzeige.»

Tomma war enttäuscht. «Wonach haben Sie denn genau gesucht?»

«Na ja, ich habe das Naheliegende gemacht und mir die ausgestellten Rezepte der letzten zwölf Monate geben lassen. Und bin dann die verschriebenen Medikamente genau durchgegangen, habe mir alle möglichen Nebenwirkungen angesehen ...»

«Aber die verschriebenen Medikamente waren in Ordnung», sagte Tomma nachdenklich.

«Genau so war es.» Im Hintergrund klimperte es, als ob

er Eiswürfel in ein Glas gab. «Im Wesentlichen hat ihr Arzt zwei verschiedene Präparate verschrieben, deren Wirkstoffe jedoch weitgehend identisch waren. Keines von beiden hätte den Geruchssinn beeinträchtigen, geschweige denn eine Anosmie auslösen können.»

Tomma drehte den Kugelschreiber zwischen ihren Fingern. «Wie hat denn Chiara darauf reagiert?»

Benjamin Fischer zögerte kurz, bevor er antwortete. «Sie war zwar enttäuscht, aber hat die Angelegenheit dann wohl ad acta gelegt.»

Tomma konnte sich nicht vorstellen, dass Chiara Lenhardt so leicht aufgegeben hatte. Besonders, weil ihre berufliche Existenz von der Diagnose abhing. Mit dem betroffenen Arzt würde sie sich darüber ausführlicher unterhalten. «Kennen Sie den Namen ihres behandelnden Arztes?»

«Er hieß Grenger oder Senger. Oder so ähnlich. Das müsste man aber relativ leicht herausfinden können, er hat eine Praxis in Butjadingen. Er ist auf Rheumapatienten spezialisiert.»

«Wissen Sie, ob sie ihn trotzdem angezeigt hat?» Sie würde dies später selbst überprüfen, war aber gespannt, ob Fischer davon wusste.

«Nein, von einer Anzeige hat sie abgesehen, zumindest weiß ich nichts davon. Das wäre auch ein aussichtsloses Unterfangen gewesen. Da muss man schon mehr in der Hand haben als eine bloße Vermutung.»

Tomma bedankte sich bei Benjamin Fischer für die Informationen und notierte sich seine Mobilnummer, falls sich weitere Fragen ergeben sollten. Kurz dachte Tomma an die Aspirin in ihrer Tasche, mit denen sie sich zurzeit über Wasser hielt. Vielleicht sollte sie ganz auf Tabletten verzichten, nur zur Sicherheit? Bisher hatte sie die Beipackzettel nie genau gelesen, sondern maximal überflogen. Ihre Nase kribbelte, sie musste niesen. Tomma deutete das als Zeichen, den Tablettenverzicht auf die Zeit nach den Ermittlungen zu verschieben.

Nachdem sie das Gespräch beendet hatte, blieb sie einen Moment sitzen. Sie hatte das Gefühl, dass die Neuigkeiten wichtig sein könnten, auch wenn sie die Informationen noch nicht richtig einordnen konnte.

Schließlich steckte Tomma den Notizblock ein und sah sich zum wiederholten Male in diesen Tagen im Büro um. Die Regale nahmen eine ganze Wand ein und bogen sich unter der Last der Fachbücher und Ordner, jeder Zentimeter war bedeckt.

Sie nahm sich jede Reihe einzeln vor und tastete mit der flachen Hand den Bereich zwischen Büchern und Wand ab. Während es für Spandorff sicherlich ein Klacks gewesen wäre, war sie für die zwei obersten Regale eindeutig zu klein, und sie musste für die Aktion einen Stuhl heranziehen.

Die Tür ging auf, und Jureks Kopf erschien im Rahmen. Überrascht verfolgte er, wie sie auf Zehenspitzen auf dem Stuhl stand, sich mit einer Hand am Regal festhielt und mit der anderen hinter die Bücher griff.

«Kann ich dir irgendwie helfen?»

«Nee, ich bin hier gleich fertig.» Der Stuhl wackelte bedrohlich, und Tomma konzentrierte sich darauf, das Gleichgewicht zu halten. «Was haben die Mitarbeiter gesagt?»

«Also, fast alle Aussagen stimmen mit Jacks Warrens Auskünften überein», begann er, ohne direkt auf ihre Frage einzugehen.

«Fast?», ächzte Tomma. Sie war mittlerweile beim obersten Regal angekommen und musste sich mächtig strecken. Staub wirbelte auf, und sie nieste.

«Chiara Lenhardt hat kurz mit einer Kollegin gesprochen, bevor sie fluchtartig das Büro verlassen hat.»

«Und was wusste sie zu berichten?», fragte Tomma abwesend und drehte sich kurz um. Mit ihren Fingern berührte sie etwas Raues, das sich anfühlte wie ein Stapel Papier.

Jurek hielt den Stuhl fest, auf dem sie stand. Anscheinend machte er sich Sorgen, dass die Aktion ein abruptes Ende nehmen könnte.

«Die beiden sind mehr oder weniger zusammengestoßen. Chiara Lenhardt hätte ausgesehen, als sei der Teufel hinter ihr her», fuhr er fort. «Sie habe sich immer wieder umgesehen, als fühlte sie sich von jemandem verfolgt.»

«Wo war das genau?» Tomma bekam den Stapel endlich zu fassen und zog die Hand aus dem Regal.

«Weiter hinten, bei den Kühlräumen. Chiara hat ihr wohl irgendetwas erzählt von einer Tür, die sie plötzlich nicht mehr öffnen konnte. Vielleicht war es ja so, dass …» Jurek beendete den Satz nicht und starrte auf das, was Tomma gerade zutage befördert hatte.

«Was zum Teufel …», sagte Tomma leise.

In ihrer Hand hielt sie ein dickes Bündel Hundert-Euro-Scheine, in der Mitte durch ein rissiges rotes Gummiband zusammengehalten. Mit dem Daumen blätterte Tomma die Geldnoten durch. Wie viel mochte das sein? Fünftausend Euro? Zehntausend?

Jureks Mund stand offen. «Wieso bewahrte sie so viel Geld im Büro auf?»

Tomma stieg vom Stuhl und schob ihn wieder zurück an den Tisch. «Das würde ich auch gerne wissen.»

«So was macht doch heute kein Mensch mehr!»

«Wahrscheinlich wollte sie nicht, dass es überwiesen wird. Damit wäre der Transfer auf dem Konto nachweisbar.»

Jurek schien immer noch nicht überzeugt und wog das Bündel Geldscheine abschätzend in seiner Hand.

Tomma griff sich ihre Tasche und kramte nach dem Autoschlüssel. «Die wichtigste Frage lautet jedoch nicht: ‹Wieso in bar?›, sondern: ‹Wo kommt das Geld her?› »

«*Sigara?*»

Da der türkische Kollege ihm eine Zigarettenschachtel vor die Nase hielt, kombinierte Spandorff, dass er ihm eine Kippe anbieten wollte.

Kurz warf er einen Blick an die Decke und suchte sie nach einem Rauchmelder ab, entschied dann jedoch, dass der Kollege sich hier sicherlich besser auskannte als er.

«Danke.»

Der Istanbuler Beamte gab ihm Feuer, und Spandorff inhalierte genüsslich. Dann wandten sie sich wieder den Bildschirmen zu und beobachteten, wie Drachner in ein Taxi stieg und dem Fahrer erklärte, dass er dem Wagen vor ihnen folgen sollte. Der ließ sich das nicht zweimal sagen und trat aufs Gaspedal.

Während Spandorff zunächst mit seiner Funktion als Hilfssheriff zufrieden gewesen war, hätte er nun lieber mit Drachner getauscht, statt der Aktion tatenlos in diesem Kabuff zusehen zu müssen.

Angespannt beobachtete er, wie der Wagen durch den Verkehr manövrierte. Es war bereits später Nachmittag, die Straßen waren verstopft vom Berufsverkehr, über die Bürgersteige schoben sich dichte Menschenmassen.

«Worüber reden Magnus Steffens und sein Geschäftspartner? Übers Business?», hörte Spandorff Drachners Stimme im Kopfhörer.

Gute Frage. Spandorff verstand kein Wort von dem englischen Gebrabbel. Die Männer hätten sich genauso gut auf Koreanisch unterhalten können.

Spandorffs Blick ging fragend zu seinem türkischen Kollegen.

«Small Talk», erwiderte dieser. «Und da der Fahrer offenbar der persönliche Angestellte von unserem Unbekannten ist, weiß er, wo er hinfahren muss. Ein Hotelname oder eine Adresse wurde nicht genannt.»

«Dann sollte er uns besser nicht durch die Lappen gehen», erwiderte Drachner, und seine Stimme klang angespannt. Er schien sich nicht darüber zu wundern, dass die Antwort nicht von Spandorff direkt kam.

Spandorff gab ihm in Gedanken recht. Wenn der Wagen ihnen entwischte, standen sie ganz am Anfang. Bisher hatten sie nichts vorzuweisen, außer dem vagen Verdacht, dass es bei diesem Gespräch um mehr gehen würde als um Verschiffungen der üblichen Güter.

Mittlerweile hatte sich der Taxifahrer an das schwarze Fahrzeug herangetastet. Soweit Spandorff es erkennen konnte, fuhr zwischen ihm und der Limousine nur noch ein weiteres Fahrzeug, ein heller Kleinwagen.

Der weiße Wagen bog ab, die dunkle Limousine fuhr weiter geradeaus.

Während Spandorff das Spektakel verfolgte, konzentrierte sich sein türkischer Kollege auf das Gespräch, das das Mikro in Magnus Steffens' Sakko übertrug. Doch die Fahrt in der Limousine verlief überwiegend schweigend.

Die Ampel sprang auf Rot, aber Drachner rief dem Taxifahrer zu, dass er nicht anhalten solle. Die tiefstehende Sonne schien nun direkt in die Windschutzscheibe, und einen Moment lang sah man nichts. Nach einer leichten Rechtskurve verschwand die Sonne hinter den Häusern und gab den Blick wieder frei auf die Straße.

Plötzlich kreuzte von links ein großer Lastwagen die Straße, der Taxifahrer legte eine Vollbremsung hin. Im letzten Moment kam das Taxi vor dem quer stehenden LKW zum Stehen. Reifen quietschten, Autos hupten.

Drachner stieg aus, das Hupkonzert wurde lauter. In Englisch brüllte er etwas zu dem LKW-Fahrer, das Spandorff nicht verstand. Eine gefühlte Ewigkeit später bewegte sich der Lastwagen endlich Meter für Meter weiter, sodass sie ihre Fahrt fortsetzen konnten.

Doch von der schwarzen Limousine war weit und breit nichts zu sehen.

Drachner fluchte und schlug mit der Hand auf das Armaturenbrett. «Verdammte Scheiße!»

Spandorff beobachtete den Bildschirm und kratzte sich über seinen Bart. Über die zweite Tonspur hörten sie nun Türenknallen und Gemurmel, dann Schritte.

«Sie können nicht weit sein, es klingt so, als wären sie gerade im Hotel angekommen», sagte Spandorff. «Frag den Fahrer mal, welche Hotels in der Nähe sind», sagte er und schnippte die Asche in ein Glas, das der türkische Kollege ihm wortlos rübergeschoben hatte, ohne den Blick von dem Bildschirm abzuwenden. «Vier Sterne aufwärts, darunter wird Steffens' Geschäftspartner nicht absteigen.»

Drachner sprach mit dem Fahrer, der ihn mit einem Schwall türkischer Wörter überschüttete und wieder aufs Gaspedal drückte.

Er bog einmal rechts und zweimal links ab und hielt

vor einem imposanten Eingangsportal, das von bunten Flaggen gerahmt wurde. Von der Limousine war nichts zu sehen.

Obwohl Spandorff ein dünnes Hemd trug, klebte die Kleidung unangenehm an seinem Körper. Die Luft in dem kleinen Raum war stickig. Da er jedoch keine Lust auf neugierige Blicke hatte, entschied er sich dagegen, die Tür zum Gang zu öffnen.

Im Taxi bedeutete Drachner dem Fahrer gerade, das nächste Hotel anzusteuern.

«Eine Chance haben wir noch, ansonsten wird der Vorsprung zu groß», knarzte seine Stimme in Spandorffs Kopfhörer.

Der Wagen war schon wieder auf der Hauptstraße angekommen und quälte sich durch den Verkehr. Nach einer Weile bog der Fahrer links ab und fuhr auf ein Gebäude mit Erkern, hohen Fenstern und einem eleganten, kreisrunden Vorplatz zu.

Spandorff wischte sich mit dem Handrücken über die feuchte Stirn und kniff die Augen zusammen, um die Details besser erkennen zu können. «Und?»

Drachner blieb zunächst still, und Spandorff verfolgte, wie er seinen Kopf hin und her bewegte, um die Fahrzeuge vor dem Hotel zu scannen. «Nichts», sagte er schließlich. «Die sind entweder ganz woanders oder haben den Wagen längst in der kühlen Tiefgarage abgestellt. Ich werde mal sehen, ob …»

Sein Satz wurde von dem Ausruf des Taxifahrers unterbrochen, der hektisch nach rechts zeigte. Die beiden wechselten einige Worte, bis Spandorff den Grund der Aufregung entdeckte: Die schwarze Limousine stand etwas abseits, die getönte Scheibe auf der Fahrerseite war heruntergelassen.

Blitzschnell sprang Drachner aus dem Wagen und ging zum Eingang.

Er steuerte auf den Empfang zu, legte seinen Ausweis auf den Tresen und fragte nach drei Personen, die vor wenigen Augenblicken hineingekommen seien.

Die Assistentin am Empfang schien unschlüssig, wie sie reagieren sollte, und sagte in akzentfreiem Englisch, dass sie ihm den Namen des Hotelgastes leider nicht geben könne.

Drachner tippte erneut auf seinen Ausweis und verlangte, umgehend ihren Vorgesetzten zu sprechen. Die junge Frau sah ihn erschrocken an, entschied, dass es wohl besser sei, die Angelegenheit zu übergeben, und verschwand.

Kurz darauf näherte sich ein älterer Herr, der sich als Empfangschef vorstellte. Er sah auf Drachners Dienstausweis und verlangte seinen Personalausweis, den er kopierte. Dann, nach einer halben Ewigkeit, in der er unter anderem ein Telefonat mit der Istanbuler Kripo führte, sah er in den Computer.

«*The person you are looking for is Mr. Shebani*», sagte er.

«*Could you write that down for me? With the first name?*», fragte Drachner.

Der Empfangschef nahm einen Zettel, schrieb den Namen in Druckbuchstaben auf und schob das Papier wortlos über den Tresen.

«*Thank you!*» Drachner ging zurück in die Lobby und ließ sich in einen Sessel fallen. «Unser Mann heißt Shebani», sagte er, «der Vorname ist Khaled.»

In seinem Messe-Kabuff starrte Spandorff konzentriert auf den Bildschirm und gab den Namen bei INPOL ein. Es gab zwar gewisse Speicherungsfristen, aber wenn Shebani in den letzten Jahren auffällig geworden war, würde Spandorff es in Kürze wissen. Mittlerweile rann ihm der Schweiß den Rücken hinunter. Er griff nach der Wasserflasche, doch sie war leer.

Drachner wippte schon wieder ungeduldig mit dem Fuß. Die Kamera wackelte.

«Himmel, kannst du nicht einen Moment still sitzen?», entfuhr es ihm, während er konzentriert den Eintrag anklickte. Drachner erwiderte nichts, aber die Kamera wackelte nicht mehr.

«Und? Ist was dabei?»

«Oha ...» Spandorff kratzte sich am Kinn und scrollte mit der Maus weiter nach unten.

«Was denn?»

Spandorff blies die Backen auf. «Womit soll ich anfangen? Mit seiner Bewährungsstrafe wegen Erpressung? Oder seiner Baufirma in Tripolis?»

«Tripolis?» Drachner ächzte. «In Libyen?»

«Genau», sagte Spandorff. Neben ihm knackte der türkische Kollege mit den Fingern.

«Besteht gegen Libyen nicht ein EU-Waffenembargo?», fragte Drachner aufgeregt. «Wenn Steffens sich auf so einen Deal einlässt, warten riesige Gewinnspannen. Die Lage ist zurzeit völlig unübersichtlich.» Er schnalzte mit der Zunge. «War Shebani schon mal in Waffengeschäfte involviert?»

«Nö», sagte Spandorff und wedelte mit der Hand, um eine hartnäckige Fliege zu verscheuchen.

«Worüber reden Steffens und Shebani denn gerade?»

Spandorff hörte Gemurmel und Geraschel, offenbar war man in der Suite angekommen und machte es sich gerade bequem.

Dann wurde es plötzlich still.

Spandorff stutzte. Unbekannte Stimmen waren zu hören,

dazu ein Geräusch, das wie das Rollen eines Koffers klang, und das Gedudel in einem Fahrstuhl.

«Auf der Leitung ist Ruhe», sagte Spandorff. Verdammt, was war hier los? Hatte Steffens es sich anders überlegt und trat den Rückzug an?

«Ich habe Besuch in der Lobby», meldete sich plötzlich Drachner. «Der junge Kerl, den Steffens den ganzen Tag über im Schlepptau hatte, geht Richtung Ausgang.»

Spandorff schwante Böses. «Hat er etwas dabei? Unterlagen? Eine Jacke?»

Drachner fluchte. «Ein Sakko. Es sieht aus wie das von Steffens.»

«Scheiße!» Spandorff trat vor Wut gegen den Mülleimer.

Der türkische Kollege neben ihm zuckte merklich zusammen, und er hob entschuldigend die Hände.

Spandorff fühlte sich ausgepowert. Dass die Tonüberwachung nicht geklappt hatte, war mehr als ärgerlich. Dadurch waren ihnen wichtige Informationen entgangen.

Und doch hatte sich die Tour nach Istanbul gelohnt. Sie wussten nun, dass Steffens über Kontakte nach Libyen verfügte, und sie kannten den Namen des Geschäftspartners. Außerdem gab es Fotos, die die beiden im Gespräch zeigten. Jurek hatte ihnen in der Zwischenzeit den Namen des jungen Mannes durchgegeben, der Steffens unablässig an den Fersen klebte: Clemens Lasskamp, sein Assistent.

Spandorff ging in einen Kiosk und kaufte zwei Schachteln Marlboro – seine letzten Zigaretten hatte er mit seinem türkischen Kollegen im Messe-Kabuff geraucht – und kramte nach seinem Geld, als sein Blick auf die Postkarten auf dem Tresen fiel. Er kaufte eine Karte, die die Blaue Moschee in der Abendsonne zeigte, und noch eine Cola. Dann setzte er sich auf eine Steinmauer, die die Straße von einem Spielplatz abgrenzte.

Die Hitze des Tages hatte langsam nachgelassen, und es war kühler geworden. Ruhig war es deshalb noch lange nicht: Autos hupten, aus einem offenen Fenster drang laute Musik, und die Plätze vor den Restaurants füllten sich. Aus einer Küche zog der Geruch nach fremden Gewürzen. Die Sonne verschwand hinter den imposanten Moscheen der Altstadt.

Spandorff öffnete die Dose. Die Temperatur der Cola war genau richtig – kalt genug, um nicht zu süß zu sein –, und er leerte sie fast in einem Zug.

In den nächsten Tagen würde es darauf ankommen, die Bewegungen im Nordenhamer Hafen unter die Lupe zu nehmen. Nahm ein Schiff Kurs auf Tripolis?

Spandorff drehte die Postkarte um, klebte die Briefmarke darauf und zog einen Kuli aus der Innentasche seiner Weste. Ratlos strich er über seinen Bart. Was sollte er Sarah schreiben?

Minutenlang starrte er auf die weiße Fläche, die immer größer zu werden schien. Er hatte sich nie etwas aus Postkarten gemacht, sie weder gelesen, geschweige denn geschrieben. Was teilte man Freunden oder Verwandten wohl auf diesen Dingern mit?

Ein blauer Ball landete an seinem Bein, kurz darauf hüpfte ein kleines Mädchen auf ihn zu, die langen braunen Haare zu einem Zopf zusammengebunden. Spandorff lächelte sie an und hielt ihr den Ball hin. Unsicher sah sie ihn mit ihren dunklen Kulleraugen an, weiterhin auf einen maximalen Sicherheitsabstand bedacht, sodass er ihr den Ball schließlich zuwarf. Dankbar fing sie ihn auf und war kurz darauf hinter der Rutsche verschwunden.

Einen Moment lang wurde Spandorff melancholisch. Wie alt mochte die Kleine gewesen sein, etwa fünf? Es schien gar nicht so lange her zu sein, dass Sarah in dem gleichen Alter gewesen war. Ein richtiger Wirbelwind war sie gewesen. Es war fast kein Tag vergangen, an dem er nicht ein Pflaster auf Knie oder Ellbogen geklebt hatte, weil seine Tochter mal wieder gestolpert und hingefallen war. Damals waren sie eine Familie gewesen. Heute wusste er kaum mehr etwas von ihr. Wo zum Teufel war die Zeit geblieben?

Plötzlich hatte er eine Idee. Er legte die Karte auf sein Knie und schrieb einen einzigen Satz.

Dann schob er den Stift in seine Innentasche, warf die Karte in einen Briefkasten und ging pfeifend zurück zum Hotel.

«Senger + Praxis + Butjadingen» tippte Tomma und scrollte durch die Suchergebnisse.

Sie streckte ihre Beine unter dem Holztisch aus, warf einen Blick in den dampfenden Topf und stellte die Herdplatte etwas niedriger.

Bevor ihre Mutter aus ihrer Wohnung verschwunden war, hatte sie ihr eine Gemüsesuppe gekocht, die Tomma nun aufwärmte. Da sie seit Beginn der Erkältung fast durchgehend fror, freute sie sich auf die heiße Mahlzeit. Vielleicht war es ja Helmas Art, sich für den kleinen Überfall gestern Abend zu entschuldigen.

Einen Arzt mit den Namen Senger kannte Google in Butjadingen nicht, und Tomma versuchte es mit «Grenger». Bingo. Tomma klickte die Homepage an und wählte die Nummer. Da es mittlerweile fast zwanzig Uhr war, hinterließ sie eine Nachricht auf dem Anrufbeantworter und kündigte ihren Besuch für den nächsten Tag an.

Es klingelte an der Tür, und Tomma warf einen kurzen Blick auf die Wanduhr. Im Wohnzimmer lief die *Tagesschau*, und Bea hatte sich noch nicht bei ihr gemeldet. Wer kam um diese Zeit noch vorbei?

Tomma rührte die Suppe um und drückte den Summer. Kurz darauf bog Jan um die Ecke. Tomma war irritiert, mit ihm hatte sie als Letztes gerechnet.

«Ich war bei Berschat im Institut, wir haben zusammen den Schuss rekonstruiert. Und da dachte ich, dass ich dir die Ergebnisse ja auch direkt mitteilen kann. Oder passt es gerade nicht?»

«Doch, klar, komm rein!» Wenn sie ehrlich war, passte es ihr in der Tat nicht. Seit ihrer Begegnung mit Signe im Büro wusste sie nicht recht, wie sie sich ihm gegenüber verhalten sollte.

Jan warf seine Jeansjacke auf die Garderobe, ließ den Rucksack auf den Boden fallen und folgte ihr in die Küche. «Gut riecht's hier, was gibt's?»

«Suppe. Möchtest du etwas?»

«Nee, danke. Ich bin noch verabredet.»

Überraschung, mit wem wohl?, fügte Tomma in Gedanken hinzu und schlug einen geschäftsmäßigeren Ton an. «Was hat das Gespräch mit Berschat denn ergeben?»

«Tja, es war eher eine Demonstration als ein Gespräch. Mit einer Metallsonde.» Er rollte mit den Augen. «Und du kannst dir vielleicht vorstellen, wie akribisch der Doc den Schusskanal nachgestellt hat.» Jan verzog das Gesicht und wischte den Gedanken an das Prozedere mit einer Handbewegung beiseite. «Egal, ich erspar dir die Einzelheiten. Pass auf, *so* könnte es gewesen sein …» Er ging einen Schritt auf sie zu. Tomma wich zurück und stieß dabei an den Küchentisch. Irritiert zog er die Stirn in Falten. «Alles okay?»

«Sicher!» Es war ein Reflex gewesen, als ob ihr Körper automatisch reagierte, wenn der Jan-Sicherheitsabstand nicht eingehalten wurde.

«Sorry, wenn ich dich erschreckt habe», sagte Jan. «Ich wollte dir eigentlich nur den möglichen Ablauf der Tat demonstrieren.»

«In Ordnung, leg los!» Sie verzog das Gesicht zu einem dünnen Lächeln.

«Gut.» Er fasste Tomma an den Schultern und drehte sie so, dass sie aus dem Fenster sah und mit dem Rücken zu ihm stand. «Es gibt keine sternförmige Hautaufreißung, das hatte Berschat schon gesagt. Die Waffe ist also nicht aufgesetzt worden. Der Täter stand ein paar Meter entfernt von Nicola Sencker.» Er ging ein paar Schritte zurück bis zur Küchentür. «So etwa hier, in diesem Winkel», sagte er zufrieden. «Die Kugel traf das Opfer hinten rechts an der Schädeldecke, und zwar etwa ...» Er kam wieder auf sie zu. «... hier.» Tomma spürte einen sanften Druck am Hinterkopf. Ihr Körper verspannte sich.

«Das Geschoss trat nicht wieder aus, sondern bohrte sich in die Stirnhöhle, etwa hier ...» Er tippte auf Tommas Stirn. «Da wir den Tatort nicht kennen, fehlen wichtige Informationen wie Blutspuren et cetera. Ein paar Annahmen sind laut Berschat aber auch so möglich.»

Tomma spürte seinen warmen Atem im Nacken. Ihr Puls beschleunigte sich. «Nämlich welche?»

«Es gibt keine Hinweise auf einen Kampf. Das Opfer wurde möglicherweise von dem Schuss überrascht. Der Winkel, in dem die Kugel eingetreten ist, legt nahe, dass sie aufrecht gestanden hat.»

Tomma räusperte sich. Jans Anwesenheit in ihrer Wohnung und vor allem die körperliche Nähe zu ihm waren ihr zu viel. Also tat sie das, was sie in so einer Situation immer machte: mit wenigen Worten viel Distanz herstellen.

«Interessante Erkenntnisse. Aber hätte das nicht Zeit bis morgen früh gehabt?» Sie merkte selbst, dass ihre Stimme kalt und abweisend klang.

Jan drehte sie zu sich herum, sodass sie ihm direkt in die Augen sehen musste. «Wieso? Wo ist das Problem?»

«Gib mir solche Dinge doch künftig im Büro durch, ja? Wozu haben wir denn Dienstbesprechungen? Machen alle anderen Kollegen ja auch so!»

Wortlos starrte er sie an, in seinen eisblauen Augen spiegelte sich Unverständnis wider. «Wir haben wahrscheinlich einen Doppelmord! Und je eher wir die Informationen austauschen, desto besser. Außerdem waren wir schon mal mehr als Kollegen, schon vergessen?»

«Korrekt, aber du hast ja unkompliziert eine Nachfolgerin aus dem Hut gezaubert!» Sie verschränkte die Arme vor dem Brustkorb.

«Eine Nachfolgerin? Was genau ...?»

«Egal, es geht mich auch gar nichts an!» Sie schlug wieder einen lockeren Tonfall an. «Aber du hast ja gerade selbst gesagt, dass du noch verabredet bist. Statt dich in deiner Freizeit mit komplizierten Schussverletzungen herumzuschlagen, solltest du dich lieber um deine Freundin kümmern. Sonst wird ihr noch langweilig, und sie ist schneller wieder in Estland, als du bis drei zählen kannst.» Sie hoffte, dass ihr Lächeln nett und nicht fies rüberkam.

Regungslos stand Jan vor ihr. «Sag mal, was genau wirfst du mir eigentlich vor?»

Gute Frage. Darauf war sie jetzt nicht vorbereitet. Und

wenn sie ehrlich war, hatte sie darauf auch keine Antwort parat. Bea hätte sicherlich einen schlauen Vorschlag gehabt, aber die war gerade nicht zur Stelle.

«Vielleicht, dass ich mich um meinen Job kümmere?», fuhr er fort, jetzt ein bisschen lauter. «Oder dass ich wieder ein Privatleben habe, nachdem du dich entschieden hast, deines nicht mit mir zu teilen?»

So wie er das sagte, klang es verquer und irgendwie falsch.

«Hier geht es doch eigentlich um etwas ganz anderes! Vielleicht kannst du dein Scheiß-Schutzschild mal fallenlassen? Und deinen Zynismus ausknipsen, auch wenn du ihn dir mühsam antrainiert hast?»

«Welchen Zynismus?», setzte Tomma an, «ich habe keine Ahnung, wovon ...»

Ausnahmsweise widerstand sie dem Impuls, ihm sofort etwas entgegenzusetzen. Für einen klitzekleinen Moment dachte sie über seinen Einwand nach.

Dieses Gespräch nahm eine Wendung, die ihr ganz und gar nicht gefiel. Denn wenn sie ehrlich war, hatte sie durchaus eine Ahnung, wovon er sprach. Sie war eifersüchtig. Auf Signe. Und versuchte krampfhaft, davon abzulenken. Außerdem wollte sie sich nicht eingestehen, dass sie etwas für Jan empfand, weil sie das Risiko nicht eingehen wollte, wieder abzustürzen. Wie damals, bevor sie Jan kennenlernte. Drei Jahre lag die Geschichte mit dem Mann, den sie seitdem nur noch *den Mitbewohner* nannte, jetzt zurück.

«Tomma?» Jan sah sie abwartend an.

Doch sie antwortete nicht und grübelte weiter. Menschen wurden enttäuscht, hintergangen und verlassen, das passierte täglich und war die Quelle unzähliger Liebesschnulzen. Warum sollte es ihr besser gehen?

Das Kunststück, am selben Abend verlassen zu werden,

an dem man seinem Partner einen Heiratsantrag macht, bekam nicht jeder hin. Die Gruppe der Frauen, mit denen sie dieses Schicksal teilte, war sicherlich überschaubar.

Und doch war es an der Zeit, wieder Risiken einzugehen.

Klar, niemand gab ihr eine Garantie dafür, dass sie in der Zukunft nicht wieder verletzt werden würde. Und die Gefahr eines emotionalen Desasters war bei ihren Eigenschaften gar nicht mal klein. Aber dann hatte sich die Zeit dazwischen zumindest gelohnt! Und sie würde wenigstens nicht zu dieser Zicke mutieren, die anderen ihr Glück neidet. Zurzeit war sie auf jeden Fall auf dem besten Weg dorthin.

«Tomma?», fragte Jan erneut, seine Stimme wurde plötzlich sanft. Sein Gesicht war nur wenige Zentimeter von ihrem entfernt.

Tomma fiel der Abend ein, als sie sich im Loft kennengelernt hatten. Sie hatten getanzt, getrunken, gelacht. Und eine wunderbare Nacht miteinander verbracht. Wieso war in der Zwischenzeit alles so kompliziert geworden?

Ganz langsam neigte Jan den Kopf zu Tomma, ihr Herz klopfte.

«Vielleicht …», begann sie und setzte den Satz nicht fort. «Es könnte möglicherweise sein, dass …»

«Ja?»

Ihr Handy meldete sich, der Klingelton sagte ihr, dass es ein Anruf aus dem Büro war.

«Geh nicht ran.» Jans Stimme war rau, sein Arm berührte ihre Schulter.

«Das ist Jurek, es könnte wichtig sein.»

«Ruf später zurück.» Seine Lippen waren nur wenige Zentimeter von ihren entfernt.

Doch in dem Moment dachte Tomma an Signe und daran, dass sie jetzt in seiner Wohnung auf Jan wartete. Dass die beiden wahrscheinlich seit Wochen weit mehr teilten als ein kühles Bier am Küchentisch und die Begeisterung für *Revolverheld*.

Mit einem Ruck machte sie sich los und griff das Handy.

«Ja, Petersen?»

«Du klingst außer Atem. Hast du ein Wettgehen gemacht?»

Wahrscheinlich meinte er Wettrennen, aber Tomma war weder nach Wortspielen noch nach oberlehrerhaftem Korrigieren zumute.

«Alles gut hier. Was gibt es denn?»

«Ich habe die Telefonliste ausgewertet. Und nun rate mal, welche Nummer auffallend oft auftaucht, am Tag vor Nicolas Tod sogar sechs Mal?» Jurek konnte seine Begeisterung nur mit Mühe zügeln.

«Keine Ahnung, welche denn?»

«Die von Magnus Steffens!», sagte Jurek triumphierend.

«Steffens?», wiederholte Tomma verwundert und fing Jans überraschten Blick auf. «Was wollte der denn so Dringendes von Nicola Sencker?»

«Das sollten wir ihn unbedingt bald fragen!», sagte Jurek fröhlich.

DIENSTAG

Um zehn Uhr fünfundvierzig landete der Flieger in Hamburg. Der Flug war ruhig gewesen, die Landung sanft, und Magnus Steffens war bester Laune.

Der Fahrer wartete, nahm ihnen das Gepäck ab und gab ihm, wie gewohnt, die Tageszeitung. Auf der Fahrt nach Nordenham genoss Magnus die Ordnung und Struktur auf den Straßen und freute sich darüber, dass er nach zwei Tagen Istanbul wieder in Norddeutschland war.

Das Wetter war in der Türkei allerdings deutlich schöner gewesen, stellte er mit einem Blick durch die getönten Scheiben fest. Der Himmel war grau, die Sonne hinter den Wolken nicht zu sehen, und das Außenthermometer auf dem Armaturenbrett zeigte gerade einmal zwölf Grad an.

Mit seiner Frau hatte er vom Flughafen aus kurz telefoniert, und er ließ sich direkt ins Büro fahren. Ihr reichte es, wenn sie wusste, dass er sicher gelandet war. Und ihm wiederum genügte es, zu wissen, dass mit den Kindern alles in Ordnung war. Schon lange teilte er die Erlebnisse seiner Geschäftsreisen nicht mehr mit ihr. In den ersten Jahren hatte sie ihn noch ausgefragt und sich für jedes Detail interessiert. Nachdem ihr Leben und ihre Interessen immer weiter auseinandergedriftet waren, hatte sie es jedoch gelassen. Außerdem hatte sie irgendwann festgestellt, dass die wirklich interessanten Dinge wohl die waren, die er ihr nicht erzählte. Vereinzelte Anrufe und Abbuchungen von ihrem gemeinsamen Konto legten dies nahe – auch deshalb, weil er schlicht zu faul war, irgendwelche Spuren zu verwischen.

«Liegt heute noch ein Termin an?» Der Wagen glitt am Pförtner vorbei und hielt vor dem Haupteingang.

«Nein», sagte Clemens, der die ganze Zeit schweigend neben Magnus an seinem Laptop gearbeitet hatte. «Alle Sitzungen finden hier statt.»

Im Büro stellte Magnus Steffens die Heizung an, zum ersten Mal, seit der Sommer vorbei war, und ließ sich die Post geben. Unkonzentriert klickte er sich durch die Mails der vergangenen Tage. Kurze Zeit später erinnerte ihn Outlook an einen Termin mit Mira; seine Schwester wollte noch etwas mit ihm besprechen, bevor heute Nachmittag die Vorstandssitzung anberaumt war.

In seinem Hemd war ihm immer noch kalt, also legte er sich einen dünnen Wollpullover über und machte sich auf den Weg zu seiner Schwester.

Er hatte ein ungutes Gefühl, wie immer, wenn sie ihn sprechen wollte, obwohl es eigentlich keinen Grund gab, nervös zu sein. Er konnte ihr von den Geschäftsabschlüssen in Istanbul berichten und würde sich nach ihrem Sohn erkundigen, der in den kommenden Herbstferien irgendein Camp mit anderen dicken Kindern besuchen wollte, um endlich Anschluss zu finden.

Er nickte Wilbert zu, der nur kurz aufsah und sich nicht einmal Mühe gab, ein freundliches Gesicht aufzusetzen. Blödmann. Durch ihn, Magnus, hatte er den Job überhaupt erst bekommen. Eigentlich hatte Magnus sich dadurch einen direkten Zugang zu internen Informationen versprochen, aber irgendwie hatte der Junge einen Narren an seiner Chefin gefressen und war ihr gegenüber loyal bis zum Gehtnichtmehr.

«Mira, schön, dich zu sehen. Gut siehst du aus!»

Das war eine glatte Lüge. Ihr Gesicht war blass, die sonst so korrekt frisierten kinnlangen Haare klebten strähnig am Kopf, und unter ihren Augen lagen dunkle Schatten. Himmel, wie konnte man sich nur so gehen lassen?

«Lass den Small Talk, Magnus.»

Sie knallte einen Stapel Blätter auf den Schreibtisch und kam direkt zur Sache. «Kannst du mir sagen, was es hiermit auf sich hat?» Ihre Stimme zitterte, wie immer, wenn sie aufgeregt war.

Er zog die Papiere zu sich heran und blätterte sie oberflächlich durch. «Rechnungen?», fragte er vage.

«Richtig, und zwar eine ganze Menge davon.» Sie stemmte die Hände in die Hüften, als hätte sie ihn auf frischer Tat ertappt. Allerdings war Magnus nicht ganz klar, wobei eigentlich.

Sie schnappte sich den Papierstapel. «Mietkosten für das exklusive Büro in Citylage in Singapur, Büromöbel, eine Rechnung des Headhunters, zehn neue Rechner, natürlich Apple, diverse Verträge mit der Telefongesellschaft.» Sie ließ die Papiere einzeln auf den Schreibtisch fallen, eins landete auf seinem Schoß.

Er verstand immer noch nicht. Und deswegen regte sie sich so auf? Diese Kosten würden sie doch dreifach wieder reinbekommen, wenn das Geschäft erst mal anlief!

«Aber das Beste ist das hier!», fuhr sie fort und hielt ein weiteres Blatt in die Höhe.

Mist, das sollte sie eigentlich nicht in die Finger bekommen. Welcher Vollidiot hatte es denn an sie beide adressiert?

Damit wollte er seine Schwester eigentlich erst konfrontieren, wenn die finanzielle Lage wieder etwas rosiger aussah.

«Hongkong, ja?» Miras Gesicht hatte mittlerweile die Farbe einer reifen Tomate angenommen, und auf ihrer Stirn glänzte der Schweiß. «Du willst das ganze Programm also auch in China durchziehen? Willst uns mit deinem kopflosen Expansionskurs noch weiter in die Miesen reiten?»

Sie schleuderte auch dieses Dokument auf den Schreibtisch, was jedoch seine Wirkung verfehlte, weil es so langsam nach unten segelte, dass Magnus es leicht auffangen konnte.

Theatralisch ging sie zum Fenster und drehte ihm den Rücken zu, der in den vergangenen Jahren stetig breiter geworden war, wenn er sich nicht täuschte. Warum regte sie sich immer wieder über solche Kleinigkeiten dermaßen auf? Es wurde Zeit, dass er die Regie übernahm und die Dimensionen geraderückte. Zumindest einer von ihnen sollte einen klaren Kopf behalten.

«Bist du fertig?», fragte er kühl.

«Nein.» Mira wandte sich ihm wieder zu. Ihr Gesichtsausdruck hatte sich verändert, was Magnus beunruhigend fand.

«Ich will, dass ab sofort alles über meinen Schreibtisch geht, ohne Ausnahme. Jeder Vertrag wird künftig beide Unterschriften tragen oder keine. Jede Investition wird mir vorgelegt. Auf der Sitzung heute Nachmittag werde ich einen entsprechenden Antrag stellen. Die Zustimmung des Aufsichtsrates habe ich bereits eingeholt.»

Magnus stand der Mund offen.

«Ich habe mich jahrelang von dir verarschen lassen und mache das nicht mehr mit. Morgen beginnt eine neue Ära. Für das Unternehmen und auch für dich.»

Magnus lief es eiskalt den Rücken hinunter. Wie konnte

sie es wagen, ihn so zu demütigen? Wenn sie davon ausging, dass er künftig wegen jedem Cent zu ihr trotten und um ihre Unterschrift betteln würde, hatte sie sich aber geschnitten!

Magnus kochte innerlich, zwang sich aber, nach außen ruhig zu bleiben. Er musste sich seine nächsten Schritte genau überlegen. Ihm war klar, dass sie die Möglichkeit hatte, ihn stärker zu kontrollieren. Dass sie es bisher noch nicht getan hatte, hing mit ihrer Gutgläubigkeit und ihrer Überzeugung, dass er alleine sowieso nichts schaffen würde, zusammen.

Dumm nur, dass ihr verzweifelter Versuch, die Geschäftsführung stärker an sich zu reißen, ihr nicht weiterhelfen würde. Die Deals, die Magnus eingefädelt hatte, würden ein Erfolg werden, ganz besonders einer. Und dann würde er als derjenige dastehen, der den richtigen Riecher gehabt und entschlossen gehandelt hatte. Während sie ihren kleinkarierten Kurs der Kontrolle fuhr, würde er Taten sprechen lassen. So würde er den Aufsichtsrat wieder auf seine Seite ziehen.

Ganz langsam erhob Magnus sich. «In Ordnung.»

Miras Oberlippe zitterte ein wenig, und ihre Augenbrauen schnellten in die Höhe, so als wollte sie sagen: «Wie, das war's schon?»

Sie stand hinter dem Schreibtisch, die Fingernägel mit dem abgesplitterten dunkelroten Lack gruben sich in die Lehne des Lederstuhls.

«Wir sehen uns nachher bei der Sitzung.» Als er ihr Büro verließ, spürte er, wie sich ihr Blick in seinen Rücken bohrte. Aus den Augenwinkeln nahm er bei Wilbert ein angedeutetes Lächeln wahr. Die Wut saß wie ein schwerer Klumpen in seinem Magen.

Er wusste, dass der Auftritt eigentlich nicht zu Mira passte und sie wahrscheinlich viel Kraft gekostet hatte. Sie würde die Entscheidung in den nächsten Wochen zwar durchziehen, denn für eine Kursänderung war sie viel zu konsequent, aber sie würden leise Zweifel beschleichen. Umso besser für ihn. Diese Unsicherheit würde auch den Mitgliedern des Aufsichtsrates nicht entgehen. Erst recht, wenn Miras Kurs nicht zum Erfolg führte. Und davon war er überzeugt.

Sollten diese Kleingeister sich ruhig für kurze Zeit einig sein.

Sein Triumph würde später umso größer ausfallen.

Tomma befestigte ein Foto von Khaled Shebani am Whiteboard und zog einen Pfeil zu dem Bild von Magnus Steffens. Die Wand füllte sich langsam.

Als sie sich umdrehte, sah sie in die Gesichter ihres Teams – Spandorff, Drachner, Jan, Jurek und Jörg Trimborn blickten sie erwartungsvoll an. Nachdem sie die Informationen zusammengefasst hatte, sodass alle auf demselben Stand waren, ging es nun um die nächsten Schritte.

Die Tür ging auf, und Falke vom Hannoveraner LKA steckte den Kopf ins Büro. Er gab Drachner ein Zeichen, woraufhin dieser den Raum verließ.

«Dann läuft zurzeit alles auf Steffens hinaus?» Ulrich Spandorff hatte die Füße auf den Schreibtisch gelegt und spielte mit einem Kuli.

Tomma war genervt von seiner aufgesetzten, betont lässigen Art. Konnte er sich nicht einfach vernünftig auf seinen Stuhl setzen?

«Es sieht so aus», erwiderte sie kühl. «Falls Nicola Sencker von den Waffengeschäften wusste und damit zur Polizei gehen wollte, hätte er ein starkes Motiv. Und falls sie ihn erpresst hat, auch.»

«Und auch die Gelegenheit», ergänzte Jurek, der heute in seinem geringelten Shirt geradezu brav aussah. «Ich bin die Mitgliederliste des Butjadinger Yachtclubs durchgegangen. Auch Steffens steht drauf. Er hat dort ein Motorboot liegen.»

«Das heißt, er könnte Nicola Sencker umgebracht und ihre Leiche anschließend in der Nordsee versenkt haben», sagte Tomma.

«Das würde dazu passen», warf Spandorff ein, «dass die Leiche nicht weit vom Wattensteg entfernt ins Wasser gelassen worden ist.»

«Doch wie fügt sich Chiara Lenhardt ins Bild?» Tomma kratzte sich am Hinterkopf. «War der Brand doch ein Zufall, der nicht mit Nicola Sencker zusammenhängt?»

«Wahrscheinlicher ist doch, dass sie mit drinhängt! Vielleicht wusste sie etwas, wofür sie Schweigegeld bekommen hat», warf Jurek ein. «Denkt an das Geldbündel in ihrem Büro.»

«Ich habe außerdem noch mal mit meinem Kollegen in Bremerhaven telefoniert und habe ihn um eine Einschätzung gebeten», meldete sich Jörg Trimborn zu Wort. «Es gibt auch Möglichkeiten, ein Feuer zu legen, ohne irgendwelche Rückstände zu hinterlassen.»

«Nämlich welche?» Jan, der sich bisher nicht an dem Gespräch beteiligt hatte, drehte sich zu ihm um. Auch gestern war er nach ihrem Telefongespräch mit Jurek ungewohnt schweigsam gewesen, hatte sich knapp verabschiedet und war dann aus ihrer Wohnung verschwunden. Tomma war klar, dass sie jetzt an der Reihe war.

Jörg Trimborn schob seine Brille auf die Nasenwurzel. «Mein Kollege erinnerte sich an einen ähnlichen Fall, bei dem auch ein Reetdachhaus in Brand geraten war. Es stellte sich heraus, dass der Feuerteufel eine ganz einfache Methode gewählt hatte.»

«Die da wäre?», warf Spandorff ein, der es hasste, wenn jemand nicht sofort auf den Punkt kam.

«Eine Zigarette.» Trimborn stellte sein klingelndes Handy auf lautlos.

«Aber dann hättest du doch zumindest einen Filter finden müssen», warf Jan ein.

«Nicht bei einer selbstgedrehten», widersprach Trimborn. «Es funktioniert so: Man umwickelt eine Zigarette mit Streichhölzern und lässt sie so lange herunterbrennen, bis die Streichholzköpfe sich entzünden. Wenn man dieses Gemisch zum Beispiel in die Überstände des Reetdaches steckt, dann entzündet sich das Dach. Das Feuer breitet sich auf den Wohnraum aus. Und zwar schneller, als du gucken kannst. Und das Gemisch verbrennt vollständig.»

«Das würde aber immer noch bedeuten, dass derjenige von Chiara Lenhardts fehlendem Geruchssinn wusste», warf Tomma ein. «Sonst macht es keinen Sinn.»

«Wie wäre es mit folgender Version: Nicola Sencker hat Chiara Lenhardt von den Waffengeschäften erzählt.» Spandorff lehnte sich so weit zurück, dass Tomma schon befürchtete, er würde jeden Moment mit dem Stuhl zusammenkrachen. Das wäre ihm vielleicht eine Lehre. «Die beiden wollten entweder zur Polizei gehen oder ein Stück vom Kuchen abhaben, wobei ich zweiteres für realistischer halte, weil es die Kohle in ihrem Büro erklären würde», fuhr er fort. «Die Anosmie könnte Nicola Sencker ihm gegenüber doch mal erwähnt haben. Laut Jack hat sie ja kein Geheimnis daraus gemacht, und Nicola Sencker hat es vielleicht mal in irgendeinem Zusammenhang erwähnt, ohne sich etwas dabei zu denken.»

«Und dass Steffens und Nicola Sencker viel mehr Kontakt hatten, als er zunächst zugegeben hat, wissen wir spätestens seit der Auswertung der Telefonliste», brachte Jurek seinen Ermittlungserfolg noch einmal dezent zur Sprache.

Die Tür flog auf, und Drachner betrat wieder den Raum, mit einem breiten Grinsen im Gesicht. Wortlos setzte er sich, verschränkte die Arme vor dem Brustkorb und streckte seine Beine aus.

«Hast du vor, deine gute Laune mit uns zu teilen?», kam es von Spandorff.

«Tripolis. Baumaschinen. Morgen.» Drachner machte das Victory-Zeichen.

«Glückwunsch!» Spandorff setzte sein breitestes Grinsen auf und formte mit seiner rechten Hand ebenfalls ein V.

Irritiert sah Tomma von einem zum anderen. Was war denn hier passiert? Hatten die beiden in Istanbul den Grundstein für eine solide Männerfreundschaft gelegt?

«Gibt's dafür auch eine Übersetzung?», fragte sie lakonisch.

«Morgen früh gegen sechs Uhr verlässt ein Containerschiff die Nordenhamer Hafengesellschaft Richtung Libyen. Zielort ist Tripolis. An Bord sind Bauelemente und Maschinenteile, offenbar für ein Geschäftsgebäude. Falke war fleißig. Es hat sich gelohnt, die Telefone anzuzapfen.» Drachners Grinsen wurde noch breiter.

«Ich kann mir kaum vorstellen, dass Waffen an Bord sind», gab Tomma zu bedenken.

«Warum?» Drachners Augenbrauen schnellten in die Höhe.

«Das Gespräch auf der Messe ist gerade mal zwei Tage her. Nicht gerade viel Zeit für ein Waffengeschäft, oder?»

«Stimmt. Das Risiko einer Bruchlandung ist nicht klein», pflichtete Jurek ihr bei.

«Das sehe ich nicht so.» Drachners Gesichtsausdruck wurde ernst. «Zum einen: Wenn der Vertrag in groben Zügen festgezurrt war und nur noch die Frage der Waffenlieferung geklärt werden musste, ist es ein Leichtes, die Fracht anzupassen. Und zweitens: Steffens weiß nicht, dass wir uns weiterhin für ihn interessieren. Er hat keine Ahnung, dass wir die Verbindung zu Shebani kennen und Fotos von den Gesprächen haben. Und vor allem ist ihm nicht bekannt, dass wir einen Hinweis erhalten haben ...»

«... aus anonymer Quelle, von der wir nicht wissen, ob sie sich noch einmal meldet», warf Tomma ein.

«Das Wichtige ist doch: Steffens weiß nicht, dass jemand die Verbindung zur NHG aufgezeigt hat!», unterstützte Spandorff seinen neuen Kumpel.

«Wenn er nicht ganz blöd ist, kann er sich trotzdem denken, dass seine Firma unter Beobachtung steht.» Jan entwirrte das Kabel seines iPods.

«Es wird schließlich nicht jeden Tag eine Mitarbeiterin seiner Firma ermordet.» Tomma warf ihm einen dankbaren Blick zu.

Drachner schüttelte langsam, aber bestimmt den Kopf. «Aber zu ihm gibt es bisher doch keinerlei Verbindung! Ich bleibe dabei: Wir sollten es auf jeden Fall probieren.»

Tomma war immer noch nicht überzeugt. «Wenn wir nichts finden, stehen wir wieder ganz am Anfang. Über eine anonyme Mail und die dünne Verbindung zu Shebani würde ein Richter sich kaputtlachen. Auch die Annahme, dass Nicolas Mord damit zu tun hat, ist bisher eine reine Hypothese.»

«Wir werden etwas finden», sagte Drachner. «Und dann kommt ihr auch in dem Mordfall weiter.»

«Das bedeutet aber auch, dass wir bei Steffens noch die Füße still halten müssen. Wir dürfen ihn vor der Aktion nicht befragen!», kam es von Spandorff.

Tommas Gefühl sagte ihr zwar eher, dass die Hinweise nicht ausreichten und das Risiko zu groß war. Aber Drachner war der Experte, und er wusste schon, was er tat.

«In Ordnung», gab sie nach. «Aber egal, wie die Sache ausgeht: Danach konfrontieren wir Steffens mit der Telefonliste. Und wir nehmen sein Boot auseinander.» Sie warf Jan einen kurzen Blick zu, der sich gerade einen Kopfhörer des iPods einstöpselte. «Wenn er Nicola Senckers Leiche mit seinem Boot loswerden wollte, werden wir es nachweisen können.»

Auf dem Weg zum Butjadinger Yachtclub legte Tomma einen Zwischenstopp in der Praxis von Dr. Grenger ein. Sie wollte sich einen Eindruck verschaffen von dem Mann, gegen den Chiara Lenhardt vor einigen Jahren so massive Vorwürfe erhoben hatte.

Sie hielt in Burhave und parkte ihren Wagen. Praktischerweise gab es direkt nebenan eine Apotheke, sodass Tomma die Chance nutzte und sich mit Erkältungsbad, Aspirin und Hustensaft eindeckte. Dann klingelte sie bei der Praxis.

Drinnen empfing sie ein Geruch nach Desinfektionsmitteln und Medikamenten, sodass ihr umgehend flau im Magen wurde. Hartmut Grenger schien sie schon erwartet zu haben, denn seine Sprechstundenhilfe – eine Mittfünfzigerin mit schwarzem Kurzhaarschnitt und Feldwebelstimme – lotste sie direkt in das komplett in Weiß gehaltene Behandlungszimmer.

Nachdem Tomma ihr Anliegen geschildert hatte, atmete Grenger – ein kompakter Mann in den Sechzigern in dunkler Jeans, weißem Poloshirt und Gesundheitsschuhen – tief ein.

«Tja, was soll ich sagen?», setzte er an, nahm sein Stethoskop ab und legte es auf den Tisch. «Chiara Lenhardt war viele Jahre bei mir in Behandlung, bis zu diesem ...», er suchte nach den richtigen Worten, «... Zwischenfall.»

«Das ist aber eine sehr vorsichtige Formulierung», sagte Tomma und versuchte, die Schaubilder, die alle erdenklichen Fehlbildungen der Wirbelsäule zeigten, zu ignorieren. «Streng genommen hat Chiara Lenhardt Ihnen vorgeworfen, sie mit falschen Medikamenten behandelt zu haben. Wenn sie dafür Beweise gehabt hätte, hätte das Ihrem Ruf erheblich geschadet.» Und Ihre Karriere wahrscheinlich beendet, fügte sie in Gedanken hinzu.

War Grengers Gesichtsausdruck bis eben noch offen und freundlich gewesen, fiel nun ein dunkler Schatten über sein gebräuntes Gesicht.

«Natürlich hätte es das. Die Vorwürfe waren massiv. Aber sie waren völlig aus der Luft gegriffen. Ich habe damals sofort kooperiert, habe ihr nicht nur alle Rezepte und Informationen über die Wirkstoffe zur Verfügung gestellt, sondern sogar angeboten, einen Gutachter zu bezahlen!»

«Was haben Sie sich denn davon versprochen?» Tomma kramte schon wieder nach einem Taschentuch. Hier in der Praxis erschien ihr die Erkältung plötzlich deutlich schlimmer zu sein. Das war schon früher so gewesen: Sobald sie eine Arztpraxis betrat, wurde sie erst richtig krank.

«Ich wollte endlich Ruhe haben und hatte gehofft, dass ein unabhängiger Experte bestätigen würde, dass an den Vorwürfen nichts dran war.»

«Hat sie das Angebot angenommen?» Tomma schnäuzte sich die Nase.

«Nein. Sie hatte wohl einen anderen Arzt an der Hand, der ihr versichert hat, dass sie auf dem Holzweg war.»

Das Telefon auf seinem Schreibtisch blinkte, doch er ignorierte es. «Wissen Sie, ich hatte durchaus Verständnis für Chiara Lenhardt. Eine plötzlich auftretende Anosmie, und das bei ihrem Beruf ...» Er ließ den Satz unvollendet und schlug die Beine übereinander, wobei sein Schuh auf dem Linoleumboden quietschte. «Das war sicher bitter für sie.»

«Hat sie Sie damals eigentlich angezeigt?»

«Nein. Aber sie hätte mit einer Anzeige wohl auch keinen Erfolg gehabt. Das sagte zumindest mein Anwalt.»

«Hatten Sie danach noch einmal Kontakt zu Chiara Lenhardt?»

Es klopfte an der Tür, und die burschikose Sprechstundenhilfe gab ihm ein kurzes Zeichen. Er nickte und bedeutete ihr, dass es nicht mehr lange dauern würde.

«Nach diesem Zwischenfall war das Vertrauensverhältnis natürlich gestört, und sie hat die Behandlung bei mir abgebrochen. Das ist ja auch verständlich.»

Tomma überlegte. «Was könnte denn ein Grund sein für eine plötzliche Anosmie?»

Grenger rutschte in seinem Stuhl hin und her. «Das kann ich Ihnen nicht genau sagen. Manchmal verlieren die Patienten nach einer besonders schweren Grippe den Geruchssinn. In der Tat kann eine Anosmie auch eine Nebenwirkung sein, etwa von starken Antidepressiva. Dann tritt sie allerdings meist vorübergehend auf. Da Frau Lenhardt nach dem Vorfall jedoch nicht mehr bei mir in Behandlung war, kann ich Ihnen nicht sagen, ob dazu weitere Untersuchungen durchgeführt worden sind.» Er hob entschuldigend die Hände. «Die Damen am Empfang geben Ihnen gleich gerne die Kontaktdaten des derzeit behandelnden Arztes, an den ich die Unterlagen geschickt habe.»

«In Ordnung, danke.» Doch eine Frage hatte sie noch. Sie kramte in ihrem Lederbeutel nach ihrem Handy und suchte ein Bild von Nicola Sencker.

«Kennen Sie diese Frau? War sie vielleicht schon mal bei Ihnen in der Praxis?»

Grenger setzte eine Lesebrille auf und betrachtete das Foto. «Nein, tut mir leid.»

Bevor Tomma die Praxis verließ, sprach sie noch einmal kurz mit der Arzthelferin. Auf die Frage, ob sie Nicola Sencker schon einmal gesehen habe, schüttelte sie mit Blick auf das Handydisplay zwar den Kopf, versprach aber, ihre Kolleginnen zu fragen. Tomma mailte ihr das Foto und verabschiedete sich.

Als Tomma kurz darauf den Butjadinger Yachtclub erreichte, bot sich ihr ein trostloses Bild. Über den Himmel zogen dunkle Wolken, der Wind hatte das Wasser aufgewühlt und schubste die Boote, die an den beiden Holzstegen lagen, hin und her. Die meisten Boote befanden sich jedoch schon im Winterlager, wo sie in den nächsten Monaten repariert wurden oder einen frischen Anstrich bekamen. Auf dem Rasen bewegte sich eine Schaukel quietschend im Wind. Vor dem nächsten Frühjahr würde sich keiner die Mühe machen, sie zu ölen.

Das Clubhaus war verschlossen, und kurz ärgerte Tomma sich darüber, dass sie nicht vorher angerufen hatte. Doch dann entdeckte sie Andreas Kubiak, der seinen Wagen etwas entfernt geparkt hatte und ein zusammengefaltetes Segel in seinen Kofferraum stopfte.

«Herr Kubiak?»

Erschrocken drehte er sich um. Man konnte ihm ansehen,

dass er nicht gerade begeistert war über den Besuch der Kommissarin, aber das konnte Tomma ihm auch nicht wirklich verdenken.

«Ich hätte noch eine kurze Frage zu Hannes Brecht. Würden Sie ihn als cholerisch bezeichnen?»

«Cholerisch?» Kubiak wirkte überrascht. Er schob das Segel in den Kofferraum. «Hannes ist manchmal aufbrausend, das schon. Aber er ist jetzt nicht krank oder so, falls Sie das meinen.» Kubiak klemmte einen Eimer Farbe zwischen Fahrersitz und Rückbank und schlug die Tür seines Volvos zu. «Außerdem, ohne jetzt im Nachhinein schlecht über sie reden zu wollen, Nicola war auch nicht gerade zimperlich. Sie hatte ein Selbstbewusstsein von hier bis Meppen – und hat ihre Interessen immer lautstark vertreten. Erst letzte Woche hatte sie eine Auseinandersetzung mit Gessen», fuhr Kubiak fort, «hier beim Clubhaus.»

«Worum ging es denn dabei?» Ihre Haare versperrten Tomma nach einem Windstoß die Sicht, und sie strich sie aus dem Gesicht.

Kubiak lehnte sich an den Wagen. «Nicola war wohl sauer, weil Ludwig in der nächsten Saison Anspruch auf ihren Liegeplatz erhob. Sie wollte ihn behalten, das hat sie zumindest so zu mir gesagt.»

Tomma reichten diese Auskünfte, und sie verabschiedete sich. Auf dem Weg über den Rasen zurück zum Wagen trat Tomma in eine Erdkuhle. Fluchend zog sie den rechten Fuß aus dem Matsch, während ihr Strumpf das dreckige Wasser aufsog. Wenn sie gleich im Wagen nicht die Heizung aufdrehte, würde diese Aktion ihrer Erkältung den Rest geben. Andreas Kubiak fuhr an ihr vorbei, und Tomma sah dem Volvo kurz hinterher, bevor sie den Wagen aufschloss und sich in den Sitz fallen ließ. Ihr Handy klingelte.

«Rate mal, wer uns gerade besucht hat?», fragte Jurek.

«Na, sag schon.» Tomma rubbelte mit einem Taschentuch den Dreck von ihrem Schuh.

«Julian Velber, zusammen mit seiner Mutter.»

«Wer ist das?» Argwöhnisch beobachtete sie eine Möwe, die es sich auf der quietschenden Schaukel bequem gemacht hatte und neugierig zu ihr hinübersah.

«Der Abiturient, der Nicola Sencker am Wattensteg gefunden hat.»

Tomma sah sich nach einem Mülleimer um, fand jedoch keinen, sodass sie das dreckige Taschentuch schließlich in den Fußraum warf. «Und, was wollte er?»

«Er hat das Handy vorbeigebracht, das er für seine Freundin aus dem Wasser gezogen hat.»

«Und was sollen wir damit?», fragte Tomma verständnislos, ließ den Motor an, drehte die Heizung hoch und fuhr los.

«Tja, es gehört gar nicht seiner Freundin!»

Ungläubig legte Tomma den zweiten Gang ein. «Und damit kommt er erst jetzt? Der spinnt ja wohl! Damit hat er möglicherweise ermittlungsrelevante Beweise zurückgehalten.»

«Er war zuerst richtig geschockt und wollte nichts mehr mit der ganzen Sache zu tun haben», fuhr Jurek fort. «Julian hat das Handy dann anscheinend beiläufig im Gespräch mit seiner Mutter erwähnt. Und die hat sofort reagiert und angerufen.»

«Und nun liegt das Handy bei dir auf dem Schreibtisch.» Tomma setzte den Blinker und verließ Fedderwardersiel.

«Nicht ganz. Jan hat es eben mitgenommen», sagte Jurek. «Es besteht eine klitzekleine Chance, dass es Nicola Sencker gehört. Jan versucht gerade die Daten zu retten.»

Nachdem Tomma das Gespräch beendet hatte, telefonierte sie noch kurz mit Spandorff, der zusammen mit Drachner die Aktion am Hafen vorbereitete. Es würde ein Großeinsatz werden: Neben der Kripo und dem LKA würde auch die Wasserschutzpolizei aus Brake mit dabei sein. Da der Zugriff nur auf dem Wasser erfolgen konnte, würden die Kollegen eine wichtige Rolle spielen.

Zu Hause angekommen, beschloss Tomma, ein Bad zu nehmen und danach früh ins Bett zu gehen. Der Wecker würde am nächsten Morgen bereits um Viertel vor drei klingeln. Zwar war der Zugriff erst gegen sechs Uhr geplant, doch die erste Dienstbesprechung war für vier Uhr angesetzt. Anschließend würden alle ihre Posten beziehen – Spandorff, Drachner und sie auf Einsatzbooten der Wasserschutzpolizei, die Kollegen der Bereitschaftspolizei in Mannschaftswagen, die sich etwas entfernt vom Eingang der NHG aufhalten würden. Ihr Job würde es sein, die Besatzung einzusammeln und anschließend zur Vernehmung in die Nordenhamer Dienststelle zu bringen.

Während das Wasser mit dem Erkältungsbad in die Wanne lief, schmierte Tomma sich ein Käsebrot, brühte einen Pfefferminztee auf und setzte sich damit vor den Rechner. Ihr Mailprogramm informierte sie darüber, dass sie eine Nachricht von ihrer Mutter bekommen hatte. Die Mail enthielt ein Word-Dokument im Anhang, das die Bezeichnung *For my daughter* trug.

Tomma schluckte und begann zu lesen.

Liebe Tomma,

wie geht es Dir, ich hoffe, Deine Erkältung ist nicht schlimmer geworden? Ich habe Dir zwei meiner Schüßler-Salze dagelassen, habe aber ganz vergessen, es Dir zu sagen. Du findest sie auf dem

Sideboard in der Küche, neben den Kochbüchern. Wenn Du sie regelmäßig nimmst, stärken sie Deine Abwehrkräfte, am besten beginnst Du direkt damit!

Es tut mir leid, dass ich Dich vorgestern mit den Neuigkeiten so überfallen habe. Ich weiß, dass es für Dich ein Schock war, den Du sicherlich noch nicht ganz verarbeitet hast.

Je mehr ich darüber nachdenke, desto klarer wird mir, dass ich Fehler gemacht habe. Ich hätte Deine Fragen nach Jiro nicht abblocken sollen. Hätte mich nicht so sehr um mögliche Konsequenzen sorgen sollen, wenn Du mehr über Deinen Vater erfahren und Kontakt zu ihm aufgebaut hättest. Vielleicht hätte ich ihn sogar ermuntern sollen, überhaupt an unserem Leben teilzuhaben.

Die Motive für mein Verhalten waren egoistisch: Ich wollte sicher sein, dass Deine Zukunft in Norddeutschland ist, in meiner Nähe. Was hätte ich denn machen sollen, wenn die Verbindung zu Deinem Vater stärker geworden wäre? Und Du vielleicht sogar den Wunsch verspürt hättest, in Japan zu leben, bei ihm?

Rückblickend erscheinen mir diese Gedanken absurd und kleinlich. Aber gerade in den ersten Jahren schien es mir so das Beste zu sein, zumal Dein Vater und ich kein Liebespaar waren. Wir hatten eine Liaison, das ja, aber wir waren nicht ineinander verliebt. Als er dann die Nachricht meiner Schwangerschaft so zurückhaltend aufgenommen hat, war ich zwar traurig und verletzt. Aber es hat mich auch in der Entscheidung bestärkt, von jetzt an meinen Weg alleine zu gehen. Beziehungsweise zu zweit, zusammen mit Dir.

Dass diese Entscheidung falsch war, weiß ich nun. Man kann kein ganzer Mensch sein, wenn man nicht weiß, wo man herkommt.

Ich kann die Uhr nicht zurückdrehen, aber ich kann Jiro dabei helfen, dass Du die Antworten auf Deine Fragen erhältst. Ich schicke Dir seinen ersten Brief anbei mit – öffne ihn, wenn Du bereit dafür bist.

Alles Liebe,
Deine Mama
PS: Denk an die Schüßler-Salze!

Versteinert saß Tomma vor dem Rechner. Ganz langsam bewegte sie den Cursor zu dem Word-Dokument.

Sollte sie die Datei öffnen?

MITTWOCH

Wie ein Scherenschnitt hob sich die Nordenhamer Hafengesellschaft in der Morgendämmerung ab. Das Bürogebäude bildete zusammen mit Silos, Lagerhallen und dem massiven Containerschiff davor eine imposante Skyline.

Spandorff stand an der Reling des Küstenbootes *W4*, das, einige hundert Meter vom Hafen entfernt, Position bezogen hatte, und warf einen Blick auf die Uhr. Obwohl er sich für eine dicke Jacke entschieden hatte, fror er.

Drachner kam auf ihn zu, leicht breitbeinig, um den Seegang abzufedern. Der LKA-Kollege machte einen angespannten Eindruck, was kein Wunder war: Wenn sie etwas fanden, war es sein Erfolg, doch wenn die Aktion ins Leere lief, würde man ihm das genauso zuschreiben. Auch der Richter, der den Durchsuchungsbeschluss unterzeichnet hatte, war nicht überzeugt gewesen von der Aktion, hatte aber schließlich nachgegeben. Für Drachner stand heute einiges auf dem Spiel.

«Beladen sie noch?», rief er gegen den Wind an und befestigte sein Headset.

Spandorff ließ das Fernglas sinken, mit dem er die Arbeiten auf dem Containerschiff im Blick behielt. «Soweit ich es überblicken kann, ja.»

Alles konnten sie aus dieser Entfernung nicht erkennen. Doch es war nicht möglich, noch näher an den Kai heranzurücken. Zu groß war das Risiko, entdeckt zu werden. Also hatten er und die Petersen in großem Sicherheitsabstand auf zwei Booten der Wasserschutzpolizei Stellung bezogen, während die Kollegen der Bereitschaft an Land zusammen mit dem Zoll auf das Zeichen warteten. Auch ein Hubschrauber war abrufbereit. Er würde die Leitung übernehmen, falls es erforderlich war, den Einsatz aus der Luft zu koordinieren. Insgesamt waren jetzt um halb sechs rund vierzig Mann auf den Beinen.

Spandorff griff nach seinem Päckchen Marlboro. Als ihm auffiel, dass dies bereits die zehnte Zigarette an diesem Morgen sein würde, steckte er die Packung wieder in die Innentasche seines Anoraks. Klar, er war nervös. Aber die nächste würde er sich trotzdem erst nach der Aktion genehmigen. Als Belohnung für die Plackerei zu dieser unchristlichen Zeit.

Spandorff zog sich die blaue Wollmütze tiefer ins Gesicht und setzte das Fernglas wieder an. Jetzt tat sich am Kai etwas. Der Kran, der gerade noch einen blauen Container auf das Schiff abgeladen hatte, blinkte und zog sich auf seine Position zurück.

Spandorff stellte die Gläser schärfer. Schließlich schob sich das Containerschiff Meter für Meter vom Kai weg.

Es konnte losgehen.

Spandorff informierte Drachner, der das Kommando übernahm.

Mit Vollgas steuerte der Kapitän des Küstenbootes jetzt den Hafen an. Wasser spritzte über den Bug, und Spandorff bekam eine Ladung ab. Schnell steckte er das Fernglas ein und beschloss, ab sofort die Klappe zu halten – er hatte bereits einen salzigen Geschmack im Mund.

Als sie den Kai erreichten, entschied Drachner sich für das ganz große Kino.

Über ein Megaphon forderte er die Besatzung auf, wieder anzulegen und dann an Deck zu kommen. Und zwar alle. Vom Kapitän bis zum Maschinisten.

In der Ferne schraubten sich die Rotorblätter des Helikopters in die Luft.

Das Küstenboot drosselte das Tempo, das Containerschiff bewegte sich nun wieder Richtung Kai.

Über Funk teilte Drachner ihm mit, dass ihr Küstenboot anlegen würde, damit sie den Eingriff von Land aus steuern könnten. Das zweite Boot, auf dem auch die Petersen war, würde die Lage vom Wasser aus im Blick behalten, falls ein Besatzungsmitglied auf die irrsinnige Idee kam, über Bord zu springen.

Die *W4* erreichte den Kai, und Spandorff sprang an Land. Sofort zog ein stechender Schmerz in seine Knie, für solche Aktionen war er eindeutig nicht gemacht. Das bekam Drachner, der regelmäßig joggte und sich im Zirkeltraining quälte, eindeutig besser hin.

Wie ein hellgelber Ball ging die Sonne hinter dem Containerschiff auf und tauchte die Szene in ein gleißendes Licht.

«Haben sie angelegt? Sind alle Mann an Deck?», meldete sich die Petersen über Funk bei ihm.

«Ja und nein», antwortete er knapp, ohne auf die Einzelheiten einzugehen.

Mit schnellen Schritten ging er zu dem Containerschiff, das mit einem dumpfen Dröhnen an den Kai stieß.

An Bord herrschte Chaos. Die Männer an Deck waren unsicher, was genau sie tun sollten. Der Kapitän brüllte etwas, fuchtelte mit den Armen, dann wurde die Gangway rausgefahren, und zwei Besatzungsmitglieder sicherten den Stahlkoloss mit dicken Tauen.

Mit Blaulicht bogen drei Einsatzwagen in das Hafenareal

ein, das der Hubschrauber in großen Schleifen überflog. Auch im Bürogebäude der NHG tat sich etwas. Hinter den verspiegelten Fenstern gingen Lichter an, ein Mitarbeiter hatte die Tür zum Hafenareal aufgestoßen und rief Spandorff etwas zu.

«Gehen Sie wieder rein!», brüllte Spandorff zurück. Offenbar hatte er seiner Aufforderung genügend Nachdruck verliehen, denn der Mann zog die Tür schnell wieder zu.

Fünf Kollegen gingen an Bord, um darauf zu achten, dass sich niemand versteckte. Drachner stand neben der Gangway und stellte sicher, dass die Mitarbeiter nach dem Betreten des Kais direkt zu seinen Kollegen gingen, die anschließend die Personalien aufnehmen und sie zur Dienststelle fahren würden. Neben ihm wartete eine Gruppe Männer, in Schwarz gekleidet, mit kläffenden Hunden an der Leine. Der Zoll würde sich gleich die Container vornehmen und jeden noch so kleinen Winkel ausleuchten.

Spandorff fiel ein schlaksiger junger Seemann auf, der zitterte wie Espenlaub. Er dachte schon, dass er vielleicht krank war und Hilfe benötigte, doch plötzlich – als Drachner nur für einen Moment unaufmerksam war – setzte er sich in Bewegung und rannte los.

«Hey, hiergeblieben!», brüllte Spandorff und lief hinterher. Auf eine Verfolgungsjagd war er nicht eingestellt gewesen, und das Fernglas lag wie Blei in seiner Innentasche.

«Mann, bleib stehen, du hast doch keine Chance!»

Doch der Seemann lief weiter, hatte das Hafenbecken weit hinter sich gelassen und war nun auf der Höhe des Bürogebäudes angekommen.

Spandorff atmete schwer. Hinter ihm rief Drachner etwas, aber er konnte es nicht verstehen.

Der Abstand zu dem Seemann hatte sich verkürzt, wenn

auch nur minimal. Suchend blickte er sich um. In der Richtung, in die der Seemann lief, war der Firmenbereich abgeriegelt. Wenn der Kerl tatsächlich hier rauskommen wollte, musste er schon die Schranke anpeilen, eine andere Möglichkeit gab es nicht. Wenn Spandorff den direkten Weg einschlug, konnte er ihn vielleicht noch erwischen.

Spandorff hatte Seitenstiche, sein Atem ging flach.

Der Seemann war inzwischen hinter einer Lagerhalle verschwunden. Spandorff lief, so schnell er konnte. Mittlerweile hatte er die Pforte fast erreicht, von dem Flüchtigen jedoch war weit und breit nichts zu sehen. Er dachte schon, dass er sich verschätzt hatte, als der Kerl plötzlich von links seinen Weg kreuzte.

Na also!

Spandorff war nun dicht hinter ihm. Er streckte den rechten Arm nach ihm aus und packte ihn am Kragen, gemeinsam gingen sie zu Boden. Spandorff kam wieder auf die Beine, trat einen Schritt zurück, entsicherte seine Dienstwaffe und richtete sie auf den Matrosen, der tatsächlich Anstalten machte, sich wieder aufzurappeln.

Spandorff schnappte nach Luft. «Verdammt, mach keinen Scheiß! Ich muss das Ding sonst benutzen!»

Doch der Matrose war schon wieder in der Senkrechten, strauchelte kurz und lief dann weiter.

War der Kerl irre? Er zwang ihn ja geradezu, zur Waffe zu greifen!

«Zum letzten Mal: Bleib stehen! Oder ich schieße!»

Schweiß trat auf seine Stirn, als er den Finger an den Abzug legte. Seine Hand zitterte leicht, ob von der anstrengenden Verfolgungsjagd oder vor Nervosität, konnte Spandorff nicht zu sagen.

Er hielt die Waffe in die Luft und drückte ab. Der Schuss

hallte zwischen den Lagerhallen wider. Der Mann blieb immer noch nicht stehen. Spandorff hielt kurz inne, zielte und feuerte erneut. Einen Moment später sank der Mann zu Boden.

Auf dem Rücksitz des Firmenwagens zuckte Magnus Steffens zusammen. Was war hier los?

Er wies den Fahrer an zu halten, stürzte aus dem Wagen und lief zu Fuß weiter. Als er die Pforte passierte, brauchte er einige Sekunden, um die Situation zu erfassen.

Der Pförtner stand neben einem großen Typen, der eine Waffe in der Hand hielt und laut fluchte. Er telefonierte, offenbar alarmierte er einen Krankenwagen. Am Boden lag ein junger Mann, der vor Schmerzen schrie. Mit zitternder Hand hielt er sich seinen Unterschenkel, in dem eine blutende Wunde klaffte. Zwei Polizeiwagen fuhren mit Blaulicht an ihm vorbei, die Rotorblätter des Hubschraubers, der in der Luft kreiste, verursachten einen Höllenlärm.

Was, um Himmels willen, hatte das zu bedeuten?

Magnus Steffens rannte zum Bürogebäude, hastete am Empfang vorbei in die erste Etage. Es war bereits fast acht, Mira war Frühaufsteherin und würde sicherlich schon im Büro sein. Ohne Wilbert eines Blickes zu würdigen, stieß er die Tür zu ihrem Büro auf.

Doch sie war nicht alleine. Vor ihrem Schreibtisch stand ein kleiner, drahtiger Typ mit einem Headset, der Steffens vage bekannt vorkam. Er war außer Atem und fühlte sich, als sei er einen Marathon gelaufen. «Was ist hier los?»

Mira sagte nichts, stand nur ganz ruhig da.

«Was machen die ganzen Menschen hier? Wieso sieht es hier aus wie in einem verdammten Kriegsgebiet?»

«Der Zoll hat ein paar Fragen an uns. Und sie wollen mit dir anfangen, Magnus.»

Der Zoll? Was wollten die denn von ihm? Kalter Schweiß rann seinen Rücken hinunter. Seine ganze Energie konzentrierte er darauf, die Stimme ruhig zu halten und Zuversicht auszustrahlen. Vielleicht war es ein Missverständnis! Oder eine von Miras Schikanen? «Wenn es Fragen gibt, werden wir sie selbstverständlich beantworten», sagte er.

Miras Gesichtsausdruck war undurchdringlich. Als er zusammen mit dem Mann, der sich als Andreas Drachner vorgestellt hatte, ihr Büro verließ, spürte er erneut ihren bohrenden Blick im Rücken, so wie gestern.

An die Fahrt zum Polizeikommissariat konnte Magnus sich später nicht mehr erinnern. Zu absurd erschien ihm die Situation, zu surreal. Andreas Drachner hatte ihm erklärt, dass es noch dauern könne, bis die Vernehmung begann. Genau so hatte er es formuliert. Vernehmung, nicht Gespräch.

Da Magnus keine Unterlagen dabeihatte und man ihm das Handy abgenommen hatte, blieb ihm nichts anderes übrig, als zu warten. Vor sich ein Glas Wasser, neben sich eine Polizeibeamtin, die ihn ab und zu freundlich anlächelte. Ansonsten ein Tisch, zwei Stühle, ein Aktenschrank und eine Uhr an der Wand, deren Zeiger sich im Schneckentempo vorwärtsbewegte.

Eine Ewigkeit später erschien Andreas Drachner und setzte sich auf den Stuhl gegenüber von ihm. Er legte einen Schnellhefter vor sich auf den Tisch und fing an, darin zu blättern. Magnus wurde nervöser, mit jeder Minute, die er in dieser miefigen Beamtenbude verbringen musste.

Die Tür ging auf, und der Riese von vorhin betrat den Raum. Jetzt erinnerte Magnus sich auch an seinen Namen:

Ulrich Spandorff, er ermittelte zu Nicolas Tod. Was machte der denn jetzt hier? Magnus' Magen zog sich zusammen.

Die beiden unterhielten sich leise, und Andreas Drachner machte einen überraschten Gesichtsausdruck. Dann verließ die Frau den Raum, Spandorff zog sich einen Stuhl heran und setzte sich ihm ebenfalls gegenüber.

«Sie haben interessante Geschäftskontakte», eröffnete er das Gespräch und lehnte sich weit in seinem Stuhl zurück.

«Danke für das Kompliment.» Es klang überheblicher als beabsichtigt, aber was sollte er auch sagen?

«Khaled Shebani, für den die Lieferung bestimmt ist, ist nicht nur ein großer Name in der Immobilienbranche. Er hat auch gute Kontakte in den Untergrund.»

«Ach ja?» Magnus gab sich überrascht. «Meine Güte!» Er machte eine kurze Pause, bevor er zerknirscht fortfuhr: «Das war mir nicht bekannt. Wissen Sie, ich durchleuchte meine Businesspartner in der Regel nicht, bevor ich mit ihnen Geschäfte mache. Das wäre auch nicht besonders freundlich.»

«Das sollten Sie aber, es könnte Ihnen eine Menge Ärger ersparen», sagte Spandorff. «Was wissen Sie denn von ihm? Oder von seinen Geschäften?»

«Shebanis Firma hat in Tripolis Großes vor. Er will Bürogebäude bauen, sobald sich die Rahmenbedingungen stabilisiert haben», sagte Magnus. «Dafür benötigt er alles: Baustoffe, Maschinen, schweres Gerät. Die beste Qualität gibt es in Europa, deshalb sammle ich hier in Nordenham alles ein und schicke es auf den Weg. Was ist falsch daran?»

Magnus' Konzentration ließ bereits etwas nach, trotz des Adrenalins, das durch seinen Körper strömte. Er trank einen Schluck Wasser und bat um einen Kaffee mit Zucker. Ulrich Spandorff verschwand, und er saß Andreas Drachner alleine gegenüber.

«Offenbar legt Ihr Geschäftspartner nicht nur beim Baumaterial Wert auf Qualität.»

Magnus hob fragend die Augenbrauen, sagte aber nichts. Nur nicht aus der Reserve locken lassen.

Mit zusammengekniffenen Augen sah Drachner ihn an, als schätze er seinen Gegenspieler ab. Ulrich Spandorff betrat den Raum wieder, stellte ihm einen Pappbecher mit Kaffee vor die Nase, dazu zwei Päckchen Zucker.

Dann ließ Andreas Drachner die Bombe platzen. «In drei Containern haben wir Waffen gefunden. Pistolen, um genau zu sein, die Kollegen vom Zoll schätzen die Zahl auf rund zweitausendfünfhundert. Hochwertige Dinger der Firma Glock. Können Sie sich erklären, wie die auf Ihr Schiff gekommen sind?»

«Pistolen?» Magnus sah ihn an, als sei er von allen guten Geistern verlassen. «Das ist doch unmöglich!»

«Zweitausendfünfhundert Waffen, auf dem Weg nach Libyen. Unter Umgehung des EU-Waffenembargos.» Ulrich Spandorff kratzte sich am Hinterkopf und sah seinen Kollegen fragend an. «Was meinst du, wie viel dabei rausspringt, eine Viertelmillion?»

«Mittelfristig eher mehr», erwiderte dieser, ohne den Blick von Magnus zu wenden. «Besonders dann, wenn man davon ausgeht, dass es noch Folgeaufträge gibt.»

Magnus' Handinnenflächen wurden feucht.

«Kann man ja hochrechnen», sagte Andreas Drachner. «Sagen wir mal, es sind insgesamt fünf Touren mit Baumaschinen und so, dazu jeweils zwischen zwei- und dreitausend Gewehre oder Pistolen. Da kommt man dann so auf …»

«… eineinhalb Millionen. Mindestens.» Ulrich Spandorff wandte sich wieder Magnus zu. «Oder?»

«Hören Sie, ich würde Ihnen wirklich gerne weiterhelfen.» Magnus faltete die Hände zusammen, als wolle er die Beamten ins Gebet nehmen. «Falls Sie Waffen an Bord gefunden haben, was ich mir – wie bereits gesagt – beim besten Willen nicht vorstellen kann, ist mir unbegreiflich, wie sie in die Container gelangen konnten. Die Container waren seit Wien fest verschlossen! Keines der Siegel war beschädigt, oder?»

Die beiden sagten nichts, was Magnus als Zustimmung wertete.

«Na, sehen Sie. Ich habe keine Ahnung, wie irgendetwas anderes als die deklarierten Waren in die Container gelangen konnte. Und übrigens: Selbst wenn Sie etwas gefunden haben sollten», er betonte das letzte Wort und machte eine kunstvolle Pause, «dann wissen Sie genauso gut wie ich, dass ich für den Inhalt juristisch nicht verantwortlich bin.»

Unter dem rechten Auge von Andreas Drachner zuckte es. «Es sei denn, wir könnten Ihnen nachweisen, dass Sie nicht nur von der Fracht wussten, sondern den Deal auch persönlich eingefädelt haben.»

In diesem Moment fiel Magnus wieder ein, wieso Andreas Drachner ihm die ganze Zeit über bekannt vorkam. War das nicht der Typ, der ihn auf der Messe in Istanbul angerempelt hatte? War er etwa observiert worden? Er entschied sich für die Flucht nach vorne.

«Das ist doch lächerlich, völlig absurd! Wenn diese Sache hier vorbei ist, wird mein Anwalt sich Ihre Ermittlungen vornehmen.» Bei dem Wort Ermittlungen hob Magnus die Hände und deutete Anführungszeichen an. «Sie beleidigen nicht nur mich, sondern das gesamte Unternehmen! Gut, dass mein Vater das nicht mehr mitbekommt.»

Ulrich Spandorff lehnte sich über den Tisch, sodass sein Gesicht ganz nah war. «Sie bluffen doch nur, Steffens! Soll ich Ihnen mal sagen, wie ich die Sache sehe? Sie stecken mit drin in den Waffengeschäften. Die Glocks wurden in Österreich von einem Strohmann gekauft und wanderten dort in die Container. So bescheuert, die Dinger hier in Nordenham umzuladen, werden Sie ja wohl nicht sein.»

Magnus Steffens sagte nichts, sondern schüttelte nur langsam, aber bestimmt den Kopf.

«Und wissen Sie, was ich noch glaube? Nicola Sencker hat davon Wind bekommen und Sie unter Druck gesetzt.»

Entsetzt wich Magnus zurück. «Was erzählen Sie denn da?»

«Vielleicht wollte sie zur Polizei gehen», fuhr Ulrich Spandorff fort. «Oder sie hat Sie erpresst. Egal, in jedem Fall wurde sie gefährlich für Sie. Sie haben sie umgebracht und ihre Leiche in die Nordsee gekippt wie einen Sack Müll!»

«Was? Nein!» Waren die beiden verrückt geworden? Hatten sie komplett den Verstand verloren? «Sie wollen mir den Mord an Nicola anhängen? Das ist doch völlig absurd!» In der Hektik war er aufgesprungen, dabei war sein Stuhl umgekippt.

«Setzen Sie sich wieder!» Drachner ließ ihn nicht aus den Augen.

Mit zitternden Händen griff Magnus den Stuhl und nahm wieder Platz.

«Sie haben Nicola Sencker am Tag vor ihrem Verschwinden sechs Mal angerufen.» Ulrich Spandorff machte eine Pause, um den Satz wirken zu lassen. «Worüber wollten Sie mit ihr sprechen?»

«Ich ... Es ging um eine Präsentation, die wir gemeinsam vor dem Aufsichtsrat halten wollten.» Magnus wurde übel, und er schluckte, um die Magensäure zurückzudrängen. «Ich wollte sie bitten, mir die Diagramme zu mailen.»

«Aha.» Ulrich Spandorffs Stimme war wieder leiser geworden. Er versuchte gar nicht erst, den Eindruck zu erwecken, als würde er ihm glauben. «Die Rechtsmedizin hat festgestellt, dass Nicola Sencker eine körperliche Auseinandersetzung hatte vor ihrem Tod. Wir werden gleich einen Speicheltest machen, dann wissen wir, ob Ihre DNA am Körper der Toten zu finden ist. Außerdem sind zwei Kollegen gerade auf dem Weg zum Yachtclub und nehmen Ihr Boot unter die Lupe. Glauben Sie mir: Nicht einmal die gründlichste Reinigung kann alle Spuren vernichten. Wenn es etwas gibt, das wir nicht sehen sollen, werden wir es entdecken.»

Magnus Steffens schluckte. «Ich habe mit beidem nichts zu tun. Weder mit den Waffen noch mit dem», er zögerte, das Wort auszusprechen, «Mord an Nicola. Das alles sind doch bloß Vermutungen. Sie stehen mit komplett leeren Händen da!»

«Wie kommen Sie denn zu dieser Annahme?» Andreas Drachner grinste von einem Ohr zum anderen. «Ich an Ihrer Stelle wäre da nicht so sicher.» Die beiden Männer waren inzwischen aufgestanden, und Andreas Drachner klemmte sich den Schnellhefter unter den Arm.

Bevor die Beamten verschwanden, drehte sich Drachner noch einmal kurz um. «Sagen wir mal so: Es könnte sein, dass wir einen Hinweis bekommen haben. Vielleicht von jemandem, der aussteigen will. Oder von jemandem, der nicht genug Geld von Ihnen bekommen hat? Na, Sie werden ja am besten wissen, wer dafür in Frage kommt.»

Nach diesem Satz fiel die Tür zu, und Magnus blieb alleine in dem Raum zurück.

Einen Hinweis? Was zum Teufel sollte das bedeuten? Entweder war das ein Bluff, um ihn unter Druck zu setzen. Oder er war in deutlich größeren Schwierigkeiten, als er bisher angenommen hatte. Fieberhaft überlegte Magnus, wer ihn verraten haben könnte. Dann kam ihm eine Idee. Er sank auf seinem Stuhl zusammen.

«Diese miese kleine Ratte.»

«Das wird nicht einfach.» Verärgert knallte Drachner die Unterlagen auf den Tisch und krempelte sich die Ärmel seines gestreiften Hemds hoch. «Im Prinzip hat er recht. Wir haben jede Menge Vermutungen, aber keine Beweise.»

«Wir haben dann Beweise, wenn wir wissen, wer der anonyme Absender ist, und ihn dazu bringen, auszusagen», sagte Tomma knapp. Sie war sauer darüber, dass die beiden Männer die Vernehmung ohne sie durchgeführt hatten. Klar, der Waffenhandel war ihr Ding, aber er hing mit ihrem Mordfall zusammen.

Nachdem sie heute Morgen stundenlang untätig in dem kleinen Küstenboot ausgeharrt hatte, brannte sie außerdem darauf, jetzt im Büro endlich wieder mit anpacken zu können. «Überlegen wir doch mal, wer kommt denn in Frage? Der Seemann, den Sie angeschossen haben?»

Spandorff bog mit vier Kaffeebechern um die Ecke, balancierte sie zu Jureks Schreibtisch und stellte sie vorsichtig ab.

«Der fällt raus», sagte er knapp. «Offenbar hatte der Kerl weder eine Aufenthaltserlaubnis, geschweige denn gültige Arbeitspapiere. Er hatte einfach Schiss, abgeschoben zu werden, deshalb ist er weggerannt. Das ist eher ein Fall für die Ausländerbehörde als für uns.» Er trank einen Schluck und verzog das Gesicht. «Vielleicht jemand aus dem Wiener Speditionsunternehmen?», schlug er vor. «Irgendjemand muss die Glocks ja in den Händen gehabt haben.»

Er bat Jurek, zu überprüfen, mit welcher Firma die NHG in Wien zusammenarbeitete.

«Wir sollten auch die höheren Positionen in Betracht ziehen», sagte Tomma und pustete in den Kaffeebecher. Nach der Kälte auf dem Boot tat es gut, sich aufzuwärmen. «Für so einen Deal muss man mindestens eine weitere Vertrauensperson haben, ich kann mir nicht vorstellen, dass Steffens das ganz alleine gemacht hat.»

«Wie wär's mit seiner Schwester?», schlug Spandorff vor.

Drachner winkte ab. «Unwahrscheinlich. Ich spreche zwar noch mal mit ihr, aber ich glaube, der Deal ist komplett an ihr vorbeigelaufen. Heute Morgen hat sie einen völlig aufgelösten Eindruck gemacht. Hat sich von ihrem Assistenten Wasser und eine Tablette bringen lassen.»

Bei diesem Einwurf kam Tomma eine Idee. «Wie wäre es denn mit Magnus Steffens' Assistenten, diesem Clemens …»

«… Lasskamp», vervollständigte Jurek, der kurz vom Rechner aufsah.

«Genau der. Er war immer mit dabei, dürfte über sämtliche Vorgänge informiert sein. Wir sollten ihn uns vornehmen.»

Jurek hatte bereits den Hörer in der Hand und wählte die Nummer der NHG.

Tomma war erleichtert, endlich nahmen die Ermittlungen Fahrt auf. Die Speichelprobe für den DNA-Abgleich war bereits mit einem Kurier auf dem Weg nach Oldenburg. Berschat wollte sich sofort an die Arbeit machen.

Während Spandorff und Drachner sich auf die Vernehmung mit Clemens Lasskamp vorbereiteten, warf Tomma einen Blick aufs Handy. Zwei Anrufe in Abwesenheit. Der erste war von ihrer Mutter. Kurz spielte Tomma mit dem Gedanken, sie zurückzurufen, entschied sich dann aber dagegen.

Sie würde sie ohnehin nur wieder an die Schüßler-Salze erinnern. Die Fläschchen hatte Tomma bereits an Bea verschenkt, die an so einen Klimbim glaubte und sie wahrscheinlich direkt neben den Kristall auf die Fensterbank gestellt hatte.

Die zweite Nummer, ein Anschluss in Butjadingen, kannte sie nicht. Es dauerte eine Weile, bis sich jemand meldete. Es war die Praxis von Dr. Grenger.

«Frau Petersen, gut, dass Sie zurückrufen.» Die Frau, die sich als Carolin Weller vorstellte, rollte das R und zog die Vokale in die Länge. Offenbar hatte sie ihr ganzes Leben auf dem platten Land verbracht.

«Tja, also, Sie hatten ja gefragt, ob eine von uns Nicola Sencker kennen würde. Das wollten Sie doch wissen, als Sie hier beim Herrn Doktor waren.»

«Mmhh», machte Tomma abwesend. Parallel hatte sie POLAS gestartet und überprüfte, ob sie über Clemens Lasskamp vielleicht irgendetwas im System fand.

«Die Frau Sencker war regelmäßig hier, wegen ihrer Tante.»

Abrupt sah Tomma vom Rechner auf. «Sind Sie sicher, dass das keine Verwechslung ist? Herr Grenger kannte sie nämlich nicht.»

«Kann er auch nicht. Sie war keine Patientin, sondern hat immer nur die Rezepte abgeholt. Also, die von ihrer Tante aus der Sonneninsel. Die Frau Hagendorp war ja nicht mehr gut zu Fuß.»

«Die Sonneninsel ist ein Pflegeheim?»

«Genau, hier schräg gegenüber.» Im Hintergrund wurde Carolin Weller von jemandem angesprochen, wies die Person aber brüsk ab und wandte sich wieder Tomma zu. «Das hat sie dann in einem Abwasch erledigt. Hat erst hier das Rezept geholt, ist dann rüber zur Apotheke und anschließend zu ihrer Tante. War eine Nette, die Frau Sencker. Hat sich immer gekümmert.»

«Was hatte sie denn? Also, die Tante, meine ich.»

«Wissen Sie, die Dame war über achtzig, da können Sie besser fragen, was sie nicht hatte.» Carolin Weller kicherte über ihren eigenen Witz, wurde aber sofort wieder ernst. «Hier bei uns war sie wegen ihrem Rheuma in Behandlung.»

«Hat sie die Tabletten regelmäßig benötigt?»

«Sicher, so was wird ja nicht besser. Die Medikamente bekämpfen nur die Symptome. Sie mildern den Prozess lediglich ab.»

«Ist Frau Sencker mal in Begleitung einer Frau dagewesen?»

«Nee, immer alleine.»

«Und wann war sie das letzte Mal da?»

Carolin Weller überlegte. «Tja, vielleicht so vor zwei Wochen?»

Auf Tommas Festnetz klingelte es, und Jurek holte das Gespräch zu sich. Aus den Augenwinkeln registrierte sie, dass er ihr einen Wink gab und auf den Hörer zeigte, doch sie war zu beschäftigt mit den Informationen, die sie gerade erhalten hatte.

Fest stand, dass Chiara Lenhardt massive Vorwürfe gegen Dr. Grenger erhoben und die Behandlung daraufhin abgebrochen hatte. Nicola Sencker wiederum war in den vergangenen Jahren regelmäßig in die Praxis gegangen, um ein Rezept für ihre Tante abzuholen. Nun waren beide tot. Und Chiara hatte bei sich im Büro mehrere tausend Euro in bar aufbewahrt.

Wie hing das alles zusammen?

«Tomma?» Jurek ruderte mittlerweile wild mit den Armen, um ihre Aufmerksamkeit zu erregen.

«Ja?» Sie trank den Kaffee aus und warf den Pappbecher in den Mülleimer.

«Die Zeugen haben sich gemeldet!»

Tomma runzelte die Stirn. «Die Abiturienten, die den Leichnam gefunden haben?»

Jurek rollte mit den Augen, verwundert über so viel Begriffsstutzigkeit. «Nein, die Bootsfahrer, die im Fedderwarder Priel unterwegs waren und mit dem Leichnam kollidiert sind. Spandorff hatte doch einen Zeugenaufruf gestartet, schon vergessen?»

«Ach so.» Offenbar trübte die Erkältung ihre Kombinationsfähigkeit. «Hast du ihnen gesagt, dass sie sofort vorbeikommen sollen?»

Doch Jurek warf ihr einen Seh-ich-aus-wie-ein-Amateur-Blick zu und widmete seine Aufmerksamkeit dann wieder dem Rechner. «Sie sind gleich da.»

Clemens Lasskamp sah aus wie aus dem Ei gepellt: Er trug einen dunkelblauen Anzug, dazu ein fein gestreiftes Hemd mit Manschettenknöpfen und blank polierte schwarze Schuhe. Seine aschblonden Haare waren ordentlich gescheitelt, und aus der Brusttasche seine Sakkos blitzte ein Einstecktuch, welches das Muster seines Hemdes aufnahm. Doch die perfekte Aufmachung konnte nicht darüber hinwegtäuschen, dass er nervös war. Sein Gesicht war gerötet, auf seiner Stirn glänzte der Schweiß, und über seinem Hemdkragen hatten sich am Hals rote Flecken gebildet. Clemens Lasskamp stand unter Druck.

«Ein Glas Wasser?», bot Spandorff an.

Stummes Nicken.

«Sie haben uns eine Mail geschickt, in der Sie von den Waffengeschäften der NHG berichtet haben», begann Drachner, während Spandorff ihm ein Glas vor die Nase stellte.

Lasskamps Gesicht verfärbte sich noch eine Nuance dunkler. «Das ist nicht korrekt. Sie müssen mich da verwechseln.»

«An Ihrer Stelle würde ich mir jeden Satz genau überlegen», sagte Drachner. «Die Situation ist doch so: Steffens handelt mit Waffen, Sie sind sein persönlicher Assistent. Wenn Sie nicht mit uns kooperieren, machen Sie sich mitschuldig. Ein Verstoß gegen das Kriegswaffenkontrollgesetz.» Er machte eine kurze Pause, um das Wort wirken zu lassen. «Das ist, strafrechtlich gesehen, keine Kleinigkeit.»

Clemens Lasskamp sagte nichts, saß einfach nur da und wünschte sich offenbar, ganz weit weg zu sein.

Spandorff schaltete sich ein. «Wenn es sein muss, können wir auch warten, bis die Funkzellenanalyse abgeschlossen ist. Sicher, Sie haben die Mail aus einem Internetcafé in Bremen geschickt. Aber daran gedacht, bei dieser Aktion das Handy zu Hause zu lassen, damit man Sie nicht orten kann, haben Sie wahrscheinlich nicht, oder?»

Ein flackernder Blick aus dem Fenster, noch mehr Schweiß auf der Stirn.

«Der Nachteil wäre allerdings, dass uns wichtige Zeit verloren ginge, es geht hier nämlich nicht nur um Waffenhandel, sondern auch um Mord. Der Richter würde es Ihnen sicherlich nicht zum Vorteil auslegen, wenn Sie sich für diese Verzögerungstaktik entscheiden.»

Mittlerweile sah Clemens Lasskamp aus, als stünde er kurz vor einem Nervenzusammenbruch. Sein Gesicht war so tiefrot, dass Spandorff befürchtete, er würde ihnen gleich vom Stuhl kippen.

«Mann, jetzt geben Sie sich endlich einen Ruck!» Drachner schlug mit der flachen Hand auf den Tisch. «Sie sind bisher doch der Gute in diesem Spiel, haben uns überhaupt erst auf die Fährte gebracht! Warum denn dieser Sinneswandel, hat Steffens Sie unter Druck gesetzt? Wenn Sie aussagen und uns weiterhelfen, wird der Richter Ihnen das anrechnen.» Er stützte sich auf dem Tisch ab und kam Lasskamp deutlich näher, sah ihm nun direkt in die Augen. «Es klebt Blut an Steffens' Händen. Vielleicht ist er sogar der Mörder von Nicola Sencker. Können Sie es wirklich mit Ihrem Gewissen vereinbaren, dass er Geschäfte macht und dadurch Menschen sterben?»

«Nein!», brüllte Clemens Lasskamp. Die Reaktion war so unerwartet und heftig, dass Spandorff zusammenzuckte. Im Raum war es still.

Clemens Lasskamp trank einen Schluck Wasser. Dann zog er das Sakko aus, hängte es sorgfältig über den Stuhl, lockerte den Schlips und krempelte sich die Ärmel seines gestreiften Hemdes hoch.

«Ich habe vor sechs Jahren bei der NHG angefangen. Ich kam direkt von der Uni, hatte keine Ahnung, wie es im tatsächlichen Arbeitsleben aussieht. Ich war dankbar für die Chance, die man mir gegeben hat. Die Zusammenarbeit mit dem Chef klappte gut, er hat mich aus dem Vertrieb in sein Büro geholt, ich war sein Assistent und bald sein persönlicher Ansprechpartner für die Dinge, die nicht so rund liefen.»

«Zum Beispiel?», hakte Spandorff nach.

«Alltägliche Dinge. Wenn die Juristen die Verträge nicht sorgfältig ausgearbeitet hatten, ging ich noch mal drüber. Oder wenn es im Vertrieb nicht optimal lief und unsere Leistungen nicht so ausfielen, wie er sich das vorstellte, dann setzte ich mich mit den Mitarbeitern zusammen.»

«Eine verantwortungsvolle Aufgabe. Der rechte Arm des Chefs», sagte Spandorff.

Clemens Lasskamp rutschte auf seinem Stuhl hin und her. «Ja. Ich war stolz darauf, dass er mir so viel zutraute, ich habe den Respekt genossen, den mir die Kollegen entgegengebracht haben. Das kannte ich vorher nicht. Außerdem bekomme ich ein gutes Gehalt. Deutlich mehr als andere in vergleichbaren Positionen.»

Das war ja alles schön und gut, aber Spandorff hoffte, dass Lasskamp bald zum Punkt kommen würde.

«Irgendwann habe ich dann mitbekommen, dass es bei den Geschäftsvereinbarungen zu Nebendeals gekommen ist», sagte Lasskamp, als hätte er Spandorffs Gedanken erraten.

«Wie sahen die aus?», schaltete sich Drachner ein, der endlich damit aufgehört hatte, mit dem Fuß zu wippen.

«Es begann damit, dass in den Containern unerlaubte Waren drin waren. Keine Waffen, aber Rohmetalle und Metallerzeugnisse zum Beispiel. Das System war immer das gleiche: Da wir nicht verantwortlich für den transportierten Inhalt sind, war das Risiko nicht so hoch. Und die Menge war im Vergleich zu den anderen Gütern verschwindend gering. Wenn Sie ein Vierzig-Fuß-Containerschiff am Kai haben, das rund achtzigtausend Tonnen geladen hat, fallen ein paar Metallteile nicht weiter auf.»

«Lohnte sich das denn für die Auftraggeber?», wollte Drachner wissen. «Waren sie nicht an deutlich größeren Mengen interessiert?»

«Aber die bekamen sie ja.» Clemens Lasskamp setzte das Wasserglas ab. Seine Gesichtsfarbe hatte sich etwas normalisiert, offenbar war er fast erleichtert, endlich mit jemandem darüber reden zu können. «Es handelte sich immer um Projektverschiffungen. Das bedeutet: Man schließt einen Vertrag für vier, vielleicht fünf Touren ab und transportiert jedes Mal nur wenige falsch deklarierte Waren. Das Risiko ist minimal, und im Endeffekt sind beide Seiten zufrieden.»

Spandorff kratzte sich am Hinterkopf. «Und da wird der Zoll nicht misstrauisch? Was ist denn mit Kontrollen?»

Clemens Lasskamp lachte, als hätte er einen guten Witz gemacht. «Wo sollen die denn anfangen? Das ist doch wie die Nadel im Heuhaufen.»

«Wieso haben Sie sich entschieden, uns diese Mail zu schreiben?», wechselte Spandorff das Thema.

Clemens Lasskamp wischte sich mit dem Handrücken über die Stirn. Drachner öffnete das Fenster, mittlerweile war es stickig in dem kleinen Raum.

«Ich habe mich angestrengt im Job, wollte alles richtig machen. Und: Ja, natürlich war ich scharf auf die Kohle.» Er rückte den Stuhl ein Stück näher an den Tisch und setzte sich kerzengerade auf, als wolle er so seine korrekte Haltung verdeutlichen. «Aber es war nie meine Absicht, in illegale Geschäfte hineinzurutschen. Aber genau das ist passiert. Und dann kam die Sache mit Nicola.»

Spandorffs Körper spannte sich an. «Was meinen Sie damit genau?»

Abwesend drehte Clemens Lasskamp das Wasserglas in seiner Hand. «Sie erschien nicht zur Arbeit, war nicht erreichbar, mehrere Tage lang. Es stand ein wichtiger Termin an, die Aufsichtsratssitzung. Magnus und Nicola wollten im Vorfeld die Präsentation noch einmal durchgehen, aber sie war wie vom Erdboden verschluckt. Und dann habe ich erfahren, dass sie ermordet worden ist.»

«Und entschieden, die Mail zu schreiben.»

Clemens Lasskamp leerte das Glas. «Ja.»

«Weil Sie wussten, dass Steffens etwas mit ihrem Tod zu tun hatte?», hakte Spandorff nach.

Er zögerte einen Moment. «Nein, ich wusste das nicht. Aber ich habe es als Möglichkeit in Betracht gezogen.»

«Wusste Nicola Sencker von den Waffengeschäften?», fragte Drachner, der nun an der Fensterbank lehnte.

Schulterzucken. «Keine Ahnung. Ich kann es mir eigentlich nicht vorstellen.»

«Wie eng haben die beiden denn zusammengearbeitet?»

Clemens Lasskamp ließ sich Zeit mit der Antwort. «Sie haben sich häufig abgestimmt, haben sich die Präsentationen geteilt. Aber die Details, die liefen eher über meinen Schreibtisch als über ihren.»

«Aber trotzdem haben Sie Ihren Chef sofort mit dem Mord in Verbindung gebracht. Das passt doch nicht zusammen!»

«Zum einen ist das eine Ausnahmesituation. Werden Sie mal mit der Nachricht konfrontiert, dass Ihre Kollegin ermordet worden ist, während Sie gerade die letzten Folien für die Präsentation zusammensuchen! Zum anderen ... »

«Hatten die beiden vielleicht privat Kontakt?», warf Drachner ein.

Clemens Lasskamp zögerte erneut. «Das weiß ich nicht mit Sicherheit.»

«Hatten sie eine Affäre?» Spandorff ging mittlerweile fest davon aus, dass es so war.

Clemens rutschte auf seinem Stuhl hin und her. «Sagen wir mal so: Er hätte zumindest nichts dagegen gehabt.»

Spandorff spitzte die Ohren. «Das heißt, er war an ihr interessiert, aber sie hat ihn zurückgewiesen?»

Clemens schüttelte den Kopf. «Nein, so weit würde ich nicht gehen. Aber er hat manchmal so Bemerkungen gemacht. Und sie hatte in der Firma einen gewissen Ruf.»

Spandorff kniff die Augen zusammen. «Was für Bemerkungen?»

Er errötete wieder. «Die Sencker würde ich auch nicht von der Bettkante schubsen. Etwas in der Art.»

«Wieso glaubten Sie denn, dass Ihr Chef etwas mit dem Mord an Nicola Sencker zu tun haben könnte?»

Clemens Lasskamp wischte sich erneut mit dem Handrücken über die schweißnasse Stirn. «Letzte Woche, da habe ich zufällig ein Gespräch mitbekommen. Es war keine Absicht, ich war auf dem Weg zum Kopierer, und die Bürotür war nur angelehnt. Nicola war aufgebracht. Sie hat etwas gesagt in der Art wie ‹Nächste Woche gehe ich zur Polizei und erzähle alles›.»

Im Zimmer war es ruhig. «Mit wem hat sie denn gesprochen?», fragte Spandorff.

«Herrgott, ich weiß es nicht!» Eine Ader pulsierte an seiner Schläfe. «Ich hatte ein ungutes Gefühl, reicht das nicht? Wenn die Dinge irgendwie miteinander zusammenhängen und ich hätte geschwiegen, dann ... dann hätte ich mir das nicht verziehen. Ich habe die Klappe viel zu lange gehalten, klar. Aber ich weiß, wann es drauf ankommt. Und ich decke ganz bestimmt keinen Mord!»

Das sah Spandorff sogar ein. «Haben Sie noch mehr gehört?»

Lasskamp schüttelte den Kopf. «Nicola hat das Gespräch ziemlich schnell beendet. Und ich habe zugesehen, dass ich dort wegkomme, damit sie mich nicht entdeckt.»

Spandorff nickte. «Nachvollziehbar. Aber warum dann plötzlich der Sinneswandel? Warum ist es bei der einen Mail geblieben? Wieso sind Sie nicht direkt mit der ganzen Geschichte zu uns gekommen?»

Clemens Lasskamp schob das Glas von sich weg und legte die Hände aufeinander. «Ich hatte plötzlich Schiss! Ich war Magnus in den Rücken gefallen. Er war immer fair zu mir, hat mich gefördert und unterstützt. Ich hatte plötzlich das Gefühl, dass ich dieses Vertrauen missbraucht habe und es möglicherweise ein Fehler war. Dass ich überreagiert habe und er mit Sicherheit nichts mit dem Mord zu tun hat. Und ich dachte, dass Sie mit dem Hinweis auch alleine klarkämen und ausreichend Informationen hätten, um bei Ihren Ermittlungen weiterzukommen.»

Was ja auch der Fall gewesen wäre, wenn du dich in Istanbul nicht mit dem Sakko deines Chefs auf den Weg ins Hotel gemacht hättest, dachte Spandorff.

Es klopfte an der Tür, die Petersen gab ihnen ein Zeichen. Zusammen mit Drachner verließ er den Raum.

«Jan hat sich gemeldet», sagte sie und zog die Tür bis auf einen kleinen Spalt zu. «Auf Steffens' Boot war nichts zu finden. Kein Blut, keine Schleifspuren oder verdächtigen Abdrücke.»

«Mist, dann fällt er als Mörder raus.» Drachner schnalzte mit der Zunge und lehnte sich an die Wand.

«Zumindest steht fest, dass er die Leiche nicht von *seinem* Boot aus in die Nordsee gelassen hat», sagte sie und warf durch den Türspalt einen Blick auf Clemens Lasskamp, der nervös an den Fingernägeln kaute.

Tomma ging zurück in ihr Büro, in dem bereits die zwei Zeugen auf sie warteten. Spandorff und Drachner schienen sich auf Steffens eingeschossen zu haben und waren wild entschlossen, ihm den Mord nachzuweisen. Tomma war da nicht so sicher. Irgendetwas passte nicht.

Zumindest kamen die Ermittlungen nun, genau sieben Tage nach dem Fund der Leiche am Wattensteg, endlich voran. Mit Clemens Lasskamp als Verfasser der anonymen Mail hatten sie einen wichtigen Zeugen. Wenn sie Glück hatten, würde Berschat sich bald mit dem Ergebnis der Analyse melden. Dann wussten sie, ob die DNA an Nicolas Körper zu Steffens gehörte.

Jurek hatte den beiden Jungs bereits Wasser und Kaffee angeboten und die Personalien aufgenommen. Nun saßen Philipp Steiger und Jesko Holthausen vor Tommas Schreibtisch und warteten. Beide hatten gerade ihr Abitur gemacht und wohnten in Nordenham.

«Warum haben Sie sich erst jetzt gemeldet? Möglicherweise sind uns dadurch wichtige Informationen vorenthalten worden.» Tomma machte einen strengen Gesichtsausdruck. Allerdings wusste sie sehr gut, dass viele Zeugenaufrufe komplett ins Leere liefen, sei es aus Desinteresse oder weil derjenige nicht wollte, dass jemand erfuhr, dass er zu einem bestimmten Zeitpunkt vor Ort war.

«Streng genommen hätten wir das Boot wahrscheinlich nicht selbst, äh, lenken dürfen», sagte Philipp Steiger, der größere und kompaktere von beiden. «Bis fünfzehn PS braucht man ja keinen Schein, aber ich glaube, das Boot hatte ein bisschen mehr.»

«Wie viel mehr denn?»

«Vielleicht so um die sechzig?» Jesko Holthausen zwinkerte nervös.

«In Ordnung, Schwamm drüber», sagte Tomma. Die beiden Jungs sahen erleichtert aus. «Was genau ist passiert, als ihr unterwegs wart?»

Philipp Steiger holte tief Luft. «Wir sind abends um kurz nach sieben los in Nordenham. Das Boot gehört meinem Onkel. Wir hatten kein bestimmtes Ziel, sind einfach nach Butjadingen gecruist. Irgendwann wurde es richtig dunkel, wir konnten nicht mehr gut sehen. Da wir solche Boote ja gewöhnlich, ähh …»

«… überhaupt nicht fahren …», half Tomma aus.

«… Genau. Deshalb fehlte uns vielleicht auch etwas die Erfahrung im Umgang mit Booten dieser Größe.»

«Wie schnell wart ihr denn unterwegs?»

«Das ist jetzt sehr schwer zu sagen …»

Okay, also sehr schnell. Tomma seufzte. «Was passierte dann?»

«Plötzlich gab es einen Riesen-Rums.» Philipp Steiger nahm seine Baseballkappe ab und legte sie auf seine Knie. «Wir wussten zuerst überhaupt nicht, was passiert war, ich meine, es war fast, als wären wir über eine Sandbank oder so rübergefahren.» Er schluckte, offenbar holten ihn die Erinnerungen wieder ein.

Tomma beobachtete die beiden genau. «Seid ihr danach einfach weitergefahren?»

«Nein, so war es nicht.» Jesko Holthausen war ziemlich blass geworden. «Wir sind sofort umgedreht und langsam zurückgefahren. Tja, und dann …»

«Habt ihr etwas gesehen?»

Die beiden schüttelten unisono den Kopf. «Wir sind eine ganze Zeit um die Stelle herumgefahren. Aber da war nichts! Dass es eine … also, dass wir mit einem Menschen zusammengestoßen sind, das haben wir doch erst durch den Zeugenaufruf erfahren!»

«In Ordnung. Ihr seid dann also weitergefahren.»

«Was hätten wir denn tun sollen? Mit so was rechnet man ja nicht! Es war stockdunkel, das Wasser war kabbelig, und es wurde immer windiger.»

Tomma schluckte ihren Ärger herunter. «An welchem Tag wart ihr eigentlich unterwegs?»

«Am Sonntag.»

Tomma überlegte. Die Leiche wurde am darauffolgenden Mittwoch gefunden. «Und wo hat sich der Zwischenfall abgespielt?» Tomma wies auf die Karte, die sie neben die Fotos und Notizen an das Whiteboard gehängt hatte.

Philipp Steiger zeigte auf den Bereich etwas nördlich des Wattenstegs. «Etwa hier. Genau kann ich es aber nicht mehr sagen.»

«Habt ihr noch irgendetwas anderes gesehen, das für die Ermittlungen wichtig sein könnte?»

Sie schienen noch ein Stück tiefer in die Stühle zu sinken.

«Gesehen nicht, aber gehört.» Philipp Steiger biss sich auf die Lippen.

«So? Was denn?»

«Den Motor eines anderen Bootes», sagte Jesko Holthausen. «Allerdings ziemlich weit entfernt!», fügte er schnell hinzu, um seine Aussage zu relativieren. «Wir brüllten noch hinterher, aber das Boot fuhr einfach weiter. Wir dachten, dass derjenige vielleicht etwas gesehen hatte. Dass wir noch einmal zusammen danach suchen könnten, womit wir zusammengestoßen sind.»

Das Motorboot konnte zufällig dort gewesen sein, angesichts der Uhrzeit war das aber unwahrscheinlich. «Und gefunden habt ihr nichts?», fragte Tomma ruhig.

Einvernehmliches Kopfschütteln.

«Ist euch noch irgendwas aufgefallen? War es eher ein größeres oder ein kleineres Boot?»

Sie zögerten, waren unsicher, wer die Frage beantworten sollte. Dann sagte Philipp Steiger: «Keine Ahnung. Aber der Motor war am Stottern, klang irgendwie krank. Ich weiß noch, dass ich zu Jesko gesagt habe, dass er bestimmt gleich abschmiert.»

Nachdem die beiden gegangen waren, blieb Tomma noch einen Moment am Schreibtisch sitzen. Konnte es sein, dass sie den Mörder nur um Minuten verpasst hatten? Den Angaben der Jungs zufolge fuhr der Unbekannte Richtung Norden, während sie sich wieder nach Nordenham auf den Weg gemacht hatten.

Das Telefon klingelte, und Tomma griff zum Hörer.

«Ich hab was für euch.» Ein Kaugummi ploppte.

Tomma grinste. Berschat brauchte seinen Namen gar nicht zu nennen, man wusste innerhalb von zwei Sekunden, dass der Rechtsmediziner am Apparat war. Sie legte die Personalien der Zeugen beiseite. «Gut oder schlecht?»

«Wie man's nimmt. Gut für euch, schlecht für Magnus Steffens. Ich habe seine DNA am Opfer gefunden.»

«Sind Sie absolut sicher?»

Erneutes Kaugummi-Ploppen, dann ein Seufzen. «Was ist denn schon sicher in diesen Zeiten?» Im Hintergrund erklang Klaviermusik. Außer Berschat kannte Tomma niemanden, der im Büro klassische Musik hörte, doch er konnte sich dabei besser konzentrieren.

«Hm, was hat den Herrn Steffens so aufgebracht, dass er handgreiflich geworden ist?», überlegte Tomma laut.

Sie ging mit den Informationen direkt zu Spandorff, der mit Drachner weiterhin Clemens Lasskamp in die Mangel nahm. Nachdem Tomma sie kurz auf den aktuellen Stand gebracht hatte, entschieden sie, dass Drachner das Gespräch mit Lasskamp fortsetzen würde, während Tomma und Spandorff Magnus Steffens mit den Vorwürfen konfrontieren wollten. Tomma entging nicht, dass Spandorff mit den Augen rollte. Wahrscheinlich hätte er die Befragung lieber alleine fortgesetzt oder, noch besser, mit seinem neuen Kumpel vom LKA. Das konnte er jedoch gepflegt vergessen.

Als Tomma die Tür zum Vernehmungsraum öffnete, fiel ihr auf, wie mitgenommen Steffens aussah. Nachdem sie ihn bisher als tadellos gekleideten, selbstbewussten und leicht überheblichen Menschen kennengelernt hatte, hatte sich seine Ausstrahlung gänzlich verändert. Sein Hemd war zerknittert, unter den Achseln zeichneten sich Schweißränder ab. Mit den Fingern trommelte er nervös auf die Tischplatte.

«Ich habe gerade einen Anruf aus dem Rechtsmedizinischen Institut in Oldenburg erhalten», begann Tomma. «Dort hat man Ihre DNA mit den Spuren an der Leiche abgeglichen. Können Sie sich das Ergebnis denken?»

Steffens' grüne Augen flackerten nervös. «Nein, wieso sollte ich?»

«Schluss damit», warf Spandorff ein, «Sie hatten eine Auseinandersetzung mit Nicola Sencker, und zwar kurz vor ihrem Tod. Warum haben Sie uns das nicht gesagt?»

«Was erzählen Sie denn da?» Steffens' Stimme war brüchig.

«Sagen Sie uns endlich die Wahrheit!» Tomma hatte ihre Stimme erhoben und sich nach vorne gelehnt, um seinen Blick einzufangen, der die meiste Zeit ziellos durch den Raum irrte. «Wenn Sie jetzt die Fakten auf den Tisch legen, werden wir das berücksichtigen. Wenn Sie uns aber weiterhin an der Nase herumführen, können wir nichts mehr für Sie tun. Und der Staatsanwalt, der eine Anklage erheben wird wegen Verstoßes gegen das Kriegswaffenkontrollgesetz, schwerer Körperverletzung und zweifachen Mordes, auch nicht!»

Nun kam Bewegung in Magnus Steffens. «Zweifachen Mordes? Sie sind doch irre! Ich habe damit nichts zu tun!»

Spandorff blätterte in seinen Notizen. «Aufgrund der Beweislage ist das kaum vorstellbar», sagte er mit sanfter Stimme. «Vielleicht war es ja so: Sie hatten ein Verhältnis mit Nicola Sencker. Eventuell hatten Sie Ihre Hormone nicht ganz im Griff und haben ihr, möglicherweise unbeabsichtigt, erzählt, dass es mit der NHG bald wieder bergauf geht, und von den tollen Geschäften gesprochen, die ganz allein Ihr Verdienst sind. Und dann wurde Ihnen klar, dass Sie einen Fehler gemacht hatten.» Er klappte sein Notizbuch zu.

«Vielleicht hat sie Sie unter Druck gesetzt, hat Geld verlangt oder wollte zur Polizei gehen», ergänzte Tomma. «In jedem Fall wurde sie zu einer ernsten Gefahr, denn Ihnen musste ja klar gewesen sein, dass sie Sie hätte vernichten können. Dazu reicht eine einzige Aufnahme. Von einem Gespräch oder auch einem Telefonat.»

«Aber das ist kompletter Unfug!» Steffens' Stimme war kaum mehr als ein Krächzen.

«Als Sie wussten, dass es für Sie keinen eleganten Ausweg geben würde, haben Sie sich für eine dreckige Lösung entschieden», fuhr Tomma ungerührt fort. «Sie haben Nicola Sencker umgebracht. Dann haben Sie den Körper an Armen und Beinen beschwert, sind mit einem Boot rausgefahren und wollten sie dort entsorgen wie einen Sack Müll.» Ausgerechnet jetzt lief ihre Nase wieder, und sie kramte unauffällig nach einem Taschentuch.

Schockiert starrte Magnus Steffens sie an. «Ich kann nicht einmal Blut sehen! Ich falle bei der kleinsten Verletzung in Ohnmacht! Fragen Sie meine Schwester …»

«Mir kommen gleich die Tränen.» Spandorffs Stimme war noch immer sanft. «Dann musste der Mord an Chiara Lenhardt Ihnen ja leichter gefallen sein. Kein Blut. Kein Kampf. Kein Schuss. Nur ein Feuer und sehr viel Rauch, der sich langsam in ihre Organe gefressen hat, bis sie schließlich daran verreckte. War Ihnen diese Methode lieber?»

Im Raum war es ganz still. Hatte Magnus Steffens sie zunächst abwehrend angesehen, hatte sich jetzt Fassungslosigkeit in seinem Gesicht breitgemacht. «Das ist doch alles Bullshit!», stieß er hervor. «Was reimen Sie sich denn da zusammen? Nichts davon ist wahr, gar nichts!»

«Sie haben die einmalige Chance, uns zu erzählen, wie es sich tatsächlich abgespielt hat. Und zwar genau JETZT.»

«Ich habe Nicola kein Haar gekrümmt, ich …»

Langsam verlor Tomma die Geduld. «Wir haben Beweise!», rief sie. «Kommt das bei Ihnen an?»

Fieberhaft überlegte Magnus Steffens. Blufften die beiden? Konnte man seine DNA überhaupt nachweisen? Nach allem, was er wusste, war die Leiche übel zugerichtet worden.

«Herr Steffens?» Die Kommissarin mit den asiatischen Gesichtszügen war aufgestanden und wedelte mit einer Hand vor seinem Gesicht, als ob sie prüfen wollte, ob er überhaupt ansprechbar war. Ihm war klar, dass die nächsten Minuten die wichtigsten seines Lebens sein würden.

«Nicola war eine tolle Frau», begann er leise.

Der dicke Hüne mit dem Vollbart sah genervt zur Decke.

«Sie werden jetzt keine Laudatio auf die Verstorbene halten, oder?», fragte Spandorff.

Die Kommissarin setzte sich wieder. «Worum ging es bei der Auseinandersetzung? Um den Waffenhandel?»

Magnus Steffens' Gehirn arbeitete auf Hochtouren. Er musste sich jedes Wort genau überlegen. Alles, was er jetzt sagte, konnte gegen ihn verwendet werden. «Noch einmal: Ich habe keine Ahnung, wie die Waffen in die Container gekommen sind», sagte er ruhig. «Sie waren versiegelt, ich bin nicht dafür verantwortlich. Und wenn ich davon nichts wusste, wird auch Nicola keine Ahnung gehabt haben, dass irgendetwas anderes als die beim Zoll deklarierten Waren transportiert wurden.»

«Die Handgreiflichkeit – worum ging es dabei?» Das helle Gesicht der Kommissarin hatte sich vor Ärger rot verfärbt. Ihre laute, aggressive Stimme passte nicht zu ihrer zierlichen Statur. Als sich ihre Blicke kurz trafen, entdeckte er in ihren braunen Augen eine Unnachgiebigkeit, die ihm bisher verborgen geblieben war.

«Es war alles ganz anders, als Sie denken.»

Der Kommissar warf einen erneuten Blick Richtung Decke. «Wie war es denn nun?», fragte er und gab sich keine Mühe, seine Ungeduld zu unterdrücken.

«Ich war scharf auf sie, okay? Ist das ein Verbrechen?», rief Magnus.

«Dieses Schicksal teilten Sie mit sehr vielen Zeitgenossen», sagte der Kommissar lakonisch.

Magnus war von dem Einwurf irritiert, ging aber nicht darauf ein. «Wir haben beruflich viel Zeit miteinander verbracht, haben uns besser kennengelernt. Ich dachte, die Anziehung beruht auf Gegenseitigkeit.»

«Woraus haben Sie das geschlossen?» Die Kommissarin sah ihn kalt an.

«Na ja, die Art, wie sie sich mir gegenüber verhalten hat.» Magnus merkte selbst, dass es eigenartig klang, wusste aber auch nicht, wie er es anders formulieren könnte. «Die Kleidung, die sie getragen hat.»

Der Kommissar sah ihn ungerührt an. «Geht's ein bisschen konkreter?»

Magnus fuhr sich mit der Hand durchs Gesicht. Er schwitzte. «Sie trug immer diese kurzen Röcke, dazu tiefe

Ausschnitte. Es war doch klar, was sie damit erreichen wollte!»

Die Laune der Kommissarin schien auf dem Gefrierpunkt zu sein. «Und daraus haben Sie geschlossen, dass Nicola Sencker an Ihnen interessiert war. Hat sie sich etwa nur in Ihrer Gegenwart so gekleidet?», fragte Tomma Petersen sarkastisch.

«Nein, natürlich nicht», antwortete er abwesend. «Aber auch ihre Art, ihre ganze Ausstrahlung war … war so, als ob sie es quasi darauf anlegte, mir näherzukommen.»

Die Kommissarin betrachtete ihn nun wie ein Insekt, das sie am liebsten zertreten würde. «Was hat sie denn nun genau gemacht?»

Herrgott, wie sollte er das denn erklären? Wusste sie nicht, wie so etwas ablief? «Sie hat mir tief in die Augen gesehen. Mit ihrer Kette gespielt. Mit dem Fuß so gewippt, dass mein Blick auf ihre Beine fiel. Und auf ihr Tattoo am Knöchel. Ein chinesisches Schriftzeichen.» Seine Stimme war belegt, und er räusperte sich. Er warf einen hilfesuchenden Blick zu dem Kommissar, in der Hoffnung, dass er nachvollziehen könnte, wovon er sprach. Schließlich war er ein Kerl! Doch seine Miene blieb undurchdringlich.

«Aha», sagte die Kommissarin ruhig. «Aber Sie hatten diese … eindeutigen Signale falsch interpretiert. Und dann?»

Magnus fühlte sich mehr als unwohl in seiner Haut. «Eines Abends ging ich noch kurz an ihrem Büro vorbei.» Sofort spielte sich die Szene wieder vor seinem geistigen Auge ab.

«Wann war das?», fragte die Kommissarin.

«Ende vorletzter Woche. Donnerstag oder Freitag. Wie sie so dasaß, Scherze machte, mit mir flirtete …» Er schluckte, und sein Magen zog sich zusammen, wie jedes Mal, wenn er daran dachte. «Ich wollte sie zu mir heranziehen, wollte sie küssen, doch sie stieß mich zurück.»

Im Raum war es wieder still, nur das Deckenlicht summte. «Aber das war nicht alles?», hakte die Kommissarin nach.

«Nein, ich ...» Magnus fuhr sich erneut durchs Gesicht. «Ich habe sie ... bedrängt, weil ich nicht davon ausgegangen bin, dass sie die Abfuhr ernst meinte ... Ich dachte, dass sie vielleicht doch zurückhaltender ist, als ich angenommen hatte. Ich habe sie an den Armen gefasst, härter, als ich eigentlich wollte. Sie hat mich zurückgestoßen und gelacht und gesagt, dass ich mir keine Hoffnung machen sollte, sie sei schon vergeben. Auch das habe ich noch als Koketterie ausgelegt. Ich habe ihr gesagt, dass das nicht schlimm sei, auch ich sei ja vergeben, und sie erneut zu mir herangezogen. Tja, und dann ...» Er sprach den Satz nicht zu Ende.

«Was ist dann passiert?», hörte er aus der Ferne die Stimme der Kommissarin.

«Dann ist die Situation irgendwie außer Kontrolle geraten. Sie hat mich zurückgedrängt, ich habe sie ... gegen den Schreibtisch geworfen. Dabei hat sie sich gestoßen und ist dann hingefallen. Ich habe ihr ... danach ist ... meine Hand ausgerutscht.»

«Sie haben sie geschlagen?», hakte der Kommissar nach.

«Ja. Hören Sie, ich bin nicht stolz darauf. Ich schäme mich furchtbar, so etwas ist mir noch nie passiert. Aber ich war so ... wütend!»

«Auf Nicola?»

Magnus merkte, dass er seine rechte Hand zur Faust geballt hatte, und lockerte sie wieder. «Nein. Das heißt, nicht nur. Wahrscheinlich auf uns beide. Auf sie, weil sie mich hat abblitzen lassen. Mich hat ihre Reaktion kalt erwischt, ich war mir so sicher gewesen! Und auf mich, weil ich sie völlig falsch eingeschätzt hatte. Wissen Sie, ich habe so etwas nicht nötig! Ich lerne viele interessante Frauen kennen. Eigentlich ist es andersherum, sie kommen auf mich zu!»

«Sicher», sagte der Kommissar, und es klang, als bedauere er ihn.

«Vielleicht waren Sie ja so in Ihrem Ehrgefühl verletzt, dass bei Ihnen eine Sicherung durchbrannte?» Die Kommissarin beugte sich ein Stück nach vorne und nagelte ihn mit ihrem Blick fest.

Worauf wollte sie denn jetzt noch hinaus? «Wie meinen Sie das?», fragte Magnus.

«Als Sie das Büro verließ, griffen Sie zur Waffe. Und haben Sie kaltblütig erschossen.»

Jetzt fing diese Verrückte schon wieder damit an. «Nein! Ich habe Ihnen alles gesagt. Mit dem Mord habe ich nichts zu tun!»

Eine halbe Stunde nach der Vernehmung saß er mit der Chefin, Drachner und Jurek im Büro, jeder einen Plastikbecher mit dampfendem Kaffee vor der Nase. Spandorff stand am Fenster, sah durch die trüben Scheiben und versuchte, sich seine Enttäuschung nicht anmerken zu lassen. Er glaubte weiterhin, dass Steffens ihr Mann war. Und er hatte gehofft, dass sie ihn weit genug in die Enge treiben konnten, dass er ins Straucheln geriet.

Es war nach neun, eigentlich hatte Spandorff schon längst zu Hause sein wollen. Die Skatrunde mit Karl und Fred hatte er bereits abgesagt. Draußen wurde es dunkel, und das schwache Licht der Laternen spiegelte sich in den flachen Pfützen auf dem Bürgersteig. Er wandte seinen Blick ab.

«Glauben Sie ihm?», fragte die Petersen in seine Richtung. Sie wühlte in ihrer riesigen Tasche und fand schließlich einen zerdrückten Müsliriegel. Zufrieden wickelte sie ihn aus.

«In puncto Waffenhandel: nein. In puncto Mord: jein. Das sind mir zu viele Indizien, die gegen seine Unschuldslamm-Theorie sprechen.» Spandorff war müde und hätte jetzt lieber mit der Fernbedienung in der Hand auf dem Sofa gelegen, statt auf der Dienststelle Überstunden zu schieben.

Die Petersen biss von ihrem Körnerbrikett ab und kaute.

«Ich glaube, dass diese beiden Dinge nichts miteinander zu tun haben.»

«Das wäre aber ein großer Zufall», warf Drachner ein, der rhythmisch mit dem Fuß wippte. Gut, dass wenigstens einer den Durchblick behielt. In den letzten Tagen hatten sie gut zusammengearbeitet, waren ein effektives Duo geworden.

«Ist das so?», fragte die Petersen, die den letzten Rest ihres Vogelfutters in den Mund schob und mit Kaffee nachspülte. «Clemens Lasskamp hatte ebenfalls nur einen ganz leisen Verdacht, dass es miteinander in Verbindung stehen *könnte*, er konnte aber selbst nichts zu der Theorie beitragen, dass es tatsächlich so war. Nehmen wir doch mal für einen Moment an, dass das eine nichts mit dem anderen zu tun hat. Wo könnten wir ansetzen?»

«Ansonsten gibt es aus meiner Sicht nur einen weiteren Ansatzpunkt, und das ist Chiara Lenhardts Job», sagte Spandorff. «Ihr Kollege Jack kannte beide Frauen, mit Nicola Sencker war er sogar kurz zusammen. Vielleicht ist ja doch irgendetwas faul an den Projekten. Oder eine Ausschreibung lief nicht ganz sauber ab.»

Drachner nickte zustimmend.

«Möglich», sagte die Petersen, wirkte jedoch nicht überzeugt. «Vielleicht war es aber auch ganz anders.»

«Nämlich wie?», fragte er, überlegte dabei aber schon, wie er Jack morgen festnageln könnte.

«Vielleicht hängt es mit Chiara Lenhardts Krankheitsgeschichte zusammen. Genauer gesagt, mit den Vorwürfen, die sie vor einigen Jahren gegen ihren Arzt wegen ihrer Anosmie erhoben hat.» Die Petersen sah in die Runde, als hätte sie den Geistesblitz des Jahrhunderts gehabt.

«Aber der Arzt scheint doch sauber zu sein», warf Drachner ein, und Spandorff pflichtete ihm bei. «Man konnte ihm nichts nachweisen», ergänzte er. «Die Rezepte waren ja wohl in Ordnung. Offenbar war Chiara Lenhardt ziemlich weit vorgeprescht mit ihren Beschuldigungen.»

«Schon, aber ...» Die Petersen ließ sich Zeit mit der Antwort. «Vielleicht haben wir nicht weit genug um die Ecke gedacht. Die Frage ist doch: Welche andere Möglichkeit der Manipulation gab es? Und eine Verbindung zu Nicola Sencker existiert auch: Sie war regelmäßig in der Praxis, um Rezepte für ihre Tante abzuholen. Vielleicht hat sie dort etwas mitbekommen, das nicht für ihre Ohren bestimmt war. Und ihn erpresst.»

Spandorff fand, dass das alles ziemlich wirr klang, sagte aber nichts.

«Dazu würde auch das Geld passen, das wir in ihrem Büro gefunden haben», meldete sich Jurek zu Wort. «Es sind übrigens zwanzigtausend Euro, ich habe nachgezählt.»

Na klar, der Praktikant sprang der Chefin direkt zur Seite.

«Außerdem ist unklar, was genau zu Chiara Lenhardts Anosmie geführt hat», schob die Petersen hinterher. «Ich habe ihren behandelnden Arzt angerufen. Er steht vor einem Rätsel.»

Spandorff war zunehmend genervt von der Theorie. «Dafür kann es doch mehrere Gründe geben. Zum Beispiel eine Grippe», sagte Spandorff. Als er Drachners überraschten Blick auffing, ergänzte er: «Das hat zumindest dieser Dr. Dingsbums in der Doku behauptet. Und Sie haben ja selbst gesagt, dass Chiara Lenhardt eine Erkältung hatte, oder?»

«Ja, aber eine leichte», erwiderte die Petersen und machte einen bockigen Gesichtsausdruck.

Spandorff verdrehte die Augen. «Wie auch immer. Da wir alle keine Mediziner sind ...»

«Es gibt noch mehr Fragen als Antworten, deshalb werden Jurek und ich uns morgen darum kümmern», ließ die Petersen sich nicht beirren. «Sie können ja parallel mit Jack im Institut sprechen. Je eher wir weiterkommen, desto besser.» Sie verzog den Mund zu einem Lächeln, aber man sah ihr an, dass sie sauer war.

Spandorff ging zügig nach Hause. Es roch nach Laub und nasser Erde, der Herbst stand unmittelbar vor der Tür. Kurz dachte er an die fixe Idee der Chefin, die Krankheit der Lenhardt könnte irgendwie mit dem Mord in Verbindung stehen. Er bewegte die Gedanken hin und her, konnte aber keinen Dreh finden, der einen Ermittlungsansatz hergegeben hätte. Wahrscheinlich würde die Chefin morgen zum gleichen Ergebnis kommen.

Spandorff vergrub die Hände noch tiefer in den Manteltaschen, verließ die Fußgängerzone und bog auf die Bahnhofstraße ab. Außer ihm war um diese Zeit keine Menschenseele in der Innenstadt unterwegs.

Spandorff ertappte sich dabei, dass er sich auf sein Zuhause freute, ein ungewohntes Gefühl. Ob es damit zusammenhing, dass er sich dazu durchgerungen hatte, in seiner Bude aufzuräumen? Nachdem er aus Istanbul zurückgekommen war, hatte er sich von alten Zeitungen getrennt, die vertrockneten Pflanzen entsorgt und das Leergut weggebracht. Das war zumindest ein Anfang.

Er schloss die Wohnungstür auf, ging durch die Zimmer und öffnete alle Fenster. Der Anrufbeantworter blinkte, und er drückte auf *Play.*

«Hallo, Papa! Danke, gut. Das Wetter war schön, wir sind gesegelt und haben uns gut verstanden. Bis bald!»

Spandorff lächelte, ihm wurde warm ums Herz. Auf die Karte, die er Sarah aus Istanbul geschickt hatte, hatte er genau eine Frage geschrieben, und die hatte seine Tochter ihm beantwortet. Offenbar hatten sie doch noch einen Draht zueinander. Er war fein und brüchig, aber noch nicht ganz abgerissen.

Er hängte seine Jacke an die Garderobe und ging pfeifend in die Küche.

DONNERSTAG

Als Tomma aufwachte, war es gerade halb sechs. Ihre Glieder waren schwer, sie hatte Kopfschmerzen und bekam schlecht Luft, da sie völlig verschnupft war.

Nachdem sie sich eine halbe Stunde im Bett hin und her gewälzt hatte, stand sie schließlich auf. Vor dem Kleiderschrank griff sie zu Jeans und einem grauen Sweatshirt und ging in die Küche, um die Kaffeemaschine anzustellen. Dann schlurfte sie ins Badezimmer, um ausgiebig zu duschen.

Eine halbe Stunde später saß sie am Küchentisch und löste eine Aspirin in einem Wasserglas auf. Wenn der Fall abgeschlossen war, würde sie sich die Zeit nehmen, sich zu erholen. Bis dahin musste sie sich mit diversen Chemiecocktails über Wasser halten. Tomma biss in einen Nutella-Toast und trank einen Schluck des duftenden Kaffees. Das war schon besser.

Vielleicht hatte Spandorff recht, und sie sollten das Institut und Jack noch einmal genauer unter die Lupe nehmen. Allerdings hatten sie bislang keinerlei Auffälligkeiten entdeckt. Auch in den Familien der beiden Frauen gab es keine Ansatzpunkte.

Konnte es sein, dass der Mord wirklich mit den Vorwürfen an den Arzt zusammenhing? Und wenn ja: Was war damals genau passiert?

Tomma goss Kaffee nach, bestrich eine weitere Scheibe mit Butter und Honig und biss in den krossen Toast. Ein Faden des klebrigen Brotaufstrichs tropfte auf ihre Hose und hinterließ einen dunklen Fleck auf dem hellblauen Stoff.

«Shit.»

Genervt griff sie zu einem Lappen, gab Spülmittel darauf und beseitigte die Honigspuren so gut wie möglich. Nun klebte der nasse Stoff unangenehm am Bein.

Sie beschloss, das Malheur zu ignorieren, und warf einen kurzen Blick auf die Uhr. Mittlerweile war es kurz nach halb acht, da konnte man doch schon mal ein Telefonat führen, oder?

Tomma suchte ihr Handy und wählte die Nummer von Benjamin Fischer, dem Schulfreund, den Chiara ins Vertrauen gezogen hatte.

Niemand nahm ab. Als Tomma schon auflegen wollte, meldete er sich doch. Er klang verschlafen und ärgerlich. Kurz und knapp erläuterte sie die Hintergründe.

«Und deshalb rufen Sie um diese Zeit an?»

«Jede Minute zählt», sagte Tomma und biss in ihren Toast. Das klang zwar melodramatisch, verfehlte aber nicht die gewünschte Wirkung.

«Okay, schießen Sie los», kam es resigniert zurück.

«Nehmen wir mal an, Doktor Grenger hat doch Dreck am Stecken. Wie könnte die Anosmie noch zustande gekommen sein? So rein theoretisch?»

Tiefes Seufzen. «Das Thema hatten wir doch schon. Da war nichts. Alle Rezepte waren sauber, er hat kooperiert, Ende der Geschichte. Glauben Sie mir, wenn mir noch irgendeine Möglichkeit eingefallen wäre, wie er gepfuscht haben könnte, dann hätte ich sie Chiara gesagt!»

Tomma schob den leeren Teller von sich weg. «Arbeitet

Herr Grenger vielleicht mit einem Kollegen zusammen? Jemand, der ihn vertritt, etwa im Krankheits- oder Urlaubsfall?»

«Keine Ahnung, das können Sie ihn am besten selbst fragen.» Fischer unterdrückte ein Gähnen. Ob vor Müdigkeit oder Langeweile, konnte Tomma nicht ausmachen. «Das Einzige, was mir noch einfällt, wenn Sie jetzt so genau nachbohren …»

«Ja?»

«Die Apotheke, die könnte man natürlich auch mal unter die Lupe nehmen.»

«Wieso *die*, gibt es eine bestimmte?» Tomma klemmte das Handy zwischen Kinn und Schulter und begann, den Tisch abzuräumen. «Die Patienten von Grenger gehen doch nicht alle zu derselben Apotheke, oder?»

Am anderen Ende der Leitung war es kurz still. «Na ja, in der Regel schon», sagte Fischer dann. «Sie befindet sich ja oft direkt nebenan.»

Tomma stellte Nutella und Honig in den Schrank und verstaute Butter und Milch im Kühlschrank. «Aber ich verstehe nicht ganz, was das für unseren Fall bedeuten soll.»

«Na ja, dort können auch verschiedene Sauereien passieren. *Rein theoretisch.*» Im Hintergrund waren Stimmen zu hören, und er schloss die Tür hinter sich. «Ein Beispiel: Die Staatsanwaltschaft Stuttgart war letztes Jahr einem Millionenbetrug auf der Spur. Es ging dabei um illegal eingeführte Wirkstoffe, die in der EU nicht zugelassen, hier aber in den Apotheken vermischt worden sind. In dem Fall waren es Krebsmedikamente, sogenannte Zytostatika. Die Mischungen werden speziell auf die Patienten abgestimmt und werden bei Chemotherapien verwendet.» Er erhob seine Stimme, um sich gegen die Kaffeemaschine durchzusetzen, die laut gluckerte.

«Und das fiel nicht auf?», fragte Tomma verwundert.

«Nein, wie denn?» Benjamin Fischer klang inzwischen wacher. «Die Betrüger haben sich billige Wirkstoffe besorgt, hier zusammengemischt und wie gewohnt abgegeben. Bei den Krankenkassen wurden dann die teuren Präparate abgerechnet. Und die Patienten merken doch auch nichts. Sie vertrauen darauf, dass sie das richtige Präparat bekommen haben.»

Tomma trank den letzten Schluck Kaffee und stellte den Becher in die Spüle. «Wird das nicht noch einmal überprüft? Von den Krankenkassen zum Beispiel?»

«Nope. Und damit Sie eine Vorstellung davon bekommen, über wie viel Geld wir sprechen: Eine Chemotherapie kostet im Schnitt tausendfünfhundert Euro. Die meisten Patienten machen, über mehrere Monate verteilt, zehn oder zwölf Durchgänge. Wir reden also über fünfzehn- bis zwanzigtausend Euro. Die Gewinnmargen sind riesig.»

Tomma hatte noch nie mit Straftaten im Medizinermilieu zu tun gehabt. Sie war bisher davon ausgegangen, dass Verbrechen dieser Art im deutschen Gesundheitssystem kaum umsetzbar waren. Außerdem erschien ihr das Risiko sehr hoch für eine ohnehin schon gut situierte Berufsgruppe. «Warum würden Apotheker so etwas machen? Verdienen sie nicht genug?»

Benjamin Fischer lachte trocken. «In jeder Branche gibt es schwarze Schafe, das müssten Sie doch am besten wissen. Und viele Apotheker fühlen sich über den Tisch gezogen, von der Politik, den weitreichenden Dokumentationspflichten. Da kommt so ein Nebenverdienst genau richtig. Für Apotheker, die hauptsächlich Überweisungen von Spezialisten bekommen, ist das perfekt. Sie können sich auf die Medikamente einstellen.»

«Wieso?»

«Na ja, an Antibiotika oder sogar frei verkäuflichen Medikamenten verdient man nicht besonders viel. Es lohnt sich nur bei sehr speziellen, teuren Medikamenten. Wie zum Beispiel im Falle der Chemotherapien.»

«Oder bei Rezepten eines Rheuma-Arztes», ergänzte Tomma.

«Genau.»

«Haben Sie die Möglichkeit Chiara Lenhardt gegenüber mal erwähnt?»

«Ja, gleich zu Anfang, im zweiten Gespräch.» Fischer zögerte kurz, bevor er weitersprach. «Aber sie hielt es für sehr unwahrscheinlich und hat es im Prinzip ausgeschlossen.»

Tomma konnte das gut nachvollziehen. Die ganze Theorie klang mehr als abenteuerlich. «Das wäre organisierte Kriminalität, und zwar im großen Stil.» Sie schloss die Küchentür hinter sich und suchte ihre Tasche. «Ziemlich schwer vorstellbar.»

«Wenn Sie sich da mal nicht täuschen! Fragen Sie doch mal bei den Krankenkassen nach. Die haben eigene Ermittlungsgruppen für Abrechnungsmanipulationen. Nein, der Grund lag ganz woanders.»

Tomma griff zu den Stiefeln. «Wie meinen Sie das?»

«Na ja, sie kannte den Apotheker und hat ihm das nicht zugetraut.»

Tomma hielt inne. «Sie kannte ihn? Woher denn das?»

«Das weiß ich nicht, darüber haben wir nicht gesprochen.»

«Wissen Sie seinen Namen?»

Tiefes Seufzen. «Auch da muss ich passen. Aber der ist leicht rauszufinden. Die Apotheke ist sicher direkt neben Grengers Praxis!»

Nachdem Tomma das Gespräch beendet hatte, fiel ihr der Werbekalender wieder ein, den sie erhalten hatte, als sie dort neulich angehalten und Aspirin und das Erkältungsbad gekauft hatte.

Sie ging in den Abstellraum, schob einen Korb mit Pfandflaschen beiseite und wühlte die Kiste mit dem Altpapier durch. Nach einer Weile fand sie, was sie gesucht hatte. Der Kalender zeigte eine sattgrüne Wiese, darauf weiße Schafe, die unter einem strahlend blauen Himmel grasten. Rechts daneben haftete ein Aufkleber mit dem Satz *Wir bringen Sie gesund durchs Jahr – Ihre LG-Apotheke.* Als Tomma den Kalender umdrehte, fand sie das Impressum: LG-Apotheke, Inhaber Ludwig Gessen.

Ludwig Gessen? Der Name kam ihr bekannt vor. Dann fiel ihr wieder ein, wo sie ihn schon mal gehört hatte.

Natürlich musste die Petersen ausgerechnet in dem Moment anrufen, als er neben den Fischtanks stand. Eigentlich sollte Spandorff Jack hier treffen, doch von Chiara Lenhardts ehemaligem Kollegen war weit und breit nichts zu sehen.

«Und was haben Sie jetzt vor?», fragte er und versuchte, den beißenden Geruch nach Fischfutter zu ignorieren.

Die Petersen erwiderte etwas, das er nicht verstand. Irgendeine Geschichte von richtigen Rezepten, falschen Medikamenten und Tabletten, die sie untersuchen lassen wolle. War die Chefin jetzt bregenklöterig geworden?

«Wo bekommen Sie die Dinger denn her?» Spandorff gab Jack die Hand, der in der Zwischenzeit die Halle betreten hatte.

«Ich bin gerade bei Dr. Grenger und lasse mir eine Zusammenstellung von Rezepten geben», sagte die Petersen. Ihre Ausführungen wurden von einem Hustenanfall unterbrochen, und Spandorff hielt das Handy ein Stück vom Ohr weg.

«Dann suche ich die Patienten auf und mache mich mit den Medikamenten auf den Weg zu Berschat.»

Spandorff folgte Jack in den Bürotrakt. «Und Grenger rückt die Daten einfach so raus?»

«Das Argument, andernfalls die Ermittlungen in einem Mordfall zu behindern, hat ihn überzeugt.»

«Die Aktion dürfte Sie einen Tag lang beschäftigen.»

«Falsch», sagte die Petersen knapp und schniefte kurz. «Die Patienten wohnen alle in Burhave, und Berschat weiß Bescheid und bereitet das Labor vor. Wetten, dass ich die Ergebnisse habe, bevor Sie sich heute Abend Ihr erstes Bier aufmachen?»

Damit hatte sie wahrscheinlich sogar recht. Während er oft tagelang auf die Ergebnisse der Rechtsmedizin warten musste, schien Berschat sich jedes Mal fast zu überschlagen, wenn KHK Petersen mit einem frischen Auftrag um die Ecke bog. Spandorff seufzte. «Wie dem auch sei, ich glaube, dass die Spur kalt ist. Sie vergeuden Ihre Zeit. Glauben Sie wirklich, dass der Apotheker konsequent mit gefälschten Medikamenten gehandelt hat? Das ist starker Tobak.»

«Das ist der Waffenhandel der NHG auch», erwiderte die Petersen trotzig. «Vielleicht haben wir bisher einfach zu klein gedacht. Und uns nicht an Theorien herangetraut, die nur auf den ersten Blick abwegig erscheinen. Außerdem gibt es Berührungspunkte, und zwar mit beiden Opfern, wenn wir Chiara Lenhardt jetzt einmal dazuzählen. Gessens Boot liegt beim Butjadinger Yachtclub. Andreas Kubiak hat erwähnt, dass er neulich mit Nicola Sencker gestritten hat. Und: Wenn Gessen tatsächlich der Mörder ist, konnte er das Wissen über ihre Anosmie gezielt genutzt und den Brand in Chiara Lenhardts Haus gelegt haben.»

Spandorff rollte mit den Augen. «Ist das nicht ein bisschen an den Haaren herbeigezogen?»

«Einen Versuch ist es auf jeden Fall wert», erwiderte sie kühl.

Spandorff ließ das Handy in seiner Manteltasche verschwinden und wandte sich Jack zu. Ihm fiel auf, dass der Wissenschaftler aufgeräumter aussah als bei ihrem letzten Aufeinandertreffen. Er war rasiert und trug ein gebügeltes Hemd, das er ordentlich in eine graue Cordhose gesteckt hatte. Auf die schwarze Brille, die er noch beim letzten Mal getragen hatte, hatte er verzichtet.

Als hätte er Spandorffs Gedanken erraten, ergänzte er: «Ich halte gleich einen Vortrag.» Sein Blick hatte etwas Herausforderndes. «Haben Sie noch Fragen?»

Spandorffs Blick fiel auf einen Schnellhefter, der auf dem Tisch lag. *«Die Auswirkungen von Nährstoffen auf Algen und daraus resultierende Konsequenzen für den Rohstoff von morgen. Eine Studie von Jack Warren»,* las er laut. «Ist das Ihr Thema?»

«Ja», erwiderte Jack knapp und griff den Schnellhefter. «Der Vortrag beginnt in fünfzehn Minuten, Sie müssen sich also etwas beeilen.»

«Hat Chiara Lenhardt sich nicht mit derselben Fragestellung auseinandergesetzt?», fragte Spandorff.

«Das ist richtig.» Jack wich seinem Blick aus. «Von ihr stammen die Ergebnisse, das umfangreiche Datenmaterial.»

«Aber Sie präsentieren die Studie.»

«Selbstverständlich wird Chiara in jedem Kapitel genannt, sämtliche Erkenntnisse, die aus ihren Versuchen gewonnen worden sind, stehen direkt mit ihrem Namen in

Verbindung.» Jack wich Spandorffs Blick noch immer aus und zog sich ein schwarzes Sakko über. «Und nur um Ihrer nächsten Frage zuvorzukommen: Mögliche Erlöse aus dem Projekt fließen in einen Fonds des Institutes. Mit dem Geld sollen Studien bezahlt werden, die noch nicht reif für die Wirtschaft, aber interessant für die Forschung sind.»

«Aha. Chiara Lenhardt hat sich hier im Institut bedroht gefühlt, haben Sie eine Ahnung, von wem?»

Jack griff eine schwarze Ledertasche und sah sich suchend um. «Nein, aber das habe ich schon alles Ihrem Kollegen gesagt, diesem Herrn Pajak», sagte er abwesend. Er steckte einen glänzenden Kuli in die Innentasche seines Sakkos und atmete tief durch. Offensichtlich wollte er Spandorff loswerden. Aber so leicht ließ er sich nicht abwimmeln.

Sicher, Jurek hatte bereits danach gefragt, aber Spandorff hatte es noch einmal von Jack direkt hören wollen. «Es gab einen Zwischenfall im Kühlraum. Sie hatte den Verdacht, dass sie jemand eingesperrt hat.»

Jack zuckte mit den Schultern. «Davon habe ich nichts gehört, und sie hat es mir gegenüber auch nicht erwähnt.» Er sah sich um, als wollte er prüfen, ob er für seinen Vortrag etwas vergessen hatte.

«Sind Ihre Großeltern eigentlich Amerikaner?», wechselte Spandorff unvermittelt das Thema.

Mit dieser Frage hatte er wieder Jacks ungeteilte Aufmerksamkeit.

«Warum wollen Sie das wissen?», fragte er argwöhnisch.

«Warum wollen Sie es mir nicht sagen?», konterte Spandorff.

Jack klemmte sich die Tasche unter den Arm. «Meine Großmutter war Amerikanerin, mein Großvater nicht.»

«War er Deutscher?»

«Ich weiß zwar nicht, warum Sie das interessiert, aber: Ja, war er. Er ist bereits vor einigen Jahren verstorben. Sonst hätte ich sie gerne miteinander bekannt gemacht.» Beim letzten Satz schwang Ironie mit. «Hören Sie, ich muss mich jetzt auf den Weg machen. Der Vortrag beginnt in ein paar Minuten, und als Referent sollte ich eigentlich vor den letzten Zuhörern im Saal eintreffen.» Er warf einen hastigen Blick auf die Uhr und wollte an Spandorff vorbei durch die Tür gehen.

Dieser stellte sich ihm in den Weg. «Hat er in der Wehrmacht gekämpft?»

Jack wich zurück und sah überrascht aus. «In der Wehrmacht? Für die Nazis?» Jack sah ihn kalt an. «Das geht Sie nichts an.»

Tomma faltete das dünne, knisternde Papier auseinander, strich es glatt und legte es neben die Medikamentenschachtel. Dann drückte sie eine Tablette aus der Verpackung und gab sie Berschat, der sie gegen das Licht hielt und begutachtete.

«Und?»

«Sieht auf den ersten Blick normal aus, meine Liebe. Aber das muss ja nichts heißen», sagte er und legte sie in eine Reihe mit den anderen Rezepten, Verpackungen, Beipackzetteln und Tabletten.

Insgesamt fünfzehn Proben hatten sie zur Verfügung. Alle waren aus dem letzten Vierteljahr, lediglich eine war noch älteren Datums. Normalerweise wurden die Dragees direkt eingenommen, nachdem sie verschrieben worden waren, deshalb war Tomma froh, dass eine ältere Dame aus der Seniorenresidenz es damit nicht so genau genommen und sie im Schrank gehortet hatte.

Berschat war ganz in seinem Element und machte sich direkt an die Arbeit.

Anders als Spandorff fand er Tommas Überlegungen nicht so abwegig und verwies auf einige Ermittlungsverfahren, die sich mit Medikamentenfälschungen befassten. Er berichtete von einer Ärztin aus Berlin, die Allergikern statt der versprochenen homöopathischen Mittel Kortison gespritzt haben soll.

«Warum hat sie das gemacht?» Tomma hatte sich auf einen Drehhocker gesetzt und rollte über die glatten Fliesen durch den Raum.

«Ihre Patienten waren umgehend beschwerdefrei. Innerhalb kürzester Zeit sprach sich die Fähigkeit der Ärztin als Wunderheilerin herum, sie wurde eine Art Koryphäe auf ihrem Gebiet. Sie muss sich dumm und dusselig verdient haben.»

«Und wie ist es schließlich aufgeflogen?», fragte Tomma und rollte mit ihrem Stuhl Berschat hinterher, der ein Kaugummi auswickelte und sich in den Mund schob.

«Die Mutter einer Patientin hatte die Ermittlungen ausgelöst. Sie hatte nach einer Behandlung bei ihrem Kind eine Rückbildung des Fettgewebes an der Einstichstelle beobachtet. Das ist typisch für Kortison.»

«Gab es noch andere Nebenwirkungen?»

Berschat streifte sich Gummihandschuhe über. «Knochenschwund und Wachstumsstörungen, um nur zwei zu nennen.»

Tomma dachte an die Spritzen und Medikamente, die sie bisher in ihrem Leben bekommen hatte. Wenn es um Arzt- oder Krankenhausbesuche ging, neigte sie dazu, die Risiken zu verdrängen und still darauf zu vertrauen, dass alles glattging. Berschats Geschichten waren mehr als beunruhigend.

«Gab es eine Anklage?», wollte sie wissen.

«Sicher, und die hat sich gelohnt: gefährliche Körperverletzung und Betrug in mehr als hundert Fällen.» Gut gelaunt klatschte Berschat in die Hände. «So, dann woll'n wir mal!»

Der Rechtsmediziner liebte es, wenn seine Arbeit im Mittelpunkt der Ermittlungen stand, dann waren ihm auch Stress und Überstunden egal. In seinem weißen Kittel lief er auf quietschenden Sohlen im Labor hin und her, ganz in seine Arbeit vertieft. Wenn man ihn nicht auf Bewertungen oder Aussagen festnagelte, lief er zur Höchstform auf und konnte wichtige Erkenntnisse beisteuern. Spandorff hatte es entweder noch nicht begriffen, oder es war ihm egal. Auch nach über einem Jahrzehnt gemeinsamer Arbeit waren die beiden sich nicht grün.

«Kann ich irgendwie helfen?» Tomma schob ihre Tasche beiseite und lehnte sich gegen einen Schrank, auf dem eine Reihe Reagenzgläser stand.

Berschat drehte sich stirnrunzelnd um. «Ja. Mein Labor verlassen. Das wird jetzt ein bisschen dauern.»

Tomma wollte protestieren, aber Berschat hatte sich bereits wieder umgedreht und schien sie gar nicht mehr wahrzunehmen.

Sie wühlte in ihrer Tasche nach einer Flasche Wasser und verließ das Rechtsmedizinische Institut. Dann rief sie Jurek an und bat ihn, Ludwig Gessen zu durchleuchten.

«Ähh, so richtig offiziell?»

«Wir benötigen die Informationen so schnell wie möglich», erwiderte Tomma und hoffte, dass er daraus die richtigen Rückschlüsse ziehen und sie nicht zwingen würde, noch deutlicher zu werden. Sie hasste den inoffiziellen Weg, aber es blieb ihr keine andere Wahl.

«Okay. Worauf soll ich achten?» Im Hintergrund klackerte bereits die Tastatur.

«Schulden, verdächtige Kontobewegungen, Investitionen. Außerdem sein Familienstand und Verbindlichkeiten. Und natürlich das Übliche, also POLAS und INPOL.»

Vor der Tür knöpfte sie ihren Mantel zu und setzte sich auf eine Holzbank.

Die Luft war trocken und milder als am Vortag, und Tomma legte den Kopf in den Nacken, um die letzten Sonnenstrahlen einzufangen. Sie wurde jedes Jahr ein wenig wehmütig, wenn sich der Sommer verabschiedete, da waren auch die bunt gefärbten Blätter der Bäume nur ein kleiner Trost. Tommas Blick fiel auf eine Kastanie, die im Nachmittagslicht goldgelb leuchtete.

Ihr Handy summte und holte sie mit einem Ruck aus ihrer Träumerei. Ein Blick aufs Display. Jan. Ob er privat anrief? Oder ging es um den Fall?

«Ja?»

«Ich habe Ergebnisse, die für dich interessant sein könnten.»

Okay, der Fall. «Worum geht's?»

«Ich habe die Untersuchung des Handys abgeschlossen, das die beiden Jugendlichen aus der Nordsee gefischt haben.»

Tommas Interesse war schlagartig geweckt. Abrupt setzte sie sich auf und verscheuchte dadurch eine Amsel, die es sich etwas von ihr entfernt bequem gemacht hatte.

«Lass hören!»

Die Vorführung beim Haftrichter war prompt erfolgt. Der Staatsanwalt, ein junger Schnösel mit randloser Brille und Piepsstimme, hatte ausführlich erläutert, warum der Beschuldigte in Untersuchungshaft genommen werden müsse. Seiner Meinung nach war es für ihn, Magnus, ein Leichtes, sich abzusetzen. Er hatte Geld und internationale Beziehungen. Außerdem bestünde die Möglichkeit, dass er wichtige Zeugen unter Druck setzen könnte, was die gesamten bisherigen Ermittlungen gefährden würde.

Magnus wunderte sich über den Plural. Ihm fiel nur genau *eine* Person ein, der er am liebsten den Hals umdrehen würde. Aber dafür war es jetzt wohl zu spät.

Das Resümee des Staatsanwaltes lautete: dringender Tatverdacht, Verdunkelungsgefahr, Fluchtgefahr. Der Richter, ein übergewichtiger Mittsechziger mit Halbglatze und dem Tick, dauernd zu blinzeln, wenn er sprach, folgte seiner Einschätzung.

Nun saß Magnus Steffens an einem schlichten Tisch und wartete. Im Zimmer roch es leicht nach Kohl und Putzmittel.

Nachdem gestern klar gewesen war, dass man ihn direkt in die Untersuchungshaft bringen würde, hatte er Mira und seine Frau angerufen. Nüchtern hatte er die Situation dargestellt, selbstbewusst die Absurdität der Behauptungen hervorgehoben und darum gebeten, dass man sich umgehend mit Scharkner, dem Hausanwalt der NHG, in Verbindung setzen solle.

In den darauffolgenden Stunden dämmerte ihm langsam, dass er sich nicht nur in geschäftlichen Fragen verschätzt hatte. Wie selbstverständlich war er davon ausgegangen, dass seine Familie bestürzt zu ihm eilen würde, um ihm beizustehen.

Doch bisher war niemand gekommen. Er hatte die Nacht in der miefigen Zelle verbracht, zwischen einem zerkratzten Spind, einem wackeligen Tisch und einem alten Röhrenfernseher. Mehrmals war er aufgewacht und hochgeschreckt, weil flackernde Bildfetzen seinen Schlaf zerschnitten hatten.

Nun war es bereits später Nachmittag.

Die Tür ging auf, und eine Frau erschien im Rahmen. Sie sprach kurz mit dem JVA-Beamten, strich ihre Jacke glatt und kam auf ihn zu. Ihr Händedruck war fest, sie setzte sich.

Zum ersten Mal in den letzten Wochen wurde Magnus klar, dass er verloren hatte. Das Gefühl der Ohnmacht und Ausweglosigkeit überfiel ihn so schlagartig, dass es ihm fast die Luft zum Atmen nahm.

«Wie geht es dir?», fragte Mira. Vergeblich suchte Magnus in ihren Augen nach echter Anteilnahme.

Seine Schwester sah ausgeschlafen aus, trug ein sauberes Kostüm und war von einer Parfümwolke umgeben, die schwach an Lavendel erinnerte. Er dagegen war ungeduscht, nicht rasiert und trug noch dieselbe Kleidung wie tags zuvor.

«Es könnte besser sein.»

«Scharkner ist auf dem Weg. Er war auf Geschäftsreise in Barcelona, deshalb ging es nicht schneller.»

«Sicher.» Wenigstens das. Wenn Scharkner seine Verteidigung übernahm, hatte er zumindest eine minimale Chance auf Rehabilitation.

«Da gibt es noch etwas anderes.» Mira griff in die braune Tasche, die sie neben den Tisch gestellt hatte. Dabei registrierte Magnus, dass ihre Hände, anders als sonst, sorgfältig manikürt waren. Auch die Tasche war vom Feinsten. Hochwertiges Leder, teure Marke.

Sie zog ein Schriftstück heraus. Ihre Hände zitterten leicht, als sie es auf den Tisch legte.

«Es sieht so aus, als könntest du für einige Zeit nicht mehr in das operative Geschäft eingreifen.» Sie schob die Brille in den braunen Pagenkopf. Eine Macke von ihr, schon seit Jahren. «Im Sinne der NHG werde ich die Geschäfte so lange alleine leiten, bis du wieder ...» Sie suchte nach den richtigen Worten. «... in der Lage bist, für das Unternehmen da zu sein.»

Fassungslos sah Magnus sie an. Keine Fragen, keine Vorwürfe? Stattdessen ein Geschäftstreffen mit der Nachricht, dass er ab sofort im Unternehmen nichts mehr zu melden hatte?

«Das kannst du nicht machen», sagte er leise.

«Doch», erwiderte sie ruhig. «Paragraph sechs, Absatz drei des Gesellschaftervertrags: Wenn ein Geschäftsführer die Leitung des Unternehmens über einen längeren Zeitraum nicht wahrnehmen kann, sei es durch Krankheit oder andere personenbezogene Gründe, so obliegt es der Gesellschafterversammlung, den Geschäftsführer abzuberufen.» Sie setzte ihre Brille wieder auf. «Dieser Fall ist nun wohl eingetreten.»

Magnus konnte nicht glauben, was er hörte. «Daran denkst du in so einer Situation als Erstes? Das ist deine größte Sorge?», rief er und fegte die Papiere vom Tisch.

Miras Gesichtsausdruck blieb neutral. «Selbstverständlich hast du die Möglichkeit, den Abberufungsbeschluss anzufechten.»

«Willst du gar nicht wissen, wie es mir geht? Meine Version der Geschichte hören?» Er war so laut geworden, dass der JVA-Beamte gereizt zu ihnen hinübersah. «Interessiert dich das Ganze hier einen Scheiß?» Mit dem Handrücken wischte er sich Spuckefäden vom Mund.

Miras Blick flackerte, aber nur ganz kurz. «Wie es dir geht, habe ich dich gefragt», sagte sie. «Und die wahre Version der Geschichte werden die Ermittler zusammentragen.»

Sie stand auf und nahm ihre Tasche. Mit einem großen Schritt stieg sie über die auf dem Boden verteilten Papiere. Bevor sie den Raum verließ, drehte sie sich noch einmal kurz um.

«Ich habe gestern übrigens mit deiner Frau telefoniert. Sie kommt dich besuchen, sobald sie es einrichten kann. Zurzeit hat sie aber noch Verpflichtungen in Traunstein. Den Wellness-Urlaub hatte sie wohl schon vor langer Zeit gebucht.»

«Treffer.»

Tomma riss die Augen auf und blickte direkt in das hagere Gesicht des Rechtsmediziners. «Ganz sicher?» Sie erhob sich und registrierte, dass ihr rechtes Bein eingeschlafen war. Eine ganze Zeit lang hatte sie auf der Bank vor dem Institut verbracht.

«Kommen Sie, ich zeige es Ihnen.» Das Kaugummi ploppte.

Tomma schnappte sich ihre Tasche und folgte Berschat ins Institut. Sie musste sich beeilen, um mit ihm Schritt zu halten. Bereits im Gehen fasste er die wichtigsten Ergebnisse zusammen. «Vierzehn von fünfzehn Tabletten waren absolut unauffällig», resümierte er und hielt Tomma die Tür zum Obduktionsraum auf.

«Lassen Sie mich raten.» Tomma fröstelte und versuchte, den Sektionstisch und die blank geputzten Skalpelle, Scheren und Pinzetten zu ignorieren. «Die positive Probe haben Sie der ältesten Schachtel entnommen, richtig?»

Mit einem Ruck drehte sich der Rechtsmediziner um und schnippte mit den Fingern. «Exakt.»

Tomma grüßte eine Medizinerin, die ein Glasplättchen unter ein Mikroskop legte und dabei kurz aufsah.

«Man kann es sogar schon an der Verpackung erkennen», sagte Berschat. Er legte zwei Medikamentenschachteln auf den weißen Tisch, die auf den ersten Blick identisch aussahen.

«Sehen Sie mal hier, die Schrift ist kleiner, wenn auch nur minimal. Außerdem ist das Material der Verpackung dünner. Wenn man dann ganz genau hinsieht, kann man noch erkennen, dass die Farbe eine Nuance dunkler ist als beim Original.»

Jetzt, wo Tomma wusste, worauf sie achten musste, konnte sie den Unterschied erkennen. Patienten, die ihre Medikamentenschachtel nicht von allen Seiten unter grellem Neonlicht begutachteten, fiel die Abweichung jedoch mit Sicherheit nicht auf.

«Noch spannender aber ist Folgendes.» Berschat machte eine kurze Pause, bis Tomma den Blick von der Medikamentenschachtel abwandte, sodass er ihre ungeteilte Aufmerksamkeit hatte. «Die Wirkstoffe sind weitgehend identisch, bis auf zwei, die im Original nicht enthalten sind. Einen Wirkstoff können wir vernachlässigen, der andere ist jedoch interessant: Methotrexat.»

Tomma runzelte die Stirn. «Was ist das für eine Substanz?»

«Ein Basistherapeutikum, das bei Rheuma eingesetzt wird. Gut wirksam und vor allem günstig. Bei hoher Dosierung kann es jedoch zu verschiedenen Nebenwirkungen kommen – unter anderem zu einer Anosmie.»

«Das heißt, das ist eine Fälschung?»

«Mit ziemlicher Sicherheit.» Berschat vergaß für einen Moment, weiter auf seinem Kaugummi zu kauen. «Die Patienten merken davon zunächst nichts, denn es wirkt ja. Die Beschwerden werden gelindert.»

Tomma hatte in der Zwischenzeit wieder auf dem Bürostuhl Platz genommen und rollte gedankenverloren hin und her. «Ist es möglich, dass ein Apotheker getäuscht wird? Dass er gefälschte Ware erhält und sie unwissentlich verkauft?»

Berschat wiegte den Kopf hin und her. «Das ist nicht besonders wahrscheinlich, aber wäre natürlich denkbar. Sie überlegen, wie seine Verteidigung vor Gericht aussehen könnte?»

Tomma nickte.

«Eine einzige Packung mit gefälschten Medikamenten ist in der Tat ein sehr schwacher Beweis, da gebe ich Ihnen recht. Sie müssten schon mehr in der Hand haben als diesen Ausrutscher.»

Dazu musste sie jedoch erst einmal das System verstehen. «Nehmen wir mal an, Ludwig Gessen hat seinen Patienten über Jahre hinweg gepanschte Medikamente verkauft. Wie könnte das abgelaufen sein?»

Berschat zog die Plastikhandschuhe aus und warf sie in den Mülleimer.

«Tja, er würde die Medikamente über irgendwelche schwarzen Kanäle erhalten. Sie werden illegal hergestellt in nicht akkreditierten Laboren, die in keiner Liste auftauchen. Um die Dinger herzustellen, braucht es nicht so viel. Das können Sie wahrscheinlich alles online bestellen und anschließend zusammenpressen.»

«Wo gibt es solche Labore, auch in Deutschland?»

«Eher unwahrscheinlich. Ich tippe auf Osteuropa.»

«Und wie stellt man Kontakt zu solchen Leuten her?»

Tomma merkte selbst, dass ihre Fragen naiv klangen, aber sie hatte keine Ahnung, wie so etwas ablief, und immerhin war Berschat vom Fach.

Berschat zog seinen weißen Kittel aus und hängte ihn an einen Haken. «Vermutlich Vertreter. Oder Großhändler. Die werden vorsichtig vorfühlen, ob Interesse besteht, und, wenn jemand anbeißt, entsprechende Kundenbesuche machen.»

«Trotzdem ist die Hemmschwelle doch sehr hoch», überlegte Tomma laut. «Wenn er auffliegt, dann ist ein Berufsverbot so sicher wie das Amen in der Kirche.»

Berschat seifte seine Hände ein, drehte den Wasserhahn auf und spülte sie sorgfältig ab. «Das kann man sicherlich etwas differenzierter sehen.» Suchend sah er sich um und griff zu einem alten Geschirrtuch. «Das Risiko, erwischt zu werden, schätze ich nicht besonders hoch ein. Man muss schon einen sehr konkreten Verdacht haben, so wie in diesem Fall.» Sein Kaugummi ploppte.

Während Tomma zu ihrem Wagen lief, rief sie Spandorff an, der gerade auf dem Weg von Bremerhaven nach Nordenham war. Nachdem er von dem Gespräch mit Jack berichtet hatte, der sich schnell von Chiaras Tod erholt zu haben schien, erzählte Tomma von der neuen Spur.

«Die Medikamente waren gefälscht?», fragte er ungläubig.

«Nicht mehrere, sondern nur eines», korrigierte Tomma. «Was ja auch Sinn macht, wenn man davon ausgeht, dass Gessen wusste, dass man ihm auf die Spur gekommen war. Er wird sich in letzter Zeit also brav ans Gesetz gehalten haben.»

Spandorff stand etwas auf der Leitung. «Woher sollte er das gewusst haben?»

«Es könnte doch so gewesen sein: Nicola, die regelmäßig in der Apotheke war, um Rezepte für ihre Tante einzulösen, hat irgendwie mitbekommen, dass Präparate nicht echt waren. Vielleicht ist es ihr sogar bei dem Medikament ihrer Tante aufgefallen? Sie hat Chiara davon erzählt, und die beiden Frauen haben eins und eins zusammengezählt: Was, wenn gar nicht der Arzt für Chiaras Anosmie verantwortlich gewesen ist, sondern der Apotheker?»

«Aber warum ist Chiara Lenhardt dann nicht sofort zur Polizei gegangen?», hakte Spandorff nach.

Tomma ärgerte sich darüber, dass sie auf diese Fragen bisher keine zufriedenstellende Antwort gefunden hatte. «Vielleicht haben die beiden Frauen ihn erpresst?», schlug sie vor. «Dazu würde auch das Geld in Lenhardts Büro passen!»

«Aber dann wäre sie doch spätestens nach dem Mord an Nicola Sencker mit der Sprache herausgerückt!», gab er zu bedenken. «Zu diesem Zeitpunkt hätte sie doch wissen müssen, dass sie in Gefahr ist und die Nächste sein könnte.»

Tomma seufzte, nahm sich aber vor, andere Möglichkeiten nicht auszublenden. «Wie sieht denn Ihre Theorie aus?»

«Ich glaube eher, dass wir im Institut fündig werden. Jack ist nach Chiara Lenhardts Tod ausgesprochen schnell zur Tagesordnung übergegangen. Außerdem benutzt er ihre Forschung für seinen Vortrag.»

Tomma war hin- und hergerissen. Einerseits musste sie Spandorff recht geben, andererseits fügte sich gerade einiges wie ein Puzzle zusammen. Jetzt kam es darauf an, so viele Teile wie möglich aneinanderzureihen, um das ganze Bild zu sehen. Und zwar schnell.

Sie trug Spandorff auf, sich mit Jan in Verbindung zu setzen und zum Butjadinger Yachtclub zu fahren, um Ludwig Gessens Boot unter die Lupe zu nehmen.

«Heute noch?» Spandorff klang alles andere als begeistert.

«Wer einen Nine-to-five-Job sucht, ist bei der Kripo eindeutig falsch», rutschte es ihr heraus.

«Das hat doch damit gar nichts zu tun», erwiderte Spandorff ärgerlich. «Ich verstehe nur nicht, warum wir die Ermittlungen jetzt übers Knie brechen müssen.»

In manchen Momenten mochte Tomma es nicht, Chefin zu sein, und dieser war einer davon. Doch wer als Erster an Deck stand, musste manchmal auch Anweisungen geben, die auf wenig Gegenliebe stießen. «Morgen ist die Spur vielleicht schon kalt», erwiderte sie kurz angebunden. «Wir müssen jetzt Gas geben.»

Einen Moment noch saß sie im Wagen und überlegte, dann fuhr sie los. Sie würde jetzt ins Büro fahren und alle bisherigen Informationen zusammentragen. Dazu gehörten auch Notizen über die Gespräche mit Hannes Brecht und Andreas Kubiak. Tomma meinte sich zu erinnern, dass beide sich am Rande mehrfach über Ludwig Gessen geäußert hatten, konnte die Details aber nicht mehr recht greifen.

Jureks Name blinkte auf dem Display ihres Handys, und Tomma nahm das Gespräch an.

«Na, irgendwas rausgefunden?»

«Nichts», sagte Jurek enttäuscht.

Tomma hatte auch mit nichts anderem gerechnet. «Bist du denn mit den anderen Ermittlungen weitergekommen?» Sie warf einen kurzen Blick in den Rückspiegel.

«Das schon eher», sagte Jurek, und seine Stimmung schien sich etwas aufzuhellen. «Gessens Exfrau lebt mit den beiden Kindern in der Nähe von Burhave. Vor zwei Jahren hat er das Gebäude, in dem auch die Apotheke drin ist, gekauft. Sonst wäre er rausgeflogen und hätte sich andere Räumlichkeiten suchen müssen. Er hat dafür einen Kredit über mehr als zweihunderttausend Euro aufgenommen. Auf seinem Girokonto sieht es zwar nicht sonderlich rosig aus, aber große Überweisungen oder Abbuchungen habe ich in letzter Zeit nicht gefunden.»

Das wäre auch ungewöhnlich gewesen, fand Tomma. Diese Summen bewegte man gewöhnlich in bar, zumindest, wenn sie mit ihrer Theorie richtig lag und es um Erpressung ging. Plötzlich fiel Tomma etwas ein. «Wo wohnt denn seine Exfrau?»

«Auch in Butjadingen, wieso?»

«Die Halbinsel ist nicht gerade klein. Wo denn genau?»

«Ich glaube, irgendwo auf dem platten Land ...»

«In der Nähe von Chiara Lenhardt?», fragte Tomma und fuhr auf die A29.

«Warte, ich frage mal Google Maps.» Im Hintergrund klackerte es. «Die Häuser liegen tatsächlich nicht weit voneinander entfernt», sagte Jurek verwundert. «Die Luftstrecke beträgt vielleicht dreihundert Meter.»

Luftlinie, dachte Tomma. «Okay, kannst du dir noch mal die Funkzellenanalyse ansehen? Und schauen, ob Gessen mit dabei war?»

Jurek versprach, sich sofort darum zu kümmern.

Tomma gab Gas und stellte das Licht an, da es langsam dämmerte. Als im Radio *Skyfall* von Adele anlief, drehte sie lauter und summte die Melodie.

This is the end, hold your breath and count to ten.

Tomma liebte diesen Song und sang normalerweise laut mit, ohne sich um die irritierten Blicke der anderen Autofahrer zu kümmern. Da ihr Hals jedoch wehtat und sie nicht riskieren wollte, dass ihre Stimme sich verabschiedete, verzichtete sie lieber darauf.

Das Display ihres Handys leuchtete erneut, und sie stellte die Musik wieder leiser.

«Ja, Jurek?»

Konzentriert hörte sie zu, was er herausgefunden hatte. Auf ihrem Gesicht machte sich ein Grinsen breit.

«Bist du absolut sicher?»

Nachdem sie das Gespräch beendet hatte, überlegte sie. Hatte sie genug, um Gessen mit den Vorwürfen zu konfrontieren? Machte es Sinn, ihn mit den Erkenntnissen zu überrumpeln?

Drei Sekunden später hatte sie eine Entscheidung getroffen und warf einen kurzen Blick auf die Uhr. Wenn sie sich beeilte, konnte sie es noch schaffen.

Spandorff fluchte und setzte den Blinker. Die Petersen machte ihn wahnsinnig mit ihrem verdammten Ehrgeiz! Eigentlich hatte er vorgehabt, noch kurz in der Dienststelle vorbeizufahren und dann Feierabend zu machen, um den Skatabend nachzuholen. Jetzt hatte er wieder absagen müssen.

Was ihn so ärgerte, war nicht die Tatsache, dass er wieder Überstunden schob, sondern dass es unnötig war. Es bestand weder Gefahr im Verzug noch Fluchtgefahr, man hätte sich also um die weiteren Ermittlungen bequem morgen früh kümmern können.

Wenig später rumpelte Spandorff mit seinem alten Passat in die Einfahrt des Butjadinger Yachtclubs. Weit und breit war niemand zu sehen. Es war schon fast sechs, und es wurde bereits dunkel.

Spandorff parkte den Wagen und schnappte sich die Jacke von der Rückbank. Er zündete sich eine Zigarette an und wartete, bis sein Ärger verrauchte. Wo er nun schon einmal hier war, würde er sich auch gründlich umsehen.

Es war fast windstill. Die Blätter an den Bäumen bewegten sich nicht, und die Boote im Wasser schaukelten sacht hin und her. Auf dem linken Steg erkannte Spandorff Hannes Brecht, zumindest sah er aus wie der Kerl, den die Petersen über diesen Namen an das Whiteboard gepappt hatte.

Nachdem er sich kurz vorgestellt hatte, fragte er nach dem Boot von Ludwig Gessen.

«Die *Justice*?» Hannes Brecht kratzte sich am Hinterkopf. Obwohl die Sonne längst hinter dicken Wolken verschwunden war, trug er eine Sonnenbrille. Das passte zwar zu seinen ausgefransten Jeans und dem hellen Surfer-Shirt, sah aber um diese Zeit etwas albern aus. «Sind Sie interessiert?» Er schob die Brille in seine blonden Haare und warf ihm einen skeptischen Blick zu, als wolle er seine Bonität abschätzen.

Ratlos sah Spandorff ihn an, dann fiel der Groschen. «Gessen möchte die *Justice* verkaufen?»

«Klaro, deswegen hat er einen ziemlichen Zinnober veranstaltet. Hat sie geschrubbt, bis der Arzt kommt, die müsste jetzt picobello sein!»

Spandorff schlug den Kragen hoch und grub die Hände tiefer in die Jackentaschen. «Kann ich sie mir ansehen?»

«Sicher, warum nicht? Gleich kommen noch zwei weitere Interessenten. Kommen Sie!»

Spandorff folgte Brecht zu einem Segelboot aus dunklem Holz. Es war etwa sechs Meter lang, schätzte Spandorff, und machte einen gepflegten Eindruck.

«Die Kajüte ist offen. Sehen Sie sich ruhig um.»

Mit einem unsicheren Schritt ging Spandorff an Bord. Dabei achtete er darauf, sich festzuhalten. Mit wackeligen Beinen ging er über Deck und sah sich um.

«Sie segeln noch nicht lange, was?» Argwöhnisch sah Hannes Brecht vom Steg aus auf ihn hinunter.

Mittlerweile machte Spandorff die Rolle des potenziellen Käufers richtig Spaß. So erfuhr er eventuell mehr, als wenn er direkt den Kripobeamten rausgekehrt hätte. «Ist ein Geschenk. Für meine Tochter», erklärte er und musste sich ein Grinsen verkneifen. Sarah würde der Kahn bestimmt gefallen.

Da es inzwischen ziemlich dunkel war, zog Spandorff eine kleine Taschenlampe aus der Innentasche und leuchtete den Boden ab. Jan müsste in Kürze hier sein, würde das Boot mitnehmen und jeden Quadratzentimeter unter die Lupe nehmen. Auf die Schnelle konnte Spandorff jedoch nichts entdecken, das seine Aufmerksamkeit erregt hätte. Als er die Taschenlampe gerade wieder ausknipsen wollte, fiel sein Blick auf einen dunklen Fleck, der sich kaum merklich vom glänzenden Holz abhob. Er kniete sich auf den Boden und betrachtete ihn genauer. Konnte das Blut sein?

«Ein paar Gebrauchsspuren sind ganz normal», sagte Hannes Brecht, der noch immer auf dem Holzsteg wartete. «Die Lady ist ja schon dreizehn Jahre alt. Aber dafür top in Schuss!»

«Mmh», brummte Spandorff.

«Das Einzige, was noch fehlt, ist der Außenborder», fügte Brecht hinzu.

Spandorff kannte sich mit Segelbooten nicht aus, und es dauerte einen Moment, bis er schaltete. «Was ist denn damit?»

«War ein bisschen schwach auf der Brust, hat gestottert. Nach der Reparatur ist er wieder wie neu, das garantiere ich Ihnen!»

«Seit wann ist das Ding denn kaputt?»

Hannes Brecht zog die Stirn in Falten. Wahrscheinlich überlegte er, was Spandorff mit der Information anfangen wollte. «Wohl schon ein paar Wochen. Normalerweise fährt Ludwig nur kleine Strecken, bevor er die Segel setzt.»

«War das bei seinem jüngsten Törn anders?»

«Keine Ahnung, auf jeden Fall hat er ihn mir gegeben, damit ich ihn wieder flottmache.»

Regungslos starrte Spandorff Hannes Brecht an. Bisher war er wie selbstverständlich davon ausgegangen, dass die beiden Zeugen, die mit Nicola Senckers Körper kollidiert waren, ein Motorboot gehört hatten. Dabei konnte es genauso gut ein Segelboot mit einem Außenborder gewesen sein.

Sollte die Petersen am Ende doch den richtigen Riecher gehabt haben?

Hannes Brecht interpretierte Spandorffs Schweigen offenbar als Zeichen der Zurückhaltung. «Keine Sorge. Wenn er nicht hundertpro wieder läuft, bekommen Sie einen neuen. Die *Justice* kostet siebzehntausend, da ist ein funktionierender Außenborder doch Ehrensache.»

Mechanisch zog Spandorff sein Handy aus der Jackentasche und wählte die Nummer des Kommissariats. Statt der Petersen meldete sich Jurek.

«Wo ist denn die Chefin? Hat sie sich nach dem Date mit Berschat in den Feierabend verabschiedet?»

«Nein. Sie wollte eigentlich noch ins Büro kommen, hat sich dann aber anders entschieden.»

«Und wo ist sie jetzt?»

«Sie wollte noch nach Butjadingen!»

Spandorff umklammerte das Handy fester. «Lass mich raten: zur *LG Apotheke* in Burhave?»

«Genau!»

«Verdammter Mist, nicht schon wieder ein Alleingang!»

Spandorffs Puls beschleunigte sich. «Konntest du sie nicht davon abbringen?»

«Wie hätte ich das denn machen sollen?», kam es kleinlaut zurück.

Berechtigter Einwurf, aber das änderte nichts am Ergebnis, das Spandorff mächtig gegen den Strich ging. «Hat sie wenigstens Verstärkung angefordert?»

«Klar! Sie hat versprochen, im Wagen zu warten, bis die Kollegen da sind.»

Sie würden mindestens zwanzig Minuten brauchen, überschlug Spandorff im Kopf. Wenn er sich beeilte, würde er es in zehn schaffen. Und dass die Petersen im Auto auf die Verstärkung wartete, konnte sie ihrer Oma erzählen. Spandorff setzte sich in Bewegung.

«Wollen Sie das Boot nicht?», rief Hannes Brecht ihm hinterher.

«Ich überleg's mir noch!»

Wenn Ludwig Gessen tatsächlich der Mörder war, dann war er gefährlich. Und in der Apotheke bewegte er sich auf gewohntem Terrain. Im Laufen wählte er die Handynummer der Chefin, es klingelte sechsmal, siebenmal. Verdammt.

«Hier lang, bitte.»

Tomma folgte der hageren Frau im weißen Kittel durch einen schmalen Gang. Links und rechts gingen Räume mit deckenhohen Regalen ab, in denen sich Akten und Schachteln stapelten und Gefäße nebeneinander aufgereiht waren. Am Ende des dunklen Flurs erreichten sie ein Büro.

«Ludwig, Besuch für dich! Ich schließe vorne schon mal ab. Brauchst du mich noch?»

Besuch war eine charmante Formulierung, aber Tomma hatte die Hintergründe absichtlich nicht erläutert.

Ludwig Gessen saß an einem massiven Holzschreibtisch vor seinem Computer. Durch ein kleines Fenster, das zu beiden Seiten von bordeauxroten Schals gesäumt wurde, fiel schwaches Licht. Die Farbe fand sich im Teppich wieder, der an einigen Stellen hell und abgewetzt war. Der Raum sah aus wie aus der Zeit gefallen, dachte Tomma. Verstärkt wurde der Eindruck durch wuchtige Ölgemälde, die Moor- und Seenlandschaften zeigten.

«Moin, Herr Gessen.» Tomma nieste und putzte sich die Nase.

Überrascht stand Ludwig Gessen auf. «Frau Petersen?» Für einen Moment war sein Gesichtsausdruck abweisend, doch dann fing er sich wieder. «Ist Ihre Erkältung schlimmer geworden?» Er lächelte.

«Nein, die bekomme ich schon in den Griff. Ich möchte mit Ihnen über etwas anderes sprechen.» Sie steckte das Tempo in ihre Tasche.

«Ludwig?» Seine Mitarbeiterin stand noch immer im Türrahmen, die Augenbrauen fragend nach oben gezogen, und wartete auf ein Zeichen ihres Chefs.

«In Ordnung, Rosa. Bis morgen.»

«Worum geht es denn?» Er bot Tomma einen Stuhl an und setzte sich wieder hinter seinen Schreibtisch.

Ludwig Gessen machte auf Tomma einen aufgeräumten Eindruck. Er trug ein gebügeltes Hemd in einer hellen Bundfaltenhose, die kurzen braunen Haare waren sorgfältig gescheitelt. Sein Gesicht war zwar blass, was die randlose Brille noch hervorhob, aber das hing wahrscheinlich mit einem langen Arbeitstag zusammen. Wachsam blickten seine grauen Augen sie an.

«Wann haben Sie Chiara Lenhardt das letzte Mal gesehen?», fragte Tomma unvermittelt.

«Chiara?» Wenn er überrascht war, ließ er es sich nicht anmerken. «Schwer zu sagen. Es wird im Yachtclub gewesen sein, vielleicht vor ein paar Wochen.»

«Vor ein paar Jahren war sie noch regelmäßige Kundin bei Ihnen. Was ist denn vorgefallen?»

Ludwig Gessen drehte an seinem Siegelring, den er am rechten Ringfinger trug. «Tja, die Entscheidung hing wohl weniger mit mir zusammen als mit ihrem behandelnden Arzt. Sie war jahrelang bei Dr. Grenger in Behandlung, hier direkt nebenan.» Er wies mit dem Kopf zum Fenster. «Nachdem sie den Arzt gewechselt hatte, hat sie die Medikamente woanders geholt. Verständlich. Ich würde es genauso machen.» Er lächelte schief.

Tomma nickte zustimmend. «Erst das Rheuma, dann auch noch die Anosmie ... Chiara Lenhardt hat es sicherlich besonders hart getroffen. Der Verlust des Geruchssinns ist schon furchtbar genug, aber wenn man dann auch noch beruflich darauf angewiesen ist ...» Sie schüttelte betrübt den Kopf.

Ludwig Gessen sagte nichts.

«Für Herrn Grenger war das ja damals auch nicht einfach», fuhr sie fort. «Die Anschuldigungen von Chiara Lenhardt waren schon starker Tobak, oder?»

Ludwig Gessen schluckte. «Sicher. Aber die Vorwürfe haben sich als haltlos herausgestellt, Gott sei Dank. Das ist auch für mich ein beruhigendes Gefühl.»

«In der Tat.» Tomma lächelte ihn an. «Nicola Sencker war doch auch eine Kundin von Ihnen, sehe ich das richtig?»

«Nicola? Ja, sie kam manchmal vorbei, das stimmt. Eher

unregelmäßig.» Auf seiner Stirn hatten sich kleine Schweißperlen gebildet.

«Wussten Sie eigentlich, dass die beiden zusammen waren?»

Ludwig Gessen machte einen überraschten Gesichtsausdruck. «Sie meinen, ein Liebespaar?», fragte er, als sei das für ihn nicht vorstellbar. «Nein, das wusste ich nicht. Man hat die beiden zwar oft gesehen, im Club zum Beispiel, aber dass sie zusammen waren ...» Er drehte wieder an dem Siegelring.

«Die beiden haben sicherlich über viele Dinge gesprochen», ergänzte Tomma. «Über Chiaras Anosmie. Wahrscheinlich auch die Vorwürfe gegen Dr. Grenger. Oder darüber, dass weiterhin ungeklärt war, was genau den Verlust des Geruchssinns damals hervorgerufen hat.»

Ludwig Gessen hob abwehrend die Hände. «Tja, da sind Sie bei mir an der falschen Adresse. Dazu müsste man sich ihre Patientenkartei ansehen.» Er lächelte immer noch, wenngleich etwas gequält.

«Oder die Medikamente, die sie eingenommen hat», erwiderte Tomma. Sie zog eine Tablettenpackung aus der Tasche und legte sie auf den Tisch.

Das Lächeln in Ludwig Gessens Gesicht erstarb. «Was ist das?»

«Sagen Sie es mir», erwiderte Tomma, ohne seinem Blick auszuweichen. «Kleiner Tipp: Es ist nicht das, was draufsteht.»

Eine lange Zeit sagte Ludwig Gessen nichts, dann fragte er: «Was soll das?»

«Das ist eine Fälschung», sagte Tomma. «Dieses Medikament wurde von Ihrer Apotheke ausgegeben, auf ein Rezept von Dr. Grenger.»

Ludwig Gessens Miene wirkte wie versteinert. «Das ist unmöglich. Da muss ein Irrtum vorliegen. Das wird sich sicherlich aufklären lassen, ich …»

«Genau das versuche ich gerade», unterbrach Tomma ihn. «Wollen Sie meine Theorie hören? Ich glaube nicht, dass Dr. Grenger die Schuld trägt an Chiara Lenhardts Anosmie, sondern Sie.»

Verständnislos sah Gessen sie an. «Das ist doch absurd.»

«Während Chiara Lenhardt zunächst gar nicht auf die Idee gekommen war, dass Sie etwas damit zu tun haben könnten, hat Nicola es Ihnen durchaus zugetraut. Irgendwie muss sie Ihnen auf die Schliche gekommen sein. Vielleicht hat sie hier in der Apotheke zufällig irgendetwas mitbekommen, als sie die Tabletten für ihre Tante abgeholt hat? Vielleicht hat sie, im Gegensatz zu den anderen Patienten, auch einfach nur ganz genau hingesehen. Und daraufhin eins und eins zusammengezählt und die Möglichkeit in Betracht gezogen, dass Chiara mit dem Vorwurf an Grenger falsch lag. Und sie hat Sie mit dem Verdacht konfrontiert.»

Ludwig Gessen starrte sie entsetzt an. «Das ist doch kompletter Humbug! Kannten Sie Chiara überhaupt? Sie wäre doch sofort zur Polizei gegangen!»

«Vielleicht aber auch nicht, wenn Nicola sie überredet hat, das Wissen zu nutzen, um Sie zu erpressen.»

Ludwig Gessen schüttelte den Kopf. «Unglaublich, was Sie sich da zusammenreimen.»

«Nicola Sencker war ehrgeizig, geschäftstüchtig und manipulativ. Und sie war nicht auf den Mund gefallen. Sie wird Chiara davon überzeugt haben, dass Sie ihr nicht nur ein großes Stück Lebensqualität genommen haben, sondern auch Geld schuldeten. Der Verlust des Jobs, die Umschulungen, die vielen Therapien, die keine gesetzliche Krankenkasse zahlt ... Warum sollten Sie direkt in den Knast gehen, wenn man Sie vorher noch dafür bezahlen lassen konnte? Mit diesen Argumenten könnte Nicola Chiara überzeugt haben. Deshalb haben sie zunächst geschwiegen. Die beiden Frauen haben Sie erpresst!»

Ludwig Gessen stand auf und stützte sich auf dem Schreibtisch ab. «Ich höre mir diese Dummheiten nicht länger an. Sie platzen hier hinein und konfrontieren mich mit diesen völlig abstrusen Vorwürfen, ohne einen einzigen Beweis in der Tasche zu haben. Aber damit ist jetzt Schluss!» Er war laut geworden, sein Gesicht war gerötet.

«Aber den habe ich doch», erwiderte Tomma kühl.

«Meinen Sie dieses Ding?» Er griff zur Tablettenschachtel. «Das ist lächerlich! Keine Ahnung, wer mir das untergejubelt hat. Das kann sonst wo herkommen, das wissen Sie genauso gut wie ich!»

«Davon rede ich gar nicht.» Tomma wartete noch einen Moment, dann zog sie ein Handy aus ihrer Manteltasche. «Nicola Sencker war nicht nur manipulativ, sondern auch schlau. Sie hätte Sie nie unter Druck gesetzt, wenn sie keine Beweise gehabt hätte.»

Die Farbe war wieder aus Ludwig Gessens Gesicht gewichen.

«Sie hat ihre Gespräche mit Ihnen aufgezeichnet.» Sie wog das Handy in ihrer Hand.

Tomma sah, dass sein Gehirn auf Hochtouren lief. «Woher haben Sie das?»

«Aus der Nordsee, nahe des Wattenstegs. Und wissen Sie, was das Beste ist?» Tomma lächelte. «Alle Daten sind noch intakt. Wobei einige interessanter sind als andere.»

«Das ist doch Blödsinn. Das ist gar nicht möglich.»

«Oh, da beleidigen Sie aber unsere Kriminaltechniker.

Sie glauben ja nicht, was die alles hinbekommen. Zum Beispiel wären wir ohne die Funkzellenanalyse nie darauf gekommen, dass Sie ganz in der Nähe waren, als Chiara Lenhardts Haus in Flammen aufging.»

Im Raum war es absolut still.

«Sagen Sie mir, wie es war», sagte Tomma ruhig. «Sind Ihnen die Investitionen über den Kopf gewachsen? Hat Ihre Exfrau zu viel Geld verlangt? Warum haben Sie sich auf die Deals eingelassen?»

«Ich habe mich auf gar nichts eingelassen.»

«Sie haben die Gesundheit der Patienten gefährdet, um Ihr Konto zu füllen», setzte Tomma nach.

«Sie wissen doch gar nicht, wovon Sie reden!»

«Sie haben Pillen über die Ladentheke gehen lassen, ohne die genaue Zusammensetzung zu kennen.» Tomma erhob ihre Stimme. «In Chiara Lenhardts Tabletten war ein billiger Wirkstoff, den sie, ohne es zu ahnen, über Monate eingenommen hat, wahrscheinlich viel zu hoch dosiert. Sie hat ihr Leben verloren, weil Sie den Hals nicht voll genug kriegen konnten!»

«Das stimmt nicht!»

«Den Beweis halte ich hier in der Hand! Soll ich es abspielen?» Sie drückte auf eine Taste.

«Hören Sie auf!», brüllte Gessen plötzlich in einer Lautstärke, die Tomma überraschte. «Ich habe das doch nicht gewollt!»

Instinktiv überprüfte sie, ob ihre Dienstwaffe noch an ihrem Platz war.

«Haben noch andere Patienten über ähnliche Nebenwirkungen geklagt? Ist Chiara Lenhardt nur die Spitze des Eisbergs?»

«Nein!» Erschöpft sank Ludwig Gessen in seinen Stuhl

und fuhr sich durch die Haare. «Das mit Chiaras Anosmie tut mir leid, ich habe das nicht für möglich gehalten!»

«Aber es ist geschehen», sagte Tomma und ließ das Handy sinken. «Weil Sie es in Kauf genommen haben. Warum haben Sie die gepanschten Präparate weiter verkauft?»

Gessens Atem ging flach, er machte den Eindruck, als sei er mit seinen Gedanken weit weg. Er wandte sich ab und blickte versteinert aus dem Fenster. «Seit siebzehn Jahren führe ich jetzt die Apotheke», sagte er leise. «Seit siebzehn Jahren Sechzig-Stunden-Wochen, Notdienste, Doppelschichten und immer mehr Bürokratie.»

Tomma konnte nicht glauben, wie selbstgerecht Gessen klang. «Mir kommen die Tränen. Haben Sie Ihr Leid schon mal einer Kassiererin beim Discounter geklagt?»

«Sehen Sie, und genau das ist das Problem.» Ludwig Gessen schüttelte den Kopf, als rede er mit einem Kleinkind. «Apotheker haben keine Lobby! Uns drückt man einfach immer mehr auf. Jeder denkt, dass wir im Geld schwimmen, aber das Gegenteil ist der Fall! Keine andere Berufsgruppe arbeitet so viel und verdient im Verhältnis dazu so wenig! Sagen Ihnen Arzneimittel-Rabattverträge etwas? Retaxationen?»

Tomma schüttelte den Kopf und gab sich keine Mühe, Verständnis vorzutäuschen.

«Egal.» Unruhig stand er vom Schreibtisch auf, stand jetzt neben einer altmodischen Messingwaage. «Wir arbeiten fast rund um die Uhr und werden von allen Seiten unter Druck gesetzt. Vom Staat, der immer neue Auflagen plant, von den Krankenkassen, die ein größeres Stück vom Kuchen haben wollen, vom Internetversandhandel, der die Präparate rausjagt, ohne zu beraten, und nicht zuletzt von den Kunden, die der Meinung sind, wir müssten den ganzen Mist klaglos schlucken, denn wir verdienen ja schließlich genug.»

«Und deshalb haben Sie sich illegal Tabletten besorgt und verkauft?» Tomma konnte es einfach nicht begreifen.

«Wussten Sie, dass viele Apotheken vor dem Ruin stehen?», fragte Gessen, als hätte er sie gar nicht gehört. «Besonders hier auf dem platten Land.»

«Kommen Sie zum Punkt.»

Ludwig Gessen warf ihr einen langen Blick zu, als wolle er abschätzen, was sie tatsächlich gegen ihn in der Hand hatte. Dann vergrub er die Hände in den Hosentaschen und kam ein Stück auf sie zu. Tommas Körper spannte sich automatisch an.

«Das Angebot, alternative Medikamente in den Verkauf mit einzubeziehen, wollte ich erst nicht annehmen.»

Fassungslos starrte Tomma ihn an. «Alternative Medikamente? Sie haben den Patienten irgendeinen Dreck über den Tresen geschoben und die Krankenkassen betrogen!»

«Ach, hören Sie doch auf!» Gessen warf ihr einen wütenden Blick zu. «In den meisten Fällen gab es doch kaum Unterschiede zu den Originalen! Und die Krankenkassen holen sich das Geld an anderer Stelle wieder, darauf können Sie Gift nehmen! Denen geht es noch immer viel zu gut!»

«Selbst wenn das stimmen sollte, ging es in einem Fall gründlich schief», warf Tomma ein.

Ludwig Gessen sagte nichts.

«Woher hatten Sie das Zeug?», setzte Tomma nach.

«Mein Kontakt hat mir fest zugesagt, dass die Wirkstoffe identisch, die Präparate in der Herstellung aber viel günstiger seien.»

«Und das haben Sie ihm geglaubt?»

«Ich weiß doch, wie die Preise entstehen, fast alle Medikamente sind maßlos überteuert!»

«Wieso musste Nicola Sencker sterben?»

Ludwig Gessen starrte wieder aus dem Fenster.

«Hat sie sich nicht an die Vereinbarung gehalten? Wollte sie plötzlich mehr Geld?»

Ganz ruhig drehte Ludwig Gessen sich um. «Ich war einverstanden mit der Zahlung, habe es gewissermaßen als Wiedergutmachung akzeptiert. Zwanzigtausend, so war es verabredet gewesen. Davon wollte Chiara irgendeine neue Therapie bezahlen. Ich habe zugesagt, die alternativen Medikamente nicht mehr zu verkaufen. Nicola und Chiara haben mir versichert, nicht zur Polizei zu gehen. Ich habe meinen Teil der Verabredung eingehalten.»

«Und dann?», hakte Tomma nach und zwang sich, ruhig zu bleiben, als Gessen schon wieder von «alternativen Medikamenten» anfing. «Wollten sie mehr?»

«Nein, sie ...» Sein Gesichtsausdruck wurde plötzlich hart. «Nicola wollte trotzdem zur Polizei gehen.»

«Und das hat sie Ihnen einfach so gesagt?», wunderte sich Tomma.

«Sie stand dort, wo Sie jetzt stehen, und hat es leichthin angemerkt. Dann drehte sie sich um und wollte gehen. Ich habe ihr hinterhergerufen, wollte sie umstimmen, aber sie sagte, dass die Entscheidung gefallen sei. Chiara wollte es so.» Ludwig Gessen wirkte mit einem Mal älter. «Mir war klar, dass das mein Ende war.»

«Deshalb haben Sie sie erschossen.» Tomma stand auf und vergrößerte den Abstand zwischen ihnen. Ihre rechte Hand lag auf der Dienstwaffe, die sie langsam aus dem Halfter löste.

Seine Stimme war kaum hörbar, als spräche er mehr zu sich selbst als zu Tomma: «Es war eine Kurzschlussreaktion. Ich war aufgebracht und wütend. Sie hat nicht auf mich gehört, wollte einfach gehen. Ich dachte: Wenn sie jetzt durch diese

Tür verschwindet, dann ist dein Leben vorbei! Dann fiel mir die alte Waffe in der Schreibtischschublade ein.»

«Woher hatten Sie die Walther?», fragte Tomma, doch ihre Worte schienen Gessen gar nicht zu erreichen.

«Ich war außer mir. In Panik. Habe nicht nachgedacht.» Er sprach in schnellen, abgehackten Sätzen und sah Tomma an, als könnte er es selbst nicht glauben. «Ich habe sie gezogen und abgedrückt! Einfach so!»

Einen Moment sagte keiner ein Wort. Tomma fröstelte es bei dem Gedanken, dass ein Apotheker eine geladene Waffe in seiner Schreibtischschublade verwahrte.

Mit einem Mal änderte sich sein Gesichtsausdruck. Sein Blick fiel auf das Handy, das Tomma neben sich gelegt hatte.

«Sie haben nichts gegen mich in der Hand», sagte er leise. Ganz langsam kam er auf sie zu.

Tomma griff mit der linken Hand das Mobiltelefon, die rechte lag noch immer auf der Waffe.

Plötzlich zog Ludwig Gessen eine Messingschale aus der Waage und schleuderte sie in ihre Richtung. Tomma duckte sich, und hörte, wie sie hinter ihr in das Bild einschlug. Klirrend zerbrach das Glas.

Als Tomma wieder aufblickte, sah sie aus dem Augenwinkel, dass Gessen zur Tür rannte.

Sie zog ihre Waffe und entsicherte sie. «Verdammt, bleiben Sie stehen, Gessen, Sie haben doch keine Chance!»

Ihr Brustkorb hob und senkte sich, ihr Atem ging flach. Vorsichtig betrat sie den Flur, der düster vor ihr lag. Wo war er so schnell hin?

Lediglich aus dem Arbeitszimmer fiel noch ein heller Schein in den Korridor. Kein Laut war zu hören, abgesehen von dem Ticken einer altmodischen Holzuhr, die am Ende des Flurs hing.

«Gessen?»

Keine Antwort, nur das Ticken der Uhr. Tomma fluchte innerlich. Im Halbdunkeln konnte sie erkennen, dass links und rechts jeweils zwei Räume abgingen, ganz am Ende schloss sich die Tür zum Verkaufsraum der Apotheke an, durch den sie vorhin gekommen war. Sie glaubte nicht, dass Gessen es geschafft hatte, ihn zu erreichen. Dafür hatte er nicht genügend Zeit gehabt.

Er musste in einem der Zimmer sein.

Tomma betrat den nächstgelegenen Raum, den Finger am Abzug. Schemenhaft hoben sich die Regale von den hellen Wänden ab. Tomma kniff die Augen zusammen, um die Details besser erkennen zu können. Stand da jemand?

Ihr Puls beschleunigte sich, sie zog die Waffe hoch. Doch es war nur ein Plastikskelett. Sie wandte den Blick von den gebogenen Rippen und den dunklen Augenhöhlen ab.

Leise betrat sie den gegenüberliegenden Raum. Auch hier standen Regale sowie eine alte Holzwand mit kleinen Schubladen. Von Gessen keine Spur.

Mittlerweile schlug ihr das Herz bis zum Hals. Zwei Räume lagen noch vor ihr, in einem musste Gessen sich versteckt halten.

Die Tür zum nächsten Raum war angelehnt, und Tomma drückte sie mit der linken Hand vorsichtig auf. Quietschend öffnete sie sich. Es roch nach Pflanzen, Medikamenten und ganz schwach nach einer Substanz, die Tomma nicht recht einordnen konnte. Leise summte die Kühlung.

Plötzlich stand Gessen hinter ihr, hielt sie fest und drückte etwas Raues, Kratziges in ihr Gesicht, das feucht war und furchtbar stank. Tomma spürte einen massiven Druck auf der Brust. Sie wehrte sich, schlug um sich. Sie trat, stieß ihre Ellbogen zurück und versuchte ihn irgendwie abzuschütteln. Sie versuchte zu schreien, doch Gessen drückte ihr den Lappen noch fester ins Gesicht. Ihr wurde schwindlig.

Sie wusste, sie würde bald das Bewusstsein verlieren. Tomma hielt die Luft an, nahm alle Kraft zusammen und drückte den Arm weg von sich.

Gessen hatte zwar keine besonders große Statur, verfügte jedoch über mehr Kraft, als sie vermutet hatte, nahm sie jetzt in den Schwitzkasten.

«Musstest du so rumschnüffeln, hm?» Gessens Stimme war dicht neben ihrem Ohr, sie spürte seinen warmen Atem auf ihrer Wange. «Blöde Japse, du lässt mir keine Wahl!»

Tomma röchelte, winzige Sterne tanzten vor ihrer Netzhaut. Keuchend rang sie nach Luft. Gleichzeitig breitete sich eine ungeheure Wut in ihr aus.

Mit beiden Händen zerrte sie an Gessens Arm, trat ihm gleichzeitig mit Wucht gegen das Schienbein.

Gessen ächzte, lockerte kurz den Griff. Tomma nutzte die Chance und trat nach, immer wieder.

Mit einem Ruck drehte sie sich um und griff ihre Waffe. Dann drückte sie ab.

Spandorff stellte den Passat ab und rannte auf die Apotheke zu, als ein Schuss die Stille durchschnitt.

Er fluchte und fühlte sich fatal an ihren letzten gemeinsamen Mordfall erinnert. Auch damals hatte er den Karren aus dem Dreck ziehen müssen. Dieses Mal würde das Konsequenzen haben, das schwor er sich.

Das Geschäftshaus lag verlassen da. Das Licht war ausgeschaltet, lediglich der Schriftzug der Apotheke leuchtete grün. Ein Buchstabe war defekt, flackerte und summte leise.

Er rüttelte an der verschlossenen Tür. Spandorff zog seine Dienstwaffe und schoss in die Türscheibe, die klirrend zersprang. Mit einem vorsichtigen Schritt trat er durch den Rahmen, die Scherben knirschten unter seinen Schuhsohlen.

Im Halbdunkeln war hinter dem gebogenen Tresen eine Tür zu sehen. Er rannte weiter und drückte die Klinke. Die Tür sprang auf und gab den Blick frei auf einen schummrigen Flur. Ein schwacher, unangenehm süßlicher Geruch lag in der Luft.

Spandorff brauchte einen Moment, um sich an das Halbdunkel zu gewöhnen, dann sah er, dass in der Mitte des Flurs jemand auf dem Boden kauerte.

«Scheiße», sagte er halblaut zu sich selbst und ging vorsichtig weiter, den Finger weiterhin am kalten Abzug.

Es war die Petersen.

In der rechten Hand hielt sie ihre Dienstwaffe umschlossen, etwas weiter links lag etwas auf dem Boden, das wie ein alter Lappen aussah.

«Hey», sagte er leise und rüttelte an ihrer Schulter. «Sind Sie verletzt?»

Sie schüttelte leicht den Kopf.

«Wo ist Gessen?»

«Er ist noch ...» Sie schluckte. Sie wirkte benommen. «Er ist noch hier», sagte sie. Auf dem Boden bemerkte Spandorff Blutspuren, die wegführten. Die Chefin musste ihn erwischt haben. Verdammt, wieso gab der Kerl nicht auf? Er machte doch alles nur schlimmer!

«Gessen!», brüllte er und ging ein paar Schritte weiter. «Kommen Sie raus! Es ist vorbei!» Spandorff folgte den Blutspuren, die nun größer wurden, und betrat den Raum, scannte ihn ab.

Schreibtisch, Aktenschränke, ein zerbrochenes Bild, aber keine Spur von Gessen. Durch das geöffnete Fenster wehte ein kalter Windzug, die Vorhänge wölbten sich leicht.

Draußen erklangen Sirenen, die Mannschaftswagen der Kollegen fuhren vor. Reifen quietschten, Türen schlugen zu, Funkgeräte knackten.

Spandorff rief einen Krankenwagen und ging an der Petersen vorbei zum Verkaufsraum der Apotheke. Dort fing er die Kollegen ab und schilderte ihnen die Situation. Weit konnte Gessen in seinem Zustand nicht kommen.

Dann ging er zur Petersen zurück und nahm ihr die Waffe ab. Den stinkenden Lappen warf er in hohem Bogen weg. «Gessen ist getürmt, die Kollegen sind dran. Sie werden ihn sicherlich bald kriegen.»

Er zog die Packung Marlboro aus der Innentasche, zündete sich eine Zigarette an und inhalierte tief.

Eigentlich hatte er der Petersen eine Standpauke halten wollen. Er war sauer, ihm gingen ihre Alleingänge gegen den Strich. Sie musste lernen, im Team zu arbeiten, und mit diesen Aktionen aufhören, verdammt noch mal!

Aber wie sie so da saß, die Beine von sich gestreckt, kalkweiß und hundeelend, konnte er es nicht. Außerdem gab es einen kleinen Teil in ihm, der sie für ihre Zähheit bewunderte. Sie hatte sich nicht beirren lassen, sondern war einfach weitermarschiert. Dafür hatte er Respekt. Er zog erneut an seiner Zigarette.

Als hätte sie seine Gedanken erraten, verzog sich ihr Mund zu einem schiefen Grinsen. «Ich hatte recht, Spandorff.» Sie hob eine Hand und machte das Daumen-hoch-Zeichen, ließ sie jedoch gleich darauf wieder sinken, als strenge sie die Bewegung zu sehr an.

«Ja», sagte er. «Hat er gestanden?»

Die Petersen nickte. Dann nieste sie und kramte nach einem Taschentuch.

«Wie haben Sie ihn dazu bekommen?»

«Hiermit», sagte sie und zog ein Handy aus ihrer Jackentasche.

Spandorff runzelte die Stirn. «Ist das Nicolas Handy? Hat Jan es wieder flottbekommen?»

Immer noch grinsend schüttelte die Petersen den Kopf. «Nee, das ist meins. Das Ding, das Jan untersucht hat, war hin. Keine Ahnung, ob es überhaupt Nicola gehörte. Ist auch egal.» Sie machte eine kurze Pause, und das Grinsen wurde noch eine Spur breiter. «Und …», sagte die Petersen und hob den rechten Zeigefinger, «Gessen war zu der Zeit, als der Brand bei Chiara Lenhardt gelegt wurde, tatsächlich in der Nähe.»

Gut, dann sprachen zumindest ein paar Indizien dafür, dass Gessen für beide Morde verantwortlich war.

Zwei Krankenpfleger traten mit einer Trage ein. Bevor sie die Petersen wegschoben, gab Spandorff sich einen Ruck.

«Gute Arbeit.» Verlegen kratzte er sich am Hinterkopf.

«Danke!» Sie lächelte ihn an. Dann nahmen sie sie mit.

Spandorff drückte die Zigarette auf einer Untertasse aus, die auf dem Schreibtisch stand. Das Lob hatte er ehrlich gemeint, auch wenn es ihm nicht leichtgefallen war.

Die Petersen hatte gute Arbeit geleistet. Sie hatte die richtigen Fragen gestellt, nichts von vorneherein ausgeschlossen und sich nicht mit einfachen Antworten zufriedengegeben. Okay, sie neigte zu überstürzten Aktionen. Aber war er zu Beginn nicht genauso gewesen?

Sein Handy summte. Konzentriert hörte er zu und bedankte sich für die Informationen.

Ludwig Gessen war gefasst.

MONTAG

Tomma nieste.

«Gesundheit!» Strahlend drehte sich Klaus Sturm zu ihr um und fuhr dann mit seinen Ausführungen fort.

Das gesamte Team hatte er nachmittags in sein Büro eingeladen, dafür hatte das Sekretariat eigens die Ledercouch an die Wand geschoben und zusätzliche Sessel dazugestellt.

In einer Stunde war eine Pressekonferenz anberaumt, in der der Polizeidirektor darlegen würde, wie erfolgreich die Partnerschaft zwischen Nordenham und Hannover funktioniert hatte.

Zur Feier des Tages trug Klaus Sturm einen schwarzen Anzug, ein weißes Hemd und blank polierte Schuhe. Auf seine Lesebrille hatte er verzichtet, wahrscheinlich ließ er sich den Text für die Pressekonferenz vom Sekretariat in Sechzehn-Punkt-Schrift ausdrucken.

Tomma lächelte und ließ ihren Blick durch den Raum schweifen. Drachner, der mit Werner Falke und Klaus Kerber bereits den Besprechungsraum geräumt hatte und sich heute wieder auf den Weg nach Hannover machen würde, wippte mit dem Fuß. Neben ihm saßen Jörg Trimborn und Jan, der sich darauf konzentrierte, Tomma nicht anzusehen, sondern dem Polizeidirektor zu lauschen. Spandorff sah daneben wie ein Fremdkörper aus auf der eleganten Ledercouch. Hypnotisiert starrte er auf ein großformatiges Gemälde, als wollte er entschlüsseln, was zum Teufel der Künstler ihm damit sagen wollte. Der Kreis wurde komplettiert von Jurek, der grinste wie ein Honigkuchenpferd und den Eindruck erweckte, als hätten sie keinen Fall gelöst, sondern den Jackpot geknackt.

Ein bunt zusammengewürfeltes Team mit Ecken und Kanten, dachte Tomma. Aber eins, auf das man sich verlassen konnte. Und ein erfolgreiches dazu. Ihr wurde warm ums Herz. Sie war richtig stolz auf ihre Mannschaft.

«Deswegen erheben wir nun unser Glas», holte Klaus Sturm sie zurück in die Realität. «Wir trinken auf die außerordentlich erfolgreiche Kooperation und einen, nein, vielmehr gleich *zwei* gelöste Fälle. Prost!»

Gläser klirrten, und Teller mit belegten Brötchen wurden herumgereicht.

Tomma unterhielt sich eine Weile mit den Kollegen, trank ein halbes Glas und aß ein Brötchen, ohne irgendetwas zu schmecken. Dann ging sie zurück ins Büro. Sie wollte Ruhe nach all dem Trubel und nur noch den Papierkram erledigen, bevor sie sich zu Hause ins Bett legte, um sich endlich auszukurieren. Mit einer Hand befühlte sie ihre Stirn, sie war warm und verschwitzt. Wahrscheinlich Fieber.

In den letzten Tagen hatten sie die Verhöre fortgesetzt, Aussagen abgeglichen, Telefonate geführt. Fast alle Puzzleteile waren nun an ihrem Platz.

«Darf ich?» Jurek bog um die Ecke und hielt fragend das Sektglas hoch.

«Klar, trink es am Schreibtisch aus. Dazu hast du doch die Genehmigung von ganz oben.» Tomma klappte den Deckel einer Akte auf.

Genüsslich trank Jurek einen weiteren Schluck und schob das Glas dann vorsichtig vom PC weg.

Nachdem Tomma im Krankenhaus durchgecheckt worden war, durfte sie wieder gehen. Sie hatte keine Schäden von dem Chloroform davongetragen.

Den Mord an Nicola Sencker hatte Gessen gestanden, auch die Beweise waren erdrückend. In seinem Büro fanden die Beamten die Tatwaffe, ein Erbstück eines Großonkels, und auf seinem Boot konnte Jan Blutspuren von Nicola Sencker nachweisen.

«Ich verstehe immer noch nicht, warum Gessen das Risiko eingegangen ist. So ein Dussel», brummte Spandorff, der sich ächzend in seinen Schreibtischstuhl fallen ließ.

«Na ja, er musste das Haus abbezahlen. Und seine Exfrau hat ihn wohl auch ziemlich über den Stuhl gezogen», sagte Jurek und trank einen weiteren Schluck Sekt. Offenbar war er Alkohol nicht gewohnt, er hatte schon ganz rote Wangen.

«Du meinst über den *Tisch* gezogen», sagte Tomma und ergänzte an Spandorffs Adresse: «Mir hat er irgendetwas davon erzählt, dass die Apotheker nicht gerecht entlohnt werden würden und keine Lobby hätten.»

«Das ist wohl eine Frage des Standpunktes», sagte Spandorff. «Klar, wenn der Freundeskreis nur aus Ärzten und Anwälten besteht, kommt einem der eigene Verdienst sicher mickrig vor.»

«Ist eigentlich mittlerweile klar, warum Gessen mit seinem Boot nicht weiter raus auf die Nordsee gefahren ist?», fragte Tomma. «Eigentlich hätte er ja in die andere Richtung fahren müssen, oder?» Sie klappte den Aktenvermerk zu und schob ihn an die Seite.

«Keine Ahnung», sagte Spandorff und drehte an den Knöpfen seines Kofferradios, er schien einen bestimmten Sender zu suchen. «Ich schätze, dass er einfach kopflos war und nervös. Außerdem war es an dem Abend windig und nebelig, vielleicht hat er schlicht die Orientierung verloren. Eigentlich auch unwichtig, er hat ja gestanden. Für den Mord an Chiara Lenhardt müssen dann allerdings wohl die Indizien reichen.»

«Wir werden sehen», erwiderte Tomma und lehnte sich in ihrem Stuhl zurück. «Er war nachweislich in der Nähe. Und er hatte ein starkes Motiv. Das wird auch der Richter so sehen. Ich kann mir vorstellen, dass Gessen davon ausgegangen ist, dass Chiara alte Medikamentenpackungen aufbewahrt hat. Damit hat Nicola ihn zusätzlich unter Druck gesetzt. Während er zwar nicht damit rechnen konnte, dass Chiara in den Flammen stirbt, hatte er zumindest gehofft, die Beweise zu vernichten.»

«Stichwort Motiv», sagte Spandorff und drehte das Radio leiser. «Warum ist Chiara Lenhardt nicht direkt zur Polizei gegangen, als klar war, dass ihre Freundin umgebracht worden ist? Sie musste doch wissen, dass sie in großer Gefahr war.»

Tomma kaute abwesend auf einem Bleistift. «Ich kann es mir nur so erklären, dass sie Angst hatte vor den Konsequenzen und einer möglichen Gefängnisstrafe. Tatsache ist: Sie haben Gessen gemeinsam erpresst, auch wenn Nicola wahrscheinlich die treibende Kraft war. Aber Chiara hing mit drin, das Geld lag in ihrem Büro. Vielleicht hoffte sie, dass sich doch alles zum Guten wenden würde und sie irgendwie ungeschoren aus der Sache herauskommen könnte.»

Spandorff warf ihr einen zweifelnden Blick zu.

«Sicherlich hat sie auch an ihre Tochter gedacht», fuhr Tomma fort. «Neele wäre aus den USA zurückgekommen und hätte ihre Mutter direkt im Knast besuchen können.» Sie machte eine kurze Pause und legte den Bleistift auf den Schreibtisch. «Keine schöne Vorstellung.»

«Immer noch besser, als sie im Leichenschauhaus aufzusuchen», sagte Spandorff leise.

Tomma erwiderte nichts und dachte an das Gespräch, das sie mit Chiaras Exmann Carsten geführt hatte. Bis zu ihrem Abitur würde Neele zu ihm ziehen. Tomma hoffte, dass seine Tochter bei ihm den Halt und die Geborgenheit finden würde, die ihre Mutter ihr nicht mehr geben konnte.

«Die Lenhardt hätte sich nie auf die Erpressung einlassen dürfen.» Spandorff öffnete eine Coladose und trank einen Schluck.

«Wahrscheinlich hatte Gessen sogar recht», erwiderte Tomma. «Chiara alleine wäre nie auf die Idee gekommen, ihn zu erpressen. Doch Nicola war der Boss, und Chiara ist ihr gefolgt.»

«Wissen wir eigentlich inzwischen, wie Nicola überhaupt darauf gekommen ist, dass Gessen Dreck am Stecken hat?», fragte Jurek, der schon einen etwas glasigen Blick hatte.

«Möglicherweise», sagte Tomma. «Ich habe eine Liste der Präparate zusammengestellt, die Gessen über die Jahre als Fälschungen eingekauft hat. Da waren auch Tabletten dabei, die Dr. Grenger ihrer Tante verschrieben hat. Es könnte also durchaus sein, dass Nicola so darauf gekommen ist.»

«Und wo genau kommen die Tabletten nun her?», fragte Jurek und leerte das Glas.

«Aus Rumänien», sagte Tomma. «Die Kollegen in Bukarest sind da schon dran.»

«Da fällt mir ein, Jack hat gestern angerufen, das hatte ich ganz vergessen.» Jurek unterdrückte einen Schluckauf. «Ihr erinnert euch, dass Chiara Lenhardt zu ihrer Kollegin sagte, sie sei im Kühlraum eingeschlossen gewesen?»

Tomma und Spandorff nickten.

«Dafür gibt es wohl eine ganz einfache Erklärung.»

«Nämlich welche?», fragte Tomma und fuhr ihren PC herunter.

«Offenbar klemmte die Tür. Der Hausmeister hatte dazu eine Mail an alle Mitarbeiter geschickt, die Jack mir auch weitergeleitet hat. Chiara hatte sie wahrscheinlich nicht gesehen. Sie kam nur wenige Stunden vor dem Vorfall. Der Hausmeister wartete auf ein Ersatzteil. Bis dahin gab es eine spezielle Technik, um die Tür zu öffnen – man musste sie leicht anheben und dann mit Schwung aufziehen. Chiara Lenhardt hat das wohl noch nicht gewusst und ist in Panik geraten.»

Durchaus verständlich, dachte Tomma. Sie schnappte sich ihre Tasche, nahm ihren Mantel vom Haken und beobachtete durchs Fenster, wie Drachner zusammen mit Falke und Kerber auf dem Parkplatz den Wagen belud und die Fahrertür öffnete. Ihre Blicke trafen sich, und Tomma hob kurz die Hand. Er winkte zurück, und kurz darauf rollte der schwarze Audi mit dem Hannoveraner Kennzeichen vom Hof. Spandorff und Drachner hatten sich bereits während des Empfangs in Sturms Büro verabschiedet. Sogar eine kurze Umarmung hatte es gegeben. Natürlich begleitet von einem rustikalen Schulterklopfen, bei dem Knochen knackten.

«Ob Magnus Steffens den Waffenhandel noch gesteht?», fragte sie, während sie zu Portemonnaie und Schlüsselbund griff.

«Wohl kaum», erwiderte Spandorff. «Aber die Beweise dürften auch so ausreichen. Und mit Clemens Lasskamp hat der Staatsanwalt einen guten Zeugen. Er wird nicht nur über den Libyen-Deal aussagen, sondern auch über drei weitere Geschäfte, bei denen das EU-Waffenembargo verletzt wurde. Er möchte reinen Tisch machen.»

«Ich habe mit Andi übrigens gerade über Shebani gesprochen», sagte Spandorff.

Andi? Für einen Moment stand Tomma auf dem Schlauch. Dann fiel ihr ein, dass Drachners Vorname Andreas war.

«Shebani hat nicht nur beste Kontakte innerhalb der Wirtschaft, sondern auch in die Politik», fuhr Spandorff fort. «Unter anderem zu einer Bewegung, die sich *Die Befreier* nennt.»

«Wie nett», sagte Tomma. «Und was wollen die?»

«Eine Rückkehr zum totalitären Regime.»

Jurek hickste. «Und dafür brauchen sie die Waffen!», sagte er triumphierend.

Tomma wollte gerade gehen, als ihr Blick auf den Gedichtband von Chiara Lenhardt fiel, der auf ihrem Schreibtisch lag. Sie hatte ihn ganz vergessen. Vorsichtig schlug sie das Büchlein auf und blätterte in den dünnen Seiten. Nach einer Weile fiel ihr ein blassrosa Strich auf, mit dem Chiara einen Vers markiert hatte. Die Farbe war so hell, dass sie sich kaum vom Papier abhob. In gerade einmal vier Zeilen beschrieb Christian Morgenstern die Traurigkeit, die Chiara umgeben haben musste.

Der Duft der Dinge
ist die Sehnsucht,
die sie in uns
nach sich erwecken.

Chiara Lenhardt hat den Duft der Dinge in den letzten Jahren nicht mehr wahrnehmen können. Eine Blumenwiese, frisches Brot, ein schweres Parfüm – es gab so viele Gerüche, die wir mit bestimmten Situationen und Menschen verbinden, mit Geborgenheit und Lebensfreude. Dementsprechend groß musste für Chiara auch der Verlust an Lebensqualität gewesen sein.

Ein Verbrechen traf immer die Falschen, dachte Tomma, aber bei Chiara Lenhardt kam es ihr besonders ungerecht vor. Sie war kein schlechter Mensch gewesen. Sie war lediglich nicht stark genug gewesen, um sich gegen eine falsche Entscheidung durchzusetzen. Und dafür musste sie mit dem Leben bezahlen.

Nicola Sencker war für Tomma viel weniger greifbar. Um sie ein bisschen besser zu verstehen, hatte Tomma noch einmal die Liebesbriefe durchgelesen, die sie Chiara geschrieben hatte. Tomma wusste nicht, ob sie mit ihren Vermutungen richtig lag, aber sie hatte den Eindruck, dass Nicola sich verändert hatte. Als hätte sie all die Affären hinter sich gelassen und sich wirklich verliebt – in Chiara. Dass ihre neue Liebe eine Frau war, schien für sie vielleicht überraschend, aber in letzter Konsequenz unerheblich zu sein. Nicola war stark, selbstbewusst und unabhängig und ließ sich nicht von anderen vorschreiben, wie sie ihr Leben zu leben hatte.

Während sie das Flatterhafte, Oberflächliche abgelegt hatte, hatte sie sich in anderer Hinsicht jedoch nicht verändert, glaubte Tomma. Nicola hatte bis zum Schluss ein riesiges Ego gehabt, war streitlustig und auf ihren Vorteil bedacht gewesen. Gut möglich, dass genau diese Kombination die Katastrophe ins Rollen gebracht hatte. Sie hätte einfach zur Polizei gehen können, ohne es Gessen vorher anzudrohen. Aber Nicola sah keine Veranlassung dazu, vorsichtig zu sein. So überlegen, so unangreifbar hatte sie sich gefühlt. Vielleicht wäre alles ganz anders gekommen, wenn sie ein bisschen mehr an ihre Freundin und ein bisschen weniger an sich selbst gedacht hätte. Wobei Tomma nicht einmal davon überzeugt war, dass die beiden Frauen tatsächlich zur Polizei gehen wollten. Schließlich hätte Gessen dann auch von der Erpressung berichtet.

Tomma klappte den Gedichtband zu.

Auf einige Fragen würden sie jedoch nie eine Antwort erhalten. So rätselte Tomma noch immer über den Eintrag in Chiaras Kalender. Wollte sie Benjamin Fischer ins Vertrauen ziehen? Und hatte Chiara Unterlagen aus Nicola Senckers Büro mitgenommen und zu Hause aufbewahrt? Tomma würde die Fragezeichen akzeptieren müssen, besser heute als morgen. Sie hatten die Mordfälle gelöst, das war das Wichtigste.

Tomma legte den Gedichtband in die Schublade. Es war Zeit, mit dem Fall abzuschließen.

Sie wandte sich an Spandorff und Jurek. «Zu Hause warten meine Couch, eine Zehnerpackung Taschentücher und jede Menge Eukalyptusbonbons. Wär doch gelacht, wenn ich diese nervige Erkältung nicht loswerden würde!»

Spandorff stand ebenfalls auf und griff zu seiner Jacke. «Ich schließe mich an, ich bin noch verabredet.»

Tomma hob die Augenbrauen. «Zum Skat?»

«Nein. Mit Sarah. Wir treffen uns beim Italiener.»

Tomma wusste zwar, dass Spandorff zwei Töchter hatte, hatte ihn jedoch nie von ihnen sprechen hören. Sollte der knorrige Kollege tatsächlich so etwas wie ein Privatleben haben?

Tomma gab Jurek ebenfalls frei, dieser quittierte es mit einem dankbaren Grinsen. Sein Panamahut hing ihm schräg ins Gesicht, und er kämpfte immer noch mit einem Schluckauf.

Als Tomma zu ihrem Auto ging, kam ihr ein Pulk Journalisten mit Kameras, Aufnahmegeräten und Notizblöcken entgegen. Sogar ein Übertragungswagen hatte vor der Polizeidirektion Position bezogen, daneben standen zwei Kameraleute und rauchten.

Tomma lächelte den Journalisten kurz zu und ging dann weiter. Sturm liebte den Medienrummel, und sie war nicht traurig darüber. Während es ihn ins Rampenlicht zog, machte sie ihre Arbeit lieber im Hintergrund.

Auf der Fahrt nach Oldenburg merkte Tomma, wie der Stress und die Anspannung der vergangenen Tage von ihr abfielen. Das war schon immer so gewesen. Solange sie funktionieren musste, tat sie es auch. Sobald sich jedoch die Gelegenheit ergab, den Akku aufzuladen, meldete sich ihr Körper automatisch und gab ihr ein Zeichen, dass sie sich nun, bitte schön, ausruhen sollte. Deshalb war Tomma früher oft am Wochenende krank geworden oder gerne im Urlaub. Oder, wie jetzt, nach Abschluss eines Falls.

In Oldenburg hatte sie Glück und fand einen Parkplatz direkt vorm Haus. Sie warf einen Blick in den leeren Postkasten und schleppte sich die Treppe in den dritten Stock hoch. Ihre Glieder waren schwer, ihr Kopf dröhnte, und das Halskratzen hatte sich mittlerweile zu richtigen Schmerzen entwickelt.

Tomma feuerte ihre Tasche in die Ecke, griff sich im Vorbeigehen die weiche Wolldecke, drückte die *Play*-Taste des Anrufbeantworters und ließ sich auf die Couch fallen. Es war herrlich, in die weichen Kissen zu sinken.

Die erste Nachricht war von ihrer Mutter, die wissen wollte, ob Tomma die Briefe von Jiro gelesen hatte.

«Nee», sagte Tomma halblaut, doch es kam nur ein heiseres Krächzen aus ihrer Kehle. Wenn sie wieder fit war, würde sie irgendwann die Muße haben und die Dateien öffnen. Und dann würde sie auch Kontakt zu ihrem Vater aufnehmen.

Ihr Vater. Das Wort war noch immer ungewohnt für Tomma.

Sie kuschelte sich in die Wolldecke und döste langsam ein. Beas Nachricht bekam sie kaum noch mit.

Als Tomma aufwachte, war es bereits dunkel, und dicke Regentropfen klatschten an die Scheibe. Ihr Mund war trocken, und sie fühlte sich benommen. Es dauerte einen Moment, bis sie realisierte, dass sie vom Klingeln der Wohnungstür geweckt worden war. Sie spielte kurz mit dem Gedanken, es einfach klingeln zu lassen. Doch dann fiel ihr ein, dass es wahrscheinlich Bea war.

Tomma ging zur Tür und zog sie auf. Der Hausflur war leer und dunkel, von Bea war nichts zu sehen. Tomma drückte den Summer und wartete.

Nach einer Weile kam Jan um die Ecke. Sein Haar und seine Jeansjacke waren durchnässt, in der Hand hielt er einen Styroporbecher und eine Plastiktüte. Tomma war überrascht, sie freute sich. Auch wenn sie wahrscheinlich gerade ein desolates Bild abgab.

«Ich bringe dir ein Erkältungs-Survival-Kit», sagte er ernst und hob die Tüte an. Tomma fiel ein, dass ihr Kühlschrank absolut leer war.

Sie lächelte. «Das ist nett. Komm rein!»

Jan schmiss seine Jacke auf die Garderobe und ging in die Küche. Vorsichtig füllte er den Inhalt des Bechers in eine Schüssel, zog einen Löffel aus der Besteckschublade und stellte beides auf ein Tablett. «Hühnersuppe. Am besten isst du sie, solange sie noch heiß ist.»

Tomma ließ sich das nicht zweimal sagen und ging mit dem Tablett zur Couch.

«Die Orangen und Zitronen lege ich hier auf den Tisch und den Erkältungstee auch!», rief er aus der Küche. «Die Hustenbonbons bringe ich gleich mit.»

«Mhh», machte Tomma. Die Suppe schmeckte würzig, und Tomma fiel auf, dass sie seit dem kurzen Empfang in Sturms Büro nichts mehr gegessen hatte.

Jan setzte sich ihr gegenüber. «Und?», fragte er.

«Lecker», antwortete sie krächzend.

Jan hob eine Augenbraue. «Sexy Stimme. Damit könntest du auch in einer Bar anheuern.»

«Sehr witzig.»

«Ich hab noch was für dich.» Jan zog eine DVD-Box aus der Tüte und hielt sie triumphierend hoch.

Tomma machte große Augen. «Die neue Staffel von *House of Cards*?»

«Exakt. Vorschlag: Wir gucken die erste Folge zusammen, dann mach ich mich wieder auf den Weg und lass dir die DVD hier. Okay?»

«Deal!» Tomma genoss es, dass Jan sich um sie kümmerte, auch wenn zwischen ihnen noch einige Dinge unklar waren.

«Signe ist übrigens ausgezogen, sie ist auf dem Weg nach Estland», sagte Jan beiläufig, als er sich an dem DVD-Player zu schaffen machte.

Tomma freute sich, versuchte aber, es sich nicht anmerken zu lassen, und löffelte weiter ihre Suppe. Jetzt wäre eine gute Gelegenheit, die Frage zu stellen, die ihr die ganze Zeit durch den Kopf ging.

«Jan?», setzte sie an.

Er drehte sich um und nahm die DVD aus der Hülle. «Ja?»

«War Signe eigentlich … ich meine, wart ihr …» Sie zögerte. Plötzlich erschien ihr die Frage unglaublich kleinkariert. Was machte es für einen Unterschied, ob die beiden etwas miteinander gehabt hatten? Was würde das ändern? Was ging sie das überhaupt an?

«Waren wir was?», fragte Jan und legte die DVD in den Recorder.

«Wart ihr … auf dem *Revolverheld*-Konzert?»

Für einen Moment sah er sie an, als hätte er sie durchschaut, dann antwortete er ernst: «Ja, waren wir. War auch ganz gut, wenngleich Signe ziemlich traurig war. Ein paar Songs haben sie wohl an ihren Freund in Tallinn erinnert. Deshalb hat sie sich auch entschlossen, den Urlaub vorzeitig zu beenden.» Ein direkter Blick aus seinen Husky-Augen.

Tomma wurde warm ums Herz.

Dann wandte Jan sich wieder dem DVD-Player zu, offenbar hatte er heute auch keine Lust auf tiefsinnige Gespräche. «Irgendwie läuft das Ding nicht, gibt's da einen Trick?» Er drückte verschiedene Knöpfe.

Tomma wickelte sich wieder in die Wolldecke ein. «Wenn er nicht anspringt, musst du ihn einmal aus- und wieder anschalten. Dann braucht er nur einen kleinen Neustart.»

«Du meinst, so wie wir?» Er schaltete den Player aus, wartete einen Moment und schaltete ihn dann wieder an. Zufrieden ließ er sich in den Sessel fallen.

Tomma lächelte und wickelte ein Hustenbonbon aus. «Genau.»

DANKE

Ich möchte mich herzlich bedanken bei:

meinen «Erstlesern» Katja Schlesinger, Diana Wambersky und Maren Petersen für die gründliche Lektüre und die vielen hilfreichen Anmerkungen

Uwe Thöle, Leiter des Kriminalermittlungsdienstes im Polizeikommissariat Nordenham, für Informationen über die Arbeit einer Moko und die Abstimmung zwischen Polizei, Staatsanwaltschaft und Gericht

Bernd Herzfeld, Bereichsleiter Binnenschifffahrt bei der J. Müller Agri Terminal GmbH & Co. KG in Brake, für den spannenden Einblick in die Arbeit einer Hafenumschlagsgesellschaft

Ralf Hoyer, Stadtbrandmeister der Stadt Nordenham, für die Erläuterungen zu den Herausforderungen bei einem Löscheinsatz

der Rechtsmedizinerin Dr. Yvonne Schulz, ehemalige Mitarbeiterin der Außenstelle Oldenburg im Rechtsmedizinischen Institut der Medizinischen Hochschule Hannover, für die Informationen zum Ablauf einer Obduktion und die sich daraus ergebenden Ergebnisse für die Ermittlungen

Stefan Wittke, ehemaliger Leiter der Pressestelle der Polizeidirektion Hannover und heutiger Leiter der Pressestelle im Niedersächsischen Ministerium für Wirtschaft, Arbeit und Verkehr, für eine erste Einordnung des Plots und die Erläuterungen zur Zusammenarbeit zwischen Landkreis, Land und Bund

Dr. Bettina Hellwig, Apothekerin und freie Autorin, für die Informationen zum Arbeitsalltag in einer Apotheke, die Zusammensetzungen der Medikamente und die hilfreichen Hinweise zu realen Betrugsfällen

Johanna Langmaack und Tobias Schumacher für das gründliche Lektorat und die aufmerksame, angenehme Zusammenarbeit

Sven Dunker, Leiter des Bereichs Gewässerkunde im Sachbereich 2 beim Wasser- und Schifffahrtsamt Bremerhaven, für die Darstellungen der Strömungsverhältnisse im Fedderwarder Priel und zur Verdriftung von Gegenständen

Norbert Wahl vom Butjadinger Yachtclub für den Rundgang über das Hafengelände und die Informationen über den Verein

Susanne Otte, Künstlerin und Flavoristin, die mich durch ihre Ausstellung im Niedersächsischen Landwirtschaftsministerium auf die Grundidee zu der Geschichte gebracht hat

Frank Federau, Leiter der Presse- und Öffentlichkeitsarbeit beim Landeskriminalamt Niedersachsen, für die Informationen zur Arbeit beim LKA und die Dienstwege bei internationalen Ermittlungen

Sabine Strieben, biologisch-technische Assistentin beim Alfred-Wegener-Institut in Bremerhaven (Helmholtz-Zentrum für Polar- und Meeresforschung), für den spannenden Einblick in die Arbeit eines Forschungsinstitutes

meinem Mann Sven Otromke, der viele Ideen zur Story beigesteuert hat

Da es sich bei «Seebestattung» nicht um ein Sachbuch, sondern um einen Roman handelt, habe ich die Informationen größtenteils berücksichtigt, mich jedoch nicht akribisch an die Fakten gehalten. Eventuelle Fehler gehen selbstverständlich auf mich zurück und nicht auf meine Gesprächspartner.

Mit schriftstellerischer Freiheit habe ich außerdem Gebäude, Grundstücke und Unternehmen erfunden.

Die Geschichte und alle handelnden Personen sind ausgedacht, jegliche Ähnlichkeit wäre zufällig und nicht beabsichtigt.

Natascha Manski bei rororo

Küstenkrimis – Tomma Petersen und Ulrich Spandorff ermitteln

Fanggründe

Seebestattung

MIX
Papier aus verantwortungsvollen Quellen
FSC® C083411

Das für dieses Buch verwendete FSC®-zertifizierte Papier *Lux Cream* liefert Stora Enso, Finnland.